Ladogameer
Sint-Petersburg
Peterhof
Neva
Tsarskoje Selo
Pavlovsk
Torosovo
Terpilitsy
meer/zee
rivier
stad
land/regio grens
0
100 km

DE KOZAKKENTUIN

Van Jan Brokken verschenen eerder:

De provincie (roman)
De zee van vroeger (verhalen)
Zaza en de president (roman)
De moordenaar van Ouagadougou & Een basiliek in het regenwoud (een reis door Burkina Faso en Ivoorkust)
Met musici (portretten & reportages)
De regenvogel (een reis door Equatoriaal Afrika)
Goedenavond, mrs. Rhys
(een reis door het Dominica van Jean Rhys)
Vulkanen vanaf zee (verhalen)
Spiegels (portretten & essays)
De blinde passagiers (roman)
De droevige kampioen (roman)
Nog een nacht (novelle)
Jungle Rudy (in de Verloren Wereld van Rudy Truffino)
Voel maar (roman)
Zoals Frankrijk was (portretten & reportages)
Mijn kleine waanzin (roman van een jeugd)
Waarom elf Antillianen knielden voor het hart van Chopin
(een reis door de Caribische muziek)
De wil en de weg (over het schrijven – 1)
Het hoe (over het schrijven – 2)
In het huis van de dichter (roman van een vriendschap)
Feininger voorbij (novelle)
Berlin's Covered History
(zeven impressies van Berlijn, bij foto's van Anja de Jong)
Zeedrift (verhalen)
Baltische zielen
(lotgevallen in Estland, Letland en Litouwen)
De vergelding (een dorp in tijden van oorlog)
Blok, de boekhandelaar van mijn vader (portret)
De stad van Morandi (reisverhaal)

Jan Brokken

De Kozakkentuin

Uitgeverij Atlas Contact
Amsterdam/Antwerpen

De auteur ontving voor dit boek een werkbeurs van het
Nederlands Letterenfonds

Omslagontwerp Roald Triebels, Amsterdam
Omslagillustratie Pjotr Petrovitsj Kontsjalovski *Huis in Abramtsevo*,
Museum-Reserve Abramtsevo
Foto auteur Jelmer de Haas
Zetwerk Elgraphic bv, Vlaardingen
Drukkerij Koninklijke Wöhrmann, Zutphen

ISBN 978 90 450 3017 3
D/2015/0108/774
NUR 320

www.janbrokken.nl
www.atlascontact.nl

INHOUD

U, die mijn vriend was in een tijd dat ik geen vrienden had, die getuige was van mijn eindeloos geluk en van mijn vreselijke smart [...]; U, die mijn vriend was en later mijn pleitbezorger, – zou ik U kunnen vergeten?

F.M. Dostojevski in een brief
aan A.J. von Wrangel

Heb je iets van Alexander Jegorovitsj gehoord? Waar is hij? Ik mis hem. Hij is als een broer voor mij (trek je dit niet persoonlijk aan).

F.M. Dostojevski in een brief
aan zijn broer Michaïl

DE SAMENZWERING

De eerste keer dat ik hem zag, stond hij in een wit doodshemd voor het vuurpeloton. Hij: een man van tegen de dertig die zich voorbereidde op de dood en het zilveren kruis kuste dat de priester hem voorhield. Ik: een nieuwsgierige jongeling die vanaf een veilige afstand keek naar wat onrecht was.

Ik had vrij van school. 1849 was het jaar van de cholera; massa's mensen stierven in Sint-Petersburg. Vanwege het besmettingsgevaar was ons lyceum al vóór september gesloten. Ik woonde bij een oom in huis en lummelde maandenlang maar wat aan.

De schoolleiding gaf ons in december het advies naar onze families terug te keren om de feestdagen door te brengen. Buiten de stad vielen minder slachtoffers en ik overwoog naar Terpilitsy af te reizen. Het landgoed lag op slechts zeventig werst van Petersburg en was binnen een dag te bereiken. Zware sneeuwval hadden we nog niet gehad; de weg zou begaanbaar zijn, het was te doen, maar ik bleef hangen bij mijn oom, baron Nikolaj Korf,[1] die een klein, houten huis op de hoek van de Litejny Prospekt en de Kirotsjnajastraat bewoonde. Als je zeventien jaar bent, taal je niet naar je familie en vind je de stad vele malen opwindender dan het platteland, zeker in de winter. Ik had trouwens nog drie maanden te gaan voor mijn zeventiende verjaardag,[2] maar ik voelde me al een hele vent en was ook nog eens ongelooflijk lang voor mijn leeftijd. Ach, ik had met kerst heus wel thuis willen zijn, als ik niet zeker had geweten dat mijn vader me het ene na het andere verwijt naar het hoofd zou slingeren. Orde en tucht stonden hoog in zijn vaandel en hij meende dat 'mensen als wij' in alles een voorbeeld moesten zijn voor anderen.

Ik was van adel. Natuurlijk, anders kon je niet naar het Keizerlijk Lyceum, maar ik was niet van hoge adel en bovendien van buitenlandse, van Duitse en Zweedse. De Von Wrangels bezaten landgoederen in de provincies Estland, Letland en Groot-Petersburg en behoorden tot de Duits-Baltische baronnen die niet erg populair waren in Rusland maar desondanks veel gevraagd werden voor overheidsfuncties. Duitse Balten golden als hardwerkend en secuur, wat ik als het om mezelf ging betwijfelde. Ik voelde me zo Petersburgs als een straatsteen van de Nevski Prospekt, en eerlijk gezegd, ik luierde graag.

Met mijn oom kon ik het beter vinden dan met mijn vader. Dat oom Nikolaj een gewichtige functie bekleedde in dienst van de tsaar las je niet van zijn gezicht af en hoorde je evenmin aan zijn stem. Voor een generaal – hij was commandant van de militair-agrarische nederzettingen – sprak hij zacht. Hij bloosde snel, terwijl hij het ene na het andere vermakelijke verhaal vertelde. Wat me het meest aan hem beviel was dat hij niet constant zeurde dat ik 'een man' moest worden, zoals mijn vader deed, die bij 'een man' eerder een gehoorzame dienstklopper in gedachte had dan een ontdekkingsreiziger.

Op de morgen van de 22ste december was ik om een uur of acht opgestaan. Voor mijn vader zou dit tijdstip een bewijs van mijn slappe karakter zijn geweest, maar mijn oom vond het volstrekt normaal – ik had immers vakantie. Als hij me ergens in aanmoedigde, dan was het van mijn jeugd te genieten. 'Alexander Jegorovitsj,' zei hij mij herhaaldelijk, 'neem het ervan, jongen. Vrijheid is als een ballon, voor je het weet, prikt iemand 'm door.'

Toen ik de gordijnen van mijn kamer openschoof, zag ik een lange rij sleekoetsjes voortglijden, elk getrokken door twee paarden. Ik vond dat niet opmerkelijk, in dergelijke koetsjes werden balletleerlingen van de Theaterschool vervoerd of pupillen van het Smolny Instituut, de school die adellijke meisjes opleidde tot hofdame en die niet ver van mijn ooms huis verwijderd lag. De rij was alleen verbazingwekkend lang: ik telde twaalf, dertien, veertien, vijftien koetsjes. Ze kwamen van de brug over de Neva gegleden en vervolgden hun weg over de brede Litejny in de richting van de Nevski Prospekt.

Ik verloor me pas in vermoedens toen ik aan weerszijden van de straat de gendarmes opmerkte die trots te paard zaten, met blanke sabel. Op hetzelfde moment kwam mijn oom Vladimir binnen, de jongste broer van mijn vader. Hij vertelde opgewonden dat de terdoodveroordeelden uit de groep rond Petrasjevski naar het exercitieterrein van het Semjonovski Regiment werden gebracht en dat hun laatste uur had geslagen.

Petrasjevski hield ons al maanden bezig. In april 1849 – ik was net zestien geworden en overgegaan naar de derde klas van het lyceum – vernamen we dat de geheime politie een samenzwering aan het licht had gebracht. Een dertigtal jongemannen uit de kring rond de utopisch socialist Petrasjevski was opgepakt. Onder hen bevonden zich verschillende voormalige leerlingen van ons lyceum, Nikolaj Spesjnev in de eerste plaats, die de geschiedenis zou in gaan als 'de terrorist' van het gezelschap, en voorts Alexander Jevropejoes en Nikolaj Kasjkin. Ook de leider van de beweging, Michaïl Boetasjevitsj-Petrasjevski, was een oud-leerling van onze school. Ik kende ze allemaal van ontmoetingen binnen de vriendenkring. Ze kwamen dikwijls naar het lyceum, waar ze hun vroegere, jongere kameraden bezochten.

Ons Keizerlijk Lyceum stond niet best aangeschreven bij de autoriteiten. Volgens tsaar Nicolaas heerste er 'een kwade geest'. Het was door zijn vader opgericht, heette voluit Keizerlijk Alexander Lyceum en had als locatie een annex van het Catharinapaleis in Tsarskoje Selo. Sinds de verhuizing naar een eigentijds gebouw aan de Kamenno-ostrovski Prospekt in Petersburg geloofde tsaar Nicolaas dat het lyceum een slechte invloed uitoefende op de stad, en de stad op het lyceum.

Vrijzinnige ideeën gingen er bij de leerlingen beter in dan de vervoegingen in het Latijn, dat klopte. Het viel evenmin te ontkennen dat we de politieke en sociale bewegingen in de stad op de voet volgden, ook al gaven we ons dikwijls over aan ijdel gezwets en hoogdravend gebral. Ik vermoed dat de autoriteiten ons te hoog aansloegen.

Het wantrouwen van de tsaar moet al eerder zijn begonnen, in december 1825, toen het weldenkende deel van de adel in opstand kwam tegen de autocratie. De beroemdste leerling van ons lyceum, Alexander Poesjkin, sympathiseerde openlijk met de dekabristen. De tsaar, wiens bewind begon met het bloedig neerslaan van de opstand, bewaarde een levenslange argwaan tegen alles wat jong en gloedvol was. Het leed voor Nicolaas geen twijfel dat ons lyceum evenveel onruststokers als betrouwbare staatsdienaren afleverde. Zelfs toen ik in 1853 eindexamen deed, was het nog verboden om op school het woord 'dekabrist' uit te spreken. Alles wat met december[3] te maken had, reet oude wonden open bij de tsaar.

Helemaal ongegrond was zijn wantrouwen misschien niet. Je zou verwachten dat kinderen van prinsen, markiezen en graven voor het handhaven van de bestaande orde waren, maar het tegendeel was waar. Met de leiding was het niet veel anders gesteld. De inspecteur van onze school, kolonel Miller, was een naaste verwant van Nikolaj Kasjkin, een van de centrale figuren in de kring rond Petrasjevski. Van de oud-leerlingen was Petrasjevski even populair aan het worden als Poesjkin. Op ons lyceïsten begon een zware verdenking te rusten.

Kort na de arrestatie van de samenzweerders hoorden we op een mooie dag in mei, toen we om zes uur 's morgens opstonden, tromgeroffel op het bordes voor de slaapvertrekken. Onze tutoren legden uit dat het een order van de tsaar betrof. Voortaan zouden we op militaire wijze gedrild worden. Onderofficieren van het Garderegiment Grenadiers kregen de taak toebedeeld ons orde en tucht bij te brengen. Hun kazerne grensde pal aan ons tuinpark. Algauw werd er voor elke klas een gardeofficier aangesteld ter ondersteuning van de mentoren en was er dagelijks onderricht in marcheren en militaire formaties.

De officieren begonnen streng toe te zien op wat wij lazen. Ze namen alle van huis meegenomen boeken in beslag en verboden alle kranten. De mentoren openden zelfs onze brieven, speciaal de brieven die uit het buitenland kwamen. Alleen meneer Pletz, een zachtaardige mentor en een erudiete en humane Duitser die aan de universiteit van Heidelberg had gestudeerd, raadde ons op cryptische wijze aan 'vrije gedichten' en boeken van '*die Liberalen*' op te bergen. Zodra we in slaap waren gevallen, doorzocht een gendarmeofficier alle lessenaars. Ik had niets kwalijks in bezit, behalve een paar gedichten van Poesjkin die ik uit een tijdschrift had overgeschreven, maar zelfs die had ik onder mijn stromatras verstopt. De doorzoeking liep voor alle klassen gunstig af.

Het oprollen van de Petrasjevski-groep paste bij het oververhitte klimaat van die dagen. Ieder protest moest in de kiem gesmoord worden. Tsaar Nicolaas en allen die hem steunden en met raad en daad terzijde stonden, vreesden dat de revolutionaire beweging van 1848 naar Rusland zou overslaan. Op het lyceum moesten we aanvankelijk gissen naar wat er precies aan de hand was. De berichten uit Parijs, Berlijn en Wenen deden er lang over voor ze Petersburg bereikten, en in de gecensureerde kranten vingen we slechts af en toe een rooksliert op die weinig vertelde over de omvang van de brand.

Maar het staat me nog levendig voor de geest dat in die dagen alleen al het woord 'revolutie' iedereen in verwarring bracht, groot en klein. Op een dag trof ik mijn vader aan, die heimelijk iets in het oor van mijn oom fluisterde. Ik ving 'Frankrijk' op, 'revolutie', 'Louis-Philippe', 'vlucht', en vroeg: 'Waar praten jullie over?' Nadat mijn vader me had laten beloven dat ik mijn mond zou houden, vertelde hij over de omwenteling in Parijs, de vlucht van de koning en de revolutionaire beweging in Duitsland. 'Maar in godsnaam, zwijg erover... weet dat de muren in

Petersburg oren hebben. Er gaan al geruchten dat zich onder jullie jongeren een politieke kring heeft gevormd...'

Dat was de kring rond Michaïl Boetasjevitsj-Petrasjevski.

Petrasjevski had ons lyceum tien jaar eerder verlaten. Al tijdens zijn rechtenstudie had hij zich op de politiek geworpen. Hij ontving op vrijdagavond bij hem thuis, schotelde zijn gespreksgenoten excellente maaltijden voor (zijn opponenten meenden dat het succes van de utopistische beweging in de weldadig gevulde dis school), ontvouwde enkele van zijn denkbeelden en vroeg de aanwezigen een verhaal of een artikel voor te lezen dat sociaal onrecht of uitbuiting aan de kaak stelde.

Na zijn studie was Petrasjevski als vertaler op het ministerie van Buitenlandse Zaken gaan werken. Door die post en door zijn talenkennis was hij sneller en beter op de hoogte van de politieke ontwikkelingen in Parijs en Berlijn dan de meeste andere jongemannen in Petersburg. Intussen legde hij een collectie boeken aan waarvan zijn progressieve kennissen gebruik konden maken. Zijn bibliotheek was een bom in de stad.

Petrasjevski droeg zijn ideeën ook graag mondeling uit. Hij was een ongelooflijke kletskous. Zijn stokpaardjes waren de afschaffing van de lijfeigenschap en de invoering van de parlementaire democratie. Niet echt onthutsend, wij jongeren waren daar in die tumultueuze jaren allemaal voor; de vraag was alleen of we mét of zónder geweld een einde moesten maken aan de tsaristische autocratie.

Ik reageerde ongelovig toen het gerucht zich verspreidde dat ook Fjodor Dostojevski tot de gearresteerden behoorde en dat hij in de Petrus-en-Paulusvesting was opgesloten. Ik had recentelijk twee verhalen[4] van hem gelezen, *Arme mensen* en *Njetotsjka Njezvanova.* De recensenten liepen weg met *Arme mensen* en voorspelden de jonge schrijver een grote toekomst; zelf was ik in vuur en vlam geraakt door de tegendraadse hartstochten van het verstoten meisje Njetotsjka. Echt opstandig waren die verhalen niet, hoewel de manier waarop Dostojevski hele en halve gesjochten beschreef die alleen maar bezig waren met aanzien, macht, klatergoud en het vette der aarde, een verontrustende blik verraadde.

Aanvankelijk kon niemand in de stad met zekerheid vertellen wélke Dostojevski van zijn bed was gelicht. In één nacht was zowel Fjodor als zijn jongste broer Andrej gearresteerd en overgebracht naar het hoofdkwartier van de Derde Sectie – de geheime politie. Andrej, die aan het Instituut voor Civiele Ingenieurs studeerde, had nooit deelgenomen aan een bijeenkomst bij Petrasjevski thuis. Van een oom van mijn vader, die zijn inlichtingen uit betrouwbare bronnen had, hoorde ik dat Andrej vermoedelijk verward was met de oudste van de gebroeders Dostojevski, met Michaïl, die wél actief had deelgenomen aan de bijeenkomsten van de groep, zowel aan de grote vrijdagse bijeenkomsten als aan de vergaderingen van de deelgroepen.

Andrej deed er voorlopig het zwijgen toe, zodat zijn oudste broer, die getrouwd was en de zorg voor drie kinderen droeg, maatregelen kon treffen om zijn gezin in veiligheid te brengen. Pas twee weken later kwam de persoonsverwisseling aan het licht: Andrej dacht dat met Boetasjevitsj-Petrasjevski twee mannen werden bedoeld. Toen de ondervragers dat merkten, lieten ze hem vrij en arresteerden zijn oudste broer.

Michaïl Dostojevski had verboden boeken uit de bibliotheek van Boetasjevitsj-Petrasjevski geleend. Verder kon hem niets strafbaars ten laste worden gelegd. Hij werd na acht weken vrijgelaten.

Nee, het was de schrijver Dostojevski die de volle laag kreeg, het was Fjodor Michajlovitsj.

Ik was geschokt toen ik acht maanden later hoorde dat hij met enkele andere kameraden ter dood was veroordeeld. Ieder weldenkend mens verbaasde zich over de onverbiddelijkheid van het vonnis. De Krijgsraad veroordeelde hen tot de kogel, maar verzocht de tsaar om gratie. Dit wees de tsaar af. Voor Nicolaas was geen middel te zwaar om de toevloed van revolutionaire ideeën uit het Westen te keren.

Fjodor Dostojevski kreeg de ultieme straf voor het hardop voorlezen van een brief van Belinski aan Gogol op een van de bijeenkomsten bij Petrasjevski. Een waanzinnige veroordeling: het in een klein gezelschap voorlezen van een brief van een van onze bekendste literaire critici – Belinski – aan een van onze grootste schrijvers – Gogol – was reden voor een gerechtelijke executie. Om het nog idioter te maken: Belinski was een jaar eerder overleden en Gogol had zich bij zijn lezers onmogelijk gemaakt door zaken die hij ooit bespot had toe te juichen. Gogol was opeens vóór de Kerk, vóór de Staat, vóór de lijfeigenschap en vóór de autocratie. Belinski had hem in een van zijn laatste brieven verweten dat hij langzamerhand alles verdedigde wat in Rusland rot, achterlijk, barbaars, tiranniek en corrupt was.

Iedereen in de stad die de literatuur ook maar een beetje volgde kon weten dat Gogol gek aan het worden was. Ik vermoed dat Dostojevski door de brief van Belinski voor te lezen vooral dát had willen aantonen, en niet uit leedvermaak maar uit teleurstelling. Hij had altijd een hoge dunk van Gogol gehad – in plaats van uit zijn eigen werk voor te lezen, droeg hij op literaire avonden hele stukken uit *Dode zielen* voor, meestal hikkend van het lachen. Maar in zijn ijver duidelijk te maken dat het gedaan was met Gogols humor, onderschatte Dostojevski de politieke implicaties.

Naderhand heeft hij me verteld dat hij de extreme ideeën van Petrasjevski allerminst had gedeeld en dat hij tegenstander was geweest van het met geweld afdwingen van een grondwet. Ik moet daar wel direct aan toevoegen dat Dostojevski gebiologeerd was door geweld, zowel door het zinloze geweld als door het georganiseerde en politiek getinte zoals dat gestalte kreeg in het terrorisme. Het zou best eens kunnen dat die nieuwsgierigheid hem dicht bij Petrasjevski heeft gebracht, ook al had hij direct zijn bedenkingen tegen de man. Toen hij zich later realiseerde wat geweld eigenlijk inhield, schaamde hij zich wellicht voor zijn ideeën van destijds.

Petrasjevski was een overtuigd atheïst en maakte geloof en gelovigen graag belachelijk. In vrouwenkleren bezocht hij een kerkdienst in de Sint-Izaäk Kathedraal. Hij brandde kaarsjes, giechelde, provoceerde. Dostojevski ergerde zich aan zijn excentriciteit – voor hem viel er niet te spotten met het orthodoxe geloof. Op ons lyceïsten oefende Petrasjevski echter een onweerstaanbare aantrekkingskracht uit. Hij was op een grappige, decadente manier baldadig.

Onder jongelui heerste in die jaren veertig een radicale weerzin tegen de bestaande orde. Volgens ons was die gedoemd te verdwijnen. We lieten ons meeslepen door de utopische dromen die in West-Europa de boventoon voerden en verbeeldden ons dat we geroepen waren het hele maatschappelijke leven te herscheppen.

Twintig jaar later, toen we onze wilde haren kwijt waren en een bedaagde baard hadden laten groeien, konden we ons bijna niet meer voorstellen dat we in die ideeën hadden geloofd en zwoeren we bij de heerschappij van de tsaar. Dat was toen trouwens een duizendmaal schappelijker monarch dan de bullebak door wie Dostojevski voor het vuurpeloton was gesleept.[5]

Van mijn ooms hoorde ik dat een spion dertien maanden lang aantekeningen had gemaakt van alles wat er in de groep van Petrasjevski was gezegd. Alles, woord voor woord, opgetekend in vuistdikke verslagen; ook de stompzinnigste scholierengrappen en het onbeduidende gestoei met ondoorzichtige ideeën; echt alles. Maar compleet onschuldig was de beweging niet. Tussen de dromers en idealisten liepen een paar koelbloedige rebellen rond die onder leiding van Nikolaj Spesjnev bereid waren tot daden over te gaan. Juist tot die Spesjnev-getrouwen behoorde Dostojevski. Later gaf hij in bedekte termen toe dat de arrestatie van alle vierendertig leden van de Petrasjevski-groep de door Spesjnev beoogde samenzwering had doen mislukken. De ironie wilde dat de onderzoekers weinig tot niets te weten kwamen over de groep rond Spesjnev en over hun conspiratie, die volgens mij toch niet veel meer voorstelde dan een fraaie zeepbel, geblazen met een zilveren ring.

Ik kan me vergissen. Ook heel veel later, toen hij oud en beroemd was en niets meer had te vrezen van welke tsaar dan ook, wilde Dostojevski niet vertellen welke plannen door het kleine groepje rond Spesjnev waren gesmeed. Ik hoorde hem wel eens iets mompelen over een drukpers. Daar bleef het bij.

Spesjnev noemde zich 'anarchist', 'communist', 'terrorist'. Hij was dol op geheime genootschappen en bedacht complotten zoals anderen dansavonden organiseren. Wat ik altijd een vermakelijke contradictie heb gevonden is dat hij, de anarchist, de communist, de samenzweerder met een voorkeur voor terroristische aanslagen, de rijkste grootgrondbezitter van de Petersburgse *beau monde* was. Van zijn vader, die jong gestorven was, had hij grandioze buitens en een half koninkrijk aan landerijen geërfd. Spesjnev leefde met het comfortabele vooruitzicht dat hij zijn hele leven lang niets hoefde te doen. Hij studeerde alleen uit intellectuele gulzigheid. Op de laatste tentamens die hij moest afleggen liet hij zich niet meer zien; titels en diploma's had hij niet nodig. Na zijn studie reisde hij vijf jaar door Europa en keerde met stapels boeken en een grote schat aan revolutionaire ideeen naar Rusland terug.

Als hij niet las, flirtte hij; weinig gravinnen en prinsessen waren tegen zijn onderzoekende blik bestand. Zijn grootste charme bestond uit zwijgen. Hij zweeg altijd en overal, ook als hij naar ons lyceum kwam. Maar juist door dat zwijgen trok hij de aandacht. Iedereen wilde weten wat *hij* ervan dacht.

Tijdens het onderzoek gedroeg Dostojevski zich onberispelijk. De gevangenen werden door een commissie van vier generaals en een graaf verhoord. Dostojevski probeerde niet de schuld in andermans schoenen te schuiven en offerde zijn eigen belangen op als hij de mogelijkheid zag anderen in bescherming te nemen. Vooral Spesjnev had hier baat bij.

'Ik nam in ieder geval als troost naar Siberië mee dat ik me eervol gedragen heb,' zei hij er zelf later over. Hij hield zichzelf in bedwang, biechtte niets op en werd daardoor zwaarder gestraft. Hij had bijvoorbeeld kunnen zeggen dat Belinski zich zeer laatdunkend over zijn laatst gepubliceerde verhalen had uitgelaten ('gezocht, langdradig, hoogdravend, vals') en dat je met zo'n criticus niet echt wegloopt. Maar nee, hij verklaarde dat het dan misschien laakbaar mocht zijn dat hij de brief van Belinski aan Gogol had voorgelezen, maar dat hij eigenlijk niet meer had gedaan dan de aandacht vestigen 'op een uiterst belangrijk historisch document'. Zo gooide hij zijn eigen glazen in.

De brief van Belinski was in Salzbrunn verstuurd en het antwoord van Gogol was in Frankfurt geschreven, zodat beiden de Russische censuur hadden omzeild. Pas na de dood van Belinski was de brief in Rusland gaan circuleren. Dostojevski had een kopie bemachtigd met het oogmerk de brief voor te lezen (dat deed hij driemaal: tweemaal voor het kleine groepje samenzweerders waar hij deel van uitmaakte en een keer voor de grote Petrasjevski-groep) en deze vervolgens op een illegaal verworven drukpers te vermenigvuldigen.

Een van de generaals die Dostojevski verhoorden, probeerde hem aan het praten te krijgen door hem te overladen met complimenten. Hij was toch de schrijver van het veelgeprezen *Arme mensen*? Hij was toch intelligent, getalenteerd, onafhankelijk? Waarom liet hij zich dan in met zo'n lummel als Petrasjevski? De zwijgzame Dostojevski had hem al snel door en hapte niet.[6]

'Maar waarvan word ik beschuldigd?' vroeg hij zich tijdens een volgende ondervraging voor de commissie af. 'Natuurlijk, ik heb over politiek gesproken, over het Westen, de censuur, enzovoort. Maar wie heeft in onze huidige tijd niet over die dingen gesproken en gedacht? Welk nut heeft mijn studie gehad, met welk nut heeft de verworven kennis mijn nieuwsgierigheid aangewakkerd als ik niet het recht heb mijn mening uit te dragen of om in te stemmen met opvattingen die op zichzelf hoogst respectabel zijn?'

Deze betogen kwamen pas veel later naar buiten, maar ik hoor het hem zeggen: met passie, met gedrevenheid en met een scherpte in zijn stem die je een koude rilling op de rug bezorgt. Ik weet wel bijna zeker dat alle ondervragers onder de indruk van hem waren. Dostojevski liet niemand onverschillig.

Acht maanden zat hij gevangen in de Petrus-en-Paulusvesting. Na de eerste golf arrestaties in de nacht van 22 op 23 april en na de eerste verhoren waren andere arrestaties gevolgd. Op een gegeven moment zaten tegen de vijftig jongemannen gevangen. In de loop van de zomer waren er vierentwintig vrijgelaten, maar Dostojevski niet.

Op 16 november veroordeelde de Krijgsraad vijftien leden van de Petrasjevski-groep tot de doodstraf. Onder hen waren alle voormalige leerlingen van ons lyceum, en Dostojevski, die toen achtentwintig jaar oud was, ruim elf jaar ouder dan ik.

Het vonnis werd aan de hoogste militaire rechtbank voorgelegd. In Petersburg ging het gerucht dat de Krijgsraad geen overtuigende bewijzen had gevonden, maar dat tsaar Nicolaas de zaak tot het bittere einde wilde doorzetten. Op de vroege morgen van 22 december werden de terdoodveroordeelden uit hun cel gehaald.

DE EXECUTIE

Oom Vladimir vroeg me met hem mee te gaan naar het exercitieterrein. Ik trok eerst mijn zomerse, ongevoerde overjas aan, maar bedacht toen dat het koud was, verruilde die jas voor mijn uniformjas[7] en zette een steek op. Een winterjas had ik niet omdat mijn vader dat een luxe vond en van mening was dat een jongen niet verwend maar gehard moest worden.

We namen een huurkoets, een 'gammeltje'. Het was een druilerige dag, een echte grauwe Petersburgse ochtend, vier tot zes graden, vochtig koud. Af en toe viel er wat sneeuw. Dostojevski zou zich herinneren dat het 'ijskoud' was, zeker op het moment dat hij het doodshemd moest aantrekken.

Het exercitieterrein was een immens veld waarop de sneeuw zich met de blubber had vermengd. Toen we uit de koets stapten zagen we in de verte een groepje mensen, manschappen in carré, en een op het eerste gezicht nogal wankel bouwsel, een platform van planken op lange houten palen met een trap aan de voorzijde. Was dat een schavot? We dachten dat de mannen zouden sterven voor het executiepeloton; toch leek het op een schavot. We wilden dichterbij komen maar politieagenten en gendarmes hielden ons tegen.

Een andere oom kwam op ons af, oom Alexander Mandersjern. Hij snoefde met nauwelijks verholen sensatielust dat hij met zijn Compagnie Lijfjagers bij de executie aanwezig wilde zijn. Toen hij mij in de gaten kreeg, was hij verbijsterd.

'In godsnaam jongen, maak dat je wegkomt. God verhoede dat de rector erachter komt dat je bij de executie bent geweest. Straks verdenken ze je er nog van een politieke te zijn en sturen ze je van het lyceum.'

Na deze uitbrander boog oom Alexander zich naar ons toe, want hij had groot nieuws dat hij niet voor zich kon houden.

'In het grootste vertrouwen,' fluisterde hij, 'kan ik jullie meedelen dat er niet gefusilleerd gaat worden.'

'Niet?' vroeg oom Vladimir, die vermoedde dat hij het verkeerd had verstaan.

Oom Alexander schudde beslist het hoofd. Allen zou het leven gespaard worden, maar dat wisten de terdoodveroordeelden niet. De tsaar wilde dat de procedure van het vuurpeloton tot het einde toe zou worden uitgevoerd en dat in de laatste minuut, als het commando 'vuur!' zou klinken, de adjudant aan zou komen galopperen met een bevel van de allerhoogste: stopzetting van de executie.

Ik geloofde hem niet, en oom Vladimir evenmin. Dat leidde ik althans af uit de verdwaasde blik in zijn ogen: hij achtte de tsaar niet tot zo'n wrede schijnvertoning in staat.

'Kom, we gaan,' zei hij bijna boos tegen Mandersjern.

Mijn ooms begaven zich naar hun onderdelen. Ik mengde me in de grijze menigte. De afstand tot de in vierkant opgestelde manschappen kon ik moeilijk schatten; ik stond in ieder geval vrij ver van hen af. Het terrein was ondertussen volgestroomd met nieuwsgierigen, met toevallig passerend volk. Datum en tijdstip van de executie waren geheimgehouden; het bloeddorstig publiek, dat op een dergelijk schouwspel afkomt alsof het een kermisattractie is, kon er onmogelijk van op de hoogte zijn. De stemming onder de menigte was ernstig. Iedereen had medelijden met de 'ongelukkigen', ofschoon vrijwel niemand wist voor welke misdrijven ze werden terechtgesteld.

Het leek erop dat de veroordeelden even een moment van vrijheid voelden toen ze uit de koetsjes stapten. Ze keken naar het eerste licht boven de stad – de zon was net opgekomen – en vervolgens naar elkaar. Tijdens hun gevangenschap waren ze gescheiden van elkaar gehouden en hadden ze acht maanden lang niets over de andere leden van de groep vernomen. Het had iets van een weerzien: ze liepen op elkaar af, begroetten, omhelsden elkaar, tot een generaal hen met donderstem tot de orde riep en om stilte vroeg. Die stem hoorde ik, maar de gevangenen bleven door de afstand vaag voor me.

Een andere stem riep de namen van de veroordeelden af en vroeg hun plaats te nemen in de rij zodra hun naam geklonken had. Het verbaasde me niet dat Petrasjevski en Spesjnev boven aan de lijst stonden; de andere namen gingen verloren in de wind.

Enkele figuren bestegen de stellage, in navolging van een priester met een kruis. Even later daalden ze de houten trap weer af en liepen langs de in carré opgestelde manschappen en langs de eenheden van mijn ooms. De officieren onder de veroordeelden moesten zo aan hun garnizoen laten zien dat ze tot gemeen soldaat waren gedegradeerd. Alles was op vernedering gericht en op het aanjagen van doodsangst.

Vlak bij het schavot werden de veroordeelden in twee groepen verdeeld. Weer klonk een stem. Kennelijk las een functionaris aan iedere veroordeelde het afzonderlijke vonnis voor, maar hij sprak snel en struikelde over zijn woorden. Het voorlezen nam niettemin geruime tijd in beslag. Alleen de laatste zin klonk duidelijk: 'De Krijgsraad heeft u allen veroordeeld tot de doodstraf middels het vuurpeloton, en op 19 december heeft Zijne Majesteit de Keizer persoonlijk onder dit vonnis geschreven: "Bekrachtigd."'

Dostojevski vertelde me later dat hij zich totaal verbouwereerd tot Sergej Doerov had gericht (die het dichtst bij hem stond) en verontwaardigd had uitgeroepen: 'Het is niet mogelijk dat we worden geëxecuteerd.' Tegen zichzelf had hij gepreveld: 'Het kan niet waar zijn. *Het kan niet*. Het kan niet dat ik, te midden van al die duizenden die in leven zijn, over zo'n vijf of zes minuten niet meer besta.'

Hij geloofde het pas toen alle terdoodveroordeelden de opdracht kregen een lang wit doodshemd aan te trekken.

De priester, met een bijbel in de hand (maar dat kon ik ook weer niet goed onderscheiden), vroeg de veroordeelden wie hij de biecht kon afnemen. Slechts één jongeman stapte naar voren. Later ontstond onenigheid over wie het geweest was, de vrome Konstantin Timkovski of, zoals Dostojevski zich herinnerde, Peter Sjaposjnikov, de enige onder de veroordeelden die niet van adel was.

Dostojevski ging zelf niet te biecht. Hij mocht dan diepgelovig zijn (in de Petrus-en-Paulusvesting had hij om twee bijbels gevraagd, een in het Oudkerkslavisch en een in het Frans), hij achtte zich volslagen onschuldig aan de hem ten laste gelegde feiten en wilde God niet om vergiffenis vragen voor misdaden die hij *niet* had begaan. Hij kuste wel het kruis dat de priester hem voorhield, maar dat deden alle veroordeelden, ook de overtuigde atheïsten Petrasjevski en Spesjnev.

Toen de priester hem het kruis voorhield, raakte Dostojevski ervan overtuigd dat de dood onvermijdelijk was. 'Ze kunnen toch geen grap uithalen met het kruis!' zei hij tegen zichzelf. 'Zover gaan ze niet.' Het was afgelopen. Alles wat hij later zou meemaken zou onbetekenend zijn vergeleken bij die laatste minuut, de overgang naar...

'Ja, waarheen?' zei hij me zoveel jaren later. 'Naar het onbekende... Naar het duister...' Het was een marteling, die ene minuut, de marteling om op de dood te wachten.

De eerste drie veroordeelden – ik hoorde iemand fluisteren dat het om Petrasjevski, Mombelli en Grigorjev ging – werden aan hoge palen vastgebonden. Twee van hen kregen een witte kap op zodat ze de geweren niet konden zien, de derde om een onverklaarbare reden niet. In de menigte was ik inmiddels een stuk naar voren gedrongen: ik zag zijn baard en zijn opengesperde ogen.

Dostojevski, die ik in het volgende ogenblik naar voren zag komen, behoorde tot de tweede groep van drie. Dat betekende dat hij moest toekijken hoe drie van zijn kameraden werden gefusilleerd voor hijzelf aan de beurt was. Ik vroeg me af of ik het goed zag dat hij sidderde; ikzelf kreeg het erg koud. Een ijzige wind blies over het terrein, de lange witte doodshemden van de veroordeelden wapperden in de wind.

Het vuurpeloton legde aan. De commandant hief de sabel. De zon prikte door het wolkendek en deed in de verte de koepel van een kerk blinken. Ik herinner me vooral de zon, die een verkeerd moment leek te kiezen om te schijnen.

Toen ontstond verwarring. De drie mannen die als eersten zouden sterven, werden van de palen losgemaakt en kregen een mantel toegeworpen. Een paar postkoetsen reden het terrein op, gevolgd door de sleekoetsjes die ik op de Litejny Prospekt had gezien. Een order klonk, nog een order. Vergiste ik me of werd er weer een vonnis voorgelezen? Nee, het werd ons plotseling duidelijk dat de tsaar op het laatste moment inderdaad overstag was gegaan en dat het door hem getekende gratiebesluit werd voorgelezen.

Ik haalde diep adem. Het was alsof ikzelf aan de dood was ontsnapt. Ik voelde ook iets van woede opkomen. Hoe kon men zo met het lot van mensen sollen? Was dit recht?

Het exercitieveld liep snel leeg. Het volk dwaalde uiteen, terwijl het kruisen sloeg en de genade van de tsaar zegende.

Met Dostojevski, die mijn vriend werd, heb ik in Siberië over van alles gesproken, maar zelden over de terechtstelling waarvan ik getuige was geweest. Hij wilde niet herinnerd worden aan de vreselijke minuten die hij had doorstaan. Hij zou er later over schrijven, ofschoon nog geen anderhalve bladzij, in *De idioot*, maar het kostte hem de grootste moeite om erover te praten.

Eén keer zei hij me in een paar zinnen dat hij zich, omdat hij zelfs niet het geringste gerucht had opgevangen over de ophanden zijnde gratie, helemaal had voorbereid op de dood. Terwijl hij stond te wachten tot hij vastgebonden zou worden aan de paal, naar de drie mannen keek die hem voor zouden gaan en het fatale commando 'vuur!' afwachtte, leek de tijd hem oneindig lang te duren en nam hij in gedachten met heel zijn hart afscheid van zijn geliefden. Beelden uit zijn leven schoten als bliksemschichten aan zijn geest voorbij.[8]

Over het zonlicht dat hij, zoals hij in *De idioot* beschrijft, in de laatste minuut op de vergulde koepel van de Heilige Maagd Kathedraal zag schijnen, vertelde hij me niets, noch dat hij onafgebroken naar die koepel staarde en naar de stralen die deze weerkaatste, stralen waarin hij de nieuwe natuur meende te zien waarmee hij binnen enkele minuten zou samenvloeien...

Ik haastte me naar huis.

Met de schrik nog in mijn benen en denkend aan de woorden van mijn oom, heb ik jarenlang over het geziene gezwegen en heb ik aan niemand, zelfs niet aan mijn beste vrienden op het lyceum en evenmin aan mijn vader en mijn moeder, verteld over de lugubere schijnvertoning die zich voor mijn ogen op het Semjonovski-xercitieterrein had afgespeeld. In de dagen van tsaar Nicolaas Pavlovitsj zou dat alleen al invloed op mijn verdere toekomst gehad kunnen hebben. Ongelooflijk maar waar; zo was het in die tijd.

DWANGARBEIDER TWEEDE CATEGORIE

Het moet een marteling zijn geweest de dood zo in de ogen te zien. Een reis naar het diepste duister waaruit je niet ongeschonden terugkeert. Nikolaj Grigorjev, die tot de eerste groep behoorde die naar voren moest treden, verloor zijn verstand toen hij aan de paal werd vastgebonden. Het begon met de gevangenschap van acht maanden die hem een paar zenuwinzinkingen had bezorgd. Hij verdroeg de eenzaamheid van de cel niet, de verveling en het soms weken wachten op een nieuw verhoor. De bijna-executie deed de rest en wierp hem in een staat van verwarring die hij nooit meer te boven zou komen. Hij stierf jong en krankzinnig.

Bijna alle leden van de Petrasjevski-groep die de doodstraf tegen zich hadden horen uitspreken, stierven jong, met uitzondering van Dostojevski, naar ik vrijwel zeker weet doordat hij zijn angsten en ervaringen kwijt kon in zijn geschriften. Hij was daar trouwens nog niet direct toe in staat; ik moest hem vijf jaar later aanmoedigen om niet langer weg te vluchten in zoetelijke of boerse geschiedenissen maar zijn eigen lotgevallen als uitgangspunt te nemen.

Petrasjevski kreeg de zwaarste veroordeling: verbanning en levenslange dwangarbeid in de Siberische mijnen. Tsaar Nicolaas weigerde dat vonnis af te zwakken, maar zijn opvolger, Alexander II, stelde hem na acht jaar in vrijheid. De straf bleek geen enkele invloed gehad te hebben op zijn overtuiging en zijn provocerende persoonlijkheid. Petrasjevski vestigde zich in Irkoetsk, richtte een dagblad op, kreeg het binnen twee maanden aan de stok met de lokale autoriteiten omdat hij in een bijtend sarcastisch artikel hun machtsmisbruik aan de kaak had gesteld, en werd voor de tweede maal verbannen. Zes jaar later overleed hij in het Minoesinsk-district.

Ook Spesjnev kreeg het zwaar te verduren: dwangarbeider in de mijnen; dat heette dwangarbeider eerste categorie. Algauw werd hij overgeplaatst naar de kanonnen- en artilleriefabriek in Nertsjinsk, wat hij als een verbetering ervoer omdat hij het dicht bij de staalsmelterijen niet koud had. Toen Spesjnev in 1856 onder de amnestiewetten van de nieuw aangetreden tsaar viel en vrijgelaten werd, deed hij nagenoeg hetzelfde als Petrasjevski en richtte in Irkoetsk een tijdschrift op dat algauw gold als radicaal en uiterst kritisch. Maar hij pakte het slimmer aan en zocht eerst naar een beschermheer die hem welgezind was.

Dostojevski werd veroordeeld tot acht jaar dwangarbeid tweede categorie (niet in de mijnen maar in een vesting of een gevangenkamp) wegens deelname aan misdadige plannen, het voorlezen van de brief van Belinski, die volgens het vonnis vol onbeschaamde formuleringen stond tegen de rechtgelovige kerk en het oppergezag. Hij werd tevens veroordeeld wegens pogingen tot verspreiding van tegen de regering gerichte geschriften met gebruikmaking van een huisdrukkerij – wat juridisch twijfelachtig was: de jongemannen hadden niet eens een drukpers kunnen vinden. Tsaar Nicolaas halveerde de straf en bepaalde dat Dostojevski na vier jaar dwangarbeid gewoon soldaat zou worden, zonder erbij te vermelden voor hoe lang.

In het uiteindelijke vonnis zag Dostojevski een welwillend gebaar van de tsaar en hij meende dat Zijne Majesteit rekening had gehouden met zijn jeugdige leeftijd en zijn literaire talent. Maar Sergej Doerov kreeg dezelfde strafvermindering.

Mild was de straf allerminst. Ik denk dat Dostojevski zich nog niet goed kon voorstellen wat vier jaar dwangarbeid inhield. Wist hij dat hij dag en nacht geketend zou zijn? Dat er tussen zijn voeten altijd een zware ketting zou hangen die hem belette normale stappen te nemen? Wist hij dat hij vier jaar lang de grimmen van de zwaarste misdadigers zou moeten verdragen?

Ik heb het dan nog niet eens over de kou, de huisvesting in de goorst denkbare barakken, de zwaarte van de arbeid en de allerergste straf van Siberië: de muggen in de zomer. Maar het was natuurlijk niets vergeleken bij de dood door de kogel.

Het schijnt dat Dostojevski in de uren na de bijna-executie heeft uitgeroepen: 'Leven is een geschenk, leven is geluk, iedere minuut kan een eeuwigheid van geluk zijn.' Indien tsaar Nicolaas die morgen aan hem was verschenen, zou hij hem op de knieën hebben bedankt. Hij verkeerde niet alleen in euforie maar vergaf Zijne Majesteit werkelijk alles. Die grote en bijna onvoorstelbare mate van vergevingsgezindheid zou hem nooit meer verlaten.

Op 24 december kreeg Michaïl Dostojevski het bericht dat hij afscheid kon nemen van zijn broer. Michaïl haastte zich naar de Petrus-en-Paulusvesting en huilde, Fjodor was de rust zelve en zei: 'Hou daar toch mee op, broer, je kent me, ik ben niet op weg naar mijn graf, jij loopt niet naast mijn doodskist – en er zijn geen wilde beesten in de Siberische *katorga*[9] maar mensen, misschien betere mensen dan ik ben, misschien slechter dan ik ben...'

Diezelfde dag werd Dostojevski op transport gesteld naar Siberië. Onder geleide van een gendarme verliet hij op kerstavond Petersburg.

De gehele tocht werd in een slede afgelegd. Twee weken later kwam hij in het gevangenkamp in Tobolsk aan; vier weken later bereikte hij Omsk.

SLAPEN OP HET BILJART

Ook ik kwam enkele jaren later in Siberië terecht. Met één groot verschil: ik reisde vrijwillig naar het oosten en koos uit pure nieuwsgierigheid voor een bestaan in die nog nauwelijks ontdekte wereld.

In de maand mei van 1853 traden de lyceïsten van de eindexamenklas jaargang XIX in dienst. Ik behoorde tot die lichting. Het klinkt allemaal wat formeel, maar zo was de gehele inrichting van het Russische Rijk: wij lyceïsten werden opgeleid voor een functie op een ministerie of een ambassade.

Naar de wens van mijn vader begon ik bij het ministerie van Justitie. Als ik me nu ergens niet toe aangetrokken voelde, dan was het dat. Ik was net twintig jaar geworden. Van al mijn achtentwintig klasgenoten was ik de enige die bij Justitie aantrad. Een schande was het niet maar het scheelde niet veel. Op het lyceum beschouwden we dat ministerie als het domein van rechtsgeleerden en druiloren met een echte ambtenarenroeping.

In mijn tijd floreerde het traditionele lyceumcorps nog volop. Oud-lyceïsten op hoge posten namen afgestudeerde kameraden in dienst en weigerden nooit een aanstelling op hun departement. Zo hielden we allen het vaandel van het Keizerlijk Lyceum hoog. Kameraadschap en solidariteit in zaken van eer waren zelden nodig – uit de literatuur krijgt men soms een andere indruk, maar duels waren niet aan de orde van de dag. Omkoperij tierde daarentegen welig, maar werd door ons veracht. Van carrièrisme, zoals dat nu als een besmettelijke ziekte onder de jeugd gedijt, hadden we geen notie. Uiteraard had de bescherming van hooggeplaatste personen en diverse suikeroompjes haar voordelen, maar onder ons was er bijna niemand die daarop rekende. Wij waren veeleer idealisten, we fantaseerden over het nut voor het vaderland, over zelfopoffering. Aan de jacht op rangen, ridderordes, eretekens – nu een rage bij de jeugd – dacht toen niemand.

Aan het begin van de jaren vijftig kregen wij belangstelling voor Oost-Siberië. Van kameraden in Irkoetsk hoorden we dat er in het Verre Oosten belangrijke gebeurtenissen werden voorbereid. Meer nog trok de populaire en innemende persoonlijkheid van de hoogste leidinggevende ons aan: gouverneur-generaal Nikolaj Moeravjov, naderhand graaf Amoerski. Hij wist tal van hoogopgeleide jongeren op te trommelen. Moeravjov-Amoerski stichtte Vladivostok en leidde van 1859 tot 1862 de expeditie die de rivier Amoer in kaart bracht. Als assistent nam hij een oud-leerling van ons lyceum en een goede bekende van Dostojevski in dienst: Nikolaj Spesjnev. Jawel, de voormalige 'terrorist' die Dostojevski zo mateloos intrigerend vond. Na pamflettist en oproerkraaier werd hij ontdekkingsreiziger in dienst van een gouverneur die voor de tsaar op vreedzame wijze een half rijk vergaarde – het kan verkeren.

In West-Siberië lag het allemaal wat moeilijker door de kleurloze en futloze persoonlijkheid van gouverneur-generaal Gasfort. Toch trokken vier van mijn klasgenoten, onder wie markies Nikolaj de Traverse en baron Alexander Sjtakelberg, naar dit gebied om, zoals wij het toen plachten uit te drukken, 'de streek te verheffen'. Na een jaar gediend te hebben op het ministerie van Justitie volgde ik in 1854 hun voorbeeld.

Ik koos een ambtspost uit in het meest uitgestorven en afgelegen grensgebied van Zuidwest-Siberië, dicht bij de grens van het Ilijski Gouvernement, het toenmalige China, en het domein van de voormalige kanaten Kokand en Tasjkent. Het district Semipalatinsk, samengesteld uit de zuidwestelijke delen van het district Altaj en de zuidoostelijke delen van de Kirgizische steppen, was op dat moment nog maar net ingedeeld. Het uitvoerend ambt van districtsofficier van Justitie werd

'Procureur van Staats- en Strafzaken' genoemd, en dat was ik.

Procureur van Staats- en Strafzaken! Mijn God, ik was nog maar net eenentwintig. Geen enkele levenservaring, noch kennis van zaken! Een broekje! Een kalfskop! Niets geleerd op het ministerie van Justitie, niemand had zich daar om mijn praktijkopleiding bekommerd. Mijn functie had zich beperkt tot het overschrijven van absurde paperassen en het opstellen van de meest eenvoudige stukken. Al het serieuze en moeilijkere werk werd door ervaren bureauchefs gedaan. Ik vertrok naar mijn nieuwe post met nul ervaring en een minimum aan strafrechtelijke kennis.

Ik had een passie voor de natuurwetenschappen en een even grote passie voor reizen en de jacht. Mijn helden waren natuuronderzoekers en ontdekkingsreizigers. Van verre landen verlangde ik vooral dat ze nog schimmig en onbekend waren. Over Siberië wist niemand wat in die tijd; zelfs ontwikkelde mensen kenschetsten het als een land met vrijwel eeuwige sneeuw en als een aards tranendal. Vanwege de ballingsoorden werd het 'de strafkolonie' genoemd en iedereen die ernaartoe reisde werd zo goed als verloren beschouwd. Ik dacht er toen anders over en vertrouwde misschien iets te veel op mijzelf. Natuurlijk werden in Siberië mensen die stukgelopen waren op de maatschappij voor straf tewerkgesteld; natuurlijk waren dat zuiplappen, corrupte lui, incapabele lanterfanters, avonturiers, dwangarbeiders; natuurlijk was het daar een en al wildernis, maar ik liet me niet bij voorbaat afschrikken en wilde het allemaal zelf zien en zelf ontdekken.

Op weg naar mijn standplaats stopte ik in Omsk. Het enige hotel van de stad was overvol. De herbergier bood me in plaats van een bed het biljart aan. Ik gebruikte een hoopje kleren als kussen en sliep weldra in. Kort na middernacht maakte een dronken gezelschap me wakker. Het verdrong zich rond het biljart en bekeek me als een pas geschoten beer.

'Proost, proost,' riepen de mannen.

Ik kon weinig anders doen dan meedrinken. Ik had me een andere voorstelling gemaakt van mijn kennismaking met Siberië, maar de mannen hadden mooie verhalen en toen ik twee rondjes had gegeven, haalden ze een deken voor me zodat ik er de rest van de nacht warmpjes bij lag.

Ik vertrok naar die streken zoals ik later naar de Balkan of Japan zou vertrekken: niet beseffend waarheen ik me waagde maar geprikkeld door nieuwsgierigheid. Het deed me verdriet Sint-Petersburg te verlaten, en toch ook weer niet: voorlopig hoefde ik niet naar ons landgoed terug te keren. De leegte die mijn moeder had achtergelaten kon ik moeilijk verdragen en de paden die ik samen met haar had bewandeld meed ik liever.

In 1851 was ze plotseling gestorven, nog maar vierenveertig jaar oud. Ik had een sterke band met haar. Alle goede herinneringen uit mijn jeugd waren op de een of andere manier met haar verbonden. Niet dat ik een zwak, ziekelijk jongetje was dat op haar zorg en aandacht rekende: op mijn vijfde jaar riep mijn moeder al vrolijk uit dat ik veel te zwaar was om op schoot te nemen. Door mijn lengte en mijn atletische gestalte was ik eerder de oogappel van mijn vader. Maar ik kon moeilijk met hem overweg.

Het militaire zat mijn vader in het bloed. Ofschoon hij in Riga was geboren, luthers was gedoopt en in Reval op school had gezeten, was hij een echte Rus.[10] Als officier bij de Grenadiers had hij tijdens de dekabristenopstand met zijn regiment voor het Winterpaleis gestaan, klaar voor de bestorming, maar tsaar Nicolaas was op hem afgestapt en had hem gevraagd of hij ook 'tot die bende behoorde'. In een opwelling had hij 'Leve de Tsaar' geroepen. Die impuls had hem voor een levenslange verbanning naar Siberië behoed. Mijn vader *moest* de tsaar trouw blijven, door de eed die hij bij de beëdiging tot officier had afgelegd. Een gelofte brak je niet – zo simpel lag het voor hem.

Onder het regime van Nicolaas vocht hij in drie oorlogen: de Russisch-Turkse van 1828-1829, de veldtocht tegen de Polen in

1830 en de bestorming van Warschau in 1831. Aan de grens bij Turkije raakte hij zwaargewond, in Polen liep hij lichtere verwondingen op die hem echter beletten lang te paard te zitten. Hij probeerde het nog een tijdje, maar in 1833 moest hij aanvaarden dat hij het fysiek niet meer aankon. Zijn ontslag uit militaire dienst was eervol, maar op je dertigste voelt het niet zo aan. Hij miste de orde, de tucht en de slaafse gehoorzaamheid van zijn ondergeschikten, hij miste de strakke organisatie van het militaire bestaan.

Teleurgesteld trok hij zich op het landgoed terug – dat was toen nog Verino, het landgoed van mijn moeder – en bestierde vanuit zijn studeerkamer de zaken. Hij zette een paar fabrieken in de Oeral op, kocht een goudmijn in Siberië, liet de haven van Kronstadt uitdiepen. De investeringen leverden hem enorme winsten op. Van het geld kocht hij de veel grotere landgoederen Terpilitsy, Torosovo, Lopets en nog een ander landgoed, in de buurt van Novgorod. Alles wat hij aanvatte had succes, maar dat schonk hem geen enkele voldoening. Tegen zijn lijfeigenen sprak hij als tegen zijn soldaten en van zijn kinderen eiste hij volstrekte onderdanigheid.

Een met groot verlof gestuurde kolonel is een lastiger heerschap dan een kolonel in functie: ik moest in zijn voetsporen treden. Toen ik zeven jaar oud was stuurde hij me naar de cadettenschool voor minderjarigen. Ik zou drie jaar op die school in Tsarskoje Selo blijven. We werden door oude gardeofficieren gedrild en moesten de gehele zomer in een tentenkamp doorbrengen. Lijfstraffen waren schering en inslag; iedere morgen moesten we na het appel en het gebed toekijken hoe ongehoorzame leerlingen met de roede werden afgetuigd. Tsaar Nicolaas was bijzonder ingenomen met deze vorm van opvoeding; hij bezocht onze school wekelijks en sprak ons aan met ‘Mijn toekomstige generaals’. Wij waren tussen de zeven en twaalf jaar oud.

Ik kreeg door het meppen, drillen en uithongeren – twee tot drie dagen zonder eten om ons te harden voor langdurige veldslagen – een verschrikkelijke hekel aan het militaire bestaan. Mijn hart lag bij de wetenschap. Ik zag mijzelf bioloog worden of geograaf. Mijn vader kwam me in zoverre tegemoet dat ik gedurende twee jaar dagelijks les in de natuurwetenschappen mocht nemen in Petersburg, maar ik had geen geluk met mijn leraar: die dronk zich om de week een delirium, mishandelde zijn vrouw en sloeg mij even hard. Als hij een volle dag in de stad wilde boemelen, sloot hij zowel zijn vrouw als mij in zijn huis op. Ik las dan van 's morgens vroeg tot aan het vallen van de avond en bestudeerde zijn collectie mineralen, terwijl zijn vrouw onafgebroken huilde. Op een dag maakte hij het te bont en werd door de politie opgepakt en in het gevang geworpen. Toen kwam ook aan het licht dat ik rake klappen had opgelopen en onder de blauwe plekken zat.

Vanaf mijn twaalfde jaar kreeg ik privéonderwijs van een leraar die veel jongens klaarstoomde voor het Keizerlijk Lyceum, waar hij zelf Oudrussisch gaf. Op mijn veertiende jaar werd ik tot dat lyceum toegelaten. In die periode bracht ik weer iedere zomer op ons landgoed door.

Van Verino, het landgoed van mijn moeder waar ik geboren werd, kan ik me niet veel meer herinneren, maar het landgoed Terpilitsy, dat mijn vader rond mijn zesde verjaardag kocht, was een aards paradijs vol vijvers, beken en meren. Het huis in Verino was van steen, het huis in Terpilitsy van hout. De vloeren kraakten; het hele huis rook naar hout. Verino en Terpilitsy lagen niet ver van elkaar aan de weg van Petersburg naar Narva, op enkele uren gaans van de Finse Golf, in een streek van eeuwenoude bossen. De oprijlaan naar Terpilitsy was zeker een werst lang. Aan beide zijden van het pad stonden linden. Voor ik goed en wel kon lezen en schrijven kende ik de namen van de planten en bomen in het park en galoppeerde ik op de rug van een pony over de uitgestrekte gazons. Ik hoef mijn ogen maar even dicht te knijpen om de eiken te zien, de zachtgroene lariksen, de spardoorns en de manshoge berenklauwen – zo mooi wit in de zomer.

Met mijn moeder en mijn zus Vera maakte ik lange wandelingen door de bossen. Vera had meer van een jongen dan van een meisje, ze was één jaar ouder dan ik en wilde net als ik grote en lange reizen maken, de hele wereld rond. Haar liefde voor de natuur was minstens even groot als de mijne. Mijn moeder wakkerde die belangstelling aan: ze vond het geweldig dat Vera en ik nooit genoeg kregen van een wandeling en noemde ons lachend 'mijn twee stoere jongens'. We lieten ons altijd begeleiden door Peter, een lijfeigene die bijzonder goed kon tekenen en schetsen. Hij was van al het andere werk vrijgesteld en vulde zijn dagen met het tekenen en aquarelleren van bomen, planten, bloemen, vossen, herten, van alles eigenlijk wat wij op onze wandelingen tegenkwamen. Door hem keken we beter naar de natuur: hij had oog voor het opmerkelijke detail en voor die ene kleur die een vlinder of een vogel bijzonder maakte.

In onze vroegste jeugd kregen Vera en ik privéonderwijs van een Franse en een Duitse gouvernante en vanaf ons zesde jaar van een huisleraar. Maar het meeste leerden we toch van onze moeder.

In mijn herinnering was ze om het jaar in verwachting. Na mij zouden nog drie jongens en twee meisjes volgen. Hoogzwanger lag ze in een van haar vertrekken op een sofa die met veelkleurige zijden doeken was bekleed en vertelde Vera en mij het ene na het andere sprookje. In het Russisch, nooit in het Duits. Haar meisjesnaam was Dorothea Rausch von Traubenberg, maar Darja, zoals haar roepnaam luidde, had weinig affiniteit met haar Duits-Baltische achtergrond. Ze was een achternicht van Alexander Poesjkin, en uiteraard was dat iets om veel trotser op te zijn. Haar grootmoeder was een zus van Poesjkins grootvader. De liefde van mijn moeder voor de Russische taal was even groot als die van haar neef.

Haar afkomst had voor ons kinderen een magische glans. Zowel mijn moeder als Poesjkin stamde af van Abram Petrovitsj Gannibal, het slavenkind uit Afrika dat Peter de Grote als peetzoon had aangenomen en in de adelstand had verheven. Ook over Gannibal kon mijn moeder uren vertellen, en altijd met een lach. Toen Poesjkin overwoog *De Moor van Peter de Grote* te schrijven, kwam hij naar ons landgoed om Darja over hun overgrootvader uit te horen. Hij reisde vervolgens door naar zijn landgoed Michajlovskoje in de nabijgelegen provincie Pskov, waar hij de eerste tien hoofdstukken op papier zette. Poesjkin maakte de roman nooit af, maar wat hij schreef lag dicht bij de waarheid, volgens mijn moeder althans.

Gannibal kwam uit Ethiopië, uit het grensgebied met Soedan.[11] Mijn moeder kon vertellen alsof ze erbij was geweest hoe hij op zevenjarige leeftijd door slavenhandelaren was ontvoerd en naar Constantinopel was overgebracht, waar de Russische gezant zich over hem ontfermde. Ik keek onderwijl naar zijn portret, dat aan de wand van mijn moeders ontvangstvertrek hing. Van het schilderij keek ik dan weer naar haar, en van haar opnieuw naar het schilderij, om enige overeenkomst te ontdekken.

Mijn moeder had hazelnootbruine ogen, volle lippen, een stevige neus, een geprononceerde onderkaak en opvallend donker haar, met een scheiding in het midden. Ja, ik vond haar donker, bijzonder donker. Vergissen deed ik me niet. Ongeveer tezelfdertijd, zo rond 1840, maakte de schilder Sokolov een portret van mijn moeder. Het komt volledig met mijn herinnering overeen. Dat schilderij toont tevens hoe sprekend ik op haar lijk. Dezelfde lippen, dezelfde neus, dezelfde donkere ogen, hetzelfde donkere haar.

Later, in de hoogste klas van het lyceum, noemden de kameraden mij spottend *karasakal*, 'zwartbaard', wat trouwens vriendelijker klonk dan 'le Singe', waar Poesjkin het mee moest doen. Hij kon erom lachen, en ik ook. We geloofden beiden dat we ons immer opgeruimde, opgewekte humeur aan voorvader Gannibal te danken hadden.

Mijn moeder vertelde het liefst over de Parijse tijd van Gannibal, misschien omdat ze zelf nooit in Parijs was geweest en graag hardop fantaseerde hoe het er in de Franse hoofdstad aan toeging. Peter de Grote nam Gannibal mee op reis naar Frankrijk en Gannibal smeekte de tsaar of hij er mocht blijven studeren. Hij kreeg onderricht van Voltaire, ontmoette Diderot en raakte met hem bevriend. Beide filosofen werden daar door hun collega's om bespot, ze gaven les aan een aap en probeerden een chimpansee te leren denken! Voltaire haalde daarover zijn schouders op en noemde Gannibal 'de Donkere Ster van de Verlichting'.

Ik hoor het mijn moeder nog in het Frans zeggen met haar zachte melodieuze stem: 'l'Etoile noire des Lumières...' Ik noemde haar altijd mama Darja, louter vanwege de klank. Ik heb altijd van die a's in haar naam gehouden, met die korte krachtige a aan het begin: Dárja. In de 'a' schuilt verbazing, en alles aan haar verbaasde me.

Mama Darja leerde me over planten, bloemen, paddenstoelen, over bijen, mieren, vlinders, maar het godsdienstonderwijs liet ze aan de *njanja* over. Waarom bleef me een raadsel, misschien wilde ze me met het boerse geloof en bijgeloof vertrouwd maken. Het kindermeisje, dat op alle staatsieportretten van de familie staat afgebeeld, meestal naast de twee ongetrouwde zusters van mijn vader die ook op het landgoed woonden, was theologisch niet erg onderlegd. Als ik haar vroeg hoe ik me God moest voorstellen, zei ze: 'God is als de tsaar, met dit verschil dat de ene in de hemel leeft en de ander op aarde.' En als ik haar vroeg of God barmhartig is, zei ze: 'Nee, net zomin als de tsaar.'

Achteraf begreep ik het beter. Mijn moeder behoorde tot de eerste generatie Rausch von Traubenberg die orthodox was gedoopt. Veel Duits-Baltische baronnen uit Koerland, Lijfland of Estland vestigden zich in Sint-Petersburg om de tsaar te dienen. Sommigen bleven katholiek of evangelisch, anderen traden toe tot de Russisch-orthodoxe kerk om sneller te assimileren. Mijn vaders familie behoorde tot de eerste groep, mijn moeders familie tot de tweede. Maar mijn lieve mama Darja moet veel niet hebben geweten over de orthodoxe liturgie en de orthodoxe gebruiken. Ze hoopte dat Njanja ons sneller en beter wegwijs zou maken. Het was in ieder geval erg Russisch wat Njanja ons leerde: God heeft altijd gelijk en geloof bestaat uit bijgeloof.

Toen ik tot het lyceum was toegelaten mocht ik in de zomer slechts één maand naar Terpilitsy komen en in de winter drie weken met kerst. Ik was daar op mijn vijftiende en zestiende zo boos over dat ik soms weigerde om Petersburg te verlaten. Mijn moeder heeft daar vast onder geleden.

Ook in de zomer van 1851 was ik niet op Terpilitsy. Zij werd toen plotseling ernstig ziek. Mijn vader, die zielsveel van haar hield, dacht dat een paar weken kuren in Dresden haar kon genezen. Hij bestelde een *dormeuse*, een door zes paarden getrokken rijtuig met een bed erin, en vergezelde haar naar de Saksische hoofdstad. Toen het rijtuig Terpilitsy verliet, stonden mijn drie broers en mijn drie zussen op het bordes van het landhuis, onder het toeziend oog van Njanja. De jongste kinderen waren te klein om te begrijpen wat er aan de hand was en zwaaiden lachend naar mijn ouders. Mijn moeder wenkte naar Njanja, kuste de handen van het kindermeisje en kon alleen nog uitbrengen: 'Behoed ze...' Twee weken later overleed ze in Dresden.

Mijn vader was ontroostbaar. Hij mompelde aldoor: 'Ik zal haar trouw blijven tot in de dood.'

Een zoon zoekt altijd een reden om van zijn vader te houden. Toen ik mijn vaders verdriet zag, vergaf ik hem alles. Hij had een stoere militaire buitenkant maar was vanbinnen een veel beminnelijker mens, ook al uitte hij dat zelden.

Njanja nam met mijn zus Vera[12] de opvoeding van de kinderen ter hand, van mijn broers Michaïl, George,[13] Nikolaj en van mijn zusjes Anastasia en Dorothea. Mijn vader bleef bij zijn besluit nooit te hertrouwen.

Ik hoorde van Vera dat mijn moeder kort voor vertrek naar

Dresden tegen haar had gezegd: 'Geef de zijden doek met het bloemenmotief die op de sofa in mijn ontvangkamer ligt aan Sasja.' Zo noemde mijn moeder me altijd: Sasja. Nooit Alexander, altijd Sasja.[14] Ik nam de zijden doek mee naar Siberië.

Voor ik naar Semipalatinsk vertrok, vroeg Michaïl Dostojevski me bij hem te komen. Hij vertelde me dat zijn broer zijn dwangarbeid in Omsk had voltooid en dat hij overgebracht was naar bataljon nummer 7 in Semipalatinsk als soldaat zonder termijn. Ook dat hoorde bij zijn straf: hij werd gedwongen soldaat zonder ontslagmogelijkheid en zonder soldij.

Michaïl, een rustige, beminnelijke en ietwat wereldvreemde man met krulletjeshaar en een klein ijzeren brilletje op de neus, vertelde me dat het contact met zijn broer minimaal was geweest. In alle vier jaren van diens dwangarbeid had hij slechts twee brieven van Fjodor ontvangen, een met de post en een uit handen van een reiziger. Hij had niet teruggeschreven omdat hij in de veronderstelling verkeerde dat het verboden was met politieke gevangenen te corresponderen.

Een week na zijn vrijlating uit het strafkamp had Fjodor hem een uitvoerige brief geschreven. Michaïl had die direct beantwoord maar was bang dat de brief door de censuur zou worden tegengehouden. Hij vroeg me de brief mee te nemen, alsmede enkele brieven van familieleden.

Fjodor had om bepaalde boeken gevraagd. Er lag een stapel klaar, Michaïl vroeg of ik die aan zijn broer wilde overhandigen. Hij gaf me voorts ondergoed mee, vijftig roebel en een brief van de dichter Apollon Majkov.

'Ik vergeet het belangrijkste,' zei hij voor ik vertrok. 'Zoudt u vooral mijn liefde en genegenheid aan mijn broer willen overbrengen?'

IN SOLDATENJAS, IN TRANEN

Dostojevski bekeek me met achterdocht. Ik had hem uitgenodigd in het houten huis in Semipalatinsk dat ik een dag eerder betrokken had. Direct na aankomst wilde ik hem de brieven, boeken, kleren en roebels overhandigen die zijn broer me had meegegeven. Hij vertrouwde het niet. Wie had hem ontboden en waarom? Toen hij bij mij binnenkwam, was hij uiterst terughoudend.

Hij ging gekleed in een grijze soldatenjas met een rode opstaande kraag en rode epauletten. Zijn ziekelijk bleke en sombere gezicht was overdekt met sproeten. Zijn lichtbruine haren waren kortgeknipt. Met het beeld van de schijnexecutie nog voor ogen herinnerde ik me hem als klein van gestalte, maar hij bleek bovengemiddeld lang. Met zijn intelligente, grijsblauwe ogen nam hij mij scherp op. Het leek alsof hij in mijn ziel probeerde te kijken en zich afvroeg: wie is die kerel?

Naderhand vertelde hij me dat hij erg bezorgd was geweest toen de bode hem was komen zeggen dat hij bij 'mijnheer de strafrechtprocureur' moest komen. Dat kon alleen op nieuwe ellende duiden.

Ik verontschuldigde me voor het feit dat ik niet eerst naar hem toe was gegaan en overhandigde hem de brieven en de pakjes. Toen ik de groeten van zijn broer Michaïl overbracht en recht uit het hart met hem aan de praat raakte, veranderde hij onmiddellijk. Hij werd gemeenzaam en informeel.

Hij ging in een stoel bij de haard zitten en las de brieven van zijn broer en zijn zusters. De tranen sprongen hem in de ogen. Toen ik dat zag, sloeg bij mij de vertwijfeling toe. Waar was ik aan begonnen? Aan wat voor een onderneming? Aan welke lange zwerftocht? Ik geloof dat ik voor het eerst besefte wat eenzaamheid inhield.

Juist op dat moment kwam de bode een stapel net binnengekomen brieven brengen van mijn vader, mijn zusters Vera en Anastasia, mijn broer George, mijn oom Nikolaj en mijn vrienden in Petersburg. Ik stopte ze eerst haastig weg, maar ik kon domweg niet wachten met lezen. Ik verontschuldigde me bij Dostojevski – die nog altijd in de aan hem gerichte brieven verdiept was – en scheurde de post open. Toen ik de brieven van Vera en Anastasia las, kon ik mijn tranen niet bedwingen.

Dostojevski rees uit zijn stoel overeind. Wij stonden tegenover elkaar, beiden getart door het lot, beiden eenzaam. Hij hield zijn droevige, peinzende blik op mij gericht. Ik had het zo te kwaad dat ik me, ondanks mijn hoge rang van 'mijnheer de districtsprocureur in strafzaken', zonder één seconde na te denken om de hals van Fjodor wierp. Hij troostte me als een oude bekende, welgemeend, vriendelijk, warm; hij drukte me de hand. Toen ik gekalmeerd was, gaven wij ons woord om elkaar zo mogelijk vaker te zien.

Dostojevski heeft me vaak gezegd dat hij die avond, teruglopend naar huis, instinctief voelde dat hij in mij een ware vriend had gevonden.

Op weg naar Semipalatinsk was ik in Omsk gestopt om me voor te stellen aan de gouverneur-generaal. De ambtelijke etiquette vereiste een beleefdheidsbezoek. Hij gaf mij geen hand.

Ik vertel dit met de nodige ironie om een beeld te schetsen van de verhoudingen in de buitengebieden. Tsaar Nicolaas zou me niet minder neerbuigend hebben ontvangen dan G.Chr. Gasfort, gouverneur-generaal van Siberië. Hij was wel zo vriendelijk me uit te nodigen voor het middagmaal. Ik schreef die avond aan mijn vader: '*Sa tête est vide comme un tonneau.*' Hij bleek veel in een encyclopedie gelezen te hebben. Tijdens de maaltijd stortte hij zijn aldus opgedane kennis als een dikke, klonterige saus over me uit.

De volgende middag ging ik mij voorstellen aan de militaire gouverneur, generaal-majoor Friedrichs. Een aardig en voortreffelijk mens, en ook zo dom als een kurk. Hem ontbrak het echter niet aan humor. Burgers die hun beklag kwamen doen en ondergeschikten die hem rapport kwamen uitbrengen, hoorde hij staande aan, terwijl hij fluit speelde.

Om mijn kennismakingsronde af te sluiten woonde ik 's avonds een ontvangst bij van mevrouw Gasfort. De vrouw van de gouverneur-generaal ontving het puikje van de Siberische maatschappij. Ik was verbaasd over de wansmaak van de ouderwetse damestoiletten, de eerbied voor rang en de stijve onderlinge verhoudingen. Een bijna goddelijk eerbetoon viel de gouverneur-generaal te beurt; hij werd bekeken met vertedering en angst, als een absoluut heerser.

Het enige interessante van de avond was dat ik mevrouw Ivanova ontmoette, die veel goeds heeft gedaan voor Dostojevski tijdens zijn verblijf in de strafkolonie. Een ongewoon aardige vrouw, hoogopgeleid, levendig, intelligent. Haar vader was de dekabrist Annenkov, haar van oorsprong Franse moeder was een van die moedige vrouwen die de dekabristen achternareisden om zich in de nabijheid van de strafkolonie te vestigen en de levenslange straf van hun echtgenoot te delen.

In doorgangskamp Tobolsk had mevrouw Ivanova Dostojevski linnengoed verschaft en een bijbel waarin ze vijfentwintig roebel had verstopt.[15] Hij ontdekte dat enkele dagen later in Omsk toen hij op de strozak die als matras dienstdeed een paar verzen uit het Bijbelboek Jesaja probeerde te lezen.

In de strafkolonie Omsk had Dostojevski aan alles gebrek gehad. Je kon er aan brood komen, vlees, tabak, op voorwaarde dat je ervoor betaalde. Het geld dat zijn broer hem had meegegeven en de vijfentwintig roebel van mevrouw Ivanova raakten snel op. Het leven was toen natuurlijk goedkoper; een pond tabak kostte drie kopeke, het badhuis anderhalve kopeke, een pond vlees een halve kopeke. Maar voor alles had je geld nodig, zelfs voor de kleinste toegeeflijkheid van de bewakers. Sommige opzichters hielden – open en bloot – de helft van het geld in dat familieleden aan de arrestanten hadden gestuurd.

De gevangenen konden verplichtingen ontlopen en disciplinaire straffen voorkomen door de bewakers een zoethoudertje toe te stoppen. Voor zo'n douceurtje lieten ze de *kalatsjnitsy* achter het prikkeldraad toe: jonge boerenvrouwen die *kalatsji* (broodringen) verkochten bij de poort van de gevangenis. Menig romance ontspon zich, waarvan de innige apotheose tijdens het werk op een beschut plekje plaatsvond. De liefdesdaad kostte de arrestanten niet veel, de vrouwen vroegen één tot anderhalve kopeke.[16]

Dostojevski had het zwaar in Omsk, maar naderhand zijn de juiste proporties uit het oog verloren. Hij was geen misdadiger die met een bijl een oude woekeraarster en haar zuster het hoofd had ingeslagen. Met dat soort misdadigers – een pracht van een inspiratiebron – was hij weliswaar opgesloten maar zelf behoorde hij tot een andere categorie. Hij was voor een politiek misdrijf veroordeeld en behoorde, als ik het zo mag uitdrukken, tot de aristocratie der dwangarbeiders.

De houding van de leiding en de bewakers tegenover de politieke gevangenen was aanzienlijk humaner en gemoedelijker dan tegenover gewone criminelen. In de tijd van Nicolaas I zat Siberië propvol politieke ballingen, niet alleen Russen maar ook duizenden Poolse edelen die aan de Novemberrevolutie van 1830 hadden deelgenomen. De politieke ballingen waren ontwikkeld, liberaal, geëngageerd. Dostojevski werd met uitzonderlijk mededogen bejegend. In de strafkolonie noch in zijn dagelijks bestaan als gedwongen soldaat heeft een bewaker of een medegevangene hem ook maar met één vinger aangeraakt.

Van een drama willen mensen altijd een nog veel grotere beproeving maken, alsof het niet genoeg is om vier jaar met een ketting aan je voeten te lopen. Hoe vaak heb ik niet de veronderstelling moeten horen dat de lijfstraffen waaraan Dostojevski onderworpen was uiteindelijk tot de toevallen hebben geleid die hem na zijn invrijheidstelling het leven hebben vergald. Een legende die in de hoofden van velen is blijven hangen.

Als iemand meelij misplaatst vond, dan was het Dostojevski zelf. Hij was niet geslagen of gegeseld. Ik vroeg het hem tijdens ons tweede gesprek en hij ontkende categorisch. Nee, het was geweest zoals hij het later in de epiloog van *Misdaad en straf* zou beschrijven: hij had niet geleden onder de verschrikkingen van het leven als dwangarbeider, noch onder het werk, het gore voedsel, zijn kaalgeschoren hoofd, zijn haveloze kleren. Deze beproevingen betekenden niets voor hem, integendeel, hij was blij met de dwangarbeid, de fysieke uitputting bezorgde hem tenminste enige uren van diepe rustige slaap. De vleesloze koolsoep met kakkerlakken deerde hem evenmin. Zelfs zijn ketenen voelde hij niet. Maar het isolement en de eenzaamheid maakten het bestaan zwaar voor hem. De medegevangenen bezagen hem met wantrouwen. Op het laatst begonnen ze hem zelfs te haten – waarom? Ze hadden minachting voor hem, ze lachten hem uit, zij die veel misdadiger waren dan hij, ze lachten om zijn misdrijf dat toch eigenlijk niets voorstelde en waarbij geen druppel bloed was gevloeid. 'Jij bent een heer!' zeiden ze tegen hem. En juist daarom hadden ze een hekel aan hem. Hij was niet grof en wreed als de anderen, hij hoorde niet thuis in de Siberische woestenij.[17]

Aanvankelijk ontkende hij ieder verband maar tweeënhalf jaar later schreef hij me dat de toevallen waaraan hij leed al in Petersburg waren begonnen en dat ze in de *katorga* erger waren geworden. Ook vernam ik in Semipalatinsk bij gerucht dat Dostojevski aan epilepsieaanvallen leed. Ik geloofde het niet direct; na kaarten en drinken was roddelen het voornaamste tijdverdrijf in Semipalatinsk.

Dostojevski wilde denk ik niet toegeven aan zijn ziekte. Tijdens de jaren in het strafkamp had hij zich constant voorgehouden dat het allemaal veel erger had gekund en dat hij niet mopperen mocht over de omstandigheden waarin hij verkeerde. Zelfbeklag is de snelste manier om geestelijk en lichamelijk in te storten. Ik kan het ook omkeren: de langzame variant van zelfmoord is zelfbeklag.

In *Aantekeningen uit het dodenhuis* schrijft hij dat de dwangarbeid hem weliswaar uitputte, dat hij de hele dag in de buitenlucht moest doorbrengen, in de winter bij veertig vorst, in de zomer onder een schroeiende zon en in wolken muggen, dat hij zware balken moest dragen en met ketenen aan de voeten sneeuw moest ruimen, maar dat hij dacht: Ik maak mezelf sterk, ik zal het gevangenkamp gezond en gespierd verlaten, vol goede moed en beslist niet oud. Hij vergiste zich niet; de lichaamsbeweging en het zware werk deden hem goed.

Ik kan daar weer tegen inbrengen dat *Aantekeningen uit het dodenhuis* een verdichting van de werkelijkheid is en dat het boek niet te zwartgallig mocht zijn omdat het anders niet door de censuur zou komen, maar feit is dat Dostojevski tijdens zijn gevangenschap het gevaar zag in een martelaar te veranderen. Hij heeft zichzelf vier jaar lang voorgehouden dat het allemaal wel meeviel en dat hetgeen hem niet ombracht hem alleen maar sterker zou maken. Die geesteshouding legde hij niet direct af toen hij het gevangenkamp mocht verlaten en ik hem in Semipalatinsk leerde kennen, die houding was hem zogezegd in het bloed gaan zitten.

HET WANHOPIG GEBLAF VAN HONDEN

Behoudens de maan leek niets verder weg te liggen dan Semipalatinsk. Ik zie het allemaal weer voor me... de weg erheen: eindeloos recht naar het zuidoosten, langs de rivier de Irtysj, door kale onafzienbare steppen. Op het eerste gezicht nergens een bos, op het eerste gezicht nergens een heuvel; een volkomen mistroostige eenvormige natuur. Hier en daar joerten van de Kirgiezen die zwart afsteken tegen de hemel. Uit tegenovergestelde richting stappen statig rijen kamelen voort; een enkele keer passeert een ruiter in galop...

Adam vergezelde me naar Semipalatinsk, een lijfeigene die mijn vader me had meegegeven in de hoedanigheid van kamerdienaar. Een Tsjoechonets,[18] aan één oog blind. Een prima kleermaker die de eerste burgerjas voor Fjodor Michajlovitsj naaide. In die jas zou hij mevrouw Isajeva het hof maken – in zijn grijze soldatenjas zou het hem meer moeite hebben gekost. Buiten die overjas bezat hij geen enkel ander kledingstuk.

Je zou denken dat je geen halve blinde op een reis moet meenemen, maar het heeft voordelen. Iemand die zwak van gezicht is kijkt op een andere manier naar de dingen. Adam voorzag alle moeilijkheden die konden opdoemen en bereidde onze tocht goed voor. Zo was er op de wisselplaatsen niets te eten en te drinken, behalve brood en thee, maar de door Adam meegenomen koolsoep en *pelmeni* hielden ons op weg naar het zuidoosten in leven. We reisden in oktober en november. De koolsoep bevroor onmiddellijk en bedierf daardoor niet. Een vuurtje om de soep te ontdooien konden we makkelijk maken.

We verplaatsten ons snel en legden binnen enkele weken duizenden werst af. De laatste etappe voerde door een dennenbos.

Op een vrieskoude en door de maan verlichte nacht bereikten we Semipalatinsk. Ik noteerde: '20 november 1854. We zijn er. Wat een gat.'

Een wanhopig geblaf van honden. Verder viel er geen enkele levende ziel te bekennen. Geen opzichters, geen straatlantaarns. Het oord wekte de indruk uitgestorven te zijn. In het maanlicht onderscheidde ik uit balken opgetrokken huisjes van één verdieping en eindeloze hekken. Semipalatinsk hield het midden tussen een stad en een dorp. Het wemelde er van de honden. De volgende dag zag ik bij ieder huisje drie, vier, vijf blafbekken die met het schuim op de tanden de bewoners bewaakten. Dat moest ook wel: dienders ben ik tijdens mijn tweejarig verblijf niet tegengekomen, met uitzondering van Vasiljevitsj, die de rang van politiecommissaris bekleedde. Zonder agenten kon hij weinig uitrichten.

Hotels waren er niet. Nieuwkomers kregen een onderkomen toegewezen in een van de beste huizen van de burgerij. De gastheren waren bijzonder hartelijk en gastvrij, zeker tegenover nieuwkomers uit de hoofdstad,[19] en gaven eerlijk toe waarom: 'Zonder u, mijn beste, zouden wij helemaal niets weten en er geen flauw vermoeden van hebben wat er op Gods aardbodem gebeurt.' Ze deden zelfs moeite een sporadische gast langer bij zich te houden.

Een krant was een zeldzaamheid. Als ik het goed schat hadden zeven mensen een abonnement. Een krant ging van hand tot hand. Eén keer in de week kwam de post. Een heel gezelschap verzamelde zich bij de kennis die de krant ontving om te vernemen hoe het eraan toeging op de Krim of in de buurt van Sebastopol.[20]

Ik werd gehuisvest bij een rijke Kozak in twee kamertjes die op Siberische wijze heet waren gestookt: door de fornuiskachel dag en nacht te laten branden en de kieren van de ramen met kranten op te vullen. De vloeren en muren waren bekleed met grote stukken vilt. Aan de wand hingen lijstloze populaire afbeeldingen in de trant van 'Hoe de muizen de kat begroeven' of 'De helden van het jaar 12 in galop'.[21] De vrouw des huizes verontschuldigde zich voor de vlooien en luizen die ik in bed zou aantreffen. Ze was half Kozak, half Kirgies, had hoge jukbeenderen, vettig zwart haar met een blauwe glans, keek slim uit de ogen en rook naar koemis, een heerlijk frisse drank, verkregen uit de zure melk van de merries van paarden of kamelen. Niet té alcoholisch, hoewel dat nogal verschilt. Algauw zou ik eraan verslingerd raken en het drinken als karnemelk.

Mijn eenogige Adam droeg de koffers en mijn opklapbare stoel die als veldbed dienstdeed naar onze kamertjes. Ik verkoos de harde latten van het veldbed boven de vlooien van het gastgezin. Hoewel moe van de reis kon ik lange tijd niet inslapen. Ik vroeg me af of ik niet te lichtzinnig was geweest en vreesde dat mijn vrijwillige verbanning naar deze streken me alleen last en hinder zou bezorgen.

De volgende dag trok ik mijn buitengewoon mooie uniformjas aan, gordde mijn sabel om en begaf me op weg naar de militaire districtsgouverneur Spiridonov. Hij stuurde onmiddellijk zijn adjudant eropuit om een woning voor me te zoeken, en omdat de keuze gering was verkaste ik binnen enkele uren naar mijn nieuwe onderkomen.

Ik installeerde me, gebruikte het middagmaal bij de gouverneur, informeerde waar ik Dostojevski kon vinden en vroeg de bode hem voor de volgende dag uit te nodigen voor de thee, zo tegen het einde van de middag en het begin van de avond. De bode vertelde me dat hij Dostojevski thuis had aangetroffen in wat een smerig bouwval bleek te zijn.

In de lente van 1854 was Dostojevski vrijgelaten uit de strafkolonie in Omsk en overgebracht naar Semipalatinsk. Als soldaat zonder termijn leefde hij de eerste weken samen met de soldaten in de kazerne, maar al snel stond generaal Ivanov hem toe apart te leven, in de buurt van de kazerne. Hij viel onder de verantwoordelijkheid van zijn compagniescommandant Stepanov en stond onder toezicht van een opperwachtmeester, die hem tegen een kleine 'vergoeding' niet bijzonder vaak lastigviel.

De eerste tijd had hij het moeilijk. Wederom was het de eenzaamheid die hem parten speelde. Maar geleidelijk aan maakte hij kennis met een paar officieren en ambtenaren, hoewel hij te weinig met hen gemeen had voor een verdere toenadering. In materieel opzicht had hij het zwaar, hij was arm als Job. Toch voelde zijn nieuwe bestaan voor hem als een paradijs, vooral dankzij de betrekkelijke vrijheid. Hij zei het me, en hij zou het later schrijven: 'Alles is hier wild, kaal en armoedig, maar vrij.'

In Semipalatinsk woonden tussen de vijf- en zesduizend mensen. Het enige stenen gebouw van de stad was de kerk. De zeven moskeeën waren van hout. In het noordelijke deel van de stad woonden de Kozakken. Door het plantsoen, de tuinen, de elegante gebouwen van de regimentscommandant, de krijgsschool en de ziekenhuizen was de wijk van de Kozakken het meest propere en fraaiste deel van de stad. In de zuidelijke wijk woonden Tataren. De lage houten huizen verschilden niet van die van de Kozakken, maar de ramen waren naar de binnenplaats gericht vanwege de vrouwen en de harem. Hoge omheiningen schermden het leven van de mohammedanen af tegen nieuwsgierige ogen. Bijna geen bomen of planten, alleen in de achter- en moestuintjes; nergens een weg; een zanderige woestenij. Semipalatinsk telde niet één geplaveide straat, maar het was niettemin een schone stad. De zandmassa's namen het water snel op. In de zomer, wanneer de temperatuur omhoogschoot tot boven de dertig graden, brandde je je voeten aan het gloeiende zand, waarin je tot aan je enkels wegzakte.

Tussen de nederzettingen van de Kozakken en de Tataren lag de Russische stad, met een deel dat nog 'vesting' werd genoemd. Van die vesting was niets meer over, net zomin als van de zeven kamers waaraan Semipalatinsk haar naam te danken heeft. Die kamers maakten deel uit van een boeddhistisch klooster dat aan het begin van de achttiende eeuw was verwoest. De wallen van de vesting waren afgebroken, de greppels volgestort met zand; alleen de stenen toegangspoort was overeind blijven staan. In de Russische stad was alles wat militair was gevestigd: het geregelde bataljon, de bereden Kozakkenartillerie, de legerleiding, het arrestantenlokaal en de gevangenis – mijn afdeling. Geen boom of struik tussen de houten gebouwen, alleen door distels overwoekerd zand. In dit deel van de stad woonde Dostojevski.

Ik woonde aan de oever van de Irtysj, met uitzicht op het langgerekte eilandje in de rivier waarop moestuinen en velden met suiker- en watermeloenen waren aangelegd. Aan de overzijde een Kirgizisch dorp dat vrijwel geheel uit joerten bestond. Daarachter strekte zich een onafzienbare steppe uit met de blauwe bergen van de Semitau aan de horizon. De afstand tot die bergen bedroeg zeventig werst – je kon zeggen dat ik een vrij uitzicht had.

Mijn huisbaas was een hartelijke koopman voor wie geen moeite te veel was om het mij aangenaam te maken. Hij sprak vloeiend Tataars en Kirgizisch, deed zaken op de steppe en kende alles en iedereen. Zijn bejaarde Kirgizische moeder voerde het huishouden. Omdat ze haar jeugd had doorgebracht in het huis van een welgestelde, Russische goudbewerker, kon ze exquise gerechten bereiden.

Voor de driekamerwoning met hal, paardenstal, schuur, en nog een extra vertrek voor drie personen, betaalde ik, verwarming en eten inbegrepen, dertig roebel per maand. Fjodor Michajlovitsj betaalde voor zijn krot vijf roebel, de was en het eten inbegrepen (maar zonder brood). Het eten stelde niet veel voor. F.M. nam zijn dagelijkse portie koolsoep, pap en roggebrood uit de kazerne mee naar huis en gaf het meeste daarvan aan zijn arme hospita. Voor een soldaat was vier kopeke per dag voor warm voedsel beschikbaar gesteld, maar de compagniescommandant, de opperwachtmeester en de kok hielden voor eigen gewin anderhalve kopeke in. Bij een compagnie die uit honderdtwintig soldaten bestond kwam dat per jaar neer op 744 roebel, een aardige som voor drie heren. De compagniescommandant moest wel een deel doorschuiven naar de bataljonscommandant. Die hield voorts nog een centje in op de inkoop van munitie, van antraciet voor de verwarming en op de renovatiekosten van de kazerne. Niemand deed moeite dit te verhullen en de bataljonscommandant vertrouwde me toe dat hij op deze wijze vijf- tot zesduizend roebel per jaar bijeengaarde. De gewone soldaat crepeerde van de honger.

Algauw at F.M.[22] tussen de middag bij mij – ik geloof meer vanwege de kranten dan vanwege het voedsel. Ik had me op drie dagbladen geabonneerd: de *Sankt-Peterburgskije Akademitsjeskije Vedomosti*, de *Augsburger Allgemeine Zeitung* en *l'Indépendance Belge*. Eens in de week kwamen ze aan, in pakjes van zes. F.M. verslond de Russische krant, en las dan met veel plezier *l'Indépendance Belge*. De *Augsburger Zeitung* raakte hij nauwelijks aan, hij had in die tijd nog moeite met Duits en hield niet van die taal.

l'Indépendance Belge had gedurende de gehele tweede helft van de eeuw het prestige van het Parijse *Le Temps* en van de Londense *Times*. Het Belgische dagblad werd veel minder zwaar gecensureerd dan het Parijse. In de Petersburgse krant moest je uiteraard tussen de regels door lezen, en zelfs dan snapte je nog niet goed wat er aan de hand was. De *Allgemeine Zeitung* had een lange geschiedenis als kwalitatief en politiek belangrijkste dagblad van Duitsland. Het sprak Dostojevski aan dat Schiller en Goethe in de krant hadden gepubliceerd en dat Heinrich Heine de Parijse correspondent was van de *Allgemeine*, maar vaak schoof hij na een vluchtige blik de krant terzijde en zuchtte: 'Ach, dat Duits...'

Na de maaltijd en het lezen van de kranten stopten we een pijp en bespraken de toestand in Rusland en Europa. Dat was toen de wereld, voor ons althans. F.M. rookte graag mijn Bostanzjoglo uit een pijp met een lange steel. Zelf kon hij die tabak niet betalen en rookte hij Zjoekov. En zelfs voor die Zjoekov had hij niet altijd geld. Hij vermengde die met goedkope boerentabak. Het was pluksel. Als hij mij een pijp aanbood, had ik een dag later nog hoofdpijn. Erger nog was wanneer ik hem opzocht in zijn huisje. Binnen de kortste keren zag de kamer blauw van de stinkende Zjoekov.

De boerenhut die hij bewoonde was opgetrokken uit gestapelde boomstammen. Aan funderen deden ze niet in Semipalatinsk, de hut hing naar één kant scheef. Aan de voorkant slechts één raam, om het de rovers en dieven niet te makkelijk te maken. De twee ramen van de woonkamer keken uit op de binnenplaats met waterputten, putgalgen en een moestuin waarin wilde-frambozen- en aalbessenstruiken groeiden. Een hoge omheining met een poort schermde de binnenplaats af. De poort was laag, het deurtje klein: ik moest er altijd gebukt doorheen kruipen.

'Dat is historisch,' legde F.M. me uit. 'Door die lage deurtjes moest de binnendringende vijand eerst het hoofd buigen. Een gebogen hoofd laat zich makkelijker afhakken.'

Hij lachte onbedaarlijk om zulke volksverhalen. In Kazachstan leerde hij een ander Rusland kennen, het ruwe, grove en onbedorven Rusland van Kozakken, Tataren en Kirgiezen.

Een valse hond aan een ketting bewaakte de binnenplaats. 's Nachts liep hij los. De hut telde één grote kamer. Het plafond was zo laag dat er voortdurend schemering heerste. De boomstammen waren met klei aangesmeerd en ooit gewit. Langs twee wanden liep een brede bank. De populaire afbeeldingen die erboven hingen waren vet geworden en zaten onder de vliegenpoep. Links van de deur stond een groot Russisch fornuis om in te bakken en te braden en waarop je bij felle kou kon liggen. Direct achter dat kachelfornuis een bed, een tafeltje en een houten kist die als commode dienstdeed. Het slaapgedeelte werd door een kamerscherm van sits afgescheiden van de rest. Een tafel, twee rechte stoelen en een spiegeltje aan de wand. Voor de ramen geraniums en gordijnen die ooit rood waren geweest. Alles zat onder het roet en het was zo donker dat je er met een vetkaars amper kon lezen. Stearinekaarsen waren toen een grote luxe en petroleumverlichting bestond nog niet. Ik begreep absoluut niet hoe F.M. bij zulke verlichting de hele nacht aan één stuk door kon schrijven. Er was nog een onaangename bijzonderheid aan de woning: kakkerlakken renden over tafel, muren en bed. 's Zomers vroegen de vlooien je ongezien om aandacht.

Geen wonder dat F.M. graag bij mij langskwam. Hij deed dat steeds vaker, en op willekeurige momenten van de dag, voor zover zijn soldatenbestaan en mijn ambtelijke diensturen dat toelieten. Behalve voor het middageten kwam hij ook graag 's avonds langs om thee te drinken – glazen vol – en om te roken en te praten.

'U hebt er geen idee van, mijn beste Alexander Jegorovitsj, hoe verkwikkend een goed gesprek is. In het strafkamp heb ik vier jaar mijn mond gehouden. Alleen op het laatst had ik af en toe contact met een misdadiger, want ook onder criminelen heb je goede, intelligente mensen en domme, wrede rotzakken. Van de andere politieke gevangenen was ik gescheiden, met uitzondering van een Poolse prins. De laatste van de Petrasjevskigroep die ik gezien heb was Doerov, in het doorgangskamp in Tobolsk. Sindsdien heb ik geen normaal gesprek meer gevoerd.'

Met de dag kwamen we nader tot elkaar.

Mijn vriendschap met Fjodor Michajlovitsj trok de aandacht van de speurneuzen. Na een paar weken merkte ik dat ik mijn brieven twee tot drie dagen later ontving dan mijn kennissen in Semipalatinsk. De mij slechtgezinden – en van hen wemelde het onder de corrupte ambtenaren – begonnen me op sarcastische toon uit te horen over Dostojevski. Ze spraken hun verbazing erover uit dat ik met een soldaat optrok.

Al spoedig moest ik bij de gouverneur komen voor wat hij zelf een ernstige waarschuwing noemde. Vanwege mijn jonge leeftijd vreesde hij voor de invloed die de revolutionair Dostojevski op mij kon hebben. Voor de gouverneur was hij nog altijd een oproerkraaier met gevaarlijk verlichte ideeën.

Er bestonden inderdaad belangrijke verschillen tussen F.M. en mij. Toen hij voor het eerst bij mij aan huis kwam was hij drieëndertig jaar oud, ik eenentwintig. Twaalf jaar maakt een hoop uit. Zelf zei hij menigmaal dat hij de helft van zijn leven al achter de rug had; ik verkeerde nog in mijn jeugd. In onze gesprekken kwam dat soms tot uitdrukking. Hij was veel te bescheiden om iemand de les te lezen maar hij doorzag mensen met een bijna verontrustend gemak en schatte hun karakter in als een diamantbewerker de waarde van een steen. 'Laat u door deze man niet in de luren leggen, mijn beste Alexander Jegorovitsj,' zei hij, rustig trekkend aan zijn stenen pijp. Of: 'Als ik u was, zou ik die kwibus nog geen stuiver toevertrouwen.' Op goedmoedige wijze maakte hij me duidelijk dat je op maar weinig mensen aankunt.

Ondanks die argwaan had hij een te hoge dunk van mij. Hij vertrouwde bijvoorbeeld veel te sterk op mijn talenkennis en op mijn belezenheid. Hij stelde voor dat we samen de grote Duitse en Franse filosofen zouden lezen door hun werken woord voor woord te vertalen, en hij begon met Hegel, wat geen sinecure was. Hij dacht dat ik door mijn afkomst volstrekt tweetalig was.

Wat die komaf betreft verschilden we niet zoveel. Zijn moeder was een Russische, de familie van zijn vader kwam uit Litouwen. Mijn familie kwam van vaderskant oorspronkelijk uit Duitsland en was via Estland en Zweden naar Rusland uitgezwermd, en van moederskant uit de Duits-Baltische kringen in Riga en Reval. Dostojevski kwam uit de lagere adel, ik had weliswaar in Estland en Letland de barontitel maar mocht die in Rusland pas vanaf 1855 dragen – dat was tijdens mijn tweede jaar in Semipalatinsk. Ik leed niet onder mijn afkomst, hij deed dat af en toe – als ik het goed taxeerde. Van zijn alter ego Mysjkin maakte hij een vorst, een weliswaar berooide vorst maar niettemin een vorst. Hij zei me eens dat hij aan mijn omgang met mensen kon zien dat ik van *oude* adel was. Ik hoorde daar ontzag in, al wist je dat bij Fjodor Michajlovitsj nooit zeker. Hij kon fel uithalen naar mensen die zich op hun afkomst lieten voorstaan.

We waren geen van beiden getrouwd. De fijngevoelige dames uit de stad voelden een intens medeleven met F.M., de getergde schrijver, en, in mindere mate, met mij, het jonkie dat met de gewichtige taak van officier van justitie was opgezadeld. Uit verveling kregen de intelligente dames ook belangstelling voor wat hij en ik te berde brachten. Maar hij was beslist anders dan iedereen in dat achterlijke oord; hij was interessant: verbannen, getreiterd, gekweld, vernederd en met zijn laatste krachten wederopgestaan. En niets daarvan merkte je aan hem. Hij gaf nooit hoog op van zijn literaire gaven en citeerde liever andere schrijvers en dichters dan iets over het boek te vertellen waaraan hij schreef. Ook als het om hemzelf ging was hij een en al discretie.

Maria Dmitrijevna Isajeva kon haar ogen niet van hem afhouden. Ook de vrouw van zijn compagniescommandant Stepanov raakte verzot op hem. De commandant was een notoire zuipschuit; om die reden was hij weggestuurd uit Petersburg. Niet alleen sloeg hij met gemak een glas achterover, hij kon ook bekwaam onzin uitkramen en niet onaardig dichten. Hij nodigde Dostojevski bij hem thuis uit om zijn verzen te corrigeren; mevrouw Stepanova keek dan met verliefde blikken toe.

Maria Dmitrijevna Isajeva schreef eveneens gedichten en legde die ook aan Fjodor Michajlovitsj voor. Maar zij hoefde niet aan te dringen: direct al tijdens hun eerste ontmoeting bood Fjodor Michajlovitsj haar zijn diensten aan.

EEN ONHEILSPELLENDE GLANS

Maria Dmitrijevna Isajeva was mager, voor een vrouw van haar leeftijd uitzonderlijk mager. Haar precieze leeftijd[23] kwam ik nooit te weten; ik schatte haar even in de dertig. Een tamelijk knappe brunette met een intrigerende glans in de ogen. Ik hield die glans voor onheilspellend. Maria Dmitrijevna had een geexalteerd karakter; haar gemoedstoestand danste als kaarslicht op haar bleke gezicht. Ze was van gemiddelde lengte en kon moeilijk stilzitten. In al haar gebaren legde ze de heftigheid van iemand die wil overtuigen. Haar ogen stonden wijd uit elkaar en gaven haar gezicht een brutale uitdrukking.

Voor F.M. was ze onweerstaanbaar aantrekkelijk, welbespraakt als een actrice, galant, verfijnd, maar ook fel, onstuimig. Meer dan eens hoorde ik hem zeggen dat ze een 'echte vrouw' was. Ik wist nog niet goed wat een echte vrouw was en vermoedde dat hij haar een zekere wispelturigheid toeschreef. Ze kon inderdaad het ene moment juichen om een bijna geslaagde dichtregel en het volgende treuren om een per ongeluk vertrapte mier. In beide gevallen keek F.M. haar aan alsof hem een wonderlijk geluk was beschoren. Niet zo vreemd voor iemand die net uit een strafkamp kwam. In Petersburg zou Maria misschien niet direct zijn aandacht getrokken hebben, of zou hij haar misschien te oud hebben gevonden. Haar leeftijd was trouwens het probleem niet; het probleem was haar man.

Als ik me niet vergis was Maria Dmitrijevna de dochter van de directeur van het gymnasium in Astrakan.[24] In die havenstad nabij de Kaspische Zee had ze een voortreffelijke opleiding genoten. Ze was belezen, behoorlijk ontwikkeld, leergierig. Van moederskant was ze Frans, haar meisjesnaam luidde Constant.

Ik heb horen fluisteren dat die Constant een mammeluk was, een soldaat uit de Egyptische ruitermilitie die aan de zijde van Napoleon had gestreden, en dat hij op de terugtocht van Moskou de benen had genomen en naar Astrakan was gevlucht. Het is een mooi verhaal en het zou kunnen verklaren waarom Maria van die intrigerende donkere ogen had. Ze sprak hoe dan ook uitstekend Frans.

In Astrakan was Maria in het huwelijk getreden met de onderwijzer Alexander Ivanovitsj Isajev. Hoe die in Siberië terecht was gekomen, staat me niet meer bij; hij had in ieder geval een onbeduidend baantje gekregen als douanebeambte in Semipalatinsk. Het was destijds de gewoonte om iedereen in overheidsdienst een militaire rang te geven: hij mocht zich kapitein der douane noemen. Kapitein klonk nog wel aardig maar het stelde niks voor.

Enkele maanden voor we hem leerden kennen had hij ontslag genomen. Het werk interesseerde hem niet en hij was zo'n man die vroeg of laat een conflict met zijn superieuren uitvocht waarvan algauw niemand meer begreep waar het over ging. Hij had de deur van het douanekantoor achter zich dichtgesmeten en was thuis gaan zitten niksen. Meneer Isajev leefde van zijn laatste spaarcenten. Hij was ziek, een teringlijder, ten dode opgeschreven. De man dronk schrikbarend veel. Dostojevski, die een zwak had voor de verdoemden der aarde, zag in Maria's echtgenoot een rustig, nobel, zachtmoedig mens. Dat was hij ook. Maar met wodka in zijn lijf werd hij stuurs. Het echtpaar had een zoontje.

Dostojevski leerde de Isajevs kennen tijdens een soiree bij zijn bataljonscommandant Belikov. Ook ik behoorde tot de gasten. Bij Belikov waren we kind aan huis. Een hoogst originele persoonlijkheid met als voornaamste deugden zijn gastvrijheid en zijn gemoedelijkheid. Belikov was van Kantonese afkomst. Een halve Chinees – en dat merkte je aan alles. Hij was erg klein van stuk, had een grappig rond buikje, was beweeglijk en zelfs behendig als een schermer. En ja, hij hield van innemen, hij had een grote rode neus. Hij was altijd aangeschoten, dol op kaarten en nog doller op het schone geslacht. Zijn keuze kwam nooit verder dan de vrouw of de dochter van een soldaat, waardoor hij voortdurend overhooplag met de man of de vader. Niettemin verafgoodden zijn ondergeschikten hem: hij was bereid de eerste de beste die hij tegenkwam zijn laatste stuk brood te geven. Een dag later dook hij weer in bed met een soldatenvrouw of stal hij geld van het bataljon uit de kas. Uiteindelijk werd het hem allemaal te veel, de drank, de vrouwen, het achterovergedrukte geld, en joeg hij zich een kogel door het hoofd.

Maar wat was het gezellig bij hem thuis! De deur stond voor iedereen open, ook voor de dronkenlap Isajev en zijn veel te magere vrouw.

Maria was ongewoon levendig. Ik hield haar aanvankelijk voor zowel goed- als teerhartig, voor zowel zachtmoedig als licht kwetsbaar. Op Dostojevski had ze het effect van een magneet. Direct al op de eerste avond bij Belikov zag ik hem opveren. Hoe zal ik het uitdrukken: Maria Dmitrijevna voelde een verwoed medeleven met Fjodor. Vanaf de allereerste blikken gaf ze hem warmte.

Beiden waren op die eerste avond bijzonder opgewonden. Ik had F.M. nooit eerder zoveel gebaren zien maken om zijn woorden kracht en gloed mee te geven. Maria pakte op zeker moment zijn beide handen beet op een wel bijzonder vrijpostige manier. Misschien was dat wat F.M. met een 'echte vrouw' bedoelde.

Ik geloof niet dat ze een diep respect voor Dostojevski had, veeleer medelijden met de ongelukkige, door het lot geslagen man. Het is zelfs mogelijk dat ze genegenheid voor hem opvatte. Maar – en daarvoor steek ik mijn hand in het vuur – ze was niet verliefd op hem.

Maria wist dat Fjodor een zwakke gezondheid had en een

buitensporig gebrek aan geld. Ik hoorde haar verscheidene malen zeggen dat hij 'een man zonder toekomst' was. Fjodor vatte haar medelijden en haar medeleven op als een welhaast devote toewijding. Hij werd verliefd op haar met de volle hartstocht van de jeugd – ondanks zijn vierendertig jaar.

De rollen werden omgedraaid. Vanaf het moment dat Maria in zijn leven kwam, meende ik F.M. te moeten waarschuwen en vermanen. Hij wilde niet luisteren, sleepte mij telkens mee naar de Isajevs, maar de sfeer was mij daar onaangenaam, vanwege haar man.

Behoudens bij de Isajevs ging ik bij bijna niemand langs, of in ieder geval bij zo min mogelijk mensen. Het alleen-zijn schrikte me niet af. Ik zat meestal thuis, las en schreef veel. Met wie ik toen niet allemaal correspondeerde! Ik had zelfs de vermetelheid de beroemde geleerde baron Alexander von Humboldt[25] te schrijven naar aanleiding van zijn brieven over Siberië. Als je jong en onbekend bent, durf je iedereen te benaderen. Niet dat Humboldt het me kwalijk nam: toen ik in 1857 op doorreis in Berlijn was, ontving hij me hartelijk en wilde hij alles weten over mijn ervaringen in Siberië.

Fjodor Michajlovitsj kwam niet veel meer onder de mensen dan ik, hij ging alleen keer op keer op bezoek bij het gezin Isajev. Hij bleef hele avonden bij hen en stemde toe om hun enige kind les te geven. Pasja zou later een onuitstaanbare kwast worden, maar toen was hij een kwiek, aardig jochie van acht, negen jaar.[26] Dostojevski leerde hem foutloos schrijven en vertelde hem sprookjes.

Om te voorkomen dat hij alleen nog bij de Isajevs over de vloer kwam, lokte ik Fjodor Michajlovitsj mee naar andere huizen. Bijvoorbeeld naar dat van kolonel Messarosj, commandant van het Kozakken Linieregiment, een welopgevoede vrijgezelle man met alle hebbelijkheden van de aristocratie. Bij Messarosj werd gedronken noch gekaart. Een goede keuze zou je zeggen, maar het was erger, hij had binnen zijn regiment een blaasorkest opgericht. De instrumenten had hij uit Nizjni Novgorod laten overkomen; als kapelmeester had hij een verbannen bekeerling aangenomen, een Poolse Jood. Die was om je dood te lachen zo klein, zwart als een tor, en zo tenger dat hij in zijn kozakkenkaftan verdween. Na eindeloze inspanningen was het hem gelukt met de blazers één mars, één polka, één galop en één wals in te studeren. Die ene mars, polka, galop en wals moesten we zo vaak achtereen horen dat het huilen ons nader stond dan het lachen.

Semipalatinsk bood geen enkel plezier. Tijdens mijn tweejarig verblijf kwam nooit een muzikant voorbij. Ik heb het dan niet over het blaasorkest maar over een echte artiest. Het stadje was één piano rijk en die werd soms bij wijze van curiositeit tentoongesteld, want niemand kon erop spelen. F.M. mijmerde meer dan eens over het weergaloze optreden van Franz Liszt dat hij in Petersburg had bijgewoond of over de optredens van Anton Rubinstein. Dat leek hem echt een eeuwigheid geleden. In Semipalatinsk was niet eens primitief vermaak... een kermis, een circus, een goochelaar... Eén keer organiseerden de klerken van het bataljon – de schrijvers – een toneelopvoering in de manege. Ze vroegen Dostojevski – ook een schrijver immers – om advies en omdat hij nooit nee kon zeggen nam hij de avond in grote lijnen met hen door. De hele stad liep uit, de nieuwsgierige juffers verdrongen zich op de eerste rijen; de manege zat tjokvol. De eerste bedrijven van het toneelstuk – een niet onaardige klucht – verliepen volgens plan, maar in de pauze meenden de schrijvers het publiek nog wat te moeten opvrolijken en hieven een serie Siberische liederen aan, het ene nog schunniger dan het andere. De officieren raakten opgewonden van de schuine teksten en hikten van plezier; de dames maakten zich uit de voeten. Na de pauze zaten alleen nog mannen in de zaal.

Ik herinner me geen enkel dansavondje in Semipalatinsk, noch een picknick of een uitje in gezelschap. De mannen dronken, aten, speelden kaart, maakten ruzie en gingen op bezoek bij rijke Tataren; de vrouwen roddelden.

Wij speelden geen kaart en verlustigden ons niet aan de wijn, behalve het gebruikelijke glaasje voor het middag- en avondeten. Eén keer heb ik F.M. aangeschoten gezien en toen dronk hij, zeg maar, ambtshalve. Brigadegeneraal Tsjomjantovski was naar Semipalatinsk gekomen voor de schouw van het kozakkenregiment, een aardige, ontwikkelde man die van boemelen hield. Hij mocht Dostojevski meteen en het maakte voor hem, zoals hij brulde, 'geen sodemieter uit' dat de man gedwongen soldaat was. Hij nam hem mee naar zijn onderkomen, dronk een paar glazen met hem, haalde vervolgens zijn twee lieve zusters op die met hem meegereisd waren, sloeg onderweg nog twee flessen echte Franse Veuve Clicquot in... en toen stond het hele gezelschap bij mij voor de deur. Nog geen minuut later knalde de eerste kurk tegen het plafond, en de volgende dag hadden we een verschrikkelijke kater.

Maar ook met een kater wilde F.M. naar het huis van Isajev. Ik mee, ik moest altijd mee, en voor we aanbelden zei hij tegen mij: 'Drink met hem, rook met hem, praat met hem, dan kan ik me met Maria Dmitrijevna bezighouden, of met de kleine Pasja...'

DE EENOGIGE ADAM

Naarmate we nader tot elkaar kwamen, werden onze betrekkingen eenvoudiger en ongekunstelder. Mijn deur stond dag en nacht voor Fjodor Michajlovitsj open. Ik kreeg de indruk dat hij de verloren jaren van zijn jeugd aan het inhalen was. Het stoorde hem allerminst dat we dik elf jaar scheelden; hij spiegelde zich aan mijn onbevangenheid en aan mijn opgeruimde karakter. Zodra hij me gewaarwerd, veranderde zijn bezorgde stemming in een welhaast baldadige opgewektheid.

Vaak trof ik Dostojevski al bij mij thuis aan als ik van mijn werk terugkwam. Hij had dan vrijaf gekregen van een oefening of van de regimentskanselarij, waar hij steeds vaker secretariaatswerkzaamheden verrichtte. Door de extreme koude van januari tot april of de extreme hitte in de zomer werden de oefeningen trouwens vroeg in de middag gehouden. Hij was altijd voor vieren vrij.

Met losgeknoopte uniformjas en met de pijpensteel in de mond stapte hij door de kamer en praatte in zichzelf. Hij was van plan *Ooms droom* te schrijven en *Het dorp Stepantsjikovo en zijn bewoners* en hij oefende op de scènes door ze hardop aan zichzelf te vertellen of aan mij. Hij vertelde me de avonturen van oompje, schaterde van het lachen en zong uit volle borst stukken uit een opera. Hij was in een opperbest humeur, de wereld om hem heen veranderde in de wereld die hij bijeen fantaseerde, tot hij uitriep: 'Wat ruik ik? Wat ruik ik?' Dan begon hij aan mijn beste Adam te plukken, zodat de sterletsoep sneller op tafel kwam.

Sterlet was zo'n beetje de heerlijkste lekkernij die je in het stadje kon krijgen; de steur werd gevangen in de rivieren die in de Zwarte en de Kaspische Zee uitmondden. Adam wist er een dikke amberkleurige soep van te maken die zo heerlijk geurde dat je er een leeuwenhonger van kreeg.

Adam was een bron van inspiratie. F.M. bedeelde hem altijd gul als hij nog een kopeke overhad. Adam zette die onmiddellijk om in drank, want hij was de grootst mogelijke zuiplap. Hij was klein, verschrompeld en had kromme beentjes, zoals alle kleermakers die het merendeel van hun tijd met de naald doorbrengen met gekruiste benen. Hij had een enorm hoofd met hoge jukbeenderen en een piepklein opgetrokken neusje, rond als een knoop. Zijn witte kortgeknipte vlasharen stonden omhoog als bij een stekelvarken. Hij was vies, morsig en bijna altijd dronken. Zijn Fins was beter dan zijn Russisch; als hij dronken was speelde hij accordeon en zong hij droevige Finse liedjes, waarbij hij schokkend huilde. Meestal was hij nors en ontevreden omdat mijn vader uitgerekend hem had uitgekozen om mij als bediende en lijfwacht te vergezellen op de lange reis, waardoor hij zijn goede bijverdiensten als kleermaker in Petersburg was kwijtgeraakt. Zodra hij stevig dronken was, werd hij goedaardig en teder – bij de meeste mensen is het andersom. Na hem flink geraakt te hebben, waggelde hij met zijn accordeon de trap af, zocht een plek onder de ramen en bracht vanaf de binnenplaats een serenade. Wij schaterden het uit. Met zijn hese mistroostige stem zong hij langzaam jammerend: 'Aj-van, tantoe-oe-oe' en beëindigde zijn lied met een vertwijfeld: 'Toe-oe-oe-oe-oe-piloe-oe.' Vaak vielen we hem bij en ondersteunden hem met de tweede stem. Zijn serenades sleepten zich eindeloos voort en hij raakte buiten zinnen. Om hem te kalmeren goten we van boven een kan fris water op zijn hoofd. Adam sprong dan op, foeterde, liep naar de moestuin, kroop onder een omgekeerde roeiboot die daar lag en vervolgde zijn concert. Een keer stuitte hij onder de boot op een jong Tataars paartje dat de liefde bedreef en kreeg hij flinke klappen. Natuurlijk gaf F.M. hem ook toen weer geld voor een borrel: 'Het is onze schuld, wij hebben je verjaagd.'

Het leken scènes uit *Dode zielen*. F.M. las graag Gogol. De oude generatie had weinig met hem op, maar wij jongeren waren wild enthousiast over hem. Veel van mijn kameraden op het lyceum kenden hele bladzijden van zijn werk uit het hoofd en we gaven elkaar bijnamen uit *Dode zielen*. Zo hadden we een Tsjitsjikov, een *sluwe gast*, en een Selifont, een *modderspuit*, en een Korobotsjka, een *doosje* (komt nogal dom uit de hoek, maar is gemeen noch kwaadaardig). Bij een van mijn hooggeplaatste familieleden, een saaie, dikke oom, wekte ik verontwaardiging op toen ik Gogol prees. Die had allang verbannen moeten worden, vond hij, en die *Dode zielen* hadden ze moeten verbranden. 'Ik zal hiervoor mijn best doen bij de tsaar. Het loopt de spuigaten uit! De brutaliteit waarmee hij de ambtenaren door het slijk haalt... Ambtenaren die met autoriteit zijn toegerust en volmachten hebben van de regering. Bij jullie jongeren vertroebelt die Gogol alleen maar de geest.'

Wat een kleinzielige houding tegenover de grote Gogol.

F.M. las ook graag Victor Hugo. En Poesjkin natuurlijk. Als hij in een goede bui was, declameerde hij Poesjkin, en dan met name zijn favoriete gedicht 'De feestdis van Cleopatra' uit *Egyptische nachten*. Zijn gezicht straalde, zijn ogen schitterden, zijn stem raakte bezield en kreeg een volle, plechtige klank:

Een zaal vol licht. Bij zoete tonen
Van fluit en lier zet koorzang in.
En 't luisterrijke feest bekronen
De blik en stem der koningin.[27]

Laat ik me niet anders voordoen dan ik toentertijd was: ik hield me op die leeftijd weinig bezig met de literatuur. Ik wijdde me volledig aan de wetenschap, aan 'de saaie wetenschap', zoals F.M. zei. Ik las filosofische werken met hem – ook al knapten we beiden af op Hegel – en natuurwetenschappelijke werken.

'Zeg, houdt u toch eens op met die professorenboeken,' grinnikte hij.

'Ik lees over Siberië, ik wil alles over Siberië weten.'

'Nutteloos. Verspilling van tijd. Siberië heeft geen toekomst. Al haar rivieren komen uit in de Noordelijke IJszee. Een andere uitgang naar zee bestaat er niet. Siberië zit opgesloten, is even geketend als de gevangenen die het herbergt.'

Van de expeditie naar de Stille Oceaan onder leiding van Moeravjov-Amoerski wist toen nog niemand in Semipalatinsk; over een spoorlijn dwars door Siberië droomden alleen fantasten en halve krankzinnigen. Ikzelf barstte in een onbedaarlijk lachen uit toen ik drie jaar later aan de oever van de Amoer stond en de revolutionaire anarchist Bakoenin het idee van een dwars door Siberië lopende spoorlijn hoorde ontvouwen – Bakoenin was in 1857 naar Siberië verbannen. Een spoorlijn van Moskou tot aan de Grote Oceaan? Alleen een revolutionair met grootheidswaan kon in een dergelijke idiotie geloven.

F.M. schoof alle wetenschappelijke studies en tijdschriften opzij. Na vier jaar strafkamp wenste hij zich uitsluitend bezig te houden met literatuur. Hij kon eindelijk weer schrijven en had jaren in te halen. In het Siberische leven verdiepte hij zich overigens toch wel door de mensen die er woonden te observeren. Ik stond telkens weer versteld van de welwillendheid die F.M. tentoonspreidde. De slechtste kanten van de mens vergoelijkte hij en verklaarde hij uit een gebrek aan opvoeding, de funeste invloeden van het milieu en vaak zelfs uit de aard en het temperament van de man of de vrouw. 'Ach mijn beste vriend Alexander Jegorovitsj,' placht hij te zeggen, 'die mensen heeft God immers ook geschapen.' Alle schepsels die geslagen waren door het lot, door het ongeluk, het kwakkelende en het zielige, hadden zijn medeleven. Bij iedereen die hem van nabij leerde kennen was die buitengewone goedheid befaamd. Hij maakte zich zorgen over het gezin van zijn broer Michaïl, bekommerde zich om de kleine Pasja; ik ben zelfs geneigd zijn liefde voor Maria Dmitrijevna zo op te vatten. Hij hield niet op haar een 'zeer hoogverheven en geestdriftige ziel' te noemen en probeerde me te overtuigen dat ze zo 'puur en naïef is als een klein kind'. Ik hoopte voor hem dat hij het niet bij het verkeerde eind had.

Toen ik ruim een decennium later voor een kort bezoek naar ons landgoed Terpilitsy terugkeerde, vond ik de brieven die ik uit Siberië naar huis had gestuurd. Mijn vader had ze op een stapeltje op zijn bureau gelegd. Hij was zo'n strenge, strikte vader die vanaf het moment dat zoon- of dochterlief het huis verlaat als een blad omslaat en louter bewondering aan de dag legt. Die brieven vormden het bewijs van mijn bestaan. Om de zoveel dagen plukte hij er één uit de stapel en las die zonder echt te lezen. Hij kende de inhoud uit zijn hoofd.

Ook mijn zuster Anastasia had de brieven die ik aan haar gericht had bewaard en met een lint bijeengebonden.

Op 2 april 1855 schreef ik vanuit Semipalatinsk aan mijn vader:

> Het lot heeft mij samengebracht met een uitzonderlijk persoon, zowel wat betreft hartelijkheid als verstandelijke kwaliteiten; het is onze jonge ongelukkige schrijver Dostojevski. Ik ben hem veel verschuldigd en zijn woorden, adviezen en ideeën hebben mij voor het leven gesterkt. Dagelijks studeer ik met hem en nu gaan we *Filosofie* van Hegel vertalen en *Psyche* van Carus. Hij is een zeer godvruchtig man, ziekelijk, maar met een ijzeren wil. Kunt u eens achterhalen, mijn goede papa, of er in godsnaam misschien amnestie komt. Zoveel ongelukkigen koesteren verwachtingen, hopen en grijpen zich als drenkelingen aan elke strohalm vast.

Op 15 mei 1855 schreef ik vanuit Semipalatinsk aan mijn zuster:

Vraag vader, ik smeek het je, middels Alexander Fjodorovitsj Weimarn te achterhalen of er bij de kroning van de nieuwe tsaar amnestie zal zijn voor sommige delinquenten en of hij Doebelt of vorst Orlov niet een woordje kan influisteren over Dostojevski. Moet deze opmerkelijke man dan hier sterven als soldaat? Dat zou vreselijk zijn. Ik vind het verdrietig en pijnlijk voor hem; ik ben van hem gaan houden als van een broer en ik respecteer hem als een vader.[28]

HEILIGE OF BOZE GEEST

Soms bracht ik de avond bij Dostojevski door. Meestal was het andersom, kwam hij naar mijn huis, dat veel gerieflijker was. Bij hem was het pijnlijk onaangenaam en stonk het naar die vreselijke tabak die hij in de veel te krappe ruimte rookte, maar ik wilde F.M. duidelijk maken dat ik me er niet voor schaamde hem thuis op te zoeken.

Zijn hospita was een soldatenweduwe. Haar oudste dochter, een schone van een jaar of twintig, deed de was, het naaiwerk en de schoonmaak van de kamers, ook voor F.M. Ze zorgde voor hem en, zo leek het, met liefde. Ze waste zijn kleding, kookte en verkeerde voortdurend in zijn nabijheid. Haar zusje van zestien was misschien nog wel mooier dan zij. Ik was zo aan beide meisjes gewend geraakt dat het me geenszins verbaasde als zij 's zomers samen bij ons kwamen theedrinken in *grand negligé*, dat wil zeggen: op blote voeten, enkel in een overhemd, omgord met alleen een rode ceintuur, en met alleen een halsdoek om.

De armoe van moeder en dochters was groot. Op een kleine moestuin na bezaten ze niets. Hun enig inkomen was de huur die F.M. betaalde en het geld dat hij voor het eten, wassen en huishouden gaf.

De moeder probeerde de jeugd en de schoonheid van haar dochters ronduit te exploiteren. Ik vermoedde zelfs dat het nonchalante tenue van de meisjes een door de moeder ingefluisterd idee was. Van dergelijke schaamteloosheid keek niemand in Siberië op – het lag in de aard der dingen.

Op een dag verweet Fjodor Michajlovitsj de oude vrouw haar dochter van zestien aan te zetten tot bandeloosheid. Recht voor de raap zei hij: 'Schaamt u zich niet dat...'

'Och heer,' bracht ze daartegen in, 'ze zal op den duur toch wel voor twee speculaaskoeken of voor een pond noten meegaan met een bataljonsschrijver of met een onderofficier... Met u, heren, is het én slimmigheid én kuisheid... een geluk dat niet ieder meisje heeft met een ambtenaar of een militair...'

Tegen die praktische logica konden we moeilijk iets inbrengen.

In een roman zou Dostojevski de dochter van de hospita door een voormalige dwangarbeider hebben laten verkrachten, of zou hij het schaars geklede meisje op z'n minst door de geile bruut hebben laten betasten. Hij zou het meisje jonger hebben gemaakt, veertien in plaats van zestien, of jonger nog om de goegemeente te schokken: twaalf, elf. Het arme kind zou ziek zijn geworden en zich uit pure ellende hebben verhangen. Overmand door schuldbesef zou de verkrachter zich bij de politie hebben aangegeven, maar veroordeeld en naar Siberië verbannen zou hij de schouders hebben opgehaald en gemompeld hebben: 'Ach, dat brutaaltje...'

In het werkelijke leven gedroeg Dostojevski zich als een heilige, in zijn fantasie was hij een boze geest.

Zijn liefde voor Maria bekoelde niet, integendeel. Telkens als hij de kans kreeg, bracht hij zijn vrije tijd bij haar door. Iedere keer kwam hij in extase en opperste verrukking terug, en hij was dan verbaasd als ik niet de tweede stem zong. Zijn Maria, zijn Marrrrja, was zijn alles.

Op een keer, toen ik met hem mee was gegaan naar de Isajevs, trad ons uit het halfduister een in lompen gehuld, vervuild maar knap meisje van vijftien, zestien jaar tegemoet. Zij bleek de dochter te zijn van de Poolse bataljonsbetaalmeester. Hij, een onfris sujet, voortdurend dronken, was overgeplaatst naar Semipalatinsk voor het een of andere vergrijp. Een weduwnaar met drie dochters, van wie Marina de oudste was. Hij trouwde algauw met zijn keukenmeid, die de dochters als oud vuil behandelde. Marina vervulde in huis de plichten van werkster en dienstmeisje – ze boende de vloer en deed de was. Een opleiding of iets wat daarop leek kreeg ze niet, vader en stiefmoeder verwaarloosden haar geestelijke ontwikkeling.

Over dat arme meisje ontfermde Maria Isajeva zich. Ze gaf haar warmte, toonde interesse en betrokkenheid en vroeg Dostojevski om haar les te geven. Maria had een groot hart. Het is dan ook je reinste idiotie dat later over haar beweerd werd dat ze het einde van haar man snel zag naderen en uit was op Dostojevski's geld en bescherming.[29] Ik wil haar niet constant verdedigen, maar zo doortrapt was ze niet.

Het aantrekkelijke van Maria was voor Dostojevski dat ze overal boven scheen te staan. In haar fonkelende donkere ogen school de kracht van een zelfbewuste vrouw die zich nooit en te nimmer door iemand de wet zou laten voorschrijven. Op het eerste gezicht leek ze bovenmatig trots en zelfs aanmatigend. Inderdaad slaagde ze er niet altijd in haar goede hart te tonen. Van nature was zij iemand vol prachtige idealen en integere beginselen, maar het was alsof zij eeuwig bezig was haar evenwicht te vinden zonder dat haar dit lukte, omdat ze er te chaotisch, te opgewonden, te rusteloos voor was.[30]

Ik bedenk deze overwegingen niet zelf, ik parafraseer het portret dat F.M. van Liza schetste in *Duivels*, en Liza was vrijwel Maria, hoewel niet één op één. Ik kan het beter omdraaien: door Liza doorzag ik pas wie Maria voor Dostojevski geweest was. Hij hield haar voor een reddende engel, voor de vrouw van zijn leven.

Ik bleef me afvragen wat hem in haar aantrok. Verliefdheid is een luchtspiegeling die zich als werkelijkheid voordoet, mompelde hij, of iets in die geest. Tijdens de eerste maanden die ik in Semipalatinsk doorbracht was ik nog niet zo met verliefdheden bezig. Ik was daarmee geen uitzondering en evenmin een bizar geval. Russische mannen trouwden in die tijd ver na hun dertigste, met jongedames van ruim onder de twintig. Zo was het althans in de betere kringen, en met een fors percentage uitzonderingen, maar de geest van de tijd ging toch in die richting.

Ik las eens dat geur de doorslaggevende factor in verliefdheid is. Als dat klopt, dan zal het tussen F.M. en Maria geen frisse aangelegenheid zijn geweest: hij stonk naar de goedkoopste pijptabak en zij naar armoe. Toch kleedde ze zich als een voornaam meisje in plaats van als de niet meer zo jeugdige vrouw van een werkloze douanebeambte. Haar feitelijke omstandigheden leken haar niet te deren.

Maria had iets van een over het paard getild kind, met al het egoïsme van een kind, maar zonder onschuld. Ze was jong en onbezonnen, niet jong in jaren maar jong in houding en gebaren. Ik was daar zelf ook niet ongevoelig voor, ik moest steeds weer naar haar kijken, ook als ik het een beetje zat was dat Maria voortdurend om aandacht vroeg. 'Mens, doe normaal,' zei ik tegen mezelf, en toch bleef ik haar met open mond aanstaren.

Ze zocht de extremen op, en als één iemand van uitersten hield, dan was het Dostojevski. Een man of een vrouw werd voor hem pas echt interessant als er verschrikkelijk veel op hem of haar viel aan te merken. Een mens kon voor hem niet raar genoeg zijn.

Van zijn kant was het louter liefde. Of zocht hij met haar naar een nieuw experiment dat even heftig was als zijn verblijf tussen de misdadigers?

Ik kwam er vooralsnog niet uit.

DOOD VAN DE TSAAR

Het bericht dat Nicolaas I overleden was bereikte ons een kleine maand nadat hij was gestorven. Begin maart was een vleugeladjudant in tien dagen van Petersburg naar Omsk gegaloppeerd met het nieuws. Van Omsk naar Semipalatinsk vergde ook weer een flink aantal dagen. Op 12 maart kregen wij dan eindelijk te horen dat de imperator op 18 februari plotseling overleden was. Onder mysterieuze omstandigheden, maar dat vernamen wij pas een vol jaar later. Het gerucht ging dat de tsaar opzettelijk een longontsteking had verwaarloosd omdat hij geen uitweg meer zag in de Krimoorlog.

De belegering van Sebastopol duurde al bijna een jaar en alle raderen in het rampzalige internationale conflict waren vastgelopen. De eerste zorg van de autoriteiten was hoe de islamitische bevolking op de dood van de tsaar zou reageren. Hun sympathie lag bij de Turken, onze felste tegenstanders in de Krimoorlog. Ik kreeg de opdracht om in alle zes de moskeeën van de stad de mohammedanen de eed van trouw aan de nieuwe tsaar af te nemen. Ik kan niet zeggen dat ze erg aangeslagen waren door het nieuws; zoals de meeste Aziaten waren ze gesloten en weinig mededeelzaam. Met de Russen hadden ze gemeen dat ze beefden voor Nicolaas. Hun medeleven beperkte zich tot bezorgdheid over de directe gevolgen en hun eigen toekomst. Na afloop van de beëdigingsceremonie omstuwden ze me met vragen over het al dan niet voortduren van de Krimoorlog en het gevaar dat ze liepen om opgeroepen te worden voor militaire dienst.

De intelligentsia van de stad was overdonderd door de dood van de tsaar. Het merendeel van hen was slachtoffer van zijn hardvochtige regime. De politieke ballingen kregen de reuk van een nieuwe tijd in de neus en jubelden. Binnensmonds weliswaar, want niemand wist nog precies hoe de vlag erbij zou gaan hangen. Het eerste manifest dat de opvolger van Nicolaas opstelde was in ieder geval welwillend en veelbelovend. Al voor de troonsbestijging stond Alexander II goed aangeschreven. Geruchten over het zachtmoedige en humane van zijn karakter waren tot in Siberië doorgedrongen.

Samen met F.M. ging ik naar de Voskresenski Kathedraal (die nog in de steigers stond) voor de aan Nicolaas opgedragen dodenmis. Er hing werkelijk een plechtige sfeer, maar er vloeide geen traan. Alleen de oude militairen en soldaten zuchtten diep en demonstratief. Een van hen, een oude reus die tot het Preobrazjenski Regiment[31] had behoord, herhaalde steeds: 'Hij zal ons niet meer de Christuskus geven, de beste man, hij zal ons niet meer de Christuskus geven.'[32] Dostojevski schudde bijna onmerkbaar het hoofd. Bij hem verrees de hoop op een kentering van zijn lot, op amnestie. Hij was nog altijd een *gedwongen* soldaat die Siberië niet mocht verlaten.

Maar bovenal hield ons de vraag bezig hoe lang de oorlog zou duren. Door de Krimoorlog was het voortdurend onrustig in de steden op de steppe. De horden waren in beroering. Onder de Kara-Kirgiezen vormde zich een tot de tanden bewapende bende die plotselinge uitvallen deed. De kan van Tasjkent had negenduizend ruiters ingezet aan de oever van de rivier de Tsjoej en was opgerukt naar Alma Ata, onze laatste post aan de zuidgrens. We vreesden dat hij de verbinding tussen Vernoje en Kopal aan de rivier de Ili zou afsnijden. In het vestingstadje Kopal was maar één compagnie soldaten gelegerd: driehonderd Kozakken met vier stuks licht geschut. Onze spionnen en geheim agenten onder de kameel-Kozakken in Tasjkent, Kokand, Boechara en Chiva bevestigden dat agenten in dienst van de Engelsen en Turken bezig waren het hele kanaat tegen ons op te zetten.

De vluchtelingen uit Centraal-Azië noemden we schertsenderwijs *tsjalo*-Kozakken, kameel-Kozakken. *Tsjal* is een Turkmeense drank bereid uit kamelenmelk. Overal op de Kirgizische steppen hadden de kameel-Kozakken zich gevestigd. Veelal waren het onze gedeserteerde soldaten en dwangarbeiders die de lokale taal hadden geleerd, het mohammedaanse geloof en de mohammedaanse kledij hadden overgenomen. Het lukte maar zelden erachter te komen wie ze precies waren. Ze werden geduld als vreemdelingen die bij vergissing het Russisch staatsburgerschap hadden verkregen. In Semipalatinsk waren twee rijke kooplieden wier afkomst duister en onbekend was, ook voor mij als officier van justitie. Ik wist niet waar ze vandaan kwamen en hoe ze naar de stad waren gekomen, ik kreeg alleen te horen dat ze Russische onderdanen waren. Bezoekers van het badhuis zagen bij een van hen het brandmerk dat dwangarbeiders droegen.

Gelijktijdig met het oproer van de Kara-Kirgiezen ontstond onrust aan de zuidoostelijke grens met China. Verbannen Chinezen kwamen in opstand, alsook het schorriemorrie. Het was niet de eerste keer dat Chinese avonturiers door onze grenzen braken: ze zochten naar goud, roofden, moordden en verjoegen de goudbewerkers. De gouverneur-generaal beval de misdadigers met de karwats te verdrijven of met de botte punt van de lans.

Vanuit Semipalatinsk trokken troepen de bergen in. Langs de oevers van de Lepej verdreven onze manschappen de Chinese immigranten gewapenderhand. Ik kreeg de rapporten onder ogen: waar dat opstandige gespuis wel niet uit bestond! Rovers uit Kokand, verkrachters uit Alaman, Kirgizische veedieven – 'schaapstekers' zeiden ze op de steppe – en alle mogelijke *bajgoesji* – armoedzaaiers. Eigenlijk wist toen niemand waar onze grens ophield. Nog in de herfst van 1854 stuurde de kan van Tasjkent een brigade onze kant op die onder commando stond van een gedeserteerde Russische soldaat. Deze krijgsheer was vergeten voldoende patronen mee te nemen en zijn eigengemaakte kruit bleek even effectief als nat zand – geen kanon ging af. Hij trok zich met zijn brigade terug. De kan was zo boos dat hij beval de man de neus af te snijden.

In Omsk raakte alles en iedereen gealarmeerd. Kopal besloot een militaire brigade te formeren. Semipalatinsk kreeg het bevel een veldtocht voor te bereiden. Uit Tobolsk werden kogels en kanonnen overgebracht die tsaar Paul I vijftig jaar eerder had willen gebruiken voor een veldtocht naar India. Erg deugdelijk materiaal! De gouverneur-generaal beloofde nog een wapenschouw te houden vóór de veldtocht. De commandanten raakten verschrikkelijk opgewonden of zichtbaar ongerust. Om hun zenuwen tot bedaren te brengen zetten ze tot drillen aan en riepen alle manschappen op voor oefeningen en exercities.

De arme F.M. moest dagelijks twee, drie uur in het gelid staan. Wat hem nog meer uitputte was de langzame paradepas in drie bewegingen. In mijn tijd op het lyceum ben ik zelf met deze geneugte vertrouwd gemaakt en ik kon toen al niet bevatten wie behoefte had aan deze benengymnastiek uit de tijd van Frederik de Grote. Het is misschien wel tekenend dat die pas in Rusland geïntroduceerd werd door tsaar Paul I, dezelfde die dagdroomde over een veldtocht naar India – in paradepas ongetwijfeld.

DATSJA DE KOZAKKENTUIN

De oorlogsdreiging week niet direct, maar we lieten ons niet gek maken. Uit de *Augsburger Allgemeine Zeitung* en *l'Indépendance Belge* begrepen we dat de diplomaten in de antichambres aan een vredesakkoord werkten. De Petersburgse kranten zwegen er voorlopig over – de nieuwe tsaar had zijn vader op het sterfbed beloofd geen centimeter grond van het Russische Rijk op te geven. Dostojevski en ik bleven er het beste van hopen, en gaven ons over aan een zomers luieren.

De zomer is ondraaglijk in Semipalatinsk. Het zand raakt door de brandende stralen van de zon tot op oventemperatuur verhit. Het kleinste briesje doet al stof opwaaien en het fijnste zand vult de ogen en dringt door tot diep in je neus en ver in je oren. Je haren gaan kriebelen, het zand schuurt onder het boord van je overhemd. De hitte in de schaduw bereikt in juni al 32° Réaumur.[33]

Ik besloot mijn heil buiten de stad te zoeken. In de omgeving van Semipalatinsk kon ik slechts één datsja vinden met een flinke tuin: even voorbij de Kozakkennederzetting. Dat kwam ook F.M. goed uit. Ik stelde hem voor zijn hol te verlaten, dat in de zomer nog naargeestiger was dan in de winter, en met mij mee te verhuizen. De datsja behoorde een rijke Kozakkenkoopman toe en droeg de naam de Kozakkentuin. Alleen al vanwege die naam wilde F.M. erheen.

Onder de bannelingen verwierf ik een keukenhulp die Adam kon assisteren. Voor Dostojevski kocht ik een paard; zelf had ik al drie paarden op stal staan. Begin april verkasten we naar onze zomerwoning.

Voor wie denkt dat ik een croesus was: nou nee. Maar het

scheelde weinig! De wedde van een procureur bedroeg 750 roebel per jaar en van mijn vader kreeg ik 600 per jaar. Van 1350 roebel kon zelfs een getrouwde man met een gezin als een vorst leven in Kirgizië. De datsja kostte me voor de hele zomer dertig roebel aan huur. En neem dat paard dat ik voor F.M. kocht: voor zeven à acht roebel had je er een, en toen ik me tot de Kirgizische sultan wendde en hem vroeg voor vijftien roebel het beste paard uit zijn kudde te kiezen, kreeg ik in de stad te horen dat ik de markt verpestte.

Het uithoudingsvermogen van Kirgizische paarden is verbluffend. Haver en gerst hoeven ze niet, enkel hooi. Het kostte me de grootste moeite ze aan haver te laten wennen en de eerste tijd kregen ze uitslag van het nieuwe voer. Mijn Kirgizische paarden trokken een slee die ik uit Perm had laten overkomen en in de zomer een rijtuig met een lange laadbak, een soort miniatuurtarantas.[34] Eenmaal getuigd liep het viertal met gezwinde pas in een prachtig gelijkhoevig ritme.

Zodra de zomer aanbrak – en dat was al in mei – liet ik alle mogelijke bloemzaden, groentezaden en bollen uit Riga overkomen. We hadden broeibakken ingericht en trokken zaailingen voor. Dostojevski schonk het veel vreugde iets omhanden te hebben. Hij hield van tuinieren en herinnerde zich meer dan eens het ouderlijk stukje land uit zijn kindertijd. Dat stukje land had in Moskou gelegen, hij was een echt stadskind, maar kinderen die tussen hoge muren zijn opgegroeid hechten vaak meer aan natuur dan plattelandskinderen.

Voor het terras van het huis legden we bloembedden aan. Het huis zelf was erg vervallen. Het dak lekte, de vloeren zakten in. Meubels moesten we zelf meenemen, het houten huis was leeg. Maar het was er ruim bemeten en we hadden plaats zat.

Een oude bomenlaan doorsneed de tuin. Ik had graag links en rechts bloeiende struiken gezien als op ons landgoed Terpilitsy, maar sering, jasmijn en roos waren zeldzaam in Semipalatinsk. De moestuin gaf ons kilo's groenten. Uit de bronnen in het midden van de tuin kwam het zuiverste koele water. Er waren drie waterbekkens uitgegraven, waarin we sterlet en kleine steur hielden. Om de andere dag konden we vis van eigen kweek eten.

De datsja had ook iets van een boerderij, door de paardenstallen en de schuren die tegen het huis leunden en door de ruime binnenplaats. Rond tuin en huis stond een hoge planken schutting.

We hielden ons enthousiast met de bloementuin bezig en gaven die al snel een schitterende aanblik. F.M. hielp me ijverig bij het begieten van de jonge aanplant. Ik zie hem weer voor me, gelukkig als hij toen was: het gezicht bezweet, zonder soldatenjas, met alleen een verschoten roze sitsen gilet aan. Aan zijn nek bungelde een groot uivormig horloge, dat aan een lange ketting van hemelsblauwe kralen hing die iemand hem ooit had gegeven. Veel zeiden we niet tegen elkaar; F.M. ging geheel in zijn bezigheden op en hoewel het een genoeglijke tijdspassering voor hem was, had ik altijd de indruk dat hij in gedachten schreef. Terwijl hij de planten besproeide, moesten de voorvallen en dialogen in hem opwellen.

Meer dan eens kregen we hulp van de dochters van Dostojevski's hospita. Zij namen het begieten van de bloemen van ons over, zodat wij het wat zwaardere werk konden doen. Na een uurtje of wat gingen we zwemmen in de rivier. Ons stukje grond lag op de hoge rechteroever van de Irtysj. We liepen een glooiende groene weide over en doken in het water. De meisjes deden ons dat niet na en bleven giechelend naar ons kijken.

Na het frisse bad installeerden we ons op het terras om thee te drinken of om het middagmaal te gebruiken. We lazen kranten, rookten pijp, haalden herinneringen op aan onze verwanten en dierbare personen, droomden over Petersburg en foeterden op Europa.

Ja, we waren boos op Europa. Waarom moesten de Fransen en de Britten ons de voet dwars zetten in de Krim? Waarom schoten ze de Ottomanen te hulp? Waarom ontzegden ze Rusland de heerschappij over Constantinopel, de bakermat van het orthodoxe geloof?

We rouwden om de duizenden die het leven lieten en maakten ons erg ongerust of Sebastopol het beleg zou doorstaan. Per slot van rekening was het de belangrijkste haven van de Russische vloot in de Zwarte Zee.

Als we de politiek beu waren, bespraken we onze agrarische zaakjes als heuse grootgrondbezitters. Ik hield kippen, drie biggetjes van een wild zwijn en voor de aardigheid een wolfje dat als een hond zo tam was, maar voor de tijgerkat die een aardige artillerieofficier uit Kopal voor me meegenomen had bedankte ik: die krabde te fel.

Tijgers en luipaarden kwamen nog veel voor in de zuidwestelijke uitlopers van de Altaj, in de rietkragen van het Balchasjmeer of langs de rivieren. Naar grootte en kleur leken de Kirgizische tijgers op de Indiase, alleen in de winter groeide de vacht verder uit en werd dikker.

Vanuit de datsja hoopte ik flinke tochten te maken. Sinds mijn kindertijd ben ik verknocht aan het paardrijden. Het kostte me enige moeite Dostojevski over te halen op een van de vier paarden te gaan zitten, het meest makke. Eerst was hij vermakelijk onbeholpen in zijn grijze soldatenuniformjas, maar algauw kreeg hij de smaak te pakken en ging het hem gemakkelijk af.

Door het naaldbos trokken we naar dat deel van de steppen waar de Kirgiezen hun hoofdkwartieren hadden opgeslagen. De steppen stonden in bloei en geurden als een veldboeket. Het felgroene tapijt dat zich over een onafzienbare ruimte uitstrekte was bezaaid met bloemen. Later in de zomer begon het gras te verdorren, maar in mei was het een feest om naar de hoofdkwartieren van de Kirgizische rijkaards Mendi-Baj en Teni-Baj te rijden. Hun jonge vrouwen trakteerden ons op het verkwikkende drankje koemis, op schapenvlees dat zo hard was als steen, op kaas, pilav met schapenvlees, worst gemaakt van gerookt vlees van veulens. Heel ongedwongen allemaal – Kirgizische vrouwen droegen geen sluier en mochten zich in mannelijk gezelschap vertonen.

Een keer nam Fjodor Michajlovitsj zelfs deel aan een door kolonel Messarosj georganiseerde jacht met honden. Het was ook meteen de laatste keer: F.M. had niet alleen verschrikkelijk het land aan jagen maar weigerde ook nog eens te galopperen. Het liefst draafde hij in een rustige gang zodat hij de omgeving in zich kon opnemen.

Algauw vielen de dametjes ons lastig. De Kozakkentuin stond in volle bloei, de wonderschone ranonkels, anemonen, anjers, violieren vormden een tableau dat geen schilder uit de omgeving kon bedenken. Behalve zonnebloemen hadden ze in Semipalatinsk immers nooit bloemen gezien. Plotseling was daar een verbazingwekkend wonder, een vreemdsoortig ornament nabij de stad, dankzij 'de mensenschuwe baron', zoals de dametjes mij noemden. Zoveel volk kwam naar onze bloemenpracht kijken dat we geen moment rust meer hadden. Het merendeel der dames werd erg opdringerig: ze bleven lang in de tuin zitten, waren er met geen mogelijkheid uit te werken, en als ze ten slotte dan toch vertrokken, haalden ze de bloembedden leeg. De maat was weldra vol, en toch zette ik een vriendelijk gezicht op. F.M. wist evenmin hoe we ons van de ongenode bezoeksters konden ontdoen; we waren beiden erg onhandig in dezen en concludeerden een beetje mistroostig dat we om ten minste één reden tevreden zouden zijn als de bloemen verwelkten.

We werden uiteindelijk om een veel amusanter reden gemeden. In de salon van ons paleis was de vloer doorgezakt. Ook in de andere vertrekken zat veel schimmel in het hout, soms plekken ter grootte van boleten. Eén vertrek was ingenomen door mij, een ander door F.M. We werden gescheiden door twee lege kamers. Ook in onze eigen vertrekken stonden weinig meubels. Van planken en vaatjes hadden we iets in elkaar geflanst wat op een salontafel moest lijken. De enige decoratie die we in het huis hadden aangetroffen bestond uit ratten, muizen en ringslangen. De laatste waren het interessantst. De meeste krioelden onder ons terras in de brandende zon. Ik merkte dat ze de melk opdronken die ik op een schoteltje op het terras had neergezet. Op een keer zag ik hoe twee ringslangen naar het schoteltje kropen, snel de melk opslokten en wegglipten in een spleet. Het amuseerde me zó dat ik op het idee kwam de slangen met onze aanwezigheid vertrouwd te maken door ze melk te voeren. Dagelijks zette ik een schoteltje of een kopje neer onder de bank. De slangen kropen naderbij, voedden zich en lieten zich geleidelijk aan niet meer van de wijs brengen door onze aanwezigheid. Ze wenden aan ons (zoals een gevangene aan zijn bewakers went, zei Fjodor Michajlovitsj) en waren niet langer bang voor mensen.

Net had ik een keer de melk voor de ringslangen onder de terrasbank gezet of de dametjes kwamen bij ons op bezoek. Vrolijke, levendige bezoeksters ditmaal. Geschrokken door hun gegiechel en het gestamp van hun schoenen deinsden de slangen terug. Ze gleden zo haastig naar verschillende kanten weg dat ze verstrikt raakten in de geplooide zomen van de jurken. De dames hieven een wild gekrijs aan en maakten zich als bezetenen uit de voeten. Wat het nog erger maakte: bij iedere stap streken de slangen langs hun enkels.

Onze datsja werd behekst verklaard. Eindelijk rust – tot ik in augustus een paar weken vakantie nam. Dostojevski bleef alleen achter. Toen ik terugkwam zag ik overal in Semipalatinsk bloemen in potten en bakken voor de ramen van de ambtelijke *beau monde* staan. Ik dacht: Het lijken onze bloemen wel. Op de datsja trof ik een Dostojevski aan die droevig en hulpeloos de armen bewoog.

'Ik kon hier niets maar dan ook niets tegen ondernemen,' legde hij me uit. Door mijn afwezigheid hadden de vrouwen van zijn superieuren, van de kapiteins, kolonels, majoors, zich op de asters, violieren en dahlia's gestort. Hij had het ze niet durven verbieden.

Het was zomers, het was landerig in de Kozakkentuin. We aten veel fruit en verlustigden ons aan de zoetigheid. Appels en peren kon je niet krijgen in West-Siberië, kersen, aardbeien en kruisbessen waren er zeldzaam, maar we lieten talloze frambozen, zwarte aalbessen, bosaardbeien, poolbramen en wegedoorns over de tong glijden. We smulden van de pijnboompitten met honing – een van de lekkernijen waarvoor F.M. bereid was een vol uur van zijn schrijftijd op te offeren. De karavanen namen massa's gedroogde vruchten mee, we deden ons te goed aan gedroogde abrikozen en rozijnen. Het bestaan van confiserie was voorbij Omsk onbekend; de door mij in Kazan bestelde fruitpulppastilles bleken een buitengewone traktatie bij de thee, en toen ik een dame tien gekonfijte ananassen cadeau had gedaan, liep heel Semipalatinsk uit om dit wonder te aanschouwen.

Als we de volgende morgen op een erg vroeg uur verplichtingen in de stad hadden, liepen we in de koelte van de avond naar mijn woning terug. Op die wandelingen in het schemerdonker voerden we de openhartigste gesprekken. Maar zodra het weer kon brachten we alle avonden en nachten in de Kozakkentuin door.

We hadden het goed die zomer, Dostojevski begon zijn jaren van dwangarbeid te vergeten, of dacht er in ieder geval veel minder aan terug. Ik raadde hem aan erover te gaan schrijven, anders zou hij ook de bitterheid vergeten. Direct na zijn vrijlating had hij zijn inkt alleen aan humoristische verhalen besteed; ik vermoedde dat hij langzamerhand het serieuzere werk geestelijk weer aankon. Hij knikte als ik zoiets zei maar reageerde er verder niet op; hij hoorde adviezen aan maar in het schrijven trok hij zijn eigen plan – daar had niemand invloed op.

Hij werd rustig, energiek, vrolijk. Maar met die rust was het van de ene op de andere dag gedaan.

MARIA'S VERTREK

Op een avond kwam F.M. somber thuis, totaal van streek. Isajev zou naar Koeznetsk worden overgeplaatst, zo'n vijfhonderd werst ten noorden van Semipalatinsk.

'En zij stemt ermee in,' riep hij radeloos. 'Zonder tegenspraak, zonder de geringste tegenspraak.'

Hij tierde, hij kermde.

'Maria gaat met hem mee alsof ze geen eigen wil heeft en alsof ik er helemaal niets toe doe. Dat is juist zo ergerlijk: ze accepteert alles.'

Ik verkeerde in de veronderstelling dat Isajev allang zijn ontslag had genomen, zoals hij ons in menig dronken bui had toegeroepen ('Ik heb er de brui aan gegeven, de brui, man, de brui'), maar kennelijk was hij alleen tijdelijk van zijn dienst ontheven en moest hij nu weer aan de slag. Een paar dagen later zou zijn overplaatsing al een feit zijn.

De wanhoop van Fjodor Michajlovitsj kende geen grenzen. Het idee dat hij van Maria gescheiden zou raken maakte hem krankzinnig. Het kwam hem voor dat zijn hele leven zinloos was geworden.

'Zonder haar kan ik niets meer. Niets.'

De Isajevs bleken schulden te hebben. De meeste meubels moesten verkocht worden, en nog was er niet genoeg geld om de verhuizing te betalen. Nadat ik hun te hulp was geschoten, konden ze hun matten oprollen. Veel meer dan matten, kleren, laarzen en servies was er niet overgebleven.

Het afscheid was tragisch, maar ook luidruchtig en theatraal als de slotscène uit een opera. Dostojevski huilde luid en met lange uithalen. Het ging me door merg en been. Tien jaar later herinnerde hij me nog eens aan de scène, in zijn brief van 31 maart 1865. Een gedenkwaardige dag, schreef hij. Dat mocht je wel zeggen.

Samen vergezelden we de Isajevs naar hun nieuwe onderkomen, of althans een eind in die richting. We vertrokken 's avonds laat en zouden tot halverwege het traject met hen meerijden. Het was een wonderschone meinacht. Het plan was dat F.M. bij mij in de brik zou komen zitten en dat de Isajevs de open, platte wisselwagen zouden nemen. Voor een koets ontbrak het hun aan middelen.

Voor vertrek schonk ik champagne op een voorspoedige reis. Maria zag eruit als een engel op een icoon. Ze droeg een witte zomerjurk met een laag uitgesneden decolleté dat het bijna doorzichtige van haar huid liet zien. Over haar schouders had ze een sjaal geslagen met een rood motief tegen een goudgele achtergrond. Dat goudgeel deed me denken aan een icoon, maar het zal ook met haar gelaatsuitdrukking te maken hebben gehad: ze had een zweverige blik in haar anders zo donkere ogen.

Om Fjodor bij het afscheid de mogelijkheid te gunnen Maria nog wat te minnekozen, schonk ik haar manlief bij mij thuis het ene na het andere glas in. Naar beproefd Siberisch gebruik herhaalde ik dit nog eens toen we in de hal onze jassen aantrokken: weer champagne. Isajev stond toen volledig tot mijn beschikking en ging met alles akkoord wat ik hem voorstelde. Bij mij in de equipage? Hij vond het prima. Hij liet zich achterovervallen en sliep direct als een os. F.M. ging bij Maria zitten. Dat de wisselwagen plat en open was kwam hun goed uit. Ze doken onder een mantel en vergaten waar ze waren. Achter hen lag de kleine Pasja te slapen.

De koetsiers trokken de schouders op en keken halsstarrig voor zich uit. Dicht naaldbos, flauw maanlicht. De weg was als gewalst. De lucht rook zoet en maakte loom. Mijn duifjes omhelsden elkaar; ik had het snurkende hoofd van Isajev op mijn schouder. Zo ging het uren achtereen.

Het tortelen der duifjes... Ja, ik kon het niet helemaal serieus nemen. Als ik had geweten dat die twee zouden trouwen, had ik het anders opgevat. Ik zag het niet als de verwijdering van een man en een vrouw die zielsveel van elkaar hielden en die de tijd nog even willen rekken voor het onafwendbare moment. Hun hele verhouding zag ik als een compromis tussen droom en werkelijkheid, bij gebrek aan beter. Hij was inmiddels vierendertig jaar en mocht zachtjesaan veronderstellen dat hij over de helft van zijn leven was; een gezonde kerel die door de ontberingen van de dwangarbeid alleen maar sterker was geworden, ondanks de sporadische epileptische aanvallen. Hij zei het me niet met zoveel woorden maar hij snakte naar de streling van een vrouwenhand. Voor haar was het nauwelijks anders. Zij was onderhand dertig en sleet haar dagen met een wrak van een man voor wie drank de laatste morfine was die de pijn verzachtte. Hoe lang zal het geleden zijn geweest dat zij in de vurige blik van een minnaar had gekeken en de warme sterke handen van een gezonde man op haar heupen had gevoeld? Hij en zij hadden troost bij elkaar gevonden maar het lot had gewild dat ze uit elkaar werden gedreven, en weldra zouden ze op zoek gaan naar een nieuwe redder in nood. Zo zag ik het.

Ik begon te begrijpen dat ik me vergiste op het moment dat werkelijk afscheid genomen moest worden. De geliefden gaven elkaar een laatste heftige zoen en veegden hun ogen droog. Ik versleepte de nog altijd dronken Isajev en schoof hem op de open wagen. Hij begon meteen te hoesten en te proesten maar was zich klaarblijkelijk niet bewust van tijd en plaats. Algauw sliep hij weer even diep als zijn zoon Pasja. Maria ging naast hem zitten. De paarden rukten en de equipage zette zich in beweging. Wolken zand stoven op. De wagen verdween uit het zicht, de koetsbel verstilde.

Dostojevski verroerde zich niet. Hij bleef als aan de grond genageld staan, zwijgend, met het hoofd gebogen. Tranen rolden over zijn wangen. Ik liep naar hem toe en pakte zijn hand. Hij leek uit een diepe slaap te ontwaken. Zonder een woord te zeggen ging hij bij mij in de brik zitten. Pas op dat moment dacht ik: Maar hij is tot over zijn oren verliefd en het idee dat hij haar niet meer kan aanraken, niet meer kan zien en niet meer kan ruiken maakt hem gek. En niet een beetje gek, de kans dat hij zijn verstand verliest is reëel aanwezig.

Tegen de dageraad waren we weer thuis. Dostojevski ging niet naar bed. Hij stapte maar rond door de kamer en sprak in zichzelf.

Uitgeput ging hij de volgende morgen naar het nabijgelegen militaire kamp en nam deel aan de oefeningen. Eenmaal teruggekeerd lag hij de hele verdere dag op de bank zonder te eten of te drinken. Met nerveuze trekjes rookte hij de ene pijp na de andere.

Maar de tijd trok aan het langste eind. Na een paar dagen ebde zijn ziekelijke vertwijfeling weg.

Met Koeznetsk begon een intensieve correspondentie die F.M. allerminst verblijdde. De brieven van Maria stonden bol van de klaagzangen over de behoeftige omstandigheden waarin ze verkeerde, over haar ziekte, de ongeneeslijke ziekte van haar man, de vreugdeloze toekomst. Dit alles moest Dostojevski wel neerslachtig maken. Hij werd nog magerder dan hij al was, somber als toen hij ketenen aan zijn voeten had, lichtgeraakt – ik hoefde maar iets te zeggen of hij trok zich ontstemd in zijn kamer terug. Hij veranderde in een schim. Zelfs met het schrijven aan zijn *Aantekeningen uit het dodenhuis* hield hij op, terwijl hij daar een paar weken eerder bevlogen aan was begonnen.

Op warme avonden nam ik hem mee naar buiten. Ik strekte me uit in het gras; hij volgde algauw mijn voorbeeld. Op de rug gelegen keken we naar myriaden van sterren die schitterden vanuit de donkerblauwe diepte van de hemel. Als hij diep ademhaalde, wist ik dat het goed was.

De grootsheid van de Schepping ontroerde ons. De bespiegeling van de alwetende, almachtige goddelijke kracht gaf ons een besef van nietigheid en maakte ons nederig. Niet dat we vaak en veel over religie spraken; Dostojevski was in zijn diepste wezen vroom, maar hij ging zelden naar de kerk en van popen moest hij niets hebben, zeker niet van Siberische popen. Over Christus sprak hij daarentegen in vervoering. Het goddelijke zag hij toch bovenal in het handelen van de Messias. Je hoorde zijn stem trillen als hij 'de Messias' zei.

Zijn manier van praten was toch al origineel. Hij sprak niet luid, begon een gesprek bijna fluisterend. Als hij geanimeerd raakte door het onderwerp of door de zienswijzen die hij ontwikkelde, ging hij luider en luider spreken. Op momenten van bijzondere opwinding ratelde hij door en slurpte hij de aandacht van de toehoorder op door zijn uitzinnig vertellen.

Maar zelfs Christus verzoende hem niet met het vertrek van Maria Dmitrijevna. Ik besloot hem op andere manieren af te leiden.

Ik sleepte hem overal mee naartoe. Bij iedere denkbare gelegenheid waren we van de partij. Hij sputterde tegen en jeremieerde dat hij geen zin meer had in het leven. Ik zette door en liet hem kennismaken met de mijnbouwkundig ingenieurs van de koper- en zilvermijnen in het Altajdistrict. Het bevrijdde hem nauwelijks uit zijn sombere gepeins.

Plotseling werd hij bijgelovig. Hij begon me te vertellen over helderzienden, bezocht waarzegsters en troonde me mee naar een oudje dat bonen las. Het oudje moest me voorspellen of er geluk voor me gloorde aan de horizon.

'Je moet het van tevoren weten,' zei hij terwijl het oudje zich over de bonen boog. 'Een gewaarschuwd man laat zich niet zo gemakkelijk meeslepen. De liefde overdondert je en niets is gevaarlijker.'

Ik begon het te begrijpen: hij wilde mijn gemoed temperen. Ik had me voor het eerst in een liefdesavontuur gestort. De romance was nog sneller, onstuimiger en onverwachter begonnen dan de verhouding tussen F.M. en Maria. Ik maakte kennis met haar op een bal en het volgende moment lag ik in haar armen. Ongetwijfeld zullen er enkele uren verstreken zijn voor het liefkozen begon. Voor mijn gevoel waren het een paar minuten.

Algauw verkeerden F.M. en ik in een soortgelijke situatie. Ook ik was verliefd geworden op een getrouwde vrouw en ook ik ondervond een hindernis van vierhonderd werst afstand. Terwijl zijn Maria naar Koeznetsk was verhuisd, bevond mijn Jekaterina zich in Barnaoel. Het verschil was dat mijn heldin vijftien jaar ouder was dan ik en dat ze niet als Maria één zoontje had maar zes kinderen. Wat haar overigens niet verhinderde de ene minnaar na de andere om haar vinger te winden met toiletten die ze uit Parijs had laten komen. Eén minnaar was haar beslist niet voldoende; als ze een man was geweest had ze er een harem op na gehouden.

'Ach herenmijntijd,' riep Dostojevski uit toen ik het hem opbiechtte. 'Mijn magnifieke vriend! Kon het moeilijker? Wat een eindeloos, erbarmelijk verdriet.'

Erbarmelijk of niet, het leidde hem af. 'Vertel, vertel.' Ik had eindelijk een onderwerp gevonden dat zijn volle aandacht genoot en hem uit zijn verdoving haalde.

Maar vertel nooit iets aan een schrijver. Een kwarteeuw later sloeg ik nietsvermoedend een tijdschrift open, las een novelle van mijn oude vriend F.M. met de ronduit grappige titel *De eeuwige echtgenoot*, herkende in Natalja Troesotskaja moeiteloos mijn Jekaterina en in haar goedmoedige, ietwat sullige echtgenoot generaal Andrej Rodionovitsj Gerngross.[35]

Het woord 'sullig' wekt misschien een verkeerde indruk. Iedereen die hem kende vond Andrej Rodionovitsj een alleraardigste, bescheiden, goedlachse man. In wetenschappelijke kringen stond hij bekend als een briljant mijnbouwingenieur. Sinds 1854 leidde hij de mijnen bij Barnaoel in het Altajgebergte en het ertsverwerkingsbedrijf in Lokot. Door een nieuwe boortechniek verminderde hij de productiekosten bij de koperwinning. Alleen daarom al genoot hij het grootste respect van zijn militaire superieuren – de mijnbouw viel onder het militaire regime. Gerngross kwam als kolonel naar Barnaoel en klom direct op tot generaal. Vanwege de reusachtige hoeveelheden delfstoffen was Siberië het land van de toekomst geworden voor de politieke kopstukken in Petersburg. Alleen al in de koper- en zilvermijnen van Barnaoel werkten zesduizend arbeiders.

Met Gerngross had ik mijn Baltische origine gemeen en mijn studiejaren in Petersburg. Ik kende al zijn verwanten voor ik Andrej zelf ontmoette. Hij was klein van stuk, beweeglijk, donkerblond. Ongetwijfeld zal hij baron zijn geweest, maar ik durf dat niet met zekerheid te zeggen. Hij liet zich alleen met zijn militaire rang aanspreken omdat het beestje nou eenmaal een naam moet hebben. Gerngross scheen geboren met een flagrant gemis aan gevoel van eigenwaarde en leed daar volstrekt niet onder. Als ik op iets jaloers was, dan was het het gemak waarmee hij zich wegcijferde.

Ik leerde hem en zijn vrouw kennen tijdens een diner dat door een van de directeuren van de mijn werd gegeven. Aansluitend was er een bal. Niet ik vroeg haar ten dans maar zij mij. Nog voor ik mijn hand op haar rug had gelegd wist ik dat zij een mannenverslindster was. Toen ik me aan haar voorstelde, drong het niet tot me door wat ze terugzei: ik was ongetwijfeld al in haar ban. Ik had haar twee of drie keer gekust voor ik hoorde (of eindelijk opving) dat ze Jekaterina Osipovna heette.

Met het gemak van een courtisane palmde ze me in. Ze was een en al lust, ik kan niet anders zeggen. Zoals anderen verslaafd zijn aan opium was zij het aan de liefde. Jekaterina – kortweg Katja – hield van grote sterke mannen. Ik vrees dat dat haar enige criterium was.

De concurrentie was aanzienlijk. Ik moest het opnemen tegen een markies en een luitenant die precies even jong was als ik.

Maar wanneer ik met haar alleen was, deed ze het voorkomen alsof ik de enige man was die telde, een man op wie ze haar hele leven had gewacht en die ze, mocht hij onverhoopt vertrekken, haar hele verdere leven zou betreuren. Ze bracht het met zoveel overgave dat ik niet doorhad dat ze speelde.

Ik dacht dat dit de liefde was die ijs in water verandert en woestijn in bloeiende velden. Als ze met wijd uitgespreide armen op me afstormde, vreesde ik dat mijn hart nog groter werd dan een klok. Ik raakte overstuur; alleen al haar geur bedwelmde me. Ik kende haar reputatie en geloofde dat iedereen zich vergiste. Het was jaloezie, aan niemand kon ze zoveel liefde geven als aan mij, ik achtte dat onmogelijk, zo ontzettend veel liefde, nee, die kon ze niet zomaar aan X en Y en Z geven.

Nooit meer in mijn leven zou ik zo'n vrouw ontmoeten, dat wist ik vanaf het eerste moment dat ik met haar danste op het bal. Je zag het haar niet aan dat ze zes kinderen op de wereld had gezet; ze was lang, slank. Zoals gezegd, ze kleedde zich op bijzonder aantrekkelijke wijze, naar de laatste Parijse mode. Ze was uitdagend, maakte voortdurend grapjes, dreef openlijk de spot met me. Ik vond dat prikkelend en opwindend. Van zoetgevooisde vleierijen moest ze niets hebben. Een vals grapje maakte haar hele dag goed.

Voor F.M. was ze gewoner. Welbeschouwd, las ik vele jaren later in *De eeuwige echtgenoot*, behoorde zij tot de dames uit de 'gegoede' provinciaalse kringen die nauwelijks opvielen. In de ogen van Dostojevski had ze manieren, tact en een verfijnde smaak. Erg knap vond hij haar niet, wel bijzonder levendig en expressief. Mooie ogen had ze volgens hem evenmin, wel lag er altijd iets resoluuts in haar blik.

Maar zelfs Dostojevski moest erkennen dat de vrouw een uitzonderlijke gave had om mannen tot zich te lokken, tot haar slaven te maken en te overheersen. Tot slaaf maken is niet overdreven; ik zou terstond iets monsterachtigs en onzinnigs hebben ondernomen indien ook maar de geringste gril van Katja dit had vereist. Het was hartstocht, en volgens Dostojevski 'domme hartstocht'.

Dostojevski had het land aan haar. Ze bekeek hem met een wantrouwig oog en tegelijkertijd met zoveel nieuwsgierigheid dat hij moest toegeven dat ze zich charmant en beleefd tegenover hem gedroeg. Hij waarschuwde me dat Madame X – zo bleef hij haar noemen om geroddel in de streek te voorkomen – alleen in staat was om me korte ogenblikken van plezier of van volkomen geluk te gunnen. Die ogenblikken moest ik nemen en ik moest haar daar oneindig dankbaar voor zijn, maar daarmee basta. Meer moest ik niet van haar wensen of verlangen, want ze kon onmogelijk met me trouwen. Mijn hart zou alleen rust vinden in een vredig bestaan, niet in een gepassioneerde romance. Ik moest een vrouw zoeken die ik vertrouwen kon, niet een vrouw als Madame X, die misschien wel tien minnaars had, aan iedere vinger één!

Een betrouwbare vrouw! Een evenwichtige vrouw! Een vrouw op wie je kon steunen! Het waren precies de woorden die ik gebruikt had om hém duidelijk te maken dat Maria niet bij hem paste. Mijn bedenkingen tegen haar kreeg ik op een presenteerblaadje terug. In geschreven vorm nog wel liefst, in een brief van zes kantjes die hij op 9 maart 1857 verstuurde – hij was toen nog in Semipalatinsk en ik was in Petersburg. Madame X deugde niet. Madame X nam me in de maling, gebruikte me, misbruikte me. Madame X vond zichzelf nooit in enigerlei opzicht onrechtvaardig of schuldig. De voortdurende en veelvuldige ontrouw aan haar man bezwaarde haar geweten niet in het minst.

De sympathie van F.M. lag bij haar echtgenoot. Niet omdat hij door het opzichtige bedrog van zijn vrouw meelij wekte en evenmin omdat hij op een eeuwige echtgenoot was gaan lijken – zo iemand die eenmaal getrouwd een attribuut wordt van zijn vrouw. Niets van dit al. Generaal Gerngross had Dostojevski als een gerenommeerde schrijver begroet, niet als de dwangsoldaat die hij toen nog was. Vooral om die reden was hij in de opvatting van F.M. een bovenste beste kerel. Hij gedroeg zich niet als de andere officieren die op hem neerkeken en ieder contact meden, bang dat het hun carrière zou schaden. Die officieren wisten meestal niet dat Dostojevski een militaire opleiding had genoten en net als Gerngross de militaire ingenieursschool in Petersburg had doorlopen. Voor Gerngross telde alleen dat hij een bekende schrijver was. Ik moet toegeven dat hij grootmoedig was. Tussen een dwangsoldaat en een generaal zat in Siberië evenveel standsverschil als tussen een zwerver en een minister in de hoofdstad.

OP WEG MET HEM

Hij schreef weer aan zijn *Aantekeningen uit het dodenhuis*. Af en toe las hij een passage voor, niet om mijn oordeel te vragen maar om te horen hoe het klonk. Ik verwonderde me over de opgewekte toon. Hij prees Siberië aan alsof het Macedonië was. Het klimaat uitstekend, vele rijke en gastvrije kooplieden, de jonge meisjes als rozen en uiterst zedig; het wild vliegt er door de straten en valt de jager bij wijze van spreken in de schoot; er wordt abnormaal veel champagne gedronken en de kaviaar is er verrukkelijk. Toen hij het voorlas, proestte hij het uit. Ik vroeg of hij niet een beetje overdreef maar nee, een verhaal over gevangenschap en dwangarbeid wilde hij niet zielig beginnen, dan kreeg het geen enkel contrast. Dieptreurig mocht het evenmin worden, in een schaterlach zit vaak meer tragiek dan in een traan.[36]

Het opvallende vond ik dat hij zijn eigen ervaringen in een fictief personage verwerkte, in een leraar van adellijke komaf die tot tien jaar dwangarbeid was veroordeeld wegens de moord op zijn vrouw. Een personage dat enige gelijkenis met hem vertoonde maar tegelijk ver van hem af stond. Dostojevski had nooit gemoord, ook al hoorde ik hem eens beweren dat we in gedachten allemaal moordenaars zijn.

Ik begreep waarom hij afstand nam tot zijn hoofdpersoon: hij wilde medelijden voorkomen. Hij was iemand die met vrijwel iedereen medelijden had maar het vernederend vond als men voor hém compassie aan de dag legde. Als hij een politieke gevangene had beschreven die ten onrechte was veroordeeld, zou het boek gevaarlijk dicht bij een aanklacht tegen zijn eigen onrechtvaardige behandeling zijn gekomen. Daar was hij niet op uit. Hij wilde het leven van een dwangarbeider beschrijven die getreiterd werd omdat hij van adel was en zich waardig en adellijk gedroeg, maar die niet van plan was het hoofd te laten hangen en in de zware arbeid een manier zag om fysiek sterker te worden. In die overlevingsstrategie paste geen zelfbeklag.

Als Fjodor van zijn hoofdpersoon een politieke gevangene had gemaakt, zou hij het boek zeker niet door de censuur kunnen krijgen. Door de gekozen aanpak probeerde hij de autoriteiten mild te stemmen en een publicatieverbod te voorkomen. Hij was nog altijd dwangsoldaat, zijn straf was nog altijd niet ten einde, en als hij gratie wilde krijgen, moest hij zich in politiek gevoelige kwesties op de vlakte houden. Het zou trouwens nog jaren duren voor het boek in druk kon verschijnen.[37]

Ik ontving goed nieuws uit Petersburg. Uit een brief begreep ik dat de nieuwe tsaar genadig en bijzonder zachtaardig was. In de hoofdstad woei een nieuwe wind; grote hervormingen stonden op stapel. Toen ik het Dostojevski vertelde, beurde hem dat zienderogen op. Het gaf hem de moed verder te schrijven en hij weigerde niet meer zo halsstarrig met mij mee te gaan als ik hem wat afleiding wilde bezorgen.

De rijke Rachim-Bej vroeg ons de bruiloft van zijn dochter bij te wonen. Hij had haar uitgehuwelijkt aan een rijke koopman uit Tasjkent. Bij gebrek aan een grote zaal in het huis was de binnenplaats het toneel van de feestelijkheden. Honderdvijftig Tataarse vrouwen zaten in aparte groepjes op tapijten, de benen onder zich getrokken. Ze hadden hun sluiers afgedaan, droegen korte zijden jurken met daaronder ruime pofbroeken. Wit bepoederde gezichten met felrode blossen op de wangen en zwarte spikkeltjes boven de wenkbrauwen gaven hun een waarlijk oosterse allure. Zwijgend aten ze het ene gerecht na het andere. Na het feestmaal stonden ze op en likten ze hun vingers af – het gebruik van mes en vork gold als onbetamelijk.

De bruid bevond zich niet onder hen. Naar traditioneel gebruik moest zij drie dagen vasten, onzichtbaar voor de gasten en in afwachting van de bruidegom, die op de vierde dag verscheen. Tijdens het vasten mocht de bruid zich laten vergezellen door hooguit twee vriendinnen; de mannelijke gasten feestten onderwijl dagenlang.

De ceremonie eindigde met het voorlezen van een gebed door de moslimgeestelijke, de *achoen*. De bruidegom zette zijn bruid in het zadel en ging te paard op weg voor een afstand van 1500 werst. Het vertrek was het einde van het feest.

Het beeld van bruid en bruidegom die op het witte paard in een stofwolk verdwenen, hield ik voor een sprookje. Dostojevski was het te mooi, te zoet; het raakte hem niet. Het wezenlijke school voor hem in de slechte en verdorven kanten van mensen; de rest beschouwde hij als schone schijn. Op de terugweg bestookte hij me met vragen. Ik moest hem vertellen over de mannen en vrouwen die aan me voorgeleid werden en die ik verhoorde, alsof hij naar een tegenwicht zocht van het geziene.

In *Misdaad en straf* zou ik een dikke tien jaar later de vraag tegenkomen die Raskolnikov kwelt: 'Waarom worden bijna alle misdaden zo eenvoudig opgelost en ontdekt en waarom laten bijna alle misdadigers zulke duidelijke sporen na?', de vraag die Dostojevski me bijna woordelijk stelde toen ik hem vertelde dat ik een ernstig vergrijp 'in een handomdraai' had opgelost.

Ik kwam dagelijks in aanraking met misdaad, maar voor mijn gevoel bleef ik desondanks aan de buitenkant staan. Dostojevski had vier jaar met de zwaarste criminelen samengeleefd in het tuchthuis van Omsk. Hij kon ze, zoals hij zelf zei, ruiken.

Wordt het plegen van een misdaad veroorzaakt door ziekte of gaat de misdaad door zijn bijzondere verschijningsvorm altijd gepaard met iets wat op ziekte lijkt? Dat hield hem steeds sterker bezig.

Een paar maanden voor *Misdaad en straf* verscheen, schreef hij me in een openhartige brief: 'Eind november was er veel geschreven en gereed. Ik heb alles verbrand; dat kan ik nu wel erkennen. Het beviel me niet. Ik kwam in de ban van een nieuwe vorm, een nieuwe opzet en ben opnieuw begonnen.'

Wat hij deed was: duiding geven aan de beweegredenen van een gewelddadig mens. Volstrekt ongebruikelijk in die tijd; misdadigers hoorden bij het uitschot, naar hun motieven werd nauwelijks gezocht, ook niet door officieren van justitie en rechters. Voor Dostojevski sproot misdaad voort uit ziekte. De misdadiger is op het moment van de misdaad onderhevig aan een zeker verval van wilskracht en verstand, waarvoor een fenomenale, kinderlijke lichtzinnigheid in de plaats komt, juist op dat moment wanneer verstand en voorzichtigheid het meest geboden zijn. Deze toestand van verstandsverbijstering en verval van wilskracht overvalt hem als een aandoening. Vergelijk het met een zware koortsaanval die kort voor het plegen van de misdaad zijn hoogtepunt bereikt. Wanneer de misdaad gepleegd is, neemt de koorts af en verdwijnt het gevoel van lamlendigheid. De misdadiger wil dan het liefst bekennen, om definitief van de kwaal af te zijn en te genezen.

Knappe theorie. Krankzinnig goed doordacht. Ik heb niet heel lang tot de rechterlijke macht behoord, ik werd door Zijne Excellentie de Tsaar tot de diplomatie geroepen, maar ik heb in en buiten de rechtszaal niemand scherpzinniger over misdaad horen spreken dan F.M.

Misdaad raakte hem evenzeer als geweldsuitbarstingen, onderdrukking of uitbuiting. Ik heb een vermoeden hoe dat komt. Niet in de allereerste plaats door Siberië – hoewel de dwangarbeid hem in dagelijks contact met criminelen bracht – maar veel meer nog door de dood van zijn vader, die omhuld bleef met mysteries. Zijn vader was arts geweest. Eerst legerarts, later arts in het Mariinski Ziekenhuis voor de Armen in Moskou. Na twintig jaar geneeskundige arbeid had hij de Orde van Sint-Anna derde klas ontvangen, waardoor hij vanzelf in de adelstand was verheven. Hij had zijn zonen in het adellijk register ingeschreven om de titel erfelijk te maken. De kinderen bleven niettemin van de lagere adel. Het gezin had in een appartement gewoond in een van de bijgebouwen van het ziekenhuis; de zeven kinderen speelden op de binnenplaats, omringd door zieken en oog in oog met morbiditeit.

Hoe dokter Dostojevski aan geld was gekomen om een klein landgoed te kopen op honderdvijftig werst van Moskou, heeft F.M. me nooit verteld. Hij praatte sowieso nóóit over zijn vader, niet op een directe wijze althans. Dokter Dostojevski moet een moeilijk, veeleisend en misschien zelfs een hardvochtig mens zijn geweest. Een groot landgoed was het niet en veel lijfeigenen had hij evenmin. In de lente van 1839 kwam hij op dat landgoed om het leven. F.M. liet doorschemeren dat hij door zijn lijfeigenen was vermoord. Was gelyncht.

Fjodor was toen achttien jaar. Twee jaar eerder was zijn moeder overleden. Hij hield zielsveel van haar, evenveel als ik van mijn moeder hield. Tussen hun voornamen zat slechts één letter verschil: zijn moeder heette Maria, mijn moeder Darja. Eén letter ja, Fjodor sprak Maria altijd met een zachte i uit als Marja. Beide moeders waren diepgevoelig en onafhankelijk van geest, beiden overleden jong.

Na de dood van zijn moeder had zijn vader hem en zijn oudere broer naar een kostschool in Sint-Petersburg gebracht. Met de jongste kinderen had vader Dostojevski zich op het landgoed Darovoje gevestigd. Een jaar later was Fjodor toegelaten tot de genieschool en was hij aan zijn opleiding tot militair ingenieur begonnen; weer een jaar later vond zijn vader de dood.

Niet alleen Fjodor maar ook zijn broers Michaïl en Andrej hadden bange vermoedens bij die gewelddadige dood. Was hun vader zo wreed voor de boeren geweest dat ze zich op hem gewroken hadden? Niemand van de familie had het met eigen ogen gezien. Wat was er precies gebeurd?

Over zijn vader sprak F.M. alleen via omwegen. De bijzonderheden over diens dood behoorden tot het domein der veronderstellingen.[38] Maar toen ik hem een keer vertelde hoe moeilijk mijn verhouding met mijn eigen vader was, zei hij: 'Ik stel me uw vader voor als een vreemd mengsel van de allerduisterste achterdocht, van ziekelijke overgevoeligheid en... van generositeit.' Hij verzekerde me dat hij dezelfde verhouding met zijn vader had gehad als ik met de mijne. Toen voegde hij er iets wonderlijks aan toe: 'Hij is ook zeer te beklagen, zoals u beter weet dan ik.'

Hij had gelijk. Minstens even erg als ikzelf leed mijn vader onder zijn achterdocht en zijn snelle stemmingswisselingen.

Dostojevski raadde me aan veel te blijven reizen en ver weg van mijn geboortegrond te blijven. 'Dat is de enige manier om onverdraaglijke wrijvingen te voorkomen.'

Jaren later gaf hij me diezelfde raad in een brief, en herhaalde nog eens wat hij over mijn vader – en in feite over de zijne – had gezegd. Wij hadden boze en wantrouwende vaders die overhooplagen met zichzelf en hun toorn koelden op hun kinderen of hun ondergeschikten. Ofschoon mijn vader precies wist waar hij stoppen moest en de zijne dat kennelijk op een beslissend moment was vergeten.

REIZEN IN HET GENIEP

Samen met de gouverneur bezochten we een oude rijkaard uit Kokand die de naam Boekasj droeg. Een man van tussen de vijfenzestig en zeventig jaar, spichtig, middelgroot, bijdehand met de gelaatsvorm van een sluwe vos. Zijn sikje had hij niet geverfd, zoals te doen gebruikelijk bij Aziaten. Hij had Kazan en Moskou bezocht en was het tegendeel van een wereldvreemde geloofsfanaat. Maar wat bleek? Zojuist had hij uit Kokand een jonge vrouw gehaald die zijn vijfde echtgenote zou worden, en hij wilde met haar pochen. Om die reden had hij ons uitgenodigd voor een *dastarchan*, een maaltijd die zittend op een tapijt wordt genuttigd. Wij waren de enige gasten.

Het kanaat Kokand, in het oosten van Oezbekistan, tweehonderd werst ten zuidoosten van Tasjkent, was nog maar net door ons gekoloniseerd. Een winstgevend gebied dankzij de katoenteelt. Het kanaat telde zo'n zeshonderd moskeeën en alleen al in de vallei bij de stad Kokand stonden er zo'n driehonderd.

Boekasj mocht dan geen orthodoxe moslim zijn, je vrouw aan een vreemde laten zien, ongesluierd nog wel, was ook voor hem een ongewone uiting van vrijzinnigheid en een blijk van blind vertrouwen in zijn gasten. Wij moesten het opvatten als een hele eer.

Gedrieën zaten we in kleermakerszit op de tapijten. Voor ons werden lage, oosterse tafeltjes neergezet met zoetigheden. De gastheer ging zelf de deerne halen. Kennelijk schaamde zij zich en durfde ze niet uit haar kamer te komen: hij keerde onverrichter zake terug.

Tot tweemaal toe verscheen een oude Tataarse vrouw en fluisterde hem iets in het oor. Op een gegeven moment stond Boekasj driftig op en even later verscheen hij met zijn jongste verovering. Het meisje werd met geweld door haar gebieder naar het tapijt gesleept.

Ik schatte haar nog geen veertien. Een klein, schuw wezen, trillend als een angstig beestje. Ze keek schuchter om zich heen maar kon het toch niet nalaten om ons even aan te kijken, met haar prachtige, grote zwarte ogen. Haar oude echtgenoot droeg haar op om ons de bokalen met champagne te brengen. Ze keek opnieuw schichtig om zich heen en begon te huilen.

Het was gênant om aan te zien; een kind uit de katoenvelden dat plotseling de verleidster moest spelen en nauwelijks scheen te weten wat betovering was. Uiteindelijk gehoorzaamde ze, en vrijwel onmiddellijk veranderde ze in een vrouw van de wereld. Bijna treiterig langzaam reikte ze ons één voor één de bokalen aan. Toen keerde ze naar de kindertijd terug en rende halsoverkop de kamer uit.

Boekasj keek ons triomfantelijk vragend aan, alsof hij zeggen wilde: 'Nou? Wat vind je ervan?' Wij konden weinig anders doen dan de man te loven: wat de heren wijzen moeten de gekken prijzen. Niettemin maakten we ons vrolijk over de oude man. Had hij al niet op zijn kop gekregen van zijn andere vrouwen? En van zijn stamgenoten?

Op de terugweg zag ik een pijnlijke blik in Dostojevski's ogen. Een meisje van veertien dat aan de haren naar binnen wordt gesleurd, het moet hem geschokt hebben. Hij kwam er later nog een paar keer op terug. Ik geloof dat hij het zichzelf kwalijk nam dat hij niet ingegrepen had.[39]

We kregen een uitnodiging van de ingenieurs die de fabriek in Lokot runden waar het erts uit de groeven in het Altajgebergte werd verwerkt. De fabriek lag op een flinke afstand van Semipalatinsk.

Voor een bezoek buiten de stad moest ik een vergunning voor Dostojevski aanvragen. Naarmate we ons verder weg begaven, kreeg ik moeilijker toestemming. In principe moest F.M. binnen een half etmaal in de kazerne kunnen zijn. Wij hielden ons daar zelden aan, hoewel ik het als handhaver van de wet niet al te bont wilde maken. Ik kreeg ook steeds meer vijanden omdat ik met jeugdig elan omkoperij aan de kaak stelde, 'de revenuen zonder zonde', zoals het heette. In Siberië ontvingen de ambtenaren de laagste jaarsalarissen van het Russische Rijk, corruptie was eenvoudigweg niet te voorkomen. Ik zag veel door de vingers maar sommige lieden gedroegen zich als zwendelaars van het ergste soort. En ja, wie de onkreukbare uithangt, wordt snel voor huichelaar uitgemaakt. Ik was immers verre van onberispelijk, en nam Dostojevski het liefst overal mee naartoe.

Afstanden zeggen weinig in Siberië, zeker in de zomer. Honderd werst is niets, je stuift over de steppen in vijf à zes uur zonder moe te worden. Naar de mijnen van Lokot vertrokken we 's avonds. Ik had een prettig rijtuig gehuurd, een tweezitskarretje met bastmatten kap op heel lange wagenbomen, waardoor we niet al te veel last hadden van het geschud en gehobbel. Aan de achterkant was met een touw de koffer vastgemaakt. Door de snelheid werden we af en toe toch heen en weer geslingerd.

Mijn onafscheidelijke speurhond zat naast de koetsier. Hij blafte opvallend vaak. We konden niet slapen, een vreemde teerlucht hield ons wakker. Waar die vandaan kwam, bleef een raadsel. Het kon geen kwaad in deze streken oplettend te blijven. In het naaldbos hielden zich ongure lieden schuil of ballingen die uit geldgebrek sluwe manieren verzonnen om een rijtuig tot stoppen te dwingen. Armoede zoekt list. De koetsier babbelde om de schijn van ongerustheid weg te nemen. We luisterden nauwelijks, de vermoeidheid had haar uitwerking. De teerlucht verdween toen we het naaldbos achter ons lieten en langs onafzienbare weiden reden. Was het loos alarm geweest? Of toch een manier om ons in een hinderlaag te lokken?

Toen het licht werd, nam onze slaperigheid onevenredig toe. We doezelden, leunend tegen de rug van onze spraakzame koetsier. Om te voorkomen dat we uit het karretje werden geslingerd, zochten we in een stevige omarming het evenwicht. Terwijl we elkaar zo vasthielden reden we de dageraad tegemoet. De hemel begon steeds feller en intenser te gloeien. Een enorme vuurgloed, als boven een stad waar honderden houten huizen in brand stonden. De zon kwam als een bloedrode schijf tevoorschijn uit de schoot van de aarde. Hij bestraalde de steppe en warmde ons. In de lucht hing de heerlijke geur van alsem.

We schudden onze veren, deden onze behoefte. Om ons heen graasden kamelen, paarden, schapen. We waren over de steppe gevlogen, maar voor een van de paarden was het te snel gegaan: het begon kreupel te lopen. De Kirgizische koetsier spande het uit, sprong erop en galoppeerde naar de dichtstbijzijnde kudde, waar hij het paard aan de herder gaf en een ander uitzocht. Dat was zo de gewoonte in de streek. Hij ging op het frisse paard zitten, galoppeerde terug naar onze wagen en spande het paard in. Het verzette zich, maar de karwats bracht hem in het gareel en de volle draf maakte hem snel rustig.

In de morgen kwamen we aan bij het tweede bivak. F.M. zette de samowar op en hield zich met de thee bezig; ik pakte het geweer en liep naar het dichtstbijzijnde meer. Zo weinig vogels als er in de bossen van Siberië zijn, zoveel vliegen er boven de steppen, de biezen en de meren. Hele zwermen scheerden over me heen; het was prijsschieten. Na een kortstondige jacht keerde ik behangen met trofeeën terug. 'Dat wordt goed eten,' mompelde F.M., terwijl hij van de thee nipte. Hij was geen liefhebber van geweren maar wel van gebraden fazanten en patrijzen.

We trokken verder. Uren rijden, schudden en schommelen. Bij een begraafplaats stopten we even, strekten onze benen en zagen tot onze vreugde een rivier. Het was een bloedhete dag en door het stof waren we in moren veranderd. We kleedden ons uit, hingen de kleren over de zerken en doken in de rivier. Fjodor zwom met krachtige slagen. Het was alsof hij met de maand sterker en gezonder werd.

Aan het einde van de middag bereikten we de fabriek van Lokot. Naar goed Siberisch gebruik werd onze komst onmiddellijk beklonken met champagne. Zonder champagne vond er in Siberië zelfs niet de kleinste onverwachte gebeurtenis plaats. Een ontmoeting, een geliefde die verscheen, vreugde, verdriet, een afscheid dat te snel kwam, alles vormde de aanleiding om een Veuve Clicquot te ontkurken.

We liepen in Lokot generaal Gerngross tegen het lijf, de president-directeur van de mijnen in het Altajdistrict. Tot mijn immense spijt was hij zonder zijn vrouw; ik had natuurlijk gehoopt dat ik in Lokot Katja zou terugzien. Door haar afwezigheid realiseerde ik me opeens dat ik nog heel veel meer om haar gaf dan ik veronderstelde. Het was geen bevlieging geweest waaraan ik me had overgegeven en evenmin het verlangen naar een avontuurtje; ik had een innige liefde voor haar opgevat en, naar ik heilig geloofde, zij voor mij.

Gerngross nodigde ons uit voor een bezoek bij hem thuis in Barnaoel en een aansluitend bezoek aan Zmeïnogorsk, waar het generaalsgezin de zomer doorbracht in een vorstelijke rijksdatsja. De leiding van de fabriek durfde Dostojevski echter niet naar Zmeïnogorsk te laten doorreizen. Het was nog heel veel verder van Semipalatinsk, en de directeuren vreesden denunciatie. Verklikkers zijn overal te vinden, ook in de meest afgelegen gebieden. Het was bovendien een onrustige tijd, er werd een veldtocht voorbereid en de kans was groot dat soldaat Dostojevski daaraan zou moeten deelnemen. Hij kon ieder moment opgeroepen worden.

Ik wilde F.M. niet alleen laten terugreizen, maar nam wel stiekem de uitnodiging voor de datsja in Zmeïnogorsk aan. Ik zou er een paar weken later heen reizen. Het leek me een fantastische omgeving om Katja terug te zien. Ik besprak het maar niet met Dostojevski: dat zou me vrijwel zeker op de zoveelste reprimande hebben komen te staan. Zoveel bedenkingen als ik tegen zijn verhouding met Maria had, zo sterk was Dostojevski tegen mijn verhouding met Katja gekant. Hij beweerde dat ik mijn eigen glazen ingooide door uitgerekend op de vrouw van een van de machtigste mannen van Siberië verliefd te worden; ik waarschuwde hem dat hij zich op Maria verkeek. Ze was ongetwijfeld de intelligentste en de levendigste vrouw die hij in jaren had ontmoet, maar ze was ook vreselijk lastig.

Terug in Semipalatinsk troffen we de stad in grote beroering aan. Uit Omsk waren zorgwekkende berichten gekomen over onlusten aan de zuidgrens en een oproer van de Kirgiezen. Een veldtocht leek vereist om orde op zaken te stellen. Ter voorbereiding zou de gouverneur-generaal in hoogst eigen persoon de troepen in alle Siberische departementen komen inspecteren.

Ook soldaat Dostojevski moest zich op de veldtocht voorbereiden. Ik zei hem dat we moesten nadenken over de aanschaf van laarzen, zolen, een waterdichte jas, en over het meest noodzakelijke ondergoed. Zijn hele bezit bestond uit wat hij aanhad: hij moest zich in feite van top tot teen equiperen.

'Weer zorgen en onrust,' mopperde hij, want hij had weer geld nodig. Waar moest hij het vandaan halen? Die verdomde geldkwesties lieten hem nooit met rust.

Geen wonder, hij had een gat in de hand. Zijn broer Misja en zijn tante in Moskou hadden hem onlangs een beetje geld gestuurd, hij durfde hun niet opnieuw om hulp te vragen. Het materiële gebrek vrat aan hem.

Ik kon dat voorlopig voor hem oplossen. Veel moeilijker was het zijn verdriet weg te nemen. Uit Koeznetsk kwamen ellendige berichten, het ene nog verontrustender dan het andere. Maria Dmitrijevna was de wanhoop nabij.

DE HEIMELIJKE ONTMOETING

Maria kwijnde weg. Maria had heimwee. Al haar brieven stonden bol van de klaagzangen over haar eenzaamheid.

Fjodor las ze hardop voor.

Maria had zo'n vreselijke behoefte aan een opgewekt woord van iemand, zou zo ontzettend graag haar hart eens luchten bij iemand...

Ik stond versteld. Had Fjodor dan niets in de gaten? Was hij volslagen blind, doof, naïef? Over mij zei hij wel eens dat ik te jong en te aardig ben, dat ik een bijzonder zacht karakter heb en ontvankelijk ben als een vrouw, en dat wat anderen irriteert en woedend maakt mij slechts verdriet doet. Maar was het niet andersom?

Maria maakte steeds vaker melding van een nieuwe kennis in Koeznetsk die haar hulp en troost bood, een vriend van haar man, een aantrekkelijke jonge onderwijzer. Met elke volgende brief werden de uitlatingen over hem uitbundiger en enthousiaster. Ze stak de loftrompet over zijn goedheid, zijn aanhankelijkheid en zijn verlichte geest.

Fjodor raakte gekweld door jaloezie. Het was verschrikkelijk om getuige te zijn van zijn sombere humeur, dat zijn weerslag had op zijn gezondheid. Maar wat deed hij? Wat schreef hij? Niets. Of: fijn dat je iemand gevonden hebt bij wie je je hart kunt luchten, die je troost biedt, die aardig voor je is. Studenten zouden zeggen: quatsch, zotteklap.

Ik had zo vreselijk veel medelijden met hem dat ik besloot een weerzien met Maria Dmitrijevna te regelen ergens halverwege tussen Koeznetsk en Semipalatinsk. Om precies te zijn: in Zmeïnogorsk, waar naartoe generaal Gerngross ons onlangs nog zo nadrukkelijk en hartelijk had uitgenodigd. Naast medelijden had ik daarvoor twee persoonlijke motieven. Ik rekende erop dat deze ontmoeting en de opheldering over welke rol die aardige, lieve, begrijpende onderwijzer in haar leven speelde, wis en waarachtig het einde zou betekenen van de ongelukkige romance tussen Maria en Dostojevski. Het zou, daar was ik vrijwel zeker van, hun laatste weerzien zijn. En in de tweede plaats hoopte ik Katja terug te zien.

Maar hoe kreeg ik F.M. in het diepste geheim heen en terug naar een plek op honderdzestig werst van Semipalatinsk? De autoriteiten stonden dergelijke verre uitstapjes niet toe; de gouverneur en de bataljonscommandant hadden Dostojevski al twee keer toestemming geweigerd met mij naar Zmeïnogorsk te gaan. Ik zocht naar een oplossing en dacht ten slotte: we moeten het er maar op wagen.

Toen ik dit Fjodor voorstelde, ging hij er gretig op in; hij kwam weer helemaal tot leven. Ik schreef een straffe brief aan Maria Dmitrijevna om haar te overreden beslist op een afgesproken dag naar Zmeïnogorsk te komen. In de stad liet ik het gerucht verspreiden dat Dostojevski na een epileptische aanval zo verzwakt was dat hij het bed moest houden. Dat meldde ik de bataljonscommandant: 'De arme ziel is ziek, ligt te bed en wordt behandeld door legerarts Lamotte.'

Natuurlijk was Lamotte op onze hand. Hij was onze vriend, een man met een fantastisch edele inborst, een Pool die afgestudeerd was aan de universiteit van Vilnius en vanwege een of andere politieke kwestie naar onze contreien was overgeplaatst.

Ik had mijn dienstmeisje opgedragen iedereen te vertellen dat Dostojevski ziek was en bij mij thuis te bed lag. De luiken bleven gesloten, zogenaamd om de zieke niet te storen. Ik had het voltallig personeel – Adam, de koksmaat, het dienstmeisje – op het hart gedrukt niemand te ontvangen. Tot ons geluk waren de hoogste autoriteiten naar de steppe vertrokken voor een inspectie, ook de legergouverneur. Alles zag er gunstig uit.

Onder het uitspreken van de zegen begaven we ons om tien uur 's avonds op weg. We reden niet maar ijlden als een wervelwind. Mijn arme F.M. merkte dat niet eens op; hij mopperde dat we als een schildpad kropen en spoorde de koetsier af en toe aan tot haast. Het was nog donker toen we de fabriek in Lokot bereikten. Uit angst opgemerkt te worden hielden we er geen halt. Verder vlogen we, verder. In de ochtend waren we al in Zmeïnogorsk.

Toen sloegen bij Fjodor de teleurstelling en de vertwijfeling toe. Ze was niet gekomen. In plaats van dat ze zelf kwam opdagen, werd hem een brief van haar overhandigd. Hij las die met bevende handen. Maria Dmitrijevna liet weten dat het aanmerkelijk slechter ging met haar man en dat ze Koeznetsk niet had kunnen verlaten. Ze had ook geen geld voor een rijtuig – wat een slap excuus was, want ik had haar geschreven dat ik de kosten van haar reis zou vergoeden.

Ik waag me niet aan een beschrijving van de gemoedstoestand van Fjodor, ik brak me er alleen het hoofd over hoe ik hem in een etmaal tijd weer zo normaal kon krijgen dat hij niet direct zijn slagaders zou doorsnijden.

Nog diezelfde dag galoppeerden we terug, waardoor we in achtentwintig uur driehonderdtwintig werst aflegden, wat zelfs naar toenmalige Siberische begrippen gezwind als de duvel was. Onderweg had ik gesproken, niet constant, niet druk en nerveus, maar af en toe een woord, een zin, een vraag of hij het nog uithield.

Toen we thuiskwamen, kleedden we ons om alsof er niets was gebeurd en gingen op bezoek bij een kennis die zijn verjaardag vierde. Zo bleef het in Semipalatinsk onbekend dat we de autoriteiten een poets hadden gebakken.

Fjodor reageerde wisselend op de verschrikkelijke teleurstelling die hij te verwerken had gekregen: de ene dag was hij lusteloos, de andere schreef hij in een straf tempo. Hij kon een hele middag, avond en nacht achtereen schrijven; de volgende morgen verscheen hij dan weer op tijd op het kazerneterrein voor het appel, zoals ik me de volgende morgen naar de rechtbank begaf. Ik zei hem wel eens: 'We vullen onze dagen met de afmattende uren van het dagelijks ambt waarin voor mij noch voor u het hart ligt.'

Vanuit Koeznetsk kwam wekenlang geen bericht. Maria was een man nog geen halve traan waard, maar daarover hield ik wijselijk mijn mond.

VANKA-TANKA

Als je jong bent, ben je eenduidig: iets is zo, niet anders. Ik kwam maar langzaam tot het besef dat een mens meerdere sporen volgt. Bij nader inzien was Maria geknipt voor hem. Hij viel niet op lieftallige maagden op een wit paard, dat was hem allemaal te mooi en te zoet. Maria had een kind, een broze gezondheid en een doodzieke man. Materieel balanceerde ze op de rand van de afgrond. Betrouwbaar was ze evenmin, in haar nieuwe woonplaats had ze alweer een minnaar. Een gevallen vrouw, een Maria Magdalena. Voor haar kon hij als de Messias zijn.

Het viel me pas op toen Vanka-Tanka op het toneel verscheen. Na de vergeefse reis naar Zmeïnogorsk was het leven wekenlang eentonig geweest. We maakten steeds dezelfde wandelingen langs de Irtysj, zwommen, verzorgden de bloemen, dronken thee op het houten terras, rookten uit lange pijpenstelen, visten. Dat wil zeggen, ik viste en Fjodor lag languit in het gras voor te lezen uit onze armzalige voorraad boeken. In de stad was geen bibliotheek, noch een boekhandel. Hij las voor uit het handboek van Aksakov *Vissen vangen*, of uit *Aantekeningen van een jager*, of uit de door mij meegebrachte boeken over geologie en natuurwetenschappen, die ik bijkans uit mijn hoofd kende. Fjodor gaf de voorkeur aan literatuur en we stortten ons gretig op elk nieuw boek, maar dat moest iemand uit Petersburg of Moskou opsturen. Sinds we Victor Hugo hadden stukgelezen, was er weinig bij gekomen.

De monotonie van de dagen verdween wanneer van het ene op het andere moment de scheppingsdrang zich aandiende. Hij werd dan zo opgewekt dat zijn enthousiasme op mij oversloeg. Hij schreef in een verbazingwekkend hoog tempo, las na een paar uur hele stukken hardop voor, meestal staande. Alles ging beter wanneer het schrijven lukte: hij at met smaak, verorberde dubbele porties, genoot van zijn pijp, lachte om het kleinste grapje en vond zelfs het leven in Semipalatinsk alleszins acceptabel. Maar één droevig bericht uit Koeznetsk was voldoende om alles teniet te doen: hij verpieterde en verlepte, en schreef geen letter meer.

Op een dag verscheen bij ons volkomen onverwacht een uiterst originele gast. Zij was de nieuwe aanwinst van de burgemeester van Semipalatinsk, een weduwnaar van middelbare leeftijd die er een hele harem op na hield. De jonge vrouw kwam uit Omsk, stond onder toezicht van de politie en was naar Semipalatinsk verbannen, waar ze onmiddellijk haar intrek bij de burgemeester had genomen. Een beeldschone zigeunerin met een prachtige stem die op de gitaar tokkelde en zong en iedereen het hoofd op hol bracht.

Naar het algemene oordeel was ze een losbol. De *jeunesse dorée* van Semipalatinsk gaf haar de bijnaam 'Vuur-Water' vanwege haar grillige karakter; in Omsk had ze bekendgestaan onder de alias 'Vanka-Tanka', afgeleid van 'tuimelaar' (*vanka-vstanka)* omdat ze kennelijk Tatjana heette, waarvan Tanka een pejoratieve vorm is. Neem ik aan, maar misschien heette ze alleen Vanka-Tanka omdat het dartel klonk.

Dostojevski kende haar uit zijn jaren van dwangarbeid in Omsk; zij was een van de vrouwen die broodringen verkochten bij de poort van de gevangenis, een van de *kalatsjnitsy*. Maar, vertelde Fjodor, ze bood haar diensten alleen aan hoge pieten aan en niet aan arme sloebers zoals hijzelf.

De burgemeester was idolaat van haar. Ze liep in zijden of fluwelen sarafanen rond, danste het huis door en leidde een onbezorgd leven.

Op een middag zaten we thee te drinken toen Adam het terras op kwam hollen en hijgend uitbracht dat er een jonge vrouw in aantocht was die meneer Dostojevski wenste te zien. Hij aarzelde even, keek me aan en zei: 'Ja, en ook jou, heer.'

Alle honden in de buurt begonnen te blaffen – dat deden ze altijd wanneer er iets ongewoons gebeurde – en zij schreed door de tuin naar binnen.

Fjodor herkende haar meteen. Ik geloof dat hij zelfs even schrok. Was er toch iets voorgevallen tussen hen? Of wist hij iets over haar wat beslist niet aan de grote klok kon worden gehangen?

Vanka-Tanka was de dochter van een zigeunerin die verbannen was voor de moord op haar man. Het motief voor het misdrijf was jaloezie. Vanka-Tanka zelf was betrokken bij zowel de Poolse als de Hongaarse zaak, vertelde F.M. me, zonder in details te treden. 'Het doet er ook verder allemaal niet toe,' zei hij plotseling driftig. Hij kon niet langer de schijn ophouden: haar komst bracht hem in verwarring. Ik vermoedde een dronken moment van heftige gevoelens nabij de poort van het gevangenkamp, gevolgd door de kater van stom geldverlies, want hoe heftig lusten ook zijn, eenmaal bevredigd zijn ze abrupt voorbij. Maar zoals gewoonlijk had ik het mis.

Onze gast kwam opgewekt en luidruchtig binnen. Een gebruinde vrouw van twintig, hooguit tweeëntwintig. Haar ogen brandden als hete kolen. Zo worden zigeunerinnen altijd beschreven, en ik zou het anders moeten doen, maar haar ogen brandden nu eenmaal als gloeiende sintels, zoals weerspannig krulhaar haar gezicht omlijstte. Ze glimlachte voortdurend, haar tanden schitterden als parels. Weer verre van origineel, en wéér waar. Ze was van gemiddelde lengte, spichtig, lenig en beweeglijk.

Het weerzien met Dostojevski verblijdde haar. Ik geloof niet dat dat gespeeld was. Naar gevangenisgebruik sprak ze hem met 'jij' aan. Toch bleven ze iets wantrouwigs tegenover elkaar houden, zo van: als ik eens hardop zou zeggen wat ik allemaal over je weet, zouden de oren van onze jonge vriend hier gaan klapperen.

Op mij wilde ze indruk maken uit behaagzucht. Ze moest dat nu eenmaal doen bij iedere man die ze nog niet kende. Ze lachte luid, gedroeg zich ongedwongen, vrijmoedig en algauw frivool. Een onverschrokken *coquette*, voor wie het ondenkbaar was dat iemand aan haar voorbij kon lopen zonder in bekoring te geraken.

'Jullie wonen hier goed,' zei ze met haar lage stem, op een ietwat zangerige toon. 'Ik was allang van plan hier eens langs te gaan maar die ouwe zak van me hield me tegen. Niet doen hoor, waarschuwde hij, je wordt zo weggejaagd door de landheer bij wie hij in huis woont.'

Terwijl ze dit zei, draaide ze zich met haar hele lichaam naar mij toe en zoog zich met haar betoverende ogen in mij vast. Fjodor zag mijn verwarring, hield die voor bleue eenzelvigheid en haastte zich het gesprek een andere wending te geven.

'De burgemeester,' begon hij aarzelend, 'kennen wij...'

Zo goed kenden we hem niet!

'...als een voortreffelijk mens.'

'Wat staan jullie nou te kijken?' ging ze volkomen ongegeneerd verder. 'Moeder en ik moeten toch wat? We leven dankzij het geld van die ouwe smeerlap, maar hij is niet lief voor mij. Hij behandelt me als oud vuil. En jij' – ze wierp een vlammende blik naar Fjodor Michajlovitsj – 'hoeft je niet te bemoeien met andermans zaken.'

Toen ze zag dat ik mat reageerde op haar rappe tong, knipoogde ze naar me, sprong op en huppelde de tuin in. Daar waren de meisjes net bezig de bloemen water te geven. Ondanks haar zijden sarafan pakte ze een gieter en voegde ze zich bij hen. Nog geen vijf minuten later hoorden we haar 'Schiet eens op' roepen en gaf ze instructies alsof ze thuis was en haar dienstbodes toesprak.

Ze bleef theedrinken. Bij het weggaan beloofde ze 'wat vaker' te zullen komen. 'Uitstekend,' zei Fjodor verstrooid.

Om de een of andere reden zat hij daar de volgende dagen erg over in. Omwille van mij en mijn jeugdige onervarenheid gaf hij me de raad haar niet tot me toe te laten.

‘Ze zal je inpalmen en je geld erdoorheen jagen. Laat je niet vangen.’

‘Zo ken ik er nog wel een paar,’ mompelde ik.

‘Maar bij haar zul je het niet in de gaten hebben. Je zult haar echt bijzonder vinden, de vrouw van je leven. En dan ben je je geld kwijt.’

Bij anderen zag hij de dingen altijd scherp.

Vanka-Tanka kwam een paar keer terug. Ze stuitte op volstrekte onverschilligheid bij mij. Tot groot genoegen van F.M., mag ik wel zeggen, die er bijna op toekeek dat ik haar iedere steelse glimlach onthield. Hij begon werkelijk als een oudere broer over mij te waken.

Veel meer dan Vanka-Tanka was Katja de oorzaak. Hij zag me echt de domste dingen doen met de vrouw van generaal Gerngross. Hij had niet helemaal ongelijk, ik haalde me wilde plannen in het hoofd.

‘Compleet vergeten,’ zei Dostojevski op een morgen.

‘Voor het boek?’

Als hij zo sprak, met een enkel woord, plompverloren, was hij in gesprek met personages uit de hoofdstukken die hij aan het schrijven was.

‘Geen moment meer aan gedacht. Het was een schokkende gebeurtenis voor ons gevangenen, een bijna niet te vatten wonder. Stom dat ik er niet eerder aan heb gedacht.’

De hernieuwde kennismaking met Vanka-Tanka riep plotseling zoveel herinneringen bij hem op dat hij besloot een nieuw hoofdstuk aan *Aantekeningen uit het dodenhuis* toe te voegen. Het zou hoofdstuk IX uit het tweede deel worden: ‘Vlucht’.

Vanka-Tanka – hij noemt haar ook zo in het manuscript, alsmede haar bijnaam ‘Vuur’ – had iets te maken met de vlucht van twee gevangenen.

Het was vrijwel onmogelijk om te ontsnappen uit een kamp in Siberië, niet zozeer door de omheining of de strenge bewaking als wel door het vlakke open landschap en de herkenbaarheid van de gevangenen. Dwangarbeiders droegen ketenen aan de voeten en brandmerken op de arm of op het hoofd en waren voor de helft kaalgeschoren. Vooral door de half kale schedel waren ze van honderden meters afstand te herkennen. Gevangenen konden het kamp alleen verlaten onder begeleiding van een bewaker of militair. Desondanks slaagden twee gevangenen erin het kamp te ontvluchten, met hulp van een militair en door Vanka-Tanka in te schakelen, die niet ver van het kamp in een voorstad woonde en aan wie een van de vluchtelingen een jaar lang al zijn geld had gespendeerd. De vluchtelingen waren een Pool en een Hongaar. De Pool was een politieke gevangene, de Hongaar een gewone misdadiger met een duister opstandig plan dat een complete revolutie behelsde. Het doel van hun beider onderneming was absurd en volslagen krankzinnig: de steppe bereiken, de ontevreden Kirgiezen in beweging brengen, aansluiting zoeken bij het leger van de kan en samen met al deze opstandelingen hun kameraden in het kamp bevrijden.

De vlucht slaagde op zichzelf: ze kwamen het gevangenkamp uit en wisten zich weken schuil te houden. Dat was sowieso een prestatie die niemand hun in geen twintig jaar zou nadoen. Maar na een paar weken werden ze in een bos gevonden, en de volgende dag zaten ze weer achter de palissaden. De betrokkenheid van Vanka-Tanka kwam algauw aan het licht en ze mocht blij zijn met haar verbanning naar Semipalatinsk, want de straf had veel zwaarder kunnen uitvallen.

Over de ontknoping schreef F.M. verder niet: wat zich buiten het kamp afspeelde kon hij toen nog niet weten, hij beperkte zich tot wat de gevangenen met eigen ogen konden zien na de terugkeer van de vluchtelingen: de één werd met vijfhonderd stokslagen gestraft en de ander met vijftienhonderd.

In een beschouwing over *Aantekeningen uit het dodenhuis* las ik een kwarteeuw later dat Dostojevski aan het einde van het boek een geniale zet doet. Pas in het voorlaatste hoofdstuk, als de hoofdpersoon op een paar weken na zijn straf heeft uitgezeten, brengt Dostojevski voor het eerst de mogelijkheid van vluchten naar voren. Alsof het leven van een gevangene zo uitzichtloos is dat hij het idee van vluchten uit zijn hersenpan verbant en het pas laat terugkeren op het moment dat het einde van zijn straf nabij is.

Ik moest glimlachen toen ik dat ver van Rusland en zo lang na Semipalatinsk las. Het was geen opzet van F.M. geweest om die scène aan het einde van het boek te plaatsen, alleen het lot had het zo gewild. Als Vanka-Tanka niet verschenen was toen hij zijn verhaal aan het afronden was, had hij die mislukte vlucht niet aangeroerd. De hele scène werd hem ingegeven door haar bezoek.[40]

Hij waarschuwde me voor haar, maar hij waarschuwde in wezen zichzelf. Ik zag met eigen ogen hoezeer hij zich aangetrokken voelde tot Vanka-Tanka. Zij was een Maria in het kwadraat.

Katja gaf me via via een hint dat we elkaar heimelijk konden ontmoeten.

Zonder F.M. te waarschuwen haastte ik me naar Zmeïnogorsk, als een beer die honing ruikt. Ik was van plan binnen twee dagen terug te keren, maar het werden bijna twee weken.

Terug in Semipalatinsk trof ik een radeloze Fjodor aan. Waarom had ik hem niet op de hoogte gebracht van mijn vertrek? Hij had pas zondag van de bloemenmeisjes vernomen dat ik 's zaterdags op weg was gegaan naar Madame X. Tot overmaat van ramp was ook onze trouwe Adam voor een paar dagen vertrokken, waardoor een brief bestemd voor Maria in zijn jaszak was blijven zitten.

Dat hij zelf kon trachten de brief te versturen was kennelijk niet bij hem opgekomen. In praktische zaken gedroeg hij zich als een kind.

Aan een van de mijningenieurs had hij een bericht meegegeven om me zo snel mogelijk naar huis te laten komen. De mare ging dat de gouverneur-generaal in aantocht was en dat Zijne Doorluchtigheid zeker vijf dagen in Semipalatinsk zou blijven. Als ik hem gemist had, zou ik mijn verdere carrière kunnen vergeten.

Mijn God, hoeveel hoofdbrekens bezorgde ik hem! Het was oliedom van me dat ik me door mijn instincten liet leiden. De man van Katja zou vroeg of laat zijn maatregelen nemen en ik riskeerde ook nog eens de toorn van de gouverneur-generaal. Maar het ergste van alles was dat de brief aan Maria Dmitrijevna niet verzonden was.

Een behoorlijke postbestelling bestond nog niet in Siberië en

Kazachstan, laat staan dat het mogelijk was een telegrafisch bericht te versturen – daar waren ze trouwens ook in het westen van Rusland nog niet aan toe. Ik regelde steevast dat een bode of een koerier van de rechtbank Dostojevski's brieven meenam naar Koeznetsk of dat ze in een zak met ambtelijke post naar Moskou of Petersburg meegingen. Deze keer was ik niet aanwezig geweest om het in orde te maken.

Ik kan niet zeggen dat hij boos was: hij verborg zijn primaire gevoelens altijd achter een scherm van bezorgdheid. Stel dat de gouverneur-generaal plotseling was verschenen? Stel dat ik ziek was geworden in dat verre oord in het noordoosten? Wat had hij dan moeten doen?

Het was natuurlijk verschrikkelijk dat Maria Dmitrijevna geen bericht van hem had ontvangen. Wat zou ze wel niet denken? Sinds we haar een eind vergezeld hadden in de richting van Koeznetsk had hij slechts vier brieven naar haar kunnen versturen. Vier! Een béétje verliefde man zou haar onder brieven bedolven hebben.

Om me in te prenten hoe ernstig ik in gebreke was gebleven, las hij me delen voor uit de brief die hij aan Maria Dmitrijevna had geschreven. Een lange brief, ik denk wel zes kantjes. Hij begon nogal stroperig: hoe het met haar man gesteld was, met 'zijn vriend' Alexander Ivanovitsj? Hij mocht hem toch wel 'zijn vriend' noemen?

Ik schudde het hoofd, tot ik me realiseerde dat ik even lovende woorden over de echtgenoot van Katja had gesproken, die in wezen mijn ergste rivaal was. Zelfs tegenover Fjodor had ik generaal Gerngross meerdere malen als een aimabel man geprezen die – een hoge uitzondering – de in Rusland zo ergerlijke gewichtigheid van hooggeplaatste personen miste. Ik was kortom even hypocriet als hij.

Toegegeven, de man van Maria Dmitrijevna had sympathieke kanten, als hij tenminste niet dronken was. Het punt was alleen dat F.M. me telkens opgedragen had hem zo kort mogelijk nuchter te houden. Ik vond het vreemd wat hij over de echtgenoot schreef. *Een broer had niet beter voor hem gezorgd* dan Alexander Ivanovitsj. Bij mijn weten had de zuiplap niet eens in de gaten wie Dostojevski precies was en wat hij in zijn huis uitspookte!

Na meneer Isajev beklaagde hij mevrouw. Dat ze terneergeslagen was en ziek. Dat ze zoveel zorgen had, zoveel misnoegen door de verhuizing naar Koeznetsk. Hoe kon ze dat allemaal verdragen? Hij hield niet op aan haar te denken. Ze moest weten dat hij hypochonder was. Kon ze zich indenken hoe ongerust hij was? Verdiende ze dit lot, zij die het sieraad van elke samenleving kon zijn? Welk ellendig vervloekt bestaan moest ze niet leiden! Hij wachtte vol ongeduld op een brief van haar. De afgelopen twee weken had hij zich geen raad geweten van verdriet. Als ze eens wist hoe eenzaam hij was en hoe verstoten hij zich voelde. De afgelopen weken leken op de tijd dat hij in '49 gearresteerd was en voor het eerst gevangen was gezet, afgesneden van zijn familieleden en van allen die hem lief waren.

Ik moet bekennen dat ik dat een tikkeltje overdreven vond, ook al wist ik inmiddels hoe moeilijk het is aan de vrouw van je leven te schrijven.

Zij, Maria, was als een zus voor hem. Een bewonderenswaardige vrouw wier hart een verbazingwekkende goedheid verborg. En toen kwam het: 'Het feit alleen al dat een vrouw me de hand reikt is in mijn leven een onmetelijke gebeurtenis.'

Dostojevski geloofde oprecht dat hij door zijn vallende ziekte geen recht had op vrouwelijke belangstelling, laat staan op liefde, zowel platonische als lijfelijke. Van beide meende hij zich te moeten onthouden, uit ik weet niet welk principe. Het was alsof hij zich door de schuimvlokken die een keer of drie op zijn lippen waren verschenen niet meer rein voelde en de smerigheid op zijn gezicht te lezen stond. Als een moordenaar die bekennen wil snakte hij ernaar zijn ziekte aan de grote klok te hangen.

Vies, half krankzinnig... zo beschouwde hij zichzelf. Maar zij had hem de hand gereikt en dat maakte hem zo intens dankbaar dat hij woorden tekortkwam om haar immense goedheid te prijzen, en haar medeleven, haar bezorgdheid, haar eerlijkheid en haar nobele karakter. De tegenslagen die elkaar als bliksemschichten opvolgden, het karige bestaan dat ze leidde, de aanvallen van kortademigheid, hadden weliswaar tal van irritaties bij hem gewekt, maar haar edele inborst maakte dat honderdmalig goed. Als zij er niet geweest was, zou hij misschien voorgoed van steen zijn geworden, terwijl hij zich nu weer als bij mirakel een man van vlees en bloed voelde.

Het leven was leeg zonder haar. Een, twee keer was hij naar de Kozakkentuin gegaan, en wat was dat verdrietig geweest. Hij had aan de keren gedacht dat ze een uitstapje buiten de stad had willen maken om althans een beetje lucht binnen te krijgen. Uiteindelijk had ze daar niet de kracht voor gehad. Eén keer slechts was ze erin geslaagd om enkele ogenblikken in de Kozakkentuin door te brengen. Het was het heerlijke moment geweest waarop ze samen op de bank voor de buitenmuur hadden gezeten.

Toen hij het me voorlas, zag ik het weer voor me: zij bleek als een laken en hij gezond als een hovenier die alle dagen in de tuin werkt onder een stralende zon en een strakblauwe hemel. Niets herinnerde meer aan zijn gevangenschap, terwijl iedere trek op háár gezicht een zorgelijke toekomst voorspelde. In weerwil van haar tere gestalte zag hij Maria als de Providentiële die gekomen was om hem te redden. Zij had hem de hand gereikt als de barmhartige samaritaan een melaatse.

Hij joeg een buitensporig bizarre droom na, maar goed, dat doet iedereen in de liefde.

Eén passage las hij me niet voor: die ging over mij. Hij gaf me de brief zonder hem te verzegelen en drong erop aan haast te maken: Maria Dmitrijevna had lang genoeg op een bericht van hem gewacht. Op de rechtbank kon ik het niet nalaten een blik op het epistel te werpen, laten we zeggen vanwege het handschrift, dat van een regelmatige pracht was, ongeacht de beschreven emoties.

Maria scheen Fjodor te hebben aangeraden definitief bij mij in te trekken, ook als de zomer ten einde was en we van de Kozakkentuin naar de stad zouden terugkeren. De beste Fjodor verzette zich daar ten stelligste tegen (althans: in de brief aan Maria) en wel om vier redenen. 1) Vanwege *het geld*. Als hij bij mij in huis zou wonen, zou hij vanzelfsprekend verplicht zijn meer uit te geven aan het appartement, de bedienden, het eten dat op tafel kwam; en hij zou het vervelend vinden op mijn kosten te leven. 2) Door zijn karakter. 3) Door mijn karakter. 4) Voor zover hij het had kunnen inschatten, kwamen er al met al toch vrij veel mensen bij mij over de vloer, en hij kon ontzettend slecht mensen verdragen die hij niet kende. In feite hield hij ervan alleen te zijn; hij was er nu eenmaal aan gewend en de gewoonte is een tweede natuur.

Ach, wat innemend! Hij had inderdaad zíjn karakter, en ik het mijne, maar ze botsten niet. In tegenstelling tot wat hij voorgaf, was hij erg op gezelschap gesteld, vooral van mensen die hij voor het eerst ontmoette. Hij was aartsnieuwsgierig en zocht instinctief naar nieuwe zienswijzen en wetenswaardigheden die hij in zijn verhalen en romans kon verwerken. In hem school een speurder die altijd op pad was, ook als hij zogenaamd ongeïnteresseerd aan zijn stenen pijp lurkte en een gezelschap gadesloeg. Na iedere ontmoeting wilde hij weer een tijdje alleen zijn, dat klopte, maar zelfs als hij aan het schrijven was, had hij een gehoor nodig en wilde hij soms hele hoofdstukken aan me voorlezen.

Voor het geld maakte het niet uit of hij nu wel of niet bij mij in huis woonde, hij leefde toch wel op mijn kosten. Maar goed, het was prettig te weten dat hij dat bezwaarlijk vond.

ZIJNE EXCELLENTIE DE GOUVERNEUR-GENERAAL

De liefde moest even wijken. Het bezoek van de gouverneur-generaal bood Fjodor Michajlovitsj een uitgelezen kans op clementie en maakte ons vooral om die reden nerveus. Het zou ook kunnen dat Zijne Excellentie slecht nieuws meebracht over een ophanden zijnde oorlog of een veldslag. F.M. gruwde bij de gedachte, en ik niet minder.

Eerst kwam het bericht dat generaal Gasfort vertrokken was uit Omsk met bestemming Kopal. Vervolgens zou hij Vernoje bezoeken. Binnen twee tot drie weken konden we hem in Semipalatinsk verwachten.

Ieders hart klopte sneller, de militairen oefenden, de ambtenaren werkten, burelen werden op orde gebracht, straten schoongemaakt, gebouwen geverfd. De vraag die bij velen opkwam, en die Fjodor als een vileine roddel amuseerde, was wie en wat 'de revisor' zou betrappen: dag in, dag uit werd gespeculeerd wie van de ambtenaren van het directoraat-generaal van Omsk de gouverneur-generaal op zijn inspectie zou vergezellen.

'Raadsman S.,' zoemde het rond, tot ieders tevredenheid.

'Hij is niet zo erg.'

'Met hem valt te onderhandelen.'

'Hij is alleen erg duur, de schelm.'

Je moest naar het schijnt je spaarcenten opofferen om hem aan je kant te krijgen. Op de schaal van inhaligheid scoorde hij ruim een negen, op de schaal van onkreukbaarheid een schamele drie.

Ook mijn goede kennis Kramer kwam onze kant op: hij was het die me verlost had van het biljartbed in Omsk. Bij het horen van zijn naam trokken alle ambtelijke gezichten strak.

'God nog aan toe. Laat hem de kolere krijgen!'

'Hij kan de pot op!'

'Waarom moet nou juist hij komen?'

Inspecteurs verschenen. Adjudanten met stapels rapporten en documenten onder de arm volgden elkaar in rap tempo op. Begin juli kwam een Kozakken-ijlbode aan gegaloppeerd met het bericht dat het onweer naderde. De baas was al in Ajagoez en zou de volgende morgen bij ons zijn.

Op de dag van aankomst, een heldere, zonnige dag, was de hele goegemeente uitgelopen naar de oevers van de rivier. De Irtysj lag vol boten en vlotten. Wij, de ambtenaren, waren op bevel in rokkostuum verschenen omdat we na de begroeting direct door moesten naar de ontvangst bij de gouverneur-generaal. Op verschillende vlotten staken we de rivier over. Aan de overkant voegden we ons bij de uit Omsk gearriveerde aristocraten die uit de hoogte op ons neerkeken – wij waren maar pennenlikkers uit de buitengewesten.

Aan het hoofd van een menigte eerbiedwaardige Kirgiezen en Tataren reed generaal Spiridonov de gouverneur-generaal tegemoet – de Kirgiezen in hun lange gewaden in de trojka's, de Tataren op hun edele rossen. Wij, de ambtenaren, moesten wachten en wel zo lang dat we gebakken werden door de zon, aangegaapt door duizenden Kirgiezen. Na een uurtje werden ook zij wat ongeduldig en drongen zich aan ons op. Het gaf enige afleiding toen de ordetroepen ze met de karwats verjoegen, maar onze kelen raakten niettemin uitgedroogd, ook al omdat we constant mopperden.

Toen kwamen dan eindelijk in de verte drie ruiters in gestrekte galop aangesneld. Het waren de ijlbodes, de avant-garde, dus we konden uitrekenen dat de baas binnen het half uur zou verschijnen. De menigte begon te deinen. En jawel, op een werst of drie steeg als een koepel een stofwolk op en die kwam steeds dichter naar ons toe. Al snel tekenden zich de eerste driespannen af die met hun karakteristieke belletjes voorop galoppeerden.

Achter hen vloog een tarantas die met acht paarden bespannen was – vier op een rij. Achter de tarantas een trojka, en nog één, en nog één, een hele stoet. Een honderdtal Kirgiezen in hun felle gewaden vormde het eerbiedwaardig escorte – aan weerszijden zaten zij op schilderachtige wijze trots te paard. Door het stofzand, dat de stoet het gehele traject had vergezeld, waren de reizigers zwart geworden tot in de nek en achter de oren.

De paarden van de tarantas van de gouverneur-generaal gingen zo op in hun tomeloze vaart dat een tiental dienstbare ambtenaren aan de teugels moest gaan hangen om het verhitte achttal tot stilstand te brengen, anders was de gouverneur-generaal met zijn eega in de rivier beland.

Het echtpaar stapte uit de equipage, begeleid door de eerste gedempte commentaren uit de hoek van de ambtenarij. Waarom moest de oude Gasfort zijn vrouw overal mee naartoe slepen? Het arme mens zag paars van de hitte!

Gasfort – de man oogde inderdaad stokoud – knikte ons amper toe. Hij stapte in de boot, de oversteek begon, iedereen volgde hem naar de andere oever.

Nadat de gouverneur-generaal zich opgefrist had in een speciaal daarvoor bestemd huisje, ging hij naar de kerk. Hij werd ook in de moskee verwacht om alle mohammedaanse geestelijken die zich daar verzameld hadden te begroeten, maar Zijne Excellentie vond het niet nodig een bezoekje te brengen aan een paar baardmannen die het Russisch nauwelijks machtig waren.

Mij was opgedragen overal bij aanwezig te zijn. Omdat we voornamelijk zaken inspecteerden die onder verantwoordelijkheid van de arrondissementsrechtbank vielen, een ambtsgebied waar ik uit hoofde van mijn functie niets mee te maken had, tekende ik bezwaar aan bij Kramer. Dit viel niet in goede aarde.

'In godsnaam, spreek die ouwe knar niet tegen. Wat hij ook voor een onzin uitkraamt, hij houdt niet van tegenspraak.'

Het was mijn zeer oprechte streven de gg niet tegen te spreken. Toch kwam het daar ongewild van, en al heel snel. Aan het begin van de inspectie koos Gasfort lukraak een tweetal zaken uit. Toevallig betroffen die beide bestuurlijke oplichterij. Hij liep gehaast op me af en trok tegen me van leer. Waarom had ik niet ingegrepen? Waarom had ik de notulen niet ondertekend?

De notulen? Ik bleef rustig.

'Uwe Excellentie. Ik ben niet gehouden districtjournaals goed te keuren maar alleen die van het regionaal bestuur. Zo staat het in de wet.'

'Ik geef hier de orders,' onderbrak hij me botweg. 'IK ben de wet.'

'Hoe dan ook,' zei ik, 'het is aan de minister van Justitie om orders te geven.'

'Wat?!!' schreeuwde hij met rauwe stem. 'IK ben hier de minister van Justitie.'

Toen kreeg ik het te kwaad.

'In dat geval verzoek ik Uwe Excellentie mij alleen een voorschrift te geven. En aan dat voorschrift zal ik mij houden.'

De oude man snoof, zweeg even en zei op aanzienlijk lagere toon: '*Bien, nous en reparlerons!*'

Voor allen die betrokken waren bij de inspecties verliep de dag dreigend en onlogisch. Van de arrondissementsrechtbank gingen we naar het Regionaal Bestuur. Daar deed de gerespecteerde Spasski de inspectie. Bij inschikkelijkheid van de inspecteur viel er doorgaans niets te vrezen. Maar kijk aan, de vlot verlopende, eenvoudige inspectie vermoeide de gouverneur-generaal; hij had plotseling zin om iets te eten en deelde ons mede dat hij beslist even op verhaal moest komen. Ik stelde voor om de gevangenis en de arrestanten nog te monsteren, per slot van rekening mijn ambtsgebied.

'Wat moet ik daar doen?' vroeg Gasfort geschrokken.

'De mannen en vrouwen in de gevangenis inspecteren.'

'God zij met ze.'

En hij haastte zich naar zijn equipage: het werd de hoogste tijd voor het ontbijt, de ontvangst en de voordracht van de ambtenarij. Ik was tot in het diepst van mijn ziel gegriefd.

De laatste tijd had de volstrekte onmacht om wezenlijk bij te dragen aan verbetering aan me geknaagd. Mijn ambtelijke werkzaamheden kwamen me als nutteloos voor. De houding van de hoogste leiding maakte het dubbel zo erg. Wat je ook doet, je schiet er geen steek mee op, zei ik tegen mezelf: de leiding wil geen verandering. De energie zakte uit me weg; ik verloor de moed.

Een echte gevangenis was er niet in Semipalatinsk, noch een doorgangskamp voor ballingen. Arrestanten werden vastgehouden in lokalen van de kazerne: twee grote kamers voor de mannen en een kleine kamer voor de vrouwen. De mensen zaten als kolen in een kolenhok; ze sliepen niet alleen dicht op elkaar maar deden dat gehurkt. Ze konden hun gat niet keren. De arrestanten sliepen, aten en werkten in dezelfde ruimte waar hun voedsel werd bereid; er was geen keuken voor de arrestantenlokalen. Erger, in dezelfde ruimte stonden de strontemmers; de stank was ondraaglijk, bij mijn eerste bezoek aan de lokalen begon mijn hoofd te draaien. Bij de helse temperaturen in Semipalatinsk (het kwam voor dat we 's zomers een ei bakten in het zand) werden de arrestanten geen minuut gelucht op de binnenplaats. De bewaker was een afgekeurde analfabete onderofficier en hij werd bijgestaan door twee soldaten. Met zijn drieën pakten ze alleen die zaken aan waar ze zelf beter van werden. Ze persten de arrestanten af, beknibbelden op hun proviand, drukten brandhout achterover en klopten de arme sloebers voor de geringste gunst de laatste kopeke uit de zak. Niemand bekommerde zich om de gevangenislokalen en lange tijd kon ik er niet achter komen tot wie en tot welk bureau ik me moest richten om enige verbeteringen door te voeren. Het was hopeloos, voor iedere kwestie die minder dan een speldenknop waard was schreef ik stapels papieren vol met als enige doel iemand te bereiken in Omsk of Petersburg. Ik deed wat ik kon, maar het was een onbenullig gedeelte van alles wat ik in gang wilde zetten. Ik begon aan de zaak met de bevlogen bedoeling een nuttige bijdrage te leveren aan de verbetering van de maatschappij; ik bezocht niet minder dan twee keer per week de gevangenis voor een enquête en het opnemen van klachten; ik richtte een loket in, zag erop toe dat er genoeg te eten was, verwierf het gebruiksrecht van het badhuis omdat tot dan toe te weinig soldaten toezicht konden houden op de gang van de arrestanten van de kazerne naar het badhuis. Van meer hoefde ik niet te dromen. Deze kleine, weinigzeggende verbeteringen vergrootten het aantal tegenstanders met wie ik te kampen had. Ze probeerden verschillende listen uit. Wetende dat ik geen steekpenningen aannam en dat ik anderen als het even kon niet toestond ze te geven, bedachten ze andere manieren om me in de val te lokken. Ik ontwikkelde in die jaren een ware passie voor de mineralogie en was bezig een collectie aan te leggen. Ze probeerden me iets toe te stoppen in de vorm van een presentje: een klomp goud, een beril, een smaragd. Dat ik zelfs de klomp goud teruggaf, maakte me tot een ongeschikt persoon die zo snel mogelijk verwijderd moest worden. Vanaf dat moment dachten ze er alleen nog maar aan hoe ze me ambtshalve beentje konden lichten.

Wat zullen de heren een plezier hebben gehad dat de gouverneur-generaal niet eens een blik op de gevangenislokalen wilde werpen! Hij haastte zich naar het ontbijt. Ik had de indruk dat hij veel en langdurig at om gedurende een uur verlost te zijn van al het gezeur. Na een laatste broodje stelde de gouverneur van Kazachstan de ambtenaren aan hem voor. Ik was de eerste die opgeroepen werd.

Speciaal voor de gelegenheid droeg ik het parade-uniform dat door Gasfort zelf was bedacht, *pour imposer à ces sauvages*, zoals hij me met een minzame glimlach had gezegd tijdens mijn verblijf in Omsk. *Om indruk te maken op die inboorlingen!* Ach ja, zo bezag Gasfort alle volkeren ten oosten en ten zuiden van Omsk: als wilden. Het was een mooi uniform dat ik uit Petersburg had meegebracht en dat door Adam zo fantasievol was vermaakt dat andere ambtenaren en militairen het tot voorbeeld hadden genomen. Op de halflange jas was een enkele rij knopen aangebracht en borduurwerk naar departement (op de mijne Kazachse motieven in wit en blauw), de broek was afgezet met glinsterende generaalsbiezen. Op de pet hetzelfde borduursel als op de jas, de handsabel der cavalerie hing aan een gouden koppel. Voor op reis door de steppen konden sporen en een pistool met lont aan de uitrusting worden toegevoegd, maar die droeg ik niet tijdens de parade.

Ik had de hoop niet verloren dat de gouverneur-generaal me bij het voorstellen op z'n minst één vraag zou stellen die betrekking had op de dienst. In dat geval, had ik me voorgenomen, zou ik alle opgekropte noden opbiechten. Maar de generaal besteedde slechts aandacht aan zijn eigen trouvaille: mijn uniform. 'Het zit goed,' monsterde hij, 'het staat goed, waarschijnlijk in Petersburg genaaid, maar tegen de voorschriften in is de jas drie *wersjok*[41] te lang, *faites le couper*.'[42] Maar nog geen seconde later voegde hij er bij wijze van goedkeuring aan toe: 'Volgend jaar geef ik u de breidel die bij het uniform hoort en een paar zadeldekken.'

Het was een keurige manier om aan te geven dat een gesprek over de gevangenis, de ziekenhuizen of de scholen ongelegen kwam. Ik mocht heengaan met een uitnodiging voor het middagmaal en kon plaatsmaken voor mijn collega's, die de ene na de andere uitbrander kregen. Alweer: niet over de dienst, maar vanwege de lamentabele indruk die hun uniform op de gouverneur-generaal maakte. Een gekostumeerd bal, noemde hij de uniformen, een reuze grap. Het was inderdaad om je dood te lachen: in hun ouderwetse, thuis vermaakte en aan vaders sabel aangepaste parade-uniformen staken de ambtenaren als militairen hun borst vooruit, alsof ze aanvoelden dat ze er als verklede apen uitzagen en geen enkele autoriteit uitstraalden.

Maar degene die echt op zijn tabberd kreeg was de arme priester. Waarom had hij bij binnenkomst van de gouverneur-generaal in de stad de klok niet geluid? De eerwaarde merkte schuchter op dat er volgens de kerkelijke voorschriften alleen geluid mocht worden bij de begroeting van de tsaar of van koninklijke personen. De oude Gasfort kwam overeind en snoof dreigend: 'Hier ben ik de tsaar! Ik beveel je bij mijn volgende komst alle klokken te luiden!'

Ondanks deze capriolen was Gasfort in de grond van zijn hart geen onaardige oude baas. Zijn zwakheid was dat hij zich graag dreigend en belangrijk voordeed. Hij bezat geen natuurlijke autoriteit en was een gepassioneerd opsteller van groteske plannen. Niet gehinderd door bescheidenheid bedacht hij een nieuwe religie voor de Kirgiezen. Die mochten dan mohammedanen zijn, ze waren het tegendeel van fanatici en behoefden geen enkele correctie. Niettemin bedacht Gasfort een nieuwe godsdienst voor hen, 'gelijkend op de orthodoxe'. Je moet een tikkeltje gestoord zijn om je zoiets in het hoofd te halen. Toen zijn nieuwe godsdienst door de ministers in Petersburg werd weggehoond, was de arme man vreselijk beledigd. Na een tijdje bij de pakken neer te hebben gezeten begon hij aan een nieuw project.

Als hij over iemand ontevreden was, zei hij sarcastisch zoet: 'U, lieve.' Of: 'Jij, beste man.' Hij kon beter kwaad op je worden. Dan sprak hij je kortweg aan met 'u' maar zag tenminste wie hij voor zich had.

Mij sprak hij met 'u' aan. Ik was bovendien voor het middagmaal uitgenodigd. Het had er ongetwijfeld mee te maken dat ik zijn vrouw goed kende van Petersburg. Zij ontving mij uiterst hartelijk en vroeg me naast haar plaats te nemen op de divan. De kameraden die na mij binnenkwamen en me zo ontspannen zagen babbelen op het pluche, vonden dat van een ongekende vermetelheid. Nog lang werd er in de stad over gesproken. Had ik iets met de vrouw van de gouverneur-generaal zoals ik iets met mevrouw de mijningenieur had? Anders viel mijn vrijmoedigheid toch niet te begrijpen? Het was een beklagenswaardig stadje, arm aan indrukken, vastgelopen in roddel en kibbelarij.

Tijdens het middagmaal onderging onze gouverneur-generaal een gedaanteverwisseling. Je voelde opeens dat je met een gewone sterveling sprak. Hij was goedgemutst, informeerde naar mijn familie en zei dat hij van mijn vriendschappelijke relatie met Dostojevski wist. Dit was een moment om gebruik van te maken en hem gunstig te stemmen voor Fjodor Michajlovitsj.

Enkele weken eerder had Dostojevski een gedicht geschreven bij de dood van imperator Nicolaas. Ik hoef hier niet te herhalen hoe F.M. over de tsaar dacht die hem voor het executiepeloton had gesleept en de hele terechtstelling in scène had gezet om zijn tegenstanders de stuipen op het lijf te jagen, maar teneinde een normaal leven te leiden zonder het juk van dwangarbeid of een gedwongen soldatenbestaan was hij over zijn weerzin heen gestapt. In overleg hadden we besloten het gedicht via Gasfort te laten bezorgen bij de weduwe van de tsaar. Het zal wel tekenend zijn dat ik me van het gedicht alleen de eerste twee regels herinner, en zelfs die staan me slechts vagelijk bij. Als ik me niet vergis begon het met:

Zoals het weerlicht aan de hemel is vervaagd,
Is Uw grootse Gemaal uitgedoofd...

Op mijn beleefde vraag of Gasfort het gedicht in Petersburg bij de weduwe-imperatrice wilde bezorgen, weigerde hij echter botweg. Zijn stem klonk echt boos toen hij zei: ‘Voor voormalige vijanden van de regering zal ik mij nooit inzetten.’

Maar...

‘Als u hem zelf in Petersburg in herinnering wilt brengen, zal ik me daar niet tegen verzetten.’

Nou, dat was tenminste iets om mee thuis te komen. Dostojevski wachtte die gehele dag gespannen in de Kozakkentuin.

Het middagmaal deed de gouverneur-generaal zichtbaar goed: hij schranste alsof hij in geen dagen had gegeten. De volgende morgen inspecteerde hij de troepen en zijn humeur kon nog steeds niet stuk, zelfs niet toen de artillerie een blunder beging. De kogels sloegen verkeerd in, ricocheerden en begroeven zich in het zand.

'Kunt u dit verklaren?' vroeg hij, aan niemand in het bijzonder.

'Het krakkemikkige van het geschut en de vochtigheid van het kruit,' zei een majoor.

'Het lijkt me de eerste taak van het leger het kruit droog te houden. Of vergis ik me?'

Ik kon een hoongelach vermijden door hard op mijn lip te bijten. Alles wat met gezag heeft te maken, heeft ook het onnozele van een schijnvertoning.

De gouverneur-generaal gaf de hoogsten in rang een uitbrander en kwam in dezelfde adem met een verrassing. Hij maakte bekend dat de veldtocht tot nader order was afgelast. Ik dacht: van dit nieuws zal Fjodor opknappen!

Een enkele officier, die hoopte een persoonlijk voordeel aan de veldtocht te behalen ten koste van de arme soldaten, keek beteuterd, maar de overgrote meerderheid van de manschappen stond niet te trappelen om met ondeugdelijk materiaal op oorlogspad te gaan.

Vlak voor hij de volgende dag vertrok, nam Gasfort me even apart.

'U kunt uw vriend Dostojevski meedelen dat hij bevorderd is tot onderofficier.'

Toen stoof de gouverneur-generaal met zijn veelkoppig gevolg terug naar zijn residentie Omsk. Iedereen slaakte een diepe zucht: het onweer was overgewaaid. Semipalatinsk kreeg weer zijn gewone slaperige aanblik.

Fjodor Michajlovitsj reageerde met een vage glimlach op zijn promotie, alsof hij het nog niet goed kon geloven.

'*Unter-ofitser.*' Hij nam het woord als een zure pruim in de mond.

Ik somde de voordelen op: de soldij zou omhooggaan; hij zou gevrijwaard worden van de stompzinnigste klussen in de kazerne, en hij zou een beter uniform krijgen en betere laarzen...

'Maar ik zal *dwang*sergeant blijven,' onderbrak hij me, 'zoals ik *dwang*soldaat ben geweest.'

Dat was zo. Gratie had hij nog niet verkregen, in zijn vrijheid zou hij belemmerd blijven, waardoor hij niet weg mocht uit Semipalatinsk en de stad slechts heimelijk kon verlaten. En, wat pijnlijker voor hem was, nog altijd gold het verbod te publiceren.

'Het is een opstapje naar rehabilitatie,' zei ik.

Hij knikte langzaam.

Het begon lang te duren voor hem, te lang. Hij verloor stilaan het vertrouwen ooit nog een normaal leven te kunnen leiden, zonder armoe, vernedering en straf.

Alleen gratie kon hem de plaats teruggeven die hij verdiende in de maatschappij. Ik deed er daarom alles aan zijn gedicht bekendheid te geven aan het hof. Op aanraden van mijn vader schakelde ik Zijne Hoogheid prins Oldenburgski in.

Ik correspondeerde in die periode weer druk met thuis en overstelpte mijn vader met vragen; hij op zijn beurt won advies in bij alle mogelijke invloedrijke familieleden. Het deed me goed dat hij zich zo voor me inzette; sinds ik in Siberië was gestationeerd, leek hem er alles aan gelegen de banden tussen ons aan te halen en de verwijdering tot een geografische te reduceren. In zijn brieven gaf hij blijk van een grote betrokkenheid met mijn wedervaren en trok hij zich het lot van Dostojevski aan.

De prins, hield mijn vader me voor, kon van groot belang zijn. Hij was een in gans Rusland vermaarde filantroop, een weldoener van kunsten en wetenschappen, een groot liefhebber van muziek en... een belabberde componist, die het niettemin voor elkaar had gekregen zijn pianoconcert in Sint-Petersburg uitgevoerd te krijgen. Dat dankte hij aan zijn vriend Adolf von Henselt, die zijn opus sterk had verbeterd en het orkest had gedirigeerd.

Ik schreef de prins, en hij stelde me voor diezelfde Adolf von Henselt in te schakelen om het gedicht te overhandigen. Het leek me een goed idee; ik kende Adolf al vanaf mijn vroegste jeugd.

Het bleef in die jaren onwaarschijnlijk moeilijk het hof te bereiken, laat staan om daar enige invloed uit te oefenen. Hoe belangrijk je ook was, de tsaar en de tsarina hadden goddelijke allure en bij zo'n uitstraling verbleekten zelfs helden en genieën tot gewone stervelingen. Muziek kon je iets verder helpen, als je het tenminste handig aanpakte en de juiste musici koos.

Adolf von Henselt was al een meester aan het klavier toen hij vanuit Beieren naar Rusland trok om zijn geluk te beproeven. Hij was bovendien een veelbelovende componist die in de voetsporen van zijn leermeester Hummel hoopte te treden. Rond zijn vierentwintigste jaar kwam hij in Petersburg aan, waar hij onmiddellijk toegang tot het hof kreeg omdat grootvorstin Maria Pavlovna, een zuster van tsaar Nicolaas, ook een leerling van Hummel was geweest. Ach, zo ging het eraan toe in de hofkringen: op voorspraak van de grootvorstin benoemde de tsarina Adolf tot hofpianist en gaf hem de titel 'kamervirtuoos van de keizerin'.

Mijn moeder Darja hield zielsveel van zijn Pianoconcert in F, van zijn nocturnes, impromptu's, walsen en ballades. Als de meeste muziekkenners dacht ze dat Henselt zich bij het groepje briljante nieuwlichters zou voegen van wie in die tijd vooral

Chopin, Liszt en Mendelssohn de aandacht trokken. Maar hij leed aan de angst te falen. Nog geen dertig jaar oud kreeg Adolf een zenuwinzinking. Hij stopte met componeren en uiteindelijk ook met concerteren.[43] Vanaf dat moment gaf hij alleen nog les aan jonge talenten en jongedames uit de gegoede families van Sint-Petersburg. Aan mijn beide zussen bijvoorbeeld, aan mijn jongere broers Misja en George, en een blauwe maandag aan mijzelf.

Ik verwonderde me erover hoe deze ziekelijk onzekere man zo ijdel van uiterlijk kon zijn. Zijn haren waren altijd naar de laatste mode gekapt en soms had hij zijn donkere lokken op het midden van zijn hoofd met stevige likken pommade spits naar boven gekneed tot de kam van een haan. Door die hanenkam trok hij ieders aandacht en was hij het gesprek van de avond in hofkringen en overal waar hij verscheen.

In mijn familie waren de muzieklessen meer aan Misja besteed dan aan mijn zusters. Mijn kleine broer aarzelde lang of hij zich aan een artistieke loopbaan zou wijden. Ondanks de aanmoediging van Adolf, die Misja 'als een jonge god' vond spelen, zag hij daarvan af. Hij componeerde nog wel een paar stukken, waarvan hij de eerste aan zijn leermeester opdroeg.

Henselt bleef een graag geziene gast bij ons thuis in Terpilitsy. Mijn vader vertrouwde hem als geen ander en vroeg hem zijn jongste zoon Nikolaj naar Zwitserland te begeleiden, toen hij in Genève ging studeren. Hij was een intens aardige man en als ik zijn naam hoor, moet ik onmiddellijk aan mijn moeder denken, die nog kort voor ze overleed een quatre-mains met hem speelde in Terpilitsy.

Adolf schreef me dat hij graag bereid was het gedicht van Dostojevski aan het hof te bezorgen. In de volgende brief vertrouwde hij me toe dat hij het bij wijze van spreken in de handen van de keizerin had ge*duwd*.

Toch was ik er niet gerust op. Om na te gaan of hij dat wérkelijk had gedaan, schakelde ik een andere kennis van mijn vader in: Sjachtinski, die leiding gaf aan de Derde Afdeling. Hij bevestigde me dat de tsarina het gedicht onder ogen had gekregen.

De Derde Afdeling hield zich niet alleen bezig met politieke misdrijven, censuur, religieuze sekten en vreemdelingen, maar ook met de geestelijke bescherming van de keizerlijke familieleden. Sjachtinski controleerde hoogstpersoonlijk wat de tsarina las en greep in als hij vermoedde dat een boek, een tijdschrift of een brief haar toorn kon opwekken.

Of het gedicht indruk maakte, kreeg ik niet te horen. Toen het vele jaren later gepubliceerd werd, moest Dostojevski het ontgelden. De critici walgden van de deemoedige toon – zes keer 'vergeef me' in de eerste zes regels – en de onversneden patriottische boodschap. Voor de literaire scherpslijpers was het zonneklaar dat Dostojevski's creatieve leven viel in te delen in een periode vóór en een periode ná Siberië. De manier waarop hij volledige vergeving bij de hoogste autoriteiten probeerde te verwerven neigde naar kruiperigheid. Waarom moest hij zo nodig een wit voetje bij de tsaar halen?

Je reinste onzin. Dostojevski was van nature en in heel zijn wezen een patriot, in de ruimste zin van het woord. Dat hij door Siberië van karakter, overtuiging en instelling zou zijn veranderd, lijkt me een schromelijke overdrijving. Hij heeft Rusland nóóit verdoemd; van zwart werd hij niet wit, van rood niet blauw. Vóór Siberië uitte hij kritiek op de lijfeigenschap en tal van andere misstanden. Wie deed dat niet? Een Rus leeft voortdurend in onmin met Rusland, anders is hij geen Rus. Maar ontneem hem Rusland en hij sterft een langzame dood.

Op het diepst van zijn overtuiging heeft Siberië geen vat gehad. Met de gedichten – hij schreef nog een tweede – kroop hij diep door het stof, maar zonder zijn overtuiging geweld aan te doen. Hij wilde weer schrijven, publiceren en aan het publieke debat deelnemen; hij wilde terugkeren naar Petersburg, ontdaan van ieder juk. Alexander de Tweede bekeek hij als iedereen in die dagen met vertedering; in de nieuwe tsaar zag hij de wedergeboorte van Rusland. Wat was er nederig aan het verwelkomen op de troon van een vorst die de hoop vormt voor allen die hun geboortegrond liefhebben?

Ik vrees dat toch maar weinig mensen Dostojevski kenden. F.M. kon moeilijk kwaadaardige gevoelens koesteren, zelfs niet tegen tsaar Nicolaas, die hem naar het schavot had geleid. En dat begrepen de critici niet. Voor de onbeduidendheid van zijn politieke vergrijp was Fjodor Michajlovitsj bovenmatig zwaar gestraft. Om niet verbitterd te raken erkende hij persoonlijke schuld en beschouwde hij zijn verbanning als 'een rechtvaardige aangelegenheid', hoe vreemd dat ook moge klinken. Hij was sowieso iemand die de schuld eerder bij zichzelf zocht dan bij een autoriteit die hem het leven zuur had gemaakt. Uit principieel oogpunt deed hij zijn overtuiging geen enkel geweld aan, en zeker niet omwille van persoonlijk gewin. De kritiek op zijn handelwijze was meedogenloos.

Hij was verzwakt door de epileptische aanvallen. Van tijd tot tijd vreesde hij zijn verstand en zijn geheugen te verliezen. Schrijven hield hem op de been. Zijn literaire werk was hem heiliger dan wat dan ook in het leven. De enige straf die hem werkelijk trof was dat zijn boeken niet gepubliceerd konden worden.

In zijn wanhoop had hij me zelfs voorgesteld onder *mijn* naam te publiceren. Dat was een al te vleiend voorstel en ik sloeg het af, maar ik beschouwde het als de bezegeling van onze vriendschap. Ik was zozeer zijn vertrouwenspersoon geworden dat hij boven *Aantekeningen uit het dodenhuis* A.J. Wrangel op de titelpagina had willen zetten. Laat ik opbiechten dat ik tranen in de ogen kreeg toen hij het me voorstelde.

Los van de roem was literatuur zijn enige bijverdienste. Hij had ieder extraatje hard nodig. Het huwelijk wachtte op hem, daar was hij heilig van overtuigd. Hij droomde van het 'eindeloze geluk', zoals hij me zei en zoals hij me enkele maanden later schreef, maar de eeuwige godgeklaagde armoede dreigde zijn toekomstplannen te dwarsbomen. Een vrouw en een gezin te onderhouden kostte geld, zeker een vrouw als Maria, van wie hij zeker wist dat ze eens de zijne zou worden. Jaren achtereen was hij verstoken van het meest noodzakelijke. De materiële afhankelijkheid van verwanten en vrienden was vernederend voor een man met zijn geestes- en gemoedsgesteldheid. De noodzaak tot bedelen hield maar aan; hij moest voortdurend het hoofd buigen en dank zeggen. Aan weinig woorden kreeg hij zo'n hekel als aan 'dank'.

Wie weet zou hij nooit en te nimmer zijn toevlucht hebben genomen tot het middel dat zijn critici zo scherp zouden afkeuren als hij niet verliefd was geworden op Maria. Zou hij dat ene gedicht niet hebben geschreven, noch het andere: *Bij de troonsbestijging van Alexander II*. Dat tweede gedicht nam ik voor hem mee toen ik teruggeroepen werd naar Petersburg, ook weer met de bedoeling het bekendheid te geven aan het hof, via de kamervirtuoos of via wie dan ook.

Het zijn speculaties. Zonder de liefde van Maria zou de wildernis van Siberië de voortijdige ondergang zijn geworden van een van de grootste Russische schrijvers. Wat zeg ik: van Ruslands trots. Dat is de ene these: Maria gaf hem de hoop op een normaal bestaan. Of was die hoop bij aanvang al een illusie en had hij er beter aan gedaan dat eerder te onderkennen? Ik geloofde het laatste, ook al begreep ik heel goed dat hij in zijn drieëndertigste, bijna vierendertigste levensjaar snakte naar het 'eindeloze geluk'.

DE ONZUIVERHEID VAN BEDOELINGEN

De militaire manoeuvres waren inspannend geweest en hadden door de aanhoudende hitte behoorlijk wat energie gevergd. Na het vertrek van de gouverneur-generaal kregen de soldaten rust. Fjodor had hele middagen vrij en we zaten uren achtereen in onze Kozakkentuin.

De geur van zwarte thee vermengde zich met die van tabak. Als Fjodor niet rookte zat hij zijn pijp schoon te schrapen of zocht hij naar een zwavelstok. Ik rookte stug met hem mee omdat het de beste manier was om hem aan de praat te krijgen.

Wanneer het goed met hem ging, wierp hij zich in een gesprek alsof hij tegenover de interessantste man zat die hij ooit had ontmoet. Hij hoorde me uit over Kant, Hegel, en begon steevast met: 'Ik begrijp niets van die filosofen, zeker niet van *Duitse* filosofen.' Nog veel meer wilde hij weten over de boeven en boefjes die ik dagelijks voor de balie zag verschijnen. Hij vroeg me woordelijk te herhalen wat een kruimeldief ter verdediging had aangevoerd, en hij lette dan zo goed op dat hij aantekeningen in zijn geheugen leek te maken. In de strijd tegen omkoperij en corruptie moedigde hij me aan, maar hij behoedde me ook voor al te drieste acties. Door de jeugdigheid van mijn jaren en het gebrek aan levenservaring werd ik soms wanhopig door het laaghartige milieu waarin ik gedwongen was te werken. Bijwijlen begaven mijn krachten het in de strijd tegen het kwaad, en juist dan schraagde F.M. in mij de moed en gaf me raadgevingen van allerlei aard. Voor veel menselijke eigenaardigheden opende hij me de ogen. Tijdens de gesprekken die we voerden, plantte hij een diep humanistisch gevoel in mij. Maar zodra de somberte toesloeg, sloot hij zich op in een halsstarrig stilzwijgen, en dat kon ik alleen doorbreken als ik hem de tabakspot nog eens aanreikte.

Telkens was het een brief van Maria die hem in gepeins deed verzinken of die hem tot wanhoop dreef. Uit Koeznetsk kwamen geen opbeurende berichten. De echtgenoot was onveranderlijk ‘doodziek’, de zoon ‘verzwakt’ en zijzelf ‘slap’ en ‘lusteloos’. Ik begon te geloven dat de liefde tussen Fjodor en Maria louter en alleen op medelijden berustte. Brief na brief smeekte zij om compassie en in zijn ellenlange antwoorden stopte hij alle woorden van troost die het Russisch rijk is. Zes vel was een kattebelletje; met zestien dicht opeengeschreven bladen dacht hij haar ergste bezorgdheid weg te nemen. Ik verstuurde brieven voor hem die evenveel wogen als een cahier. Geen van die brieven had een andere bestemming dan Madame M.D. Isajeva te Koeznetsk.

Of die drukke en uitvoerige correspondentie hun enige verlichting gaf, waag ik te betwijfelen. Een slecht teken was dat hij, immer bijgelovig, ophield waarzegsters te bezoeken. Hij was het ene moment terneergeslagen, het andere kribbig; hij verveelde zich, was niet in de stemming om verder te schrijven aan zijn *Aantekeningen uit het dodenhuis* en wist niet hoe hij de tijd moest doorkomen.

Toen herinnerde hij zich Marina O.

Ik was de verwaarloosde dochter van de Poolse bataljonsbetaalmeester al bijna vergeten. Tot haar vertrek naar Koeznetsk had Maria zich over het in lompen gehulde meisje ontfermd. Ze had Dostojevski gevraagd het kind les te geven – op zestienjarige leeftijd was Marina het lezen en schrijven nog niet machtig en kon ze alleen de eenvoudigste rekensommen maken. Dat was niet uitzonderlijk, in die dagen was geen enkel volksmeisje het alfabet machtig en Dostojevski had honderden andere kinderen van lijfeigenen of ambachtslui kunnen onderwijzen in Semipalatinsk en omgeving. Wat Maria Dmitrijevna voor het meisje innam was dat ze bont en blauw werd geslagen door haar vader en haar stiefmoeder. Maria wilde het mishandelde kind redden uit christelijke naastenliefde, een eigenschap die ze met Dostojevski deelde en die ik respecteerde, ofschoon ik achterdochtiger van karakter ben, zeker als het om onbaatzuchtige goedheid gaat. Maria wilde iets te graag tonen hoe goed van inborst ze was, wetend hoe gevoelig haar geliefde Fjodor daarvoor was.

Na haar overhaaste vertrek uit Semipalatinsk had Maria hem herhaaldelijk om aandacht voor het meisje gevraagd in haar brieven. Thuis werd Marina als oud vuil behandeld door de Poolse balling, die een paar maanden na de dood van zijn vrouw met de keukenmeid was getrouwd. De stiefmoeder gebruikte de bezem vaker om Marina en de andere twee dochters op hun achterste te slaan dan om de keuken aan te vegen.

F.M. wilde Maria Dmitrijevna ongetwijfeld gunstig stemmen, zocht het meisje op en keerde hoofdschuddend terug.

'Het oude liedje?' vroeg ik.

Jawel. Eerst had de stiefmoeder hem de huid vol gescholden, toen de Pool.

'Vergeet niet,' waarschuwde ik, 'dat hij vanwege een moord naar Siberië is verbannen.'

'Ik doe nog één poging.'

De scène herhaalde zich, maar een paar dagen later lieten de ouders het meisje naar de Kozakkentuin gaan om les te nemen.

Marina O. was inmiddels zeventien jaar. Ze was gegroeid, ontloken. Behalve opvallend mooier was ze ook verbazend veel vrijpostiger geworden. Ze huppelde door de kamers en de tuin, koketteerde zoals ik het Vanka-Tanka eerder had zien doen en flirtte lachend en kirrend met haar leermeester. F.M. wendde aanvankelijk gestrengheid voor maar kikkerde zichtbaar op van de avances die het meisje hem maakte. Ook ik voelde me op een prettige manier licht in het hoofd worden door de jeugdige frisheid die ze verspreidde. Marina fleurde het hele huis op.

Voortaan begon F.M. gretig aan de lessen. Hij stond vroeger

op, waste zich, schoor zijn wangen glad, knipte zijn snor bij. Voor het meisje verscheen klopte hij zijn uniformjasje af en poetste de dubbele rij koperen knopen. Ook dát viel Marina op, en ze ging zich nóg welwillender tegenover F.M. gedragen.

Een weinig hoogstaand plan rijpte in mijn hoofd. Ik merkte hoe blij Marina haar leermeester maakte en hoe makkelijk ze erin slaagde zijn neerslachtigheid te verdrijven. F.M. heeft nog maar een klein zetje nodig, dacht ik, en dan zal een nieuw gevoel bij hem ontluiken dat hem zal afleiden van zijn noodlottige hartstocht voor Maria Dmitrijevna. Ja, in dat zeventienjarige meisje zag ik de wig die ik tussen F.M. en M.D. kon drijven.

De jonge baron Wrangel in de rol van Lucifer! Het was duivels, beslist. Dostojevski was verdorie dubbel zo oud als zij, hij was een taalvirtuoos en zij moest nog behoorlijk leren lezen en schrijven, hij snakte naar de intellectuele uitdaging en zij dacht dat Gogol de kruidenier om de hoek was. Ik deed Maria Dmitrijevna ernstig tekort door te vermoeden dat dit grietje haar plaats kon innemen.

Ter verdediging kan ik aanvoeren dat Dostojevski voor Marina O. op het toneel verscheen geen letter meer aan zijn onvoltooide manuscript had toegevoegd. Dat hij geen enkele zin meer in het leven had, laat staan in literatuur, en verdorde als een plant in de verzengende hitte. Hij schreef brieven aan M.D. Als ze verzonden waren zat hij uren dof voor zich uit te staren en leek hij even terneergeslagen als toen hij net uit het strafkamp kwam. Marina bracht het licht in zijn ogen terug.

Laat hem met haar alleen, dacht ik, totaal in de ban van mijn goede bedoelingen. Een paar dagen met haar alleen, als het kan een paar weken. Hij was niet van steen; tegen haar stoute lach was geen man bestand, zeker geen balling die jaren achter een omheining had doorgebracht en naar een vrouw verlangde als een hommel naar een bloem.

Het toeval wilde dat Madame X me juist in die periode met een verslavende regelmaat bij zich riep. Ze kon niet meer zonder me. In wezen ontliep ik mijn getergde huisgenoot niet veel: als F.M. de slaaf van Maria was, dan was ik die van Katja. Ze hoefde me maar iets te vragen of ik gaf gehoor aan haar verzoek. Schreef ze: 'Kom!', dan liet ik mijn werk in de steek, wendde een dienstreis voor en stoof over de steppen naar haar toe.

Was het liefde of lust? Ik durf het nu, zoveel jaar later, nog steeds niet te zeggen. Het was in ieder geval een zinderend gevoel dat mijn verstand volledig uitschakelde.

Ik verbleef met Katja in de bergen van Altaj, in Oest-Kamenogorsk, in Boechtarma. Ik bivakkeerde met haar aan de oever van de rivier de Irtysj en bracht dagen met haar door nabij de fabrieken van Lokot en Zmeïnogorsk. Stuk voor stuk plekken die ze met haar man de mijningenieur aandeed. Ik reisde haar achterna en liet mijn paard de sporen volgen die het rijtuig van het echtpaar Gerngross in het woestijnzand achterliet. Het had iets van een klucht, maar in tegenstelling tot onschuldig vertier zou die klucht me duur kunnen komen te staan, zoals F.M. niet ophield me te zeggen. Aan dat soort dingen dacht ik zo min mogelijk, ik liet me bedwelmen door haar geur en de kracht waarmee ze me omhelsde.

Zoals ze er altijd weer in slaagde om een kamer of een tent te regelen waarin we ons konden terugtrekken, bewees hoe handig ze haar personeel bespeelde. Iedereen rende voor haar. Met mijn oude vertrouwde Adam ging ik niet beter om dan zij met haar kamermeisjes en koetsiers. Alles deden ze voor haar, en in één moeite door voor mij. Ik begon te geloven dat een welwillende bediende de halve weg is naar het geluk.

Het was allemaal romantisch als een zonsondergang, al zou je dat in de nabijheid van fabrieken niet zeggen. Onder de rook van de schoorstenen in Lokot fluisterde ze me in het oor: 'Je bent groot, je bent sterk, ik heb al zes kinderen, maar met jou zou ik er nog wel een paar bij willen maken.'

Het gaf haar een niet te evenaren genot als ze me choqueerde. Ofschoon groot en sterk was ik nog een groentje. Ik zei dat ik met haar wilde trouwen. Dat deed haar schaterlachen. Wat haalde ik me in het hoofd? Maar ik wilde haar werkelijk huwen en bleef het haar maanden, jaren smeken. Ik vroeg haar te kiezen. 'Kiezen?' schimpte ze. Ja, kiezen, voor mij, in plaats van voor haar man, die alleen van mijnschachten droomde die nog langer waren dan de schachten die hij al diep onder de grond had laten boren.

'Alexander!'

In de bergen van Altaj wilde ze dergelijke 'dwaasheden' niet horen. Ze wilde zich alleen 'verstrooien'; het was immers heerlijk, zo vrij in de natuur; in Petersburg zouden we dit leven nooit en te nimmer kunnen leiden.

'Het voordeel van deze woestenijen is dat bijna niemand op je let, behalve de muggen die in je blote armen steken.'

En weer klonk haar schaterlach.

Een tikkeltje laf schreef ik aan F.M. dat ik afleiding zocht in het reizen. In het tijdsverloop van twee maanden had ik inderdaad tweeduizend werst afgelegd, maar die zouden me zwaar zijn gevallen als Katja niet het doel van al mijn omzwervingen was geweest. In woord en geschrift was ik altijd eerlijk tegenover Fjodor geweest. Echt liegen wilde ik ook niet; ik vreesde eerder hem in verlegenheid te brengen. Hij zou al die kennis over Katja maar geheim moeten houden, en dat terwijl hij zo'n hartelijke, openhartige verhouding had met haar man.

Of hij zich in die zomerse weken evenzeer had 'verstrooid' als ik durfde ik in mijn brief niet aan te roeren. Toen ik terugkeerde naar huis, bleek dat ik er goed aan had gedaan er niet naar te vragen. Ik kwam namelijk geen prille romance aan de weet, maar een ranzige tragedie.

Van Marina verbaasde me het sombere uiterlijk. In haar blik zag ik verachting en nijd. Ze was sterk vermagerd en weer even vervuild als in vroeger dagen. Het meisje dat bij mijn vertrek ravissant was geweest kwam me voor als de eerste de beste slons.

Ik nam Fjodor apart en zei dat Marina in niets meer leek op de Marina van een paar weken eerder. Dat was hem ook opgevallen, maar hoe hij ook geprobeerd had, het was hem niet gelukt de oorzaak te achterhalen.

'Doe jij eens een poging,' verzuchtte hij. 'Jij hebt inmiddels behoorlijk wat ervaring met verhoren.'

Het was een van de eerste keren dat hij me nadrukkelijk tutoyeerde, en tweemaal achtereen.

Wij beiden begonnen haar te ondervragen.

Ze wilde niets zeggen, schudde wild het hoofd, nee, het was niets, niets, maar kwam toch vrij snel op de proppen met de zoon van de burgemeester.

In de stad droeg hij de bijnaam 'de Vurige Hengst'. Hij was achttien jaar en schatte zichzelf minstens zo hoog in als zijn vader, die én burgemeester was én een gevreesde charmeur. Een don juan was de jongen allerminst, hij had een pokdalig gezicht waarop zelden een andere uitdrukking stond te lezen dan een stiekeme. Hij had zijn ogen niet kunnen afhouden van Marina. Haar aanspreken durfde hij echter niet, hij stuurde de huishoudster van de familie op haar af, die Marina gouden bergen beloofde als ze een afspraakje met de jongen zou maken. Hij zwom immers in het geld. Marina gaf zich snel gewonnen. De jongen vermaakte zich een nacht met haar, maakte nog twee, drie afspraakjes, genoot van de attenties die de inmiddels heftig verliefde Marina hem schonk, en liet haar toen als een baksteen vallen.

'Is je nog een ander ongeluk overkomen?' informeerde ik.

'Wat dacht je?'

'Ik vrees van wel.'

'Als je het dan allemaal wilt weten, ja, ja, ja,' schreeuwde ze.

Met de huishoudster had ze afgesproken dat ze zich door de koetsier van de burgemeester naar een bepaalde plaats zou laten rijden die geschikt was voor het amoureuze rendez-vous. De koetsier, een oude Kirgies, haalde haar op en bracht haar in het ochtendgloren weer naar huis. Tijdens het tweede ritje bedreigde hij haar: als ze zich niet aan hem zou geven, zou hij haar avontuurtjes aan haar vader en stiefmoeder bekendmaken. De toch al niet erg wilskrachtige Marina werd bang en zwichtte.

'Bleef het bij die ene keer?' vroeg ik.

Ze snoof, diep, verachtelijk. En huilde.

De man misbruikte haar nog steeds, hij zat haar op de hielen, wilde haar telkens weer nemen en eiste ook nog eens geld van haar. Als ze niet betaalde, zou hij alles doorvertellen. Ze haatte hem, was als de dood voor hem en smeekte ons haar te helpen.

'Wat afschuwelijk,' vond Fjodor, 'wat smerig en grof, het is echt niet te geloven, zoveel slechtheid.'

'Ik geloof dat er niets anders op zit dan dat ik mijn gezag laat gelden,' zei ik.

'Doen, Alexander Jegorovitsj,' moedigde Fjodor me aan. 'Het arme kind... Dit kan zo niet langer.'

Ik riep de Kirgies de volgende dag bij me en dwong hem de stad te verlaten.

'Waarom?' vroeg hij. 'Ik heb hier werk, ik ben de koetsier van de burgemeester.'

'Als je de precieze reden wilt weten, laat ik een arrestatiebevel opstellen en werp ik je onmiddellijk in het gevang.'

We hebben de Kirgies nooit meer in Semipalatinsk gezien.

F.M. bracht Maria Dmitrijevna op de hoogte van wat er voorgevallen was. Maria schreef hem doodleuk terug dat de arme Marina vast en zeker ook hém had verleid. Toen werd Fjodor echt radeloos: alle keren dat hij goeddeed, pakte het verkeerd uit.

Maria had het direct weer bij me verbruid. Ja, ik had slechte gedachten gekoesterd en een duivels plan uitgedokterd, ik was door en door slecht, en ik bleef dat geloven, tot Fjodor me vertelde wat Maria hem had geschreven. Toen dacht ik: Wás het maar zo, wás hij maar voor Marina O. gevallen.

Het had trouwens weinig gescheeld. Tien, twaalf jaar later bracht Dostojevski me een bezoek in een verre stad in een vreemd land. We haalden herinneringen op en stonden langdurig stil bij Semipalatinsk, de Kozakkentuin en de bijna onwerkelijke schoonheid van Marina O. Bij Dostojevski zag ik iets van spijt in de ogen. Of beeldde ik me dat in?

Bij een jong meisje als Marina had hij misschien nog sterker dan bij Maria Dmitrijevna het gevoel dat hij haar niet beminnen mocht vanwege zijn ziekte. De epileptische aanvallen hinderden hem bij iedere amoureuze toenadering. Of ergerde hij zich toch aan haar totale gebrek aan ontwikkeling? Met Maria Dmitrijevna boog hij zich over haar gedichten, terwijl Marina niet eens wist wat dat was, poëzie.

F.M. had een zwak voor sloeries. Hij sprak veel liever met een vrouw van een kwalijke reputatie dan met een nobele en hoogadellijke dame. Sinds mijn kennismaking met Vanka-Tanka had ik echter moeten weten dat het dan wel een scherpzinnige, fatale vrouw moest zijn die een sluwe meesteres was in slechtheid. Marina O. zou dat uiteindelijk ook worden – sluw – maar was toen nog louter het mishandelde meisje met wie je eigenlijk alleen maar meelij kon hebben.

Het liep niet best met haar af. Haar vader huwelijkte haar uit aan een oude, ongeletterde kornet van het Kozakkenregiment. Marina had verschrikkelijk de pest aan hem. Direct na de bruiloft maakte ze weer iedereen het hof die oog voor haar had. De oude man werd gek van jaloezie en kwelde haar. Hij bedacht een originele voorzorgsmaatregel om zijn eer te redden: telkens wanneer hij het huis verliet, sloot hij Marina op. Om te voorkomen dat ze door het raam zou ontsnappen, dwong hij haar op de knieën met de rug naar de commode. Hij legde haar vlechten in de la, schoof de la dicht, deed hem op slot en stak de sleutel bij zich.

Het lukte hem een paar weken om Marina zo binnen te houden. Tot Marina een vriend van de familie fluisterend in het oor smeekte een reservesleutel van de commode te laten maken. Die vriend bevrijdde haar tijdens haar mans afwezigheid, als eerste van een lange rij minnaars die bij haar aan huis kwamen.

Louter zielig was ze dus niet. Ook Fjodor Michajlovitsj bleef ze achtervolgen met haar gefleem. Maria Dmitrijevna kreeg er lucht van en wond zich vreselijk op. Haar gezondheid, die nooit blakend was geweest, leed er dusdanig onder dat ze om de andere dag het bed moest houden. Ze begon zwaar te hoesten en haar haren verloren alle glans. Marina O. werd de aanleiding van jaloezie en twist tussen haar en Fjodor, tot ze definitief uit het gezichtsveld verdween.

Ik kan overigens wel begrijpen waarom Maria Dmitrijevna vooral in dit meisje haar rivale zag. Onlangs nog had ik een droom waarin Marina O. verscheen. Ze had het spitse gezicht van een wolvin en ijsblauwe ogen. Met één oogopslag wekte ze verontrusting.

HET KLEINSTE KNIKJE IN DE MENSELIJKE ZIEL

Ik voelde me toch enigszins schuldig dat ik Marina O. aan mijn vriend had willen koppelen en besloot mijn geweten te zuiveren door andermaal een poging te wagen een ontmoeting tussen Fjodor en Maria Dmitrijevna te arrangeren. Dankzij bemiddeling van de militaire gouverneur verkreeg ik bij de bataljonscommandant toestemming om hem mee te nemen op een reis naar Zmeïnogorsk. Ook mijzelf kwam dat niet slecht uit, want degene die ons had uitgenodigd was de president-directeur van de mijnen, generaal Gerngross, de man van Katja. Ik sloeg twee vliegen in één klap: ik kon Katja terugzien en Fjodor een ontmoeting bezorgen die hem althans voor de duur van een paar dagen gelukkig zou maken. Koeznetsk lag niet ver van Zmeïnogorsk en ik had wederom voorgesteld rijtuig en koetsier voor Maria te betalen.[44]

De eerste etappe van de reis voerde ons naar de Lokot-fabriek. We brachten er de dag door en jakkerden tegen de avond in de trojka over een weg die zo glad was als het parket van een balzaal. Geen kuiltje, geen steentje, het enige wat hinderde was het stof dat algauw als een dikke zwarte laag aan onze gezichten en onze bagage koekte.

Op het traject naar Zmeïnogorsk verschenen rode wolken aan de hemel, als bij een reusachtige brand. Naarmate we vorderden zagen we slangen van vuur hoog boven de horizon kruipen. Het was een veldbrand, die twee keer per jaar opzettelijk door de boeren werd aangestoken, de eerste keer na het verdwijnen van de sneeuw om het wintergras weg te branden, de tweede keer in augustus om het uitgedroogde zomergras in as te doen veranderen. In de herfst groeide dan nog 'nagras': vers, sappig voer voor het vee.

De brand bood een grandioze aanblik, de vlammen vloeiden steeds verder uiteen en voor het eerst begreep ik waar het woord 'vuurzee' vandaan kwam. Opgejaagd door de wind stroomde het vuur met een razende snelheid onze kant op.

De paarden spitsten hun oren en briesten. Ze roken het naderende onheil, hoorden het knisperen van de vlammen in de verte en bleven plotseling als aan de grond genageld staan. De koetsier sprak hen met kalme stem toe en legde ons uit dat er niet werkelijk gevaar dreigde. Aan beide zijden van de weg was het gras over een afstand van ongeveer vijftig meter door de boeren weggemaaid. De stoppels waren uit voorzorg platgebrand, zodat een veilige allee van zo'n honderd meter breed was ontstaan. Het vuur kon de weg naderen zonder vat te krijgen op karren, rijtuigen en koetsen.

Na een klontje suiker en een aai door de manen liepen de paarden verder, ook al briesten ze voortdurend en hielden ze de pas in als dikke rookwolken onze kant op dreven.

'Die beesten hebben gelijk,' mompelde F.M. 'Wij mensen nemen altijd veel te veel risico.'

Hij vond het schouwspel dantesk, het inferno zoals je je dat in een boze droom voorstelt. Ik genoot van de betoverende kleuren.

De avond viel. In de donkerblauwe lucht verschenen rozerode wolken. Bundels vonken en voortdurend kronkelende vuurslangen maakten van de hemel één reusachtig vuurwerk. Alles bewoog. Vlammen klommen omhoog, verbleekten en vielen terug in de vuurzee. Het was schitterend om te zien.

'Maar die verstikkende rook en de hitte van de vlammen,' mopperde F.M. 'Ik krijg er afschuwelijke dorst van.'

'Zoiets zie je nooit meer,' zei ik.

'De hele voorstelling kan me gestolen worden.'

Het enige wat voor hem telde was dat we opschoten, zodat we sneller in de nabijheid van Maria zouden zijn. Ik raadde hem aan een sjaal voor de mond te binden.

Tegen de ochtend bereikten we het poststation Giljovo. We dronken drie koppen thee en gesterkt door de warme drank waarin wat blaadjes munt waren meegekookt, galoppeerden we verder. Het was nog een werst of vijfenveertig naar Zmeïnogorsk en we moesten nog twee keer van paarden wisselen.

De rook verdween, we konden weer diep ademhalen. Toen we het Altajdistrict bereikten, veranderde de omgeving op slag. We reden in draf bergen van zeshonderd tot duizend meter op en af en genoten van de vergezichten. In het Siberisch werden de bergen – eigenlijk nog heuvels – 'moddervulkanen' genoemd. De bodem was bijzonder vruchtbaar. In de late lente kleurden de heuvels paars door de Siberische rododendrons, wat later in het seizoen werden ze geel door de azalea's. Dat stak mooi af tegen de sneeuwloze toppen van het Altajgebergte in de verte, die naar donkerblauw neigden. Weinig bos – de meeste bomen waren gekapt ten behoeve van de mijnbouw.

De weg diende vrijwel uitsluitend om de fabrieken van Lokot en Zmeïnogorsk te verbinden. Uren achtereen reden we voort zonder iemand tegen te komen. We naderden het dal waarin de Zmiov-mijn lag. Ik wist dat het zicht op de rivier beneden adembenemend was en toen ik het F.M. begon te beschrijven, vroeg hij of ik er dan al eerder was geweest. Ik had de weg twee keer genomen, één keer aan de zijde van Katja en één keer in de stofwolk die het rijtuig van generaal Gerngross achterliet. Maar ik zei dat ik er op dienstreis was geweest. Niet eerlijk; vriendschap vereist dat je open tegen elkaar bent, anders is het geen vriendschap meer.

'Vanwege Katja,' voegde ik eraan toe.

'Een dienstreis vanwege Katja?'

Ik knikte, en hij begon zachtjes te grinniken.

'Je eindigt nog als een echte ambtenaar.' Het was alsof hij met de punt van een mes door de kraag van mijn jas prikte. Toen zat hij te schudden van het lachen. 'De officier van justitie Alexander Jegorovitsj Wrangel op dienstreis naar de zilvermijnen voor een geheime ontmoeting met de echtgenote van de president-directeur generaal Gerngross. Bravo, u zult het ver schoppen in overheidsdienst, mijn beste; ik vraag me af waar u eindigen zult.'

'In een ver land, reizend, telkens nieuwe indrukken opdoend.'

'Is dat je diepste wens?'

Ik knikte langzaam en wees naar het dal. Na de eerste bocht in de afdaling zagen we Zmiov glinsteren in de middagzon. Verspreid over de heuvels lagen de huisjes van de fabrieksarbeiders, wat dieper in het dal de forse huizen van gefortuneerde burgers, kooplieden en ambtenaren in dienst van de mijn; de meeste waren door tuinen en bosschages omgeven. Nog wat lager strekte de fabriek zich uit over verschillende heuvels, het was een stad op zichzelf. In het diepst van het dal kronkelde als een blauw lint de rivier; langs de oevers lagen de mooiste huizen van de stad, de uitzonderlijke, bijna opzichtige landhuizen van de mijningenieurs, die in deze streken 'de mijnboeren' werden genoemd. De gehele afdaling lang was de weg omzoomd door vogelkers met een witte bloemenpracht en door wilde rozenbottels.

De mijn was de oudste van Siberië, en lange tijd de rijkste. De overvloed van de zilvermijn was aan het begin zo groot dat de jongetjes die afdaalden pailletten van zuiver zilver verzamelden in hun wanten tegen een vaste prijs per dag en betaald kregen naar het aantal gevulde wanten. Iedereen in de streek was rijk geworden van de mijn, zelfs de jongste arbeiders. De eerste schachten waren aan het begin van de achttiende eeuw gegraven; anderhalve eeuw later woonden er dertienduizend mensen in Zmeïnogorsk die allemaal direct of indirect te maken hadden met de mijn. De meeste huizen waren van steen en je zag al van de buitenkant af dat ze onvergelijkbaar veel gerieflijker waren dan de huizen bij ons in Semipalatinsk.

Zoals dat de gewoonte was in de buitengebieden werden we in de woning van een rijke koopman ondergebracht. De directie van de mijn verwelkomde ons allerhartelijkst. De eerste dag kregen we al een overvloedig middagmaal voorgeschoteld, de eerste avond waren we te gast op een bal. Een veertienkoppig orkest, dat was samengesteld uit kantoorpersoneel van de fabriek, liet de ene polka na de andere horen. Iedereen was onbevangen vrolijk, met uitzondering van Dostojevski.

Maria Dmitrijevna was niet verschenen. Opnieuw niet.

Ditmaal had ze niet eens een brief aan F.M. geschreven, ze had alleen een bericht van verhindering aan een bode meegegeven. Haar man was er te slecht aan toe. Ze kon Isajev niet in de steek laten.

Noch die schoolmeester, dacht ik stilletjes toen Fjodor het me vertelde.

Ik dacht dat hij gek zou worden van verdriet.

Het duurde een dag. De volgende middag verscheen hij als een dandy aan het middagmaal. Voor het eerst had hij niet zijn uniformjas aan maar droeg hij de halflange getailleerde jas die Adam voor hem had genaaid. Hij had mijn grijze broek aangetrokken en mijn gilet met een hoog opstaande, gesteven kraag. De hoeken van de kraag kwamen tot zijn oren, zo was de mode van die tijd. Een gesteven frontje en een zwarte satijnen das completeerden zijn toilet. Hij mocht er wezen, hij was om door een ringetje te halen. Hij lachte, hij lachte aan één stuk door.

We bleven vijf dagen in Zmeïnogorsk. Je zou denken dat het een erbarmelijk lot was diep in Siberië en ook nog eens hoog in de heuvels te vertoeven, ver van de beschaafde wereld. De werkelijkheid was anders: we waanden ons in de chique wijk van een welvarende stad.

De gemeenschap van mijnbouwers onderscheidde zich sterk van de andere maatschappelijke groepen in Siberië. In weerwil van hun militaire rang waren alle leidinggevenden wetenschappelijk geschoold. Na hun studie aan het Instituut voor de Mijnbouw in Sint-Petersburg waren de meesten van hen naar het buitenland vertrokken om hun studie af te ronden aan de beroemde

Mijnbouwacademie van Freiberg, de zilverstad van Saksen. De echtgenotes kwamen ofwel uit Petersburg of uit het buitenland. Met de grote sommen geld die de mijnbouwers verdienden, leefden de dames op grote voet. In de zomer verkasten ze voor drie, vier maanden naar hun datsja's die hoog in de heuvels bij Zmeïnogorsk lagen. Het theatergezelschap uit Barnaoel reisde met hen mee om hen alle avonden te vermaken. De dames pronkten met hun toiletten uit Parijs, met hun equipages uit Parijs, met hun koks uit Parijs. De *cuisiniers* dienden gastronomische maaltijden op voor honderd of tweehonderd gasten. De champagne stroomde als de rivier beneden in het dal. Het was nauwelijks te geloven dat je in de wildernis van Siberië verbleef.

Twee dames sprongen eruit wat betreft schoonheid en voorkomendheid: de pientere, wilskrachtige Jekaterina Osipovna – mijn liefste Katja – en de dromerige Olga Abaza, die heel bijdehand bleek als het om geld ging en die Dostojevski later nog eens uit de nood zou helpen.

Katja was dol op picknicks en op dansavonden. Die organiseerde ze tijdens ons verblijf dan ook bijna iedere dag. Het was een mondain genoegen om op een weide aan de rivier en half liggend op een groot wit laken koude kippen- of fazantenbouten en met veel mayonaise aangemaakte salades te nuttigen en na een paar glazen mousserende wijn weg te dommelen in de schaduw van parasols die de bedienden hadden meegezeuld. De bals organiseerde Katja voor ons beider plezier. Van een Weense had ze de wals geleerd en ze vond het opwindend om die met mij te dansen, zeker als ik me speciaal voor de gelegenheid in mijn gala-uniform had uitgedost. Ze vond me dan onweerstaanbaar. Ik kon hetzelfde van haar zeggen: op alle vijf de avonden verscheen ze in een ander avondtoilet van een befaamde Parijse couturier.

Fjodor danste niet. Hij vond het ongepast om bij ontstentenis van Maria de arm om het middel van een vrouw te leggen. Meer voor zichzelf dan om indruk te maken kleedde hij zich echter iedere avond smaakvol en voornaam. Hij genoot van het gezelschap van de mijningenieurs. De gesprekken gingen over de aanstaande kroning van de nieuwe tsaar, over de ophanden zijnde hervormingen, de Krimoorlog, de verslagen van de strijd om Sebastopol, geschreven door een officier met literaire aspiraties: Tolstoj.

Dostojevski luisterde oplettend, nam een enkele maal voorzichtig aan de discussies deel. Hij was hier eindelijk onder ontwikkelde mensen, wisselde soms met een dame een paar woorden in het Frans, de enige vreemde taal die hij had geleerd tijdens zijn opleiding aan de genieschool en die hij met een heerlijk Russisch accent sprak. Als we laat in de avond naar ons kosthuis terugliepen, riep hij met een onverwacht jeugdige stem dat hij zich 'al bijna terug in Petersburg waande'.

Maar ik kreeg hem niet mee naar het Kolyvanmeer, dat op achttien werst van de mijn lag. Iedereen die Zmeïnogorsk bezocht, wilde het zien. De welbekende natuurvorser en ontdekkingsreiziger baron von Humboldt was verrukt bij de wonderschone aanblik die het meer hem bood en zei dat hij, na de hele wereld te hebben bereisd, geen mooiere plek was tegengekomen.[45] Ik kon de verleiding niet weerstaan om het met eigen ogen te zien.

Fjodor voelde zich niet lekker. Hij was opnieuw terneergeslagen en bleef thuis.

'Samen met Maria zou ik erheen zijn gegaan,' zei hij. Maar van Maria had hij taal noch teken vernomen sinds haar laatste bericht van verhindering.

Met een groot gezelschap begaf ik me op weg. De mijnbouwers pakten alles grootscheeps aan: ze namen niet alleen hun koks mee en voorraden van allerlei soorten eten en drinken, maar ook tenten en muzikanten die de stemming erin moesten brengen. Eerlijk gezegd was het de totale decadentie. De prachtig zonnige dag droeg bij aan de opgewekte stemming en de echtelieden waren allemaal vrolijk en onbezorgd.

Het Kolyvanmeer is erg nauw en slingert over enkele wersten

tussen hoge rotsen en kloven. Van bovenaf zou je het eerder voor een rivier houden. We hadden het weer mee: een windstille en wolkeloze dag. Het wateroppervlak was glad als een spiegel en weerkaatste de lucht, die donkerblauw was vlak boven de heuvels en lichtblauw in de hogere luchtlagen.

Aan de vlakke kant van het meer installeerden we ons naast een rotsblok van zo'n veertig meter hoog in een tapijt van gras. Op de tegenovergelegen oever stonden hoge rotsen stram in de houding. Boven die rotsen lagen schots en scheef de ruïnes van kastelen verspreid, van torens, vestingmuren met kantelen, standbeelden. Het was een imponerend tafereel.

De avonturier in mij ontwaakte. Het reusachtige rotsblok waarnaast we ons kamp hadden opgeslagen liep uit in een soort toren met een holte in het midden – vanuit de verte zou je zeggen: een raam. Me aan een touw vasthoudend klauterde ik naar boven. Een onverschrokken dame sloot zich bij me aan die zich voor de beklimming had uitgedost met speciale schoenen met grote spijkers onder de zolen.

Weer terug in het veilig zachte gras vlijde ik me in de buurt van Katja neer – niet al te dichtbij want haar man was mee. Van haar keek ik naar het meer en van het meer weer naar haar. Ik zou in mijn leven nog vele bergmeren zien, zeker toen ik voor een missie naar de Balkan werd gestuurd, maar nooit meer zou ik zo betoverd raken als aan de oever van het Kolyvanmeer. Met tegenzin stond ik op om de terugreis te aanvaarden.

Wat mij van Fjodor Michajlovitsj verbaasde was dat hij onverschillig stond tegenover natuurverschijnselen – ze raakten hem niet, ze lieten hem koud. Hij werd volledig in beslag genomen door de bestudering van de mens met al zijn kwaliteiten, zwakheden en hartstochten. Al het andere was voor hem van ondergeschikt belang. Hij zocht en speurde tot hij het kleinste knikje waarnam in de menselijke ziel. Als een anatoom ontleedde hij, sneed dieper en dieper, niet tevreden voor hij hart en ziel had blootgelegd. Een berg was maar een berg, ook al heette hij de Slangenberg, zoals de berg waarop de stad Zmeïnogorsk lag uitgestrekt.[46] Het absurde, het ongelooflijke en het verbijsterende vond hij in de mens.

DE GEBAKKEN SCHORPIOEN

Hij hoorde me uit over misdadigers, grote en kleine schurken, dieven en kindermoordenaars. Evenzeer genoot hij van mijn gemopper op de gerechtsdienaren. Ik gebruik met opzet het woord 'genieten'. Zoals ik stil kon worden van een zonsondergang, was hij in staat vier uur achtereen te knikken en te glunderen als ik over de ploertenstreken van rechters en advocaten vertelde.

Terug in Semipalatinsk kreeg ik het aan de stok met mijn ondergeschikten. Avonden lang luchtte ik mijn hart bij hem. Ik kon het gekibbel en geruzie met het ambtelijke schorriemorrie nauwelijks meer verdragen en legde hem tot in de details uit wat er allemaal mis was met de rechtspraak.

Hij zat me aan te kijken alsof ik hem grote geheimen openbaarde en de helderste inzichten verschafte. Ik had nooit eerder op vertrouwelijke voet met een schrijver verkeerd en dacht in mijn onnozelheid dat literatoren alleen gebruikmaakten van hun fantasie. Niet dat ik spijt heb van mijn openhartigheid, eerder het tegendeel, ik geloof dat ik aardig wat tipjes van sluiers voor hem heb opgelicht.

Mijn positie was precair: ik werd gevreesd als officier van justitie omdat ik banden had met de hoge kringen in Petersburg en ik werd gehaat omdat ik de corruptie aanpakte en me het lot van de gevangenen aantrok.

Mijn grootste vijand was ene Malosapozjkov. Ik verzin zijn naam niet, ofschoon het beslist geen toeval kan zijn dat hij 'Kleinlaarsje' heette.[47] Zaken van gouvernementeel bestuur vielen onder zijn hoede – politie, gevangenissen, personeel, rekrutering. Precies het soort zaken waaraan een Siberische ambtenaar zich goed de handen kon warmen. Alle uitgaven die hij deed moest hij tot de laatste penning in zijn journalen verantwoorden. Ook de beslissingen die hij nam diende hij schriftelijk toe te lichten, waarna ik de journalen op mijn beurt moest goedkeuren. Ik weigerde dat. Hij knoeide voortdurend in de boeken, zijn hele gedrag riekte naar oplichterij. Malosapozjkov was het toonbeeld van de rechterlijke pennenlikker. Een weerzinwekkend en afstotelijk mens, ook qua uiterlijk. Er werd beweerd dat hij een universitaire opleiding had genoten maar vanwege een of ander duister zaakje naar Siberië was overgeplaatst. Ik had wel eens willen weten wélke universitaire opleiding dat was geweest, zeker geen hogere algebra.

Malosapozjkov deed denken aan een kapstok. Lang. Schriel. Uitgemergeld. Hoge schouders. Op de tors was een petieterig hoofdje geplant. Het gezicht bezaaid met bloedrode puisten. Een haakneus in de vorm van een snavel. Spleetjes waarin grijze ogen ronddwaalden als onheilspellende drielichten. Aan de vreselijke romp bungelde – echt als aan een kapstok – zijn vies geworden ambtenarenuniformjas. Het was zijn enige jas, doordrenkt van vet, inktvlekken en de mestgeur van goedkope tabak. De snit van dit kledingstuk was uit de tijd van Alexander I. Een boord tot de oren, een taille op het midden van de rug, slippen en te korte mouwen, waar een vuil sitsen overhemd en benige handen met klauwende vingers uitstaken. Eeuwig zwarte nagelranden, het hoofd altijd ongekamd: half bezem, half borstel. Naar zijn werk ging hij in rode ongepoetste laarzen. Alleen in het bijzijn van de gouverneur haalde hij de broekspijpen uit de schachten.

Hij was zo vrekkig als Harpagon. Als hij tijdens de rekrutering geld aan het vergaren was, vouwde hij de handen zijig, boog het hoofd iets naar rechts en zei op zangerig zoete toon tegen de Tataren: 'Doe er voor de trouwe dienaar van uw tsaar nog iets bij.'

Dit onbetrouwbare en nooit helemaal volwassen geworden sujet ergerde zich aan mijn jeugdigheid. De rang van titulair raadsman op mijn leeftijd was voor hem een volstrekte belediging.

'Zo'n melkmuil, en dat permitteert zich mij te controleren,' beklaagde hij zich bij iedereen, als ik er niet bij was.[48] F.M. noemde hem 'een gebakken schorpioen'.

Op een dag lees ik ter goedkeuring de journalen van het rayon. Twee, drie, vier journalen. Plotseling zie ik geschreven staan: 'Besloten is de gouverneur-generaal en de minister van Justitie te rapporteren dat degene die het ambt van officier van justitie vervult in weerwil van de wet een snor draagt. Omdat het naleven der wet de eerste taak van een officier van justitie is, lijkt de beslissing gerechtvaardigd hem de snor af te laten scheren, hem een berisping te geven en bij hogerhand rapport uit te brengen.'

De officier van justitie, dat was ik. Bijna hadden ze me in de bak gegooid omdat er ooit op grond van het Allerhoogste Gebod van Tsaar Nicolaas een circulaire was uitgegaan die het dragen van snorren aan officieren van justitie verbood.

De militair gouverneur maakte deze denunciatie natuurlijk niet aanhangig – zo dom en humorloos was hij nou ook weer niet. Hij kende de man, wist tot welk gezanik hij in staat was en beval hem z'n mond te houden. De reactie van Kleinlaarsje was tekenend: hij begon me de hielen te likken. Onderwijl ging hij stiekem door met me te beschadigen en te belasteren.

Ik maakte tientallen van zulke incidenten mee. Haarkloverijen, de ene nog kleingeestiger dan de andere. Vuilspuiterij. Omkoperij. Ik voelde me ook nog eens volslagen onmachtig iets ten goede te veranderen of een wezenlijke bijdrage aan een normale rechtsgang te leveren. Het werd tijd van betrekking te wisselen. Ik speelde met de gedachte naar Oost-Siberië te verhuizen, waar mijn kameraden van het Keizerlijk Lyceum onder leiding van graaf Amoerski grootse werken verrichtten en hun gezag en invloed steeds verder in de richting van China aan het uitbreiden waren. Het leek me een machtige onderneming in vergelijking met de muggenzifterij om me heen. Maar dan zou ik Dostojevski in de steek moeten laten! En Katja! En de wispelturige Maria, die me zoveel hoofdbrekens bezorgde en niettemin de grote heftige liefde van mijn vriend bleef!

De gouverneur-generaal nodigde me uit naar Omsk te komen. Ik had kennelijk zo'n goede indruk op Gasfort gemaakt dat hij me als buitengewoon ambtenaar wilde aanstellen, zeg maar: als zijn naaste medewerker en persoonlijk assistent. Omsk was iets levendiger dan Semipalatinsk, al scheelde het niet veel. Het enige echte voordeel was dat ik zevenhonderd werst dichter bij Petersburg zou vertoeven.

Daar stonden louter nadelen tegenover. Gasfort had het buskruit niet uitgevonden en ik voelde er weinig voor zijn miskleunen te herstellen. Ik vond het verschrikkelijk F.M. te verlaten. Aan geen vriend was ik in mijn jonge leven sterker gehecht geraakt dan aan hem. Ik moet eveneens bekennen dat mijn romance met Katja een veel grotere plaats in mijn hart innam dan ik aan mezelf wilde toegeven. Madame X verankerde me stevig in deze streken.

'Wat te doen?' vroeg ik Fjodor.

'Een goeie tussenoplossing vinden,' zei hij zonder een seconde te aarzelen.

Dat hij snel gratie zou krijgen, daar twijfelden we niet aan. De laatste berichten die ik uit Petersburg had gekregen wezen in de goede richting. De brieven van mijn vader waren bijzonder troostrijk. Het kon misschien nog een paar maanden duren, maar het einde was in zicht.

Na lang praten en nadenken kwamen we tot de conclusie dat ik een betrekking in Barnaoel zou zoeken en dat F.M. dan direct naar die stad aan de voet van het Altajgebergte zou verhuizen. Ik moest dat natuurlijk regelen voor hem maar beiden rekenden we op de hulp van Gerngross. De afstand tussen Barnaoel en Koeznetsk was te overzien, zo'n driehonderd werst.

'Ik zal dan een stuk dichter bij de plaats van lijden van Maria Dmitrijevna zijn,' schertste Fjodor, 'en u bij het liefdesnestje waar Madame X zich ophoudt.'

Het vooruitzicht stemde hem buitengewoon vrolijk.

Eén ding begreep ik niet goed: waarom hij me niet voorstelde een betrekking in Koeznetsk te zoeken – bij wijze van spreken bij Maria om de hoek. Hij zou dan na zijn vrijlating direct bij me kunnen intrekken. Iets weerhield hem ervan al te dicht bij Maria te zijn. Ik veronderstelde dat het Isajev was, haar echtgenoot. Maar ik bleef het vreemd vinden.

Op een avond vroeg ik hem op de man af wat hem zo sterk in Maria Dmitrijevna aantrok.

Over het antwoord hoefde hij nauwelijks na te denken.

'Het onbekende.'

'Maar u kent haar toch?'

'Voor nog geen duizendste. Ik ken haar stem, haar uiterlijk onder verschillende omstandigheden. Uit de gesprekken met haar en uit de brieven ken ik haar zorgen en preoccupaties. Ik ken haar geur en ik heb haar enkele keren mogen omarmen. Al het andere moet ik nog ontdekken. Mensen geven zich niet zo snel bloot en ze doen het nooit volledig. Zeker hun barse kanten verbergen ze kundig. Ik hoop haar op den duur te kennen zoals een minnaar een minnares kent of een man een vrouw. Ik hoop het. Hopen is soms een heftiger ervaring dan het ervaren zelf.'

Ik keek hem lang aan voor ik knikte.

MOORD EN STRAF

De dagen werden korter, de avonden donkerder. Het was nog heet, de neerslag en de zandstormen bleven voorlopig uit, maar toch kwam het moment dat we de Kozakkentuin moesten verlaten en naar de drukkende stad moesten terugkeren.

Ik installeerde me in mijn stadse appartement en Dostojevski verhuisde met me mee. Het nadeel was dat hij weer elke dag een eind moest lopen van de vesting naar de kazerne. Hij mopperde voor hij 's morgens vertrok en kalmeerde pas bij terugkeer in de namiddag. Ik was even ontevreden. De gedachte om Semipalatinsk te verlaten kreeg me steeds sterker in haar greep.

Aangemoedigd door mijn vriend besloot ik zes weken verlof te nemen om in Barnaoel te onderzoeken wat de mogelijkheden waren voor een andere baan en een ander huis.

Het liep anders.

Voor ik het verlof kon opnemen eiste een afschuwelijke zaak mijn aandacht op en belandde ikzelf bijna voor de rechter.

Ik zat met Fjodor Michajlovitsj in de voorkamer thee te drinken toen een gevangenbewaarder verscheen die rapporteerde dat er zojuist een nieuwe arrestante was opgebracht.

'Een maagd.'

'Maagd?'

'Nou ja, eh, een jongedame.'

De komst van vrouwelijke arrestanten naar Semipalatinsk was een zeldzaamheid en een gebeurtenis die iedereen in verlegenheid bracht. De Kirgiezen, die niets van de Russische autoriteiten moesten hebben, rekenden op eigen wijze met vrouwelijke delinquenten af en schakelden hun eigen lekenrechters in. De boeren en Kozakken waren voor het merendeel oudgelovigen:

hun vrouwen waren degelijk en vroom.[49] Losgeslagen types kwam je onder kooplui en ambtenaren tegen en in de burgerij, ofschoon niet in groten getale.

'Wie is de arrestante?' vroeg ik de gevangenbewaarder.

'Iemand van hier.'

'Ken ik haar?'

'Praskovja Ogarjova.'

Heel de stad kende Praskovja. Zij was de dochter van een rijke Kozak, een schoonheid van een jaar of achttien, negentien.

'Waarvan wordt ze beschuldigd?'

'Nou... ze heeft haar pasgeboren kind gedood. Kindermoord.'

'Dat lijkt me simpelweg onmogelijk,' was mijn eerste reactie. 'Er zal sprake zijn van een vergissing. Of van een verdachtmaking.'

Praskovja Ogareva stond bekend om haar strenge moraal. Zo'n beetje alle jongemannen van de stad achtervolgden haar met avances, wat ze nauwelijks scheen op te merken. De jonge vrouw was ongenaakbaar. Grapjes over haar schoonheid en haar olijfbruine teint brachten nog niet de geringste glimlach op haar gezicht. Haar reputatie was vlekkeloos; ze genoot alom respect.

Haar kind van het leven beroofd... Ik dacht: Die is kierewiet geworden. En: Hier is verwarring in het spel. Het kon een poging tot chantage zijn. Of pure laster.

'Ga er maar zo snel mogelijk heen,' raadde Dostojevski me aan. Het betrof misdaad en dan was hij als een brandwacht die rook ruikt.

Zonder een ogenblik te verliezen liet ik de paarden inspannen.

Samen met de cipier reed ik naar het arrestantenlokaal, een barak pal naast de gevangenis.

Ik trof Praskovja alleen in de verhoorkamer aan. Toen ze me zag, bedekte ze haar gezicht met haar handen en begon luid te snikken. Ik werd er akelig van – de valse beschuldiging moest haar in de war hebben gebracht.

Vol medeleven en op een warme gemoedelijke toon begon ik haar te ondervragen. Het kostte me de grootste moeite haar vertrouwen te winnen.

Een tijdlang bleef ze zwijgen en hield ze het hoofd hardnekkig afgewend. Alles trilde aan haar gezicht, van haar lippen tot haar neusvleugels en wenkbrauwen.

Ik had de moed al bijna opgegeven nog een zinnig woord uit haar te krijgen toen ze me plotseling met wijd opengesperde ogen aankeek en zei: 'Het is waar.'

'Onmogelijk,' zei ik, 'je fantaseert. Je beeldt je iets in, je haalt je de verschrikkelijkste dingen in het hoofd om weet ik wat voor reden.'

'Nee, nee, nee,' schreeuwde ze, 'ik heb het gedaan... met deze handen.'

Ze spreidde haar beide handen voor me uit en bracht ze tot dicht bij mijn gezicht.

'Mens,' schreeuwde ik terug, 'hoe haal je het in je hoofd. Je pasgeboren kind? Je hád niet eens een kind.'

Ze slaakte een afschuwelijke gil ten bewijze van het tegendeel. Ik gaf haar een glas water. Ze dronk de hele karaf leeg. De verwilderde blik verdween uit haar ogen; haar gezicht veranderde in een masker. Ze begon te praten met een stem die schuurde als een vijl op ijzer. Alsof ze een les opdreunde legde ze haar bekentenis af.

'Ik hield mannen op een afstand. Ondanks mijn afwijzende houding begon mijn hart te spreken. Ik werd verliefd op een jongeling met wie ik nog geen twee woorden had gewisseld. Een walgelijk verlangen zette mijn verstand op nul. Ik werd zwanger; de vader verdween uit de stad. Ik beviel in een schuur met de keukenmeid als vroedvrouw. De schaamte en de angst voor mijn ouders vertroebelden mijn geest. Ik wilde mijn rampspoed verbergen. In een moment van krankzinnige wanhoop heb ik mijn kind vermoord.'

'Een dochter?'

In haar ogen en haar stem sloop een doffe zwaarmoedigheid.

'Het was een jongetje.'

In die tijd schreef de wet nog lijfstraffen voor. Op kindermoord stond de knoet. Een wrede en een brute straf. Vrouwen maar ook mannen met een zwak gestel bezweken bijna altijd onder dit monsterlijke instrument.

Het hing van de beul af hoe hij de klappen toebracht. Vaardige beulen lieten de knoet zo op het lichaam terechtkomen dat alleen een rode snee ontstond. Boosaardige of minder bekwame beulen rukten bij iedere slag flarden vlees los. Als de klap diagonaal op de rug terechtkwam en het uiteinde van de knoet zich om de rib rondde die het hart beschermde, was dat vrijwel zonder uitzondering de genadeklap.

Beulen werden geworven onder de meest radeloze van de dwangarbeiders. Op eigen verzoek traden ze tot het ambt toe. Omdat ze nauwelijks loon kregen dreven ze botweg handel met veroordeelde misdadigers of met hun familieleden en vrienden. In ruil voor flinke sommen geld verlichtten ze het lijden van de kapitaalkrachtigen onder de gedetineerden. De armen, de wezen en de ongelukkigen waren er om de massa af te schrikken, en die sloegen ze dood.

Ik spreek uit ervaring. Een van de verplichtingen van mijn beroep was het bijwonen van de executies en het toezien op het wettige en normale verloop daarvan. Ik moest niet alleen het vonnis aan de veroordeelde voorlezen maar ook toekijken of de beul naar behoren zijn werk verrichtte, zonder in excessen te vervallen.

Mijn goeie God, wat een kwellingen heb ik doorstaan. Wat ik niet allemaal aan afgerukte ledematen heb gezien in mijn Siberische tijd! Welke verschrikkelijke staaltjes van onmenselijk lijden zijn er in die periode niet aan me voorbijgegaan! Een onuitwisbare indruk lieten ze in mijn geheugen achter. Bij het zien van zo'n scène draaide mijn maag zich om en als ik thuiskwam en Fjodor Michajlovitsj vertelde wat ik met mijn eigen ogen had waargenomen, barstte ik in snikken uit. Hij bromde dan dat ik te zachtmoedig was, maar ik hield het op een laatste restje van mijn jeugd. Voor je twintigste ben je menselijk, na je twintigste begint het slijtageproces dat uiteindelijk tot complete onverschilligheid leidt.

Weer stond me zo'n schouwspel te wachten, en dan nog met een jonge vrouw die ik kende en die ik zo lang als een voorbeeld van fatsoen had beschouwd. Haar misdaad moest in een vlaag van verstandsverbijstering gepleegd zijn. De arme Praskovja had domweg geen andere uitweg gezien. Het zette me aan het denken. Ik vroeg me af hoe ik de strafmaat voor haar kon verlichten binnen de grenzen van de wet.

Drie, vier dagen achtereen voerde ik gesprekken met haar. Langzaam maar zeker bracht ik haar op het idee dat zij het misdrijf inderdaad had begaan maar dat zij onbewust had gehandeld, als in een koortsige droom. Ik hamerde erop dat zij de rechter-commissaris moest aantonen dat zij puur uit radeloosheid had gehandeld en dat zij niet zichzelf was geweest.

Naarmate ik meer druk op haar uitoefende, wees zij standvastiger en hardnekkiger mijn voorstelling van zaken van de hand. Ten slotte bleef zij in razernij volhouden: 'Ik heb mijn kind vermoord. Opzettelijk vermoord. Ik herinner me alles, ik wil de straf Gods ondergaan. Ik wil door een groot en verschrikkelijk lijden Zijn vergiffenis verdienen.'

Terwijl ze dit zei sloeg ze krampachtig en hysterisch om zich heen.

Even later herhaalde ze: 'Ik wil de straf Gods ondergaan. Ik wil door het ergste lijden Zijn vergiffenis verdienen.'

Toen ik de hele scène aan Dostojevski vertelde, riep hij uit: 'Ze wil haar straf. Ze *snakt* naar haar straf. Begrijp je dat dan niet?'

Nee, de scène ging mijn geestelijke krachten beslist te boven.

Hij drong aan. 'Als je haar de straf ontneemt, ontneem je haar de misdaad. Ze vraagt niet om vergiffenis, ze vraagt om jouw, om mijn, om ons aller onverbiddelijkheid. Wie haar niet wil straffen, neemt haar misdaad niet serieus.'

De volgende dag probeerde ik haar ervan te overtuigen dat haar zonde weliswaar zwaar was en dat ze die haar hele leven zou moeten afbidden, maar dat zij vast en zeker onder de knoet zou bezwijken, nog voor zij van haar zonden was verlost.

Het leek alsof dat haar kalmeerde.

Onderwijl bewerkte ik de beul. Ik stelde hem een beloning in het vooruitzicht als hij de straf gewetensvol en vaardig zou uitvoeren en de verwondingen tot een minimum zou beperken. Anders zou ik hem zonder pardon terugsturen naar de strafkolonie.

Praskovja zwichtte ten slotte voor mijn argumenten.

Ik haastte me het proces-verbaal van de verhoren op te stellen, dat voor haar te ondertekenen – ze was analfabeet – en het te legaliseren door haar drie kruisjes onder mijn handtekening te laten zetten. Voor de inkt goed en wel droog was, leverde ik het proces-verbaal bij de lekenrechter af.

Ik had alles gedaan wat in mijn macht lag, zonder aan het Latijnse spreekwoord te denken: 'Dura lex, sed lex.'

Fjodor kende het niet.

'De wet is hard maar het is nu eenmaal de wet.' Die wet moet nageleefd worden, hoe hard de straf ook uitpakt.

Ik was blij dat ik op z'n minst één slachtoffer uit de klauwen van de beul had kunnen redden. Beestmensen moet je niet voeren. Alles zou op rolletjes lopen; Praskovja zou een paar lichte klappen krijgen en naar haar familie kunnen terugkeren. Ik was alleen vergeten dat ik een aanvaring met de lekenrechter had gehad vanwege corruptie waarop ik hem had kunnen betrappen.

Het onderzoek naar de kindermoord begon. Een week of wat later legde de lekenrechter mij zijn processen-verbaal voor. Ik viel van mijn stoel.

Praskovja had niet alleen de verklaring gewijzigd die ik samen met haar had opgesteld, maar ze had nog eens duidelijk naar voren gebracht dat ze haar kind had vermoord, dat ze volkomen doordacht had gehandeld, dat ze volledig bij zinnen was toen ze de misdaad beging en dat ze, gekweld door berouw, haar straffe Gods volledig wenste te aanvaarden. Ze bekende tevens en in alle eerlijkheid dat de oorspronkelijke verklaring door mij aan haar was opgedrongen.

Het stond zwart-op-wit: de oorspronkelijke verklaring was een door mij aan haar opgedrongen leugen. Als klap op de vuurpijl voegde de lekenrechter aan het proces-verbaal toe dat de kruisjes vanwege analfabetisme in de oorspronkelijke verklaring niet door háár maar door mij waren gezet.

Het kon niet slinkser. De lekenrechter was blij dat hij zich op een voorval kon storten waarbij hij mij beentje kon lichten. De kudde roofdieren die het recht maar al te graag verdraait uit eigenbelang, sloot zich bij hem aan, de gebakken schorpioen Malosapozjkov voorop.

De beul had snel in de gaten dat ik me in een benarde positie had gemanoeuvreerd. Voor mij hoefde hij niet langer te vrezen en hij meldde de lekenrechter dat ik hem tegen een vergoeding opgedragen had de straf van de misdadigster draaglijk te maken. Ik werd aan alle kanten verlinkt.

Het mondde uit in een reusachtig schandaal. Mij hing oneervol ontslag boven het hoofd en een strafzaak vanwege oneerlijke beïnvloeding van de rechtsgang. Zelfs de minister van Justitie dreigde te worden ingelicht.

Ik weet niet waaraan ik het verdiende, maar eerst schoot de gouverneur me te hulp en toen gouverneur-generaal Gasfort.

Gasfort wist de zaak te sussen. Hij had misschien evenveel meelij met Praskovja gekregen als ik, of anders had hij meelij gekregen met het broekie dat ik nog was. Hoe dan ook, hij had het hart op de juiste plaats zitten. Ik bleef in functie en kreeg niet eens een reprimande.

Bij de executie van Praskovja was ik niet aanwezig. Met een vage opdracht werd ik naar Barnaoel gestuurd, waarschijnlijk om geen aanstoot te geven tijdens de openbare tenuitvoerlegging van het vonnis en om de misdadigster niet in de ogen te hoeven kijken.

Ik hoorde naderhand dat ze met de bullenpees was gestraft en niet met de knoet. De beul had haar niet toegetakeld, waarvoor haar ouders diep in de beurs hadden moeten tasten. Zonder hun dochter daarover in te lichten hadden ze een aanzienlijk bedrag betaald. Praskovja zelf dacht dat ze het op haar karakter had overleefd.

'In feite is dat ook zo,' zei Fjodor Michajlovitsj toen ik hem de afloop vertelde. 'Zij wilde in alles tot het uiterste gaan. Aan haar heeft het niet gelegen.'

Ik keek hem ietwat verongelijkt aan.

'Maar jij bent ook tot het uiterste gegaan, Alexander Jegorovitsj,' haastte hij zich te zeggen. 'Meer lankmoedigheid kon je niet tentoonspreiden. Je bent een goed mens, een door en door goed mens. Ik ben trots op je, vriend. Maar goede mensen nemen niet altijd de juiste beslissingen.'

DE DUIVEL EN DE TIJGER

Door mijn hart te laten spreken had ik mijn loopbaan op het spel gezet. Een officier van justitie draagt niet voor niets een sabel bij zijn uniform: hij dient streng en rechtvaardig te zijn in plaats van teergevoelig. Het had weinig gescheeld of ik had dat uniform tussen de mottenballen kunnen hangen.

Pas toen de affaire achter de rug was, sloeg de schrik me om het hart. Ik liet mijn ouwe trouwe bediende Adam bij F.M. achter en nam de benen. Ik had de indruk dat iedereen het op me gemunt had en dat alleen een jachtpartij me afleiding kon bezorgen.

Soms keerde in mijn reacties iets van mijn afkomst terug en zocht ik als een verwende landjonker naar vermaak.

Fjodor Michajlovitsj hield me voor een idealist. De sympathie die ik op het lyceum voor de utopisten had gekoesterd was ik inderdaad nog niet helemaal kwijt, maar ik had plotseling schoon genoeg van mijn eigen goedheid. Of van de 'vrouwelijke ontvankelijkheid', die F.M. me regelmatig onder de neus wreef.

'Vrouwelijk ontvankelijk', 'zacht van karakter', 'voortreffelijke inborst', '*très comme il faut*' – hij had een pet vol van zulke karakteriseringen, die hij met een allerbeminnelijkste glimlach en met de allerbeste bedoelingen rondstrooide. Ondanks de zachtmoedige en smetteloze indruk die ik bij hem wekte, wilde ik eventjes niet *très comme il faut* zijn.

Ik koos mijn beste geweer uit, nam twee Kirgiezen mee en voorzag hen van mijn eigen paarden – de beste paarden uit de streek. Ik moest nog wel een reden voor mijn uitstapje opgeven. Het was gauw gevonden: een gerechtelijk onderzoek naar het vee dat de Kirgiezen verborgen hielden in het riet rond het Balkasjmeer om er geen belasting over te betalen! In de buurt van het meer wemelde het van de eenden en de tijgers; betere jachtgronden bestonden er niet.

Om het meer te bereiken moest ik een stuk door de bergen galopperen. Aan de voet van de Semitau stalde ik de paarden en liep met mijn begeleiders verder de berg op. Jagen viel niet mee in dat gebied: je moest klimmen, je voeten gleden steeds weg, de grond lag vol rotsblokken, je laarzen kwamen klem te zitten, je moest ze lostrekken en dat niet te ruw doen om je voet of enkel niet te bezeren. Het ene moment had je het warm, het andere moment blies een ijzige bergwind dwars door je kleren. Voor alle inspanningen werd ik meer dan beloond toen ik met één schot een Siberische steenbok velde, een ram van uitzonderlijke omvang. Vier mannen waren ervoor nodig om hem de berg af te dragen; met hoorns woog hij tegen de honderd kilo.

De volgende morgen voelde ik wroeging en verweet mezelf plichtsverzuim. Ik besloot daadwerkelijk onderzoek te doen naar belastingontduiking en nam vijf dagen achtereen verhoren af onder de nomadische Kirgiezen.

Het leven op de steppe was rudimentair. In mijn joert stond tafel noch stoel. Met de benen gekruist zat ik op een tapijt. Schrijven lukte me zo niet, ik moest het liggend op mijn buik doen. Het wemelde van de slangen, de tarantula's en de schorpioenen, en ze hielden er in het bijzonder van weg te kruipen onder een warm tapijt, een viltlaken of een deken. Voor je er erg in had, was je gebeten. De remedie van de Kirgiezen is een schapenvel onder je kussen, bij voorkeur het vel van een ram die kort tevoren is geslacht. De geur staat schorpioenen tegen. Mij ook; ik werd er kotsmisselijk van.

In totaal ondervroeg ik een honderdtal Kirgiezen. Veel onoirbaars kwam ik niet aan de weet, en eerlijk gezegd zocht ik er ook niet al te naarstig naar. Ik heb een zwak voor nomaden.

De chicanes rond Praskovja achtervolgden me niet langer als

een vage hoofdpijn die je plotseling duizelig maakt. Ik heb altijd geloofd dat je afstand tot je problemen kunt nemen door daadwerkelijk een flinke afstand af te leggen, bij voorkeur op de rug van een paard. Op de cadans van de galop verdwijnen je zorgen. Maar alsof de duvel ermee speelde, ik kreeg opnieuw te maken met een boreling.

Kirgiezen geloven dat de barensnood van een aanstaande moeder toe te schrijven is aan de *sjaitan*, de duivel, die de barende moeder wil kwellen door de geboorte tegen te houden. Nog voor het kind ter wereld is gekomen kan de duivel dan bezit nemen van zijn ziel. Door deze dubbele strijd gaat baren gepaard met de heftigste pijnen. Er valt wel iets tegen te doen. Bij de eerste weeën zetten de Kirgiezen de aanstaande moeder op haar benen en gaan in een kring om haar heen staan. Twee vroedvrouwen ondersteunen haar, de andere vrouwen en mannen van de stam cirkelen om haar heen, zingend, dansend, schreeuwend, jammerend. De omstanders gaan als bezetenen tekeer, opgezweept door de zang en het geroffel op tamboerijnen. De duivel wordt schrik aangejaagd. Op het toppunt van de waanzin dansen de omstanders in trance en spugen en slaan de barende moeder in het gezicht. Als zij dan ook nog eens begint te kermen, wordt het de duivel bang te moede.

In de overtuiging van de Kirgiezen vreest de sjaitan ambtenaren boven alle boze geesten. Russische ambtenaren welteverstaan. Op de vijfde dag van mijn onderzoek renden tien, twintig Kirgiezen op mij af en smeekten me te komen helpen bij het verjagen van de sjaitan. Ik begreep eerst niet goed wat er aan de hand was, liet me meevoeren naar de oever van een beek; daar zag ik een vrouw staan die op het punt stond te bevallen. De omstanders riepen dat de duivel ontzettend bang was van een ambtenaar in functie, 'ontzettend bang, vadertje, vreselijk bang'.

Iedereen begon te roepen, te schreeuwen, te huppelen, de vrouw zakte half door de knieën, het hoofdje van het kind kwam al naar buiten, en ik dacht: O god, hier krijg ik ook weer last mee. Ik maakte een diepe buiging en zei met sonore stem: 'Dames, heren, heel hartelijk dank voor de eer, maar mag ik dit genoegen afslaan?'

Ik liep met stevige pas weg. Nog geen honderd voet ver hoorde ik de eerste kreetjes van het kind. Vanzelfsprekend werd de snelle en probleemloze geboorte toegeschreven aan de komst van de ambtenaar, die duivelbezweerder in het kwadraat. Ik was voor even de held van de steppen, en dronk de hele nacht met de Kirgiezen op het jongetje, dat, naar men mij beloofde, de naam Alexander zou krijgen.

In Ajagoez verrichtte ik onderzoek naar de schattingen voor de belastingen die door de lekenrechters waren opgelegd. Onredelijk hoge schattingen.

De lekenrechters waren het grootste uitschot van de Siberische ambtenarij. Een fatsoenlijke en ontwikkelde ambtenaar paste ervoor naar een uithoek te verkassen; je kon jezelf nog beter levend laten begraven. Het werk leverde het hongerloon van 270 roebel per jaar op. Bij het innen van de schattingen stalen de lekenrechters dan ook zonder de minste wroeging van de Kirgiezen. Ze genoten ieders haat.

Ik was net klaar met de verhoren toen ik een uitnodiging voor een tijgerjacht kreeg.

Als je gewend bent reeën, herten, wilde zwijnen te schieten, is een tijger van een andere orde. Het idee in de rietkragen van het Balkasjmeer achter een tijger aan te zitten, wond me zozeer op dat ik me al een halve ontdekkingsreiziger en natuurvorser waande.

Afgaand op de sporen was het een ontzagwekkend beest. Het had zich overdag in het riet verstopt en zou tegen het vallen van de avond verschijnen om een hert, ram, ree of buffel te bespringen en in de nek dood te bijten. Hun prooi verslepen de tijgers naar het riet om die de volgende dag rustig op te peuzelen.

De jachtmethode muntte niet uit in stoutmoedigheid. Vanuit het riet voerde eigenlijk maar één pad het dal in. Bij dat pad stelden zich een man of twintig in een halve cirkel op met het geweer in de aanslag. Ik voelde me eerder een prijsschieter dan een jager toen ik me bij hen aansloot. Anderhalve werst verderop werd het riet in brand gestoken. De wind stond onze kant op, waardoor het vuur de tijger in onze richting zou drijven. Achter de ketting van jagers stonden tweehonderd Kirgizische ruiters opgesteld. Hun taak was luid te schreeuwen als de tijger verscheen en het beest dusdanig te laten schrikken dat het stil zou blijven staan. Op dat moment konden de jagers het geweer richten.

Met tweehonderdtwintig tegenstanders had de tijger geen schijn van kans. Toch gaf hij zich niet zo makkelijk gewonnen. Wij jagers mochten dan niet uitblinken in moed, de tijger deed dat wel. Hij liet lang op zich wachten, daar begon het mee. Het riet brandde al uren voor het beest zonder enige paniek verscheen. Hij kwam langzaam en stilletjes tevoorschijn, nam de situatie rustig in ogenschouw, keek ons trots aan en deed een paar plechtstatige stappen, als om aan te tonen hoe reusachtig groot, mooi en sterk hij was.

In mijn latere jagersleven zou ik nog met menig indrukwekkende trofee thuiskomen maar nooit meer zou ik oog in oog staan met een tijger van drieënhalve meter lang. Plotseling liet het dier zich op de grond zakken. Het maakte zijn lichaam klein, zette zich met zijn achterpoten af en begon aan een reusachtige sprong naar een rotsblok op de heuvel links van de jagers. Siberische tijgers kunnen wel tien meter ver springen, dit exemplaar had er geen enkele moeite mee. Had hij het rotsblok bereikt, dan had hij misschien kunnen wegvluchten, maar toen de tijger hoog door de lucht zweefde, klonk een salvo uit twintig geweren. Het dier kwam sierlijk op het rotsblok terecht, zakte door de poten en jankte nog even voor het stierf.

De pels van deze prachtige tijger kocht ik voor tien roebel en stuurde ik naar mijn vader op. Hij schreef me een lovende brief terug met een tekst die ik verfoeide: 'Je wordt nu echt een man.'

Ik reisde verder naar het zuidwestelijke deel van de Altaj. Uitgestrekte, maagdelijke bossen. Grootse bergen waarvan de meeste toppen met sneeuw waren bedekt. Voortsnellende watervallen. Het hele gebied was woest en onherbergzaam. De paar Russische dorpen lagen op honderden werst van elkaar. Rijke dorpen: de boeren en jagers wisten niet waar ze met hun overschotten naartoe moesten. De zachte lentegeweien van de *maral*, een groot Siberisch edelhert, verkochten ze aan Chinezen, die er honderdvijftig roebel per paar voor betaalden. Verkocht je tien van die geweien in het jaar, dan was je al een rijk man: je inde dan het dubbele van wat ik als officier van justitie verdiende. De Chinezen beschouwden de gelei die uit het schaafsel van het lentegewei werd gestampt als het beste middel om de krachten, de energie en de potentie op peil te houden.

In de dorpen en de wildernis van het Altajgebergte woonden hele kolonies gevluchte soldaten en bannelingen die er zonder enig bestuur of leiding een bestaan opbouwden. Omdat ze geen enkele schatting hoefden te betalen, leefden ze in overvloed. De enkele mijnbouwingenieur die in het gebied doordrong stond versteld van de weelde waarin deze mensen baadden. Ook ik keek ervan op. Naast de hertengeweien leverden de pelzen van het sabeldier enorme sommen op. Met dat geld konden de voormalige soldaten en ballingen weinig doen. Winkels telden de dorpen niet en marktkramers waagden zich nooit in deze verlaten streken. De kolonisten wilden dan ook alles van me kopen wat ik aan mijn lijf had zitten, van mijn vestzakhorloge tot mijn laarzen aan toe. In ruil voor mijn gouden manchetknopen en mijn gouden dasspeld wist ik een paar zeldzame pelzen te bemachtigen: de pels van een zwarte wolf, de pels van een sneeuwwit sabeldier en de wintervacht van een tijger met een borstel tot wel anderhalve wersjok lang.

Twee jaar later schonk ik deze zeldzaamheden aan de vermaarde natuurvorser baron Alexander von Humboldt uit erkentelijkheid dat hij me wilde ontvangen. Hij was verguld met de pelzen maar kon me nauwelijks bedanken: door een beroerte kostte het praten hem een zware inspanning. Luisteren lukte nog wel en ik vertelde hem over Siberië. Het bracht een glans in zijn ogen. Hij dacht ongetwijfeld terug aan zijn eigen Siberische expeditie van 1829. Ik vroeg me af wat mooier is, de reis zelf of de herinnering aan de reis.

MISDAAD EN KOORTS

Gesterkt door de berglucht en de hartelijkheid van de Kirgiezen keerde ik naar Semipalatinsk terug. Ik trof de stad in rep en roer aan. Voor het eerst werd de naamdag van de nieuwe tsaar gevierd. Een parade van de troepen stond op het programma en een gebedsdienst waaraan alle ambtenaren dienden deel te nemen.

Fjodor Michajlovitsj moest langs een tent in het enige plantsoen van de stad marcheren waarin de hoogwaardigheidsbekleders stonden opgesteld; ik moest naar de kerk, waar niet alleen voor tsaar Alexander II werd gebeden maar ook voor onze nationale held Alexander Nevski.

'En voor jou, Alexander,' grinnikte F.M.

Het was natuurlijk ook mijn naamdag.

Ik trof Dostojevski in een opperbest humeur aan. Hij had alle dagen als een vorst gegeten, hij was vertroeteld en verzorgd door Adam en hij had alle middagen en avonden in rust kunnen schrijven. Waaraan precies zei hij me niet – dat vertelde hij me zelden. Het kon nog steeds aan zijn *Aantekeningen uit het dodenhuis* zijn, maar misschien ook aan een van zijn romans die hij in zijn Siberische tijd voltooide of misschien al aan zijn grote roman over misdaad en straf, waarvoor hij in die tijd de eerste aantekeningen maakte.

Over Maria repte hij met geen woord. Omdat hij zo'n gelukkige indruk maakte, dacht ik even dat hij haar in het geheim had ontmoet. Toen ik er bij Adam navraag naar deed, bleek dat niet het geval te zijn geweest. Hij had zelfs geen brief van haar ontvangen, noch een brief aan haar verstuurd.

Het waren de uitzinnige berichten uit Petersburg die F.M. een goed humeur bezorgden. Iedereen liet zich lovend uit over de nieuwe tsaar vanwege zijn menselijkheid en zijn goedheid. Hij had een van zijn zonen, grootvorst Vladimir, laten opnemen in de Regerende Senaat. De grootvorst zou zich speciaal gaan bezighouden met de hervorming en de modernisering van de rechtbanken en de rechtspraak. Van Fjodor Michajlovitsj mocht hij beginnen met het vrijlaten van alle politieke gevangenen.

In de stad was het feest. Om het volk te vermaken hielden de Kirgiezen paardenrennen en organiseerden ze een wolvenjacht met steenarenden. Hoogtepunt was een massaal gevecht op de oever van de Irtysj tussen Russen en Tataren in feestelijke kledij aan de ene kant – sommigen te paard, de meesten te voet – en Kirgiezen aan de andere. Ze vielen elkaar zonder wapens aan en gebruikten alleen hun vuisten. Na de knokpartij grepen de ruiters een paar stoere mannen bij de kladden en wierpen ze in de rivier. Een duizendkoppige menigte keek toe en bulderde van het lachen.

Marktvrouwen verkochten noten, gedroogde abrikozen en *kisjmisj*, pitloze kleine zoete druiven. Het was een prachtfeest, iedereen was opgewekt. Alleen bij F.M. sloeg de stemming om. De wolvenjacht noch het vuistgevecht bij de rivier kon hem bekoren. Hij stond onverschillig tegenover zulk volks tijdverdrijf. Hoe inlevend hij ook over arme mensen schreef, hun vermaak kon hem gestolen worden. Zijn goede humeur keerde pas terug toen we door een paar Kirgizische kennissen onthaald werden op een zalig zoete taart die aan de Russische *pascha* deed denken, de piramidevormige kwarktaart die we met Pasen eten. Ik stuurde Adam om champagne. Tot laat in de avond dronken we de ene na de andere fles leeg.

Terwijl hij druk met onze gastheren praatte, observeerde ik Fjodor Michajlovitsj. Jij krijgt geen toevallen meer, dacht ik plotseling. Hij blaakte van gezondheid. Het fronsende, zorgelijke, ziekelijke was uit zijn gezicht verdwenen, het leek alsof zijn vierkante voorhoofd wat minder hoog was geworden en wat minder streng. De epilepticus had plaatsgemaakt voor een energieke dertiger die lang niet ontevreden was over zichzelf. Ik was er bijna zeker van dat deze zorgeloze staat zou voortduren als hij erin slaagde Maria te vergeten. Toen we naar huis terugwaggelden, lachte hij nog steeds. En opeens huilde hij, zacht snuivend, zacht snotterend, als bij de begrafenis van een geliefde.

Op een ochtend waarop hij niet naar de kazerne hoefde, zat ik met hem te ontbijten. Adam kwam binnen en onderbrak ons gesprek. Hij meldde dat er een diender van het politiebureau voor de deur stond met twee criminele types. Ze wensten mij te spreken. Ik liep naar buiten en hoorde dat Fjodor Michajlovitsj achter me aan kwam en in de vestibule hal bleef staan, dicht genoeg bij de deur om het gesprek te kunnen volgen.

Een van de kerels was een reus die drie hoofden boven de politieagent uitstak, de andere een oude, grijze, broze man. Ik vroeg wat ze wilden. De diender nam het woord. Hij was met beide mannen door de politiecommissaris naar mij gestuurd. De commissaris had eerder met hen te maken gehad en kende beiden goed. Hij stond ervoor in dat wat de mannen aan mij zouden verklaren de zuivere waarheid was en vroeg me dringend hun verzoek in te willigen.

'Nou, kom er dan maar mee voor de draad,' zei ik tegen de mannen.

'Het is een tamelijk ongewoon verzoek,' begon de grijsaard.

'Een arrestatiebevel,' mompelde de reus.

'Jullie willen,' vroeg ik omdat ik het nog niet helemaal begreep, 'dat ik een arrestatiebevel tegen jullie uitvaardig?'

'En een verzoek tot opsluiting,' vulde de reus aan.

'In de gevangenis? Maar waarom in vredesnaam? Worden jullie achtervolgd? Wil iemand zich op jullie wreken?'

'Vanwege de koorts,' zei de oude man. 'We willen met hand- en voetboeien om in een cel worden opgesloten tot de koorts is gezakt.'

'Wat voor koorts dan? Zijn jullie ziek? Of krankzinnig?'

‘We voelen dat we bloed zullen vergieten,’ zei de reus. ‘We hebben zo’n ontzettende zin om iemand te vermoorden.’

‘We moeten het zien, het bloed dan,’ vulde de oude broze man aan. ‘Wees zo goed en beveel ons in de boeien te slaan.’

‘Nou, goed dan,’ zei ik met nauwelijks verholen verbazing. Het was het vreemdste verzoek dat me ooit had bereikt.

‘De juiste beslissing,’ knikte F.M. toen de agent met de arrestanten was vertrokken. ‘Al het slechte komt uit koorts voort. Hou me op de hoogte van het verdere verloop.’

Zes dagen later kon ik Fjodor Michajlovitsj melden dat de beide mannen aan de onderofficier van justitie hadden gevraagd of ze ontketend en vrijgelaten konden worden. Ik had op mijn beurt aan de onderofficier gevraagd wat de reden was.

‘Ze zeggen dat de koorts is gezakt.’

Die woorden herhaalde Dostojevski een paar keer, telkens met het hoofd knikkend.

‘De koorts is gezakt. De koorts...’

En plotseling keek hij me aan en zei: ‘Een moord komt voort uit een duistere, dwingende koorts, die vlak voor het begaan van de misdaad zijn hoogtepunt bereikt en die precies zolang voortduurt tot het bloed is gezien, het bloed.’

Het was een idee dat hem een stuk verder bracht, zag ik aan de lichtpuntjes in zijn ogen.

Geen verhaal schrikte hem af. Om een beeld te krijgen van het gevangeniswezen bezocht ik de gesloten afdeling van de gevangenis van Tobolsk, de best bewaakte van Rusland, een onneembare vesting, gelegen op een steile rots, waar elfduizend veroordeelden in de stank van stront en kots wegrotten. De officier van justitie waarschuwde me niet te dicht bij de gevangenen te gaan staan. In de gesloten afdeling zaten blauwbaarden, lustmoordenaars, sluipmoordenaars, huurmoordenaars, recidivisten. Sommigen hadden meer dan twintig slachtoffers op hun geweten. Tot aan hun dood zouden ze nooit meer iets van Gods wereld zien en nooit meer de geur van bossen, velden of steppen opsnuiven. De levenslang veroordeelden zaten in achtentwintig hokken, in schemerige spelonken, in holen. Als beesten waren zij vastgeketend aan de muur. Verbitterd over zijn lot kon zo'n misdadiger zijn geboeide armen plotseling optillen en de ketting om het hoofd van een cipier of een gerechtsdienaar snoeren. Een moord meer of minder maakte hem niet uit. 'Pas vooral op voor Orlov,' zei de officier van justitie, 'blijf zo ver mogelijk van hem af staan.'

Orlov kon niet alleen lezen en schrijven, hij had jaren schoolgegaan en was zelfs zo schrander dat hij zich had kunnen laten inschrijven aan de universiteit. Hij kwam uit Petersburg. Op vrij jonge leeftijd pleegde hij een beestachtige moord. Hij werd tot levenslang veroordeeld en naar Siberië verbannen. Door bewakers te bedreigen en vervolgens om te kopen wist hij uit het strafkamp te vluchten. Met een paar andere vluchtelingen vormde hij een roversbende die vele zielen doodde. Hij werd opgepakt, vluchtte opnieuw, roofde en stak als vanouds zijn slachtoffers overhoop, tot hij weer tegen de lamp liep. Toen werd hij naar de gevangenis van Tobolsk overgebracht.

Ik bezag hem van een afstand. Hij was een atleet van een jaar of veertig, een knappe man met bruin haar en een verzorgde baard. Het enige verschrikkelijke aan hem waren zijn ogen.

In de gevangenis sloot Orlov een verbond met Korenev. Hem werden achttien moorden toegeschreven. Ook hij was meermalen uit een strafkamp ontsnapt voor hij in Tobolsk werd ondergebracht. Zijn uiterlijk had niets van dat van een bandiet. Een man op leeftijd met een korte baard en grijze haren. Anders dan Orlov had hij vredelievende, goeiige ogen. Niet de onrustige dwaallichten die ik zo vaak in de blik van roekeloze misdadigers heb bespeurd. Korenev was van gemiddelde lengte, stevig gebouwd, een gezonde kerel, alleen met een gezicht dat te lang verstoken was geweest van lucht en zon en dat vaalbleek was als een mummie.

Niet lang na mijn bezoek aan Tobolsk wist Korenev met een medegevangene te ontsnappen. Niet met Orlov, ofschoon die hem precies de adviezen had gegeven die zijn vlucht deden slagen. Korenev had een paar bewakers omgekocht en natuurlijk had hij er idioot hoge bedragen voor betaald. Verstopt in donkere ronde broden smokkelden de bewakers een paar vijlen de gevangenis binnen. Korenev ging ermee aan de slag. Dag en nacht vijlde hij aan zijn boeien, de ketting tussen zijn voeten en de tralies in het smalle raampje van zijn cel.

Buitenkomen was één, maar dan moest je niet opgemerkt worden in je boevenpak. De boeren waren als de dood voor ontsnapte misdadigers en gaven ze zonder de geringste wroeging bij de politie aan. Andere kleren dus. Op een afgesproken plaats, niet ver van de gevangenis, lagen ze voor Korenev en zijn maat klaar.

Alleen Korenev lukte het weg te vluchten. Tijdens de ontsnapping raakte zijn metgezel door de plotselinge frisse lucht buiten westen en brak een been. Hij kon direct ingerekend worden. Korenev daarentegen wist de bossen te bereiken en verdween.

De ontsnapping mocht dan onaangenaam zijn voor de leiding van de gevangenis, niemand verwachtte dat Korenev erin zou slagen de lange arm der wet te ontlopen. Types als hij zijn geen mensen; als beesten dorsten ze naar bloed.

Een week of drie later liet de officier van justitie van Tobolsk me weten dat Korenev was opgepakt. Hij zat weer veilig vastgeketend aan een muur in het donkerste hol van de gevangenis. Wanneer ik nog iets wilde leren en aanwezig wilde zijn bij het verhoor, was ik van harte welkom.

Ik stond niet te springen om terug te keren naar dat duistere, smerig stinkende oord, maar Dostojevski sprak van een onvoorziene kans, en als hij had gekund, was hij in mijn plaats gegaan. Ik beloofde hem goed op te letten en goed te luisteren en hem bij terugkeer nauwgezet verslag te doen.

Vredig en volslagen rustig vertelde Korenev over zijn lotgevallen, zonder ook maar de geringste emotie, alsof hij het over de daden van een ander had en niet van hemzelf.

Na de vlucht uit de gevangenis en de vondst van de kleren op de afgesproken plaats was hij bij een goede kennis langsgegaan. Hij had zich gewassen en omgekleed. Met wat voedsel in de knapzak was hij de bossen in gelopen. Algauw had hij wat kameraden bij elkaar getrommeld, gevluchte dwangarbeiders die door de bossen zwierven en af en toe een boer beroofden en hem de keel doorsneden. Dagen achtereen hadden ze onbekommerd en buiten zinnen van vreugd geleefd. Ze roofden wat, moordden wat en lieten de rode haan kraaien. Het huis van een slachtoffer moest in brand worden gestoken, dat stond vast, het was de beste manier om de sporen te wissen. Maar op een gegeven moment was de wodka op en toen was het gedaan met de pret.

Hier onderbrak Fjodor Michajlovitsj me.

'Probeer het te vertellen zoals die schurk het je vertelde. Kun je je dat nog woordelijk voor de geest halen?'

'Min of meer, ja. Nee, vrij precies. Het was zo'n gruwelijk relaas dat ik die nacht in Tobolsk geen oog dichtdeed, en ook de volgende nachten niet.'

'Vertel.'

'Op zijn manier dan, hè.'

'Ja, schaam je niet voor de grofheden. Woord voor woord.'

'Aan de rand van het bos slopen ze een herberg binnen.'

'Niet *ze* maar *we*. Hij vertelt, niet jij.'

'Aan de rand van het bos slopen we een herberg binnen. Zo te zien was de herbergier een rijke stinkerd. Hij was alleen in het kot en kon geen kik geven toen we hem te grazen namen. We keken in alle laatjes en schraapten de centen bij elkaar. In de hutkoffers vonden we gouden munten. Toen viel ons de donderse wodka op. We stortten ons erop en we hebben 't ons goed laten smaken. Plotseling horen we van buiten het gepiep van slecht gesmeerde wielen komen. "Nou broertjes," zeg ik, "hou je oortjes en oogjes goed open, daar komt nieuwe buit." Bij de ramen zochten we ieder een plek en stelden ons verdekt op. We zagen een kar aankomen. Het paard wordt gemend door een ouwe vent. Naast hem zit een jonge bruid op de bok met in haar armen een zuigeling. Aan die ouwe hadden we niet lang werk. Een paar klappen en hij was kassiewijle. Toen ik het bloed zag, raakte ik in vuur en vlam. Of misschien was die vervloekte wodka me naar het hoofd gestegen. Hoe dan ook, ik gaf die moeder een zet, greep het kind aan de beentjes beet en begon ermee door de lucht te zwaaien. Het begon te krijsen, de schelm. Ik kon daar niet zo goed tegen. Om te treuzelen draaide ik 'm nog één keer in de rondte en sloeg 'm toen met zijn hooffie op het wiel. Het spatte uit elkaar en de hersens dropen eruit. Ik zat helemaal onder het warme bloed en mijn maten ook. We smeerden het over onze handen uit, over ons gezicht. Terwijl we ons vermaakten, ja, we hadden echt lol, was dat wijfie – laat haar doodvallen – wel mooi het bos in gerend naar het dichtstbijzijnde dorp. Ze riep daar volk bij elkaar en de boeren kwamen aangerend, met rieken, bijlen, messen. We deden geen poging meer te vluchten, we werden ter plekke aangehouden. Stom dat ze ons niet meteen aan het mes regen. Ze waren misschien bang dat we sterker waren dan zij met z'n allen en zagen niet dat we 'm om hadden. Nou, dat was het wel zo'n beetje.'

Voor ik naar Siberië vertrok was ik geen groot voorstander van de doodstraf geweest. Het idee dat een onschuldige op het schavot kon eindigen door fouten in het gerechtelijk onderzoek of door de geborneerdheid van onze machthebbers, stuitte me tegen de borst.

De eerste executie die ik bijwoonde was die van Dostojevski en zijn veertien kameraden. Uiteindelijk mocht dat dan een krankzinnige schijnvertoning gebleken zijn, ik herinner me nog minuut voor minuut de verontwaardiging die zich van me meester maakte. Het had weinig gescheeld of Fjodor Michajlovitsj zou de schrijver van *Arme mensen* zijn gebleven en van een tweede, niet helemaal voltooide roman. Als tsaar Nicolaas die morgen met het verkeerde been uit bed was gestapt, zou geen van de terdoodveroordeelden het hebben overleefd.

Ik ben tot op mijn oude dag een zachtmoedig mens gebleven. Naar eer en geweten kan ik zeggen dat ik in mijn leven niemand opzettelijk kwaad heb gedaan. Toch heeft Siberië iets wezenlijks in me veranderd.

Door alles wat ik met eigen ogen in de strafkolonie heb gezien, kan ik de volledige opheffing van de doodstraf niet onderschrijven. De liberalen vragen om een humaan rechtssysteem. Ik heb altijd gezegd dat je de gevangenissen moet bezoeken om een juist beeld te krijgen van een land. Toch durf ik in volle overtuiging te stellen dat de maatschappij beschermd moet worden tegen monsters. Hoop op verbetering en terugkeer tot de kring van normale mensen is voor hen uitgesloten. De maatschappij heeft geen andere manier om zich van onmensen te vrijwaren dan de ultieme straf.

Niet iedere moordenaar is een recidivist, maar als hij dat wel is, als hij voor de tweede, derde, vierde keer toeslaat, dan vormt hij een gevaar voor de maatschappij en leidt hij een volslagen zinloos en zelfs schadelijk bestaan. Om met belastinggeld een Korenev te onderhouden die, geketend aan de muur van de gevangenis, op nieuwe uitbraken en misdaden zint, zoals voor de lol een zuigeling doodslaan, verdient geen pluim, laat staan het stempel 'humaan', wat de liberalen ook mogen beweren.

Het ergste was het machtsmisbruik in Siberië. En de omkoperij binnen het justitieel apparaat.

Op een avond kwam ik thuis en smeet met de deuren.

'Boos?' vroeg Fjodor. 'Toch niet op de deuren, want dat zijn de enige van Semipalatinsk die niet klemmen.'

'Ik vertelde u over Korenev. En over Orlov...'

'Jaja, de bloeddorstige monsters.'

'U glimlacht, u heeft vier jaar tussen moordenaars vertoefd, u kijkt nergens meer van op en vindt me een doetje, maar ik heb u nog lang niet alles verteld. Over Orlov bijvoorbeeld: Orlov belandde voor de derde keer in de gevangenis vanwege ontucht met zijn minderjarige dochters. Om het misdrijf te verhullen had hij beide meisjes vermoord. Hij had toen al twee of drie moorden op zijn geweten en tal van wreedheden. Ik overdrijf toch niet als ik deze recidivisten monsters noem?'

'Nee, allerminst. Maar wat maakt u zo verbeten?'

'Dat stiekeme aangeven van mensen. Heb ik u al verteld dat er geklikt is over de gesloten afdeling van de gevangenis in Tobolsk? Heel slinks geklikt. Bij de gouverneur-generaal. Bij de minister van Justitie in Petersburg. Corrupte cipiers zijn verlinkt, hoofden van dienst, de directeur en de onderdirecteur van de gevangenis, maar ook tal van misdadigers met bijzonderheden over de manier waarop ze bewakers hebben omgekocht. Op zichzelf is dat goed natuurlijk, dat omkoperij aan het licht wordt gebracht. Maar verschijnt me daar gisteren een gezant van vorst Orlov in Tobolsk.'

'Vorst Orlov? Familie van de moordenaar Orlov?'

'Niet eens een ver familielid! Een volle neef! De gezant eiste namens de vorst een onmiddellijk onderzoek naar de misstanden in de gevangenis en een inspectie van de gesloten afdeling. Hij deelde zonder blikken of blozen mee dat de aanklachten door de crimineel Orlov waren gedaan. Bewakers bleken op grote schaal wodka aan de gevangenen te leveren, gereedschap als nijptangen en vijlen, fruit en extra voedsel, speelkaarten... ja, zelfs vrouwen. Zo bleek Orlov al jaren een verhouding te hebben met de vrouw van de administrateur van de gevangenis en bleek hij zelfs de vader van enkele van haar kinderen.'

'Vorst Orlov... Komt weinig meer voor, die adellijke titel "vorst". De vorsten zijn aan het uitsterven. Klinkt goed, "vorst", je denkt direct aan heel oude en heel hoge adel. Wat wilde die vorst Orlov precies? Toch niet de vrijlating van zijn neef?'

'Hij wilde bovenal duidelijk maken dat de misdadiger Orlov geen haar op het hoofd gekrenkt mocht worden, en niet alleen omdat hij een aristocraat is maar bovenal omdat hij door een netwerk aan betaalde informanten van alle kwalijke zaken in de gevangenis op de hoogte is, tot in de details. Ik kan u verzekeren dat de autoriteiten in Tobolsk geschokt zijn. Weinigen van hen hebben schone handen, bijna iedereen is chantabel gemaakt. Door een misdadiger! Ik durf u op een briefje te geven dat Orlov vannacht niet meer als een beest aan een ketting vastligt. En ja, dat maakt me razend.'

'Siberië is een woest land, Alexander Jegorovitsj. Het wordt bevolkt door half wilde mensen die elkaar opvreten als spinnen in een glas. Door vernederde en gekrenkte mensen, door verdorven mensen, door al het uitschot dat Rusland heeft uitgespuwd. Het krioelt er van de dieven, struikrovers, bandieten, die alle wegen onveilig maken. In de steden is het niet veel beter...'

'Ik weet het. De politiebureaus zijn onderbemand, de politie kan er niets tegen doen, de agenten staan zelf aan het hoofd van roversbendes of geven er heimelijk leiding aan. Het punt is alleen dat ik er niet meer tegen kan. Ik heb schoon genoeg van dit rechtssysteem, ik schaam me er langzamerhand voor om er deel van uit te maken, ik heb genoeg van Siberië, van Semipalatinsk, van dit donkere rijk; ik ben inmiddels tweeëntwintig jaar en verlang er onbedwingbaar naar dat ik zo spoedig mogelijk weggelokt zal worden naar een plek waar het leven goed en vooruitstrevend is, waar ik met plezier werk, waar ik van nut kan zijn voor het vaderland, zonder vruchteloze verspilling van krachten en energie. Ik wil hier weg.'

'Ga je me verlaten, Alexander?'

'Jij bent de enige die me tegenhoudt het stante pede te doen, Fjodor, maar ik houd het niet lang meer vol.'

'Ik kan moeilijk zonder je. Niet alleen ben je een voortreffelijk mens en een magnifieke vriend, zolang ik geen gratie heb gekregen, kan ik geen kant op. Je bent de enige invloedrijke vriend die ik hier heb, zonder jou ben ik verloren.'

'Ik verzeker je dat ik onverminderd aan je eerherstel zal blijven werken.'

'Eens een vriend, altijd een vriend. Zo ben je, niet?'

'Nou ja, zo hoop ik te zijn.'

ZWART KANT

Nader konden we nauwelijks tot elkaar komen. Niettemin vertrok ik met een bezwaard geweten naar Biejsk. Ik moest erheen voor een gerechtelijk onderzoek maar had toch de indruk Fjodor Michajlovitsj aan zijn lot over te laten. Zeker toen hij me zei dat hij verrekte goed begreep waarom ik me in noordelijke richting haastte.

De weg tussen Biejsk en Barnaoel – recht, vlak – viel in een ochtend af te leggen. Ik rekende inderdaad op een weerzien met Katja. Niet dat ik een concrete afspraak met haar had gemaakt; vlak voor vertrek had ik alleen een kattebelletje naar Barnaoel gestuurd dat ik binnen enkele uren niet al te ver bij haar vandaan zou zijn. Een dergelijke hint was meestal voldoende.

Sinds onze laatste ontmoeting waren alweer weken verstreken. Ik wilde haar voor eens en voor altijd duidelijk maken dat ik met haar wilde trouwen en dat ik samen met haar naar Sint-Petersburg wilde terugkeren.

Voor het één noch voor het ander gaf ik mezelf veel kans. Katja genoot van het luxueuze leven dat ze in de nabijheid van de Siberische zilvermijnen leidde. Bovendien vond ze me veel te jong. Ik vertrok niettemin vol verlangen, en vol goede moed.

Biejsk bleek een aangenaam groene stad aan de poort van het Altajgebergte. Een gefortuneerde handelaar in katoen bood me zijn logeervertrekken aan: een exotisch gedecoreerde slaapkamer, een salon die veel weg had van een boudoir en een badkamer met de afmetingen van een hamam. Het kwam wellicht door de oosters aandoende omgeving dat ik die nacht vreemd droomde.

Katja verscheen groot en donker aan me. We bedreven de

liefde. Ik lag naakt en vrijwel roerloos uitgestrekt op bed, zij bereed me op een wellustige maar uiterst kalme, bijna lome manier. Soms, als ik kreunde van genot, boog ze zich over mij heen, en versnelde voor even het tempo; dan weer richtte ze zich op, rechtte haar rug, leunde ietwat achterover, zette haar handen op mijn knieën en schoof haar dijen langzaam en beheerst over mijn heupen, als een ballerina die iedere uitdrukking van haar lichaam een eigen accent wil geven. Ik voelde haar nabijheid tot in de kleinste vezel van haar lichaam.

Zij nam de tijd. Aldoor ging ze voort, een enkele keer versnellend, doch meestentijds op een koesterende, liefkozende manier die zelfs de geringste schijn van inspanning en opwinding wegnam. Zij noch ik zei een woord. Het enige wat we hoorden – en het enige wat ons leidde – was het ritme van onze ademhaling. De liefkozingen kwamen uit onze blikken, die door het kaarslicht een zekere schimmigheid behielden.

Wat Katja me liet voelen was gestolde extase. Soms bewoog ze zo langzaam dat het kleinste schokje een zinderende lading kreeg. Als ik overeind wilde komen, plaatste ze haar handen op mijn schouders en duwde me naar beneden.

De opperste lust stelden we telkens uit. Ik vond het zowel heerlijk als huiveringwekkend. Het was alsof we voor de allerlaatste keer de liefde bedreven, of vreselijker nog, alsof we afscheid namen van het leven en we nog één keer in elkaar wilden opgaan, voor een vertoornde engel ons zou wegvoeren naar het vagevuur.

Het verontrustende kwam onmiskenbaar voort uit het kant dat Katja omhulde. Ze gaf zich niet naakt aan mij over, zelfs niet halfnaakt; ze had slechts haar ondergoed uitgetrokken. Haar japon van zwart kant hing in talloze plooien over mijn buik en benen. Over die japon droeg ze een hoog gesloten jakje van bont dat niet alleen haar borsten en schouders verborg maar ook een deel van haar hals en haar nek. Mijn handen moesten tot ver onder haar rok glijden om, boven haar kousen, iets van haar naakte huid te voelen. Katja bereed me in rouwkledij.

Een dag of drie na die merkwaardige droom kreeg ik een geëmotioneerde brief van Fjodor Michajlovitsj. Hij deelde mij de dood van Isajev mee.

De brief van vier kantjes ademde een oprechte zorgzaamheid voor Maria Dmitrijevna. Met geen woord wekte hij de indruk opgelucht te zijn dat de man van Maria nu eindelijk gestorven was en dat niets hem meer in de weg zou staan de hand van zijn geliefde te vragen.

Fjodor Michajlovitsj bleef natuurlijk Fjodor Michajlovitsj, hij begon de brief met zich te beklagen. Het was twee uur in de nacht, hij had al twee brieven aan Maria geschreven, hij had last van migraine, hij was moe, en bovenal was hij verschrikkelijk gedeprimeerd: hij had die morgen een brief uit Koeznetsk gekregen en de arme Alexander Ivanovitsj Isajev was heengegaan.

Ik kon een glimlach niet onderdrukken: migraine, moe, en verdorie, ook Isajev nog dood – het onheil begon voor Fjodor altijd bij hemzelf. Maar in de volgende regels stak hij de loftrompet over de gestorvene: hij, Fjodor Michajlovitsj, was misschien wel de enige die hem waardeerde! Als Isajev gebreken had gehad, dan rustte de verantwoordelijkheid voor de helft op het rampzalige lot dat hem beschoren was. 'Ik zou wel eens willen weten,' schreef hij, 'wie het geduld kon opbrengen om zulke mislukkingen te verdragen.' Nee, de man bezat alleen goedheid en een waarachtige noblesse.

Zo kende ik Isajev niet. Ik kende hem eigenlijk alleen dronken. 'Mijn schuld,' schreef F.M. alsof hij mijn gedachten las. 'Ik vrees dat ik soms, in een moment van bitterheid, en met, misschien, een lichte opvliegendheid, alleen de slechtste kanten van hem naar voren heb gebracht.'

Wat Fjodor vermoedelijk mild stemde was dat Isajev onder onverdraaglijke pijnen aan zijn einde was gekomen. Wel op een waardige manier; Fjodor wenste mij en zichzelf een eendere dood toe. Voor Isajev de laatste adem uitblies, had hij zijn vrouw en zijn zoon Pavel gezegend. De enige angst die hij zichzelf had toegestaan was de bezorgdheid over hun toekomst. Ook tijdens de doodsstrijd, die twee dagen had aangehouden, had hij Maria voortdurend bij zich geroepen, had hij haar omarmd en had hij aldoor herhaald: 'Wat zal er van je worden? Wat zal er van je worden?' Door de zorgen om haar was hij zijn eigen lijden vergeten.

Maria Dmitrijevna had hem dit alles tot in de kleinste details beschreven. In iedere regel schemerde zoveel verdriet door dat hij onbedaarlijk was gaan huilen toen hij de brief las. Mij kennende zou ik evenveel tranen gelaten hebben als de brief me onder ogen was gekomen – ik had een goede inborst.

In dit opzicht vergiste hij zich. Ik bleef van oordeel dat Isajev beter voor zijn vrouw en kind had moeten zorgen in plaats van met iedereen ruzie te maken, waardoor hij zijn baan was kwijtgeraakt en zich aan de fles had overgegeven. Een luiwammes en een dronkenlap, een andere indruk had hij niet bij me achtergelaten. Ik had beslist geen meelij met die kerel, en voor Maria was het jammer dat hij niet veel eerder de kraaienmars had geblazen.

Pijnlijk was alleen dat hij een zoon van zeven achterliet. Kinderen hebben geen schuld aan de stommiteiten van hun ouders. De jongen was dol op zijn vader – welke jongen van zeven is dat niet? Nadat zijn vader de laatste adem had uitgeblazen was hij midden in de nacht uit zijn bed gesprongen, naar de icoon gerend waarmee zijn vader hem twee uur voor het overlijden de zegen had gegeven, was hij voor de icoon neergeknield en had hij hardop gebeden voor de zielenrust van zijn vader.

Alleen deze zinnen uit de brief van Fjodor Michajlovitsj brachten me de tranen in de ogen: ze deden me aan de veel te vroege dood van mijn moeder denken.

Voor de rest ging de brief over geld.

Ik heb vaak horen zeggen dat Dostojevski een vrek was, bezeten van geld. De gierigheid bedroog niet alleen zijn wijsheid maar vergalde de verhouding met iedereen die hem lief was. Hij had het geld niet, het geld had hem. Zijn boeken schreef hij om zijn schulden af te betalen; een andere reden was er niet.

Het kan zijn dat hij later zo geworden is toen hij aan de speeltafels grote schulden maakte. Hij moet zo'n speler zijn geweest die na elk verlies blijft geloven dat hij eens zijn grote slag zal slaan. Maar in zijn Siberische tijd heb ik hem maar één keer zien kaarten – halverwege het spel viel hij in slaap.

Toen hij bij mij inwoonde, was Fjodor Michajlovitsj niet gierig maar had hij een gat in zijn hand. Hij leende hier een paar roebel en daar, maar nooit voor zichzelf, hij gaf het geld aan Marina O. omdat Maria medelijden met haar had, aan Maria zelf, aan Isajev, aan een zigeunerin, aan de meisjes die in de Kozakkentuin de bloemen verzorgden, aan mijn bediende Adam, 'die ook wel eens een extraatje mocht hebben' (alsof ik hem dat nooit gaf!). Iedereen die een beroep op Fjodor Michajlovitsj deed, kon op zijn gulle hulpvaardigheid rekenen. Alleen kwam het geld zelden uit *zijn* zak.

Hij was een bedreven bedelaar. In zijn brief leidde hij het verzoek om geld in met een korte beschrijving van de begrafenis van Isajev. Nog geen dag na zijn dood was de arme man op een deerniswekkende manier ter aarde besteld. De echtgenote van de politiecommissaris en een andere vrouw hadden wat geld voor de kist en voor een kruis op het graf gegeven. Maria had zelf geen rooie cent gehad, alleen maar schulden bij de plaatselijke winkeliers. Tijdens de begrafenis was ze uitgeput en als verdoofd geweest. Niet alleen had ze dagen en nachten aan de sponde van Isajev gewaakt, ze verkeerde ook nog eens in slechte gezondheid. Ze voelde zich ziek, kreeg geen hap meer door de keel, kon de slaap niet meer vatten. Iemand had haar drie roebel toegestopt, en de nood had haar hand gedwongen de aalmoes aan te nemen.

'Alexander Jegorovitsj,' vervolgde hij, 'als u in dezelfde goede bui verkeert als een paar dagen geleden in Semipalatinsk (want ik ben er zeker van dat u een goed hart heeft en dat het welwillende humeur van u voortkwam uit *totaal andere redenen dan uit datgene waarover we het hadden*), stuurt u me dan zo spoedig mogelijk de som, zodat ik die kan voegen bij de brief die ik aan haar zal sturen.'

Totaal andere redenen dan uit datgene waarover we het hadden schreef hij in het Frans: *pour quelques vaines raisons n'ayant rien à voir dans l'affaire*. Als hij mij een regel in het Frans schreef, ging het in acht van de tien gevallen over Katja. Hij geloofde stellig dat het vooruitzicht haar te liefkozen me een goed humeur had bezorgd. Van die goeie bui wilde hij profiteren door zijn doorlopend krediet bij mij te verhogen tot vijfenzeventig roebel, iets wat hij me al eerder scheen te hebben gevraagd.

Ik herinnerde me er niets van. Bij mijn weten hadden we over vorst Orlov gesproken en over het machtsmisbruik in Siberië. Ik was toen eerder boos dan goedgehumeurd geweest. Maar ik had hem kennelijk geld toegezegd, en dat geld wilde hij nu aan Maria aanbieden. Niet uit mijn naam, dat zou gênant voor haar zijn; ik had haar en haar man immers al eerder geld geleend voor de verhuizing naar Koeznetsk en ik had haar ook tot tweemaal toe voorgesteld de reis te betalen voor een heimelijke ontmoeting met hem. Hij had Maria geschreven dat ik altijd prompt te hulp schoot als iemand het echt nodig had en dat hijzelf niets kon aanvangen zonder mij. Als christen, vervolgde hij, hoefde ik werkelijk geen goede daden te verrichten; ik hengelde evenmin naar bedankjes. Hij wilde ook niet dat Maria *hem* dankbaar zou zijn voor het geld dat hij haar leende. Dat geld kwam immers van mij.

Ik begreep er allemaal niet veel van, mijn beste vriend leek me behoorlijk in de war. In ieder geval vroeg hij me een paar regels aan Maria te schrijven om haar te condoleren met het verlies van haar man, hij zou dat briefje dan bij zijn brief voegen, en in diezelfde brief zou hij de biljetten schuiven die haar uit de brand zouden helpen. Ze zou dan vast wel doorhebben dat het geld feitelijk van mij kwam.

Hij verzekerde me dat hij er geen moment aan twijfelde dat ik beter dan wie dan ook begreep hoe ik me tegenover iemand moest gedragen aan wie ik geld had geleend. En voegde eraan toe: 'Mijn god, het lijkt wel alsof ik u leren moet hoe u een brief behoort te schrijven.' Dat was niet de bedoeling. Hij wilde alleen zeggen: 'Noblesse oblige.' En toen begon hij opnieuw over het geld.

Ondanks alle zorgen, de migraine, de dood van Isajev, het nijpende geldgebrek van Maria, informeerde hij in de voorlaatste alinea van zijn brief of ik me 'fijn amuseerde' en of ik de roddel al had gehoord dat mademoiselle A. ging trouwen. Mademoiselle Olga A(baza) was de hartsvriendin van Katja.

Het gerechtelijk onderzoek in Biejsk duurde langer dan verwacht. De stad was een van de snelst groeiende van Siberië, met een navenant hoge criminaliteit. In Biejsk hieven ze zelfs belasting op moorden: na de veroordeling moest de schuldige betalen. De tarieven liepen uiteen van tien roebel voor een eenvoudige roofmoord tot vijftien voor een gifmoord.

De volgende brief van Dostojevski liet relatief lang op zich wachten: negen dagen. Hij begon opgewekt van toon:

'Mijn allerbeste Alexander Jegorovitsj. Ziehier de tweede brief die ik u schrijf. Ik zou graag van u al was het maar twee regels ontvangen dat u ook het juiste doet, dat wil zeggen, het geld zal opsturen. Ook zou ik u graag de hand drukken. Het is hier saai! Alles om mij heen is slecht en er zijn geen mensen. Ik ga bijna nergens heen. Op dit moment kan ik met niemand kennismaken. Heus, volgens mij moeten we iedere nieuwe persoon bekijken als een vijand met wie we de strijd aangaan. En daarin kunnen we hem beproeven. Waar houdt u zich mee bezig en wordt u daar vrolijk van? Bent u in Barnaoel?'

Hij dacht nog steeds dat ik in de armen van Katja lag. Toegegeven, ik had tot tweemaal toe het rijtuig naar Barnaoel genomen. Katja had me geen tijd gegund om rustig met haar te praten.

'Converseren doe je maar met je schrijver thuis,' had ze gezegd. Ik vond haar voor het eerst aan de ruwe kant.

In de liefde was ze evenmin zachtzinnig, laat staan loom en subtiel als in mijn droom. Ik voelde me net een jongetje dat afgedroogd wordt. Daar was ik nou net even te trots voor. Ik besloot twee dingen: serieus op zoek te gaan naar een post in Barnaoel, en Katja voor het blok zetten als ik in Barnaoel was komen wonen. Ze zou dan echt moeten kiezen voor haar mijningenieur of voor mij.

In het laatste geval zou ze ook haar libertijnse levenswijze moeten opgeven. Eenmaal in Barnaoel kwamen mij verontrustende berichten ter ore. Ik begon te geloven dat geen man langer dan één meter negentig aan haar aandacht ontsnapte.

Op zaterdag 22 augustus verliet ik Biejsk en reed naar Barnaoel om orde op zaken te stellen, op zondag 23 augustus schreef Fjodor me zijn tweede brief, die ik op maandagmiddag ontving. Hij vroeg zich af of zijn eerste brief mij had bereikt. Beide brieven had hij mij niet direct gestuurd maar aan een gerechtsdienaar meegegeven. 'Om een zeer eenvoudige reden: een dik pakket met postverzekering wordt erg duur en ik heb, als ik zo vrij mag zijn, geen rooie cent.'

Hij vertelde me nogmaals dat Isajev op 4 augustus was overleden, dat Maria alleen was achtergebleven, niet zeker van hulp, in wanhoop en niet wetend wat te doen, en – uiteraard – zonder geld. Maar God had haar een toevloed aan mensen gestuurd die hun medeleven hadden betuigd en haar af en toe wat hadden toegestopt. Hij had inmiddels twee brieven van haar ontvangen. Ze was nog erg verdrietig, maar zowel de procureur als de commissaris van politie had haar de hoop gegeven dat ze een rijksuitkering zou ontvangen van 250 zilveren roebels. Isajev was immers voor hij ziek werd in overheidsdienst geweest, laatstelijk als douanier. Om in haar directe levensbehoeften te voorzien had Maria besloten een aantal van haar spullen te verkopen. Voor nu zat ze dus niet direct om geld verlegen.

Vandaar dat hij me vroeg of ik de vijftig roebel al naar haar had gestuurd. Zo niet, dan was het misschien beter dat ik met vijfentwintig roebel zou beginnen. Door die hulp van buitenaf had ze voor een tijdje genoeg om van te leven. Naderhand zou ik haar dan nog eens vijfentwintig roebel kunnen lenen.

Hij had haar al op de hoogte gebracht dat die eerste vijfentwintig roebel eraan kwamen. Per omgaande brief had hij van haar op zijn kop gekregen: hij had zelf geen kopeke, waarom had hij nooit eens medelijden met zichzelf? Hij had haar teruggeschreven dat het zijn geld niet was maar het mijne, dat hij niets had gedaan zonder mij eerst in te lichten, dat ze zich over hem geen zorgen hoefde te maken, dat vriendschap zo haar voordelen had. Bij terugkomst moest ik die brief van Maria maar eens met eigen ogen lezen. ‘Mijn god! Wat een vrouw is ze. Jammer dat u zo’n slechte indruk van haar heeft.’

Zijn brief beëindigde hij met: ‘In Christusnaam, mijn allerbeste Alexander Jegorovitsj, doet u dit alstublieft en het belangrijkste: talm niet. In godsnaam. Bent u bekend met de formulieren van de machtigingen?’

Toen werd hij weer een normaal mens. De tijd trok traag aan hem voorbij. Hij was triest en niet helemaal gezond. Van nieuwsberichten was hij niet op de hoogte. In de allerlaatste regels schreef hij: ‘Met heel mijn hart zou ik wensen dat u tienduizend maal vrolijker bent dan ik. Wanneer u tijdens uw omzwervingen op een goed boek stuit, slaat u het dan aan de haak. Tot ziens, Alexander Jegorovitsj. Ik wens u het allerbeste, met heel mijn hart. Ik noem nog één keer het postkantoor. Wijs u op de machtigingen. In godsnaam, talmt u niet. Ik druk u stevig de hand.’

DROEVE LIEFDE, POKERLIEFDE

Sinds ze elkaar hadden leren kennen waren de liefde en genegenheid van Dostojevski voor Maria Dmitrijevna altijd groot geweest, maar nu ze in eenzaamheid was achtergebleven, beschouwde hij de zorg voor haar en voor haar zoontje Pavel als zijn levensdoel.

Het probleem was alleen dat Maria haar oog op een ander had laten vallen. In Koeznetsk was ze enorm gesteld geraakt – om het zacht uit te drukken – op de onderwijzer Nikolaj Vergoenov, een vriend van haar overleden man.

De onderwijzer scheen een volkomen kleurloze persoonlijkheid te zijn, ofschoon ik dat beamen noch tegenspreken kon: ik had hem nooit ontmoet. Hij had niettemin vier voordelen boven Fjodor Michajlovitsj: hij was jong, bijna zo jong als ik, hij was vierentwintig jaar; hij leed aan geen enkele chronische ziekte, was niet onaardig om te zien (ik hoorde zelfs zeggen dat hij 'bijna knap' was) en hij had een vast inkomen. Een hongerloon, zou algauw blijken, maar in ieder geval een loon dat hoger was dan de soldij van een dwangsergeant.

Fjodor was totaal verrast toen de onderwijzer in beeld kwam als huwelijkskandidaat nummer één. Ik had dat eerlijk gezegd al vanaf honderd werst zien aankomen. Voor de dood van Isajev had Maria in haar brieven herhaaldelijk gewag gemaakt van de voortreffelijke vriend die de onderwijzer was. Fjodor had me gezegd dat Maria 'een ware steun' aan hem had. De keren dat ik omzichtig naar voren bracht dat de brave borst misschien meer voor Maria betekende dan alleen een welwillend oor, had hij me in opperste verbazing aangekeken. Ik weifelde of het ruimhartigheid van zijn kant was, goedgelovigheid of een consequent naast de feiten kijken om de waarheid niet onder ogen te hoeven zien.

In het najaar dienden zich complicaties aan. Ik was in die periode vaak op dienstreis, maar hij móést zijn zorgen met me delen; ik was nauwelijks vertrokken of hij schreef me hoe het met hem ging en hoe Maria op zijn brieven reageerde.

Het ging zonder uitzondering slecht en zij reageerde op alles kribbig.

Oktober werd een even sombere maand als september. Maria kwam moeilijk over de dood van haar man heen, Fjodor schreef me dat ze zwaarmoedig bleef, wanhopig en constant ziekelijk. Langzaamaan verloor ze het vertrouwen dat tussen haar en hem een duurzame verhouding zou ontstaan. Haar hoopvolle verwachtingen namen af, ze geloofde niet langer dat hij en zij voor elkaar waren voorbestemd. Het was geen onwil van haar kant, ze was 'met heel haar wezen' op hem gesteld maar dacht niet dat ze samen een gelukkig leven konden leiden.

Ik vroeg me af of het zijn armetierige situatie was die ze vreesde of zijn ziekte. Voor hem was ze nog steeds de ware: 'Ze kwam op het droevigste moment in mijn leven en reanimeerde mijn ziel.' Hij schreef me dat niet alleen maar zei het ook bij herhaling. Telkens legde hij de nadruk op twee woorden: 'droevigste' en 'reanimeerde'. Het klonk alsof hij niet alleen mij maar ook zichzelf wilde overtuigen.

Allengs begon de toon van haar brieven zijn argwaan te wekken. Hij raakte ervan overtuigd dat ze iets voor hem verborgen hield. De geruchten dat ze een andere huwelijkskandidaat op het oog had, waren eerst nogal vaag: het zou om meerdere kandidaten gaan, wat hij zich goed kon voorstellen. Maria was immers beslist niet lelijk, kon charmant uit de hoek komen en was ontwikkeld – een enorme plus in Siberië. Toen hoorde Fjodor dat hij maar één concurrent had, de onderwijzer. Het maakte hem zo jaloers dat hij in de Kozakkentuin uit pure nijd de laatste bloemen die nog bloeiden vertrapte. Hij vond dat tegelijkertijd een veel te primaire, onvolwassen reactie, 'meer iets voor jou'. Zo gewoontjes was hij niet, zijn reactie moest getuigen van de nobelheid van zijn ziel. Hij cijferde zich weg om zich geheel en al te wijden aan de zorgen, het geluk en de gemoedsrust van Maria.

Geloofde hij het zelf?

'Ja, Alexander. Ja.'

Als ik in zijn schoenen had gestaan, had ik direct, maar dan ook echt ogenblikkelijk, een einde aan de verhouding gemaakt. Toch moet ik toegeven dat ik onder de indruk raakte van het feit dat hij dat niet deed. De meeste mensen zijn oppervlakkig in hun gevoelens, hij was van een tomeloze diepte. Het was alsof hij me voorhield dat liefde evenzeer een kwestie van uithoudingsvermogen is als het leven zelf. Doorgaan, niet opgeven, zelfs als je er niet meer in gelooft, volharden tegen beter weten in; dat alles wilde hij me op het hart drukken.

Desondanks was hij, net als ik, een man van eer die niet graag voor een sukkel werd gehouden. Het vrat aan hem. Dat was niet alleen aan zijn uiterlijk te zien maar viel ook in zijn brieven te lezen.

'*Mijn zaken staan er verschrikkelijk slecht voor en ik ben bijna wanhopig.*'

'*Het is moeilijk te verdragen, ik heb al zoveel geleden.*'

'*Ik kan niet meer schrijven.*'

'*Ik ben als een geesteszieke... het is nu al te laat.*'

'*Ik huiver nu zelfs bij de gedachte dat zij* niet *gaat trouwen...*'

Hij besloot ten slotte omwille van haar geluk niet langer aan zichzelf te denken. Hij offerde zich op.

Was het werkelijk zo? Kon hij alles opofferen voor een vrouw?

Hij las me enkele alinea's voor uit de brief die hij aan Michaïl schreef. Opvallend genoeg had hij sinds hij het kamp in Omsk had verlaten slechts twee of drie brieven aan zijn oudste broer geschreven. De antwoorden lieten vaak lang op zich wachten: een brief van Michaïl arriveerde twee maanden na de datering. De kans dat het antwoord even lang onderweg was, was groot. Hij kon daar slecht tegen. Maar ditmaal moest hij toch naar de pen grijpen om geld aan zijn broer te vragen, voor het geval het tot een huwelijk zou komen; hij moest Michaïl erop voorbereiden dat er een schoonzus in aantocht was.

Het was geen brief, het was een persoonlijke geloofsbelijdenis. Hij streefde nog maar drie dingen na in het leven: schrijven (hij bekende zijn broer in alle nederigheid dat hij meende dat hij daar talent voor had), publiceren (het één was voor hem onlosmakelijk verbonden met het ander, hij schreef om gelezen te worden, niet voor zijn plezier, maar hij kon niet publiceren zolang hij geen eerherstel had gekregen), en trouwen met de liefde van zijn leven.

In die volgorde.

De paradox die ontstaat als een vrouw niet kan kiezen en twee mannen aan het lijntje houdt, beschreef hij in *De vernederden en gekrenkten.* Hij beschouwde de roman als mislukt, maar het thema bleef hem bezighouden en hij schreef *De idioot* om de mislukking van *De vernederden en gekrenkten* uit te wissen. In plaats van twee mannen die om de hand van een vrouw dingen, voert hij in *De idioot* twee vrouwen op tussen wie vorst Mysjkin niet kan kiezen. Dat schiep meer afstand tot de personages terwijl hij alles toch precies met hen kon meevoelen omdat hij het zelf had meegemaakt. Hij had zo'n doorleefd vertrekpunt nodig om er vervolgens eindeloos op te variëren. Niet wat gebeurd was voedde zijn romans maar wat had kunnen gebeuren. Het thema is in beide boeken gelijk: het toekomstige geluk kan alleen bewerkstelligd worden door te lijden; de tol die ervoor moet worden betaald zijn nieuwe tegenslagen; alles in de mens wordt gezuiverd door lijden.

Dat *De vernederden en gekrenkten* een slecht of een zoetgevooisd boek is, zoals hijzelf naderhand beweerde, durf ik niet te beamen. Als ik de romans van Dostojevski lees, vermengen de woorden zich met herinneringen. Ik hoor zijn stem, zie de droefheid, boosheid, ironie of pret in zijn blik. Alles wat we samen meegemaakt hebben, heeft hij op de een of andere manier een plaats in zijn romans gegeven. Ik verbaas me er steeds weer over dat hij van een onbenullig *fait divers* een epos over het menselijk onvermogen kon maken.

Doordat ik de feiten ken, weet ik dat hij in *De vernederden en gekrenkten* zijn betere ik heeft beschreven. De hoofdpersoon is een schrijver – dat zou hij later nooit meer doen. Een jonge, zachtmoedige schrijver die het geluk van zijn geliefde wenst en zich daarvoor opoffert. Zo had Fjodor graag willen zijn. Maar in werkelijkheid voelde hij zich weggehoond en wenste hij de schoolmeester naar de barbiesjes.

Hij was zo van slag dat hij niet goed meer in staat was mij te schrijven. Fjodor had een keurig regelmatig handschrift. Bekend is het verhaal over zijn eerste roman *Arme mensen*: in één avond en één nacht konden twee critici het manuscript lezen doordat het in helderheid niet onderdeed voor een gedrukte tekst. Eerst raasde de schrijver en criticus Dmitri Grigorovitsj door het manuscript, toen de dichter en criticus Nikolaj Nekrasov; en in het ochtendgloren haalden ze Fjodor uit bed om hem te vertellen dat hij een groot schrijver was.

Toen hij me in zijn brieven over Maria en de onderwijzer schreef, kon ik zijn zinnen echter nauwelijks lezen. De woorden dansten op het papier, de letters grepen in elkaar en waren moeilijk te ontcijferen. Ik vermoed dat zijn hand zo zwaar beefde dat hij fysiek niet meer in staat was duidelijk te schrijven.

Ik vroeg me in die periode meer dan eens af of hij Maria het hof was blijven maken als er géén onderwijzer op de proppen was gekomen. Fjodor raakte in een concurrentiestrijd verwikkeld waarin hij zich niet snel gewonnen wilde geven. Het werd iets als pokeren: hij verloor, verdubbelde zijn inzet en maakte een troef van zijn concurrent.

In dat spel bedacht hij uiteindelijk een meesterzet: hij begon de schoolmeester aan te prijzen. Hij ging daarin zover dat hij Maria ervan overtuigde dat Nikolaj Vergoenov de ideale echtgenoot voor haar was en de ideale stiefvader voor haar zoontje. De schoolmeester zou Pavel een voortreffelijke opvoeding kunnen geven. Door de vele bijlessen zou de jongen naar de middelbare school kunnen en misschien wel naar de universiteit. Voor Maria zou de onderwijzer een en al aandacht en toewijding aan de dag leggen. Hij zou haar geen moment aan haar lot overlaten, ondanks zijn geringe inkomsten. Door zijn jeugdigheid en blakende gezondheid zou ze met hem zelfs kunnen overwegen een nieuw gezin te stichten, tenminste, als haar gezondheid dat toeliet.

Het was zo mooi, prachtig en idyllisch wat hij haar in het vooruitzicht stelde, dat Maria begon te aarzelen. In de volgende brieven die ze naar hem stuurde, kwamen volgens Fjodor 'flitsen van tederheid' voor. Ofschoon ze bleef volhouden dat ze Dostojevski niet gelukkig kon maken, dat zij beiden te ongelukkig waren voor een leven samen, en dat het beter voor hen zou zijn dat ze ieder aan een ander bestaan zouden beginnen. Of dat ze beiden zouden sterven.

Dat de dood te verkiezen viel boven een ongelukkige liefde, geloofde Maria niet werkelijk. Het idee kwam van hem: bij Fjodor was het alles of niets.

De ongewisse situatie duurde voort. Niet een paar weken, niet een paar maanden, nee, een vol jaar en uiteindelijk ruim anderhalf jaar. Maria voerde een nobel argument voor die lange duur aan: zij zou pas concreet aan een huwelijk gaan denken als haar periode van rouw voorbij was. Bij wet is over de lengte van die periode niets vastgelegd; de traditie schreef een weduwnaar om en nabij een jaar voor en een weduwe anderhalf tot twee jaar. Wie zich er niet aan hield, laadde de schande op zich.

Fjodor was ten einde raad. Toen Isajev nog in leven was, had Maria weinig meer waardering voor haar man gehad dan voor een nathals die zijn roes lag uit te slapen. Ik heb erbij gezeten, ze negeerde haar echtgenoot en ging op in de gesprekken met Fjodor, tot haar gezicht gloeide van genot. Na de dood van Isajev prees ze haar man als een heilige en wilde ze hem trouw blijven tot in lengte der dagen.

Alleen een gesprek met Maria kon helderheid scheppen. Voor dat gesprek onder vier ogen moest Fjodor naar Koeznetsk, hetgeen hem verboden was. Ik kon niets voor hem regelen en moest spoedig daarna weer naar Barnaoel.

Hij schreef me dat hij zich in een dusdanig droevige en vreselijke toestand bevond dat hij, indien zijn broer hem niet de benodigde honderd roebel voor een reis naar Koeznetsk zou sturen, tot een wanhoopsdaad gedreven zou worden. 'Je weet nooit wat er zal gebeuren,' schreef hij.

Dat hij een tragische uitweg voor mogelijk hield, was geen aanstellerij of dramatische grootspraak. Meer dan eens hadden we in de Kozakkentuin over de ultieme daad van radeloosheid gesproken, het woord 'zelfmoord' zorgvuldig vermijdend, want voor gelovige Russisch-orthodoxen is dat erger dan een vloek. Aanleiding voor zo'n daad was in onze gesprekken steeds een onmogelijke liefde: omwille van Katja of Maria zouden we de hand aan onszelf slaan.

Nog op 9 november 1856 schreef hij me: 'De laatste tijd is het gemis aan u zo verschrikkelijk sterk toegenomen dat het me pijn doet (daarbij ben ik de laatste tijd ook vaak ziek). Ik stelde mij opeens voor dat er iets tragisch met u gebeurd was, zoiets waar wij samen wel eens over gesproken hebben.'

Ik sloeg de hand niet aan mijzelf vanwege Katja, en hij niet vanwege Maria. Hij gaf de moed niet op en liet zich kennen als een edele en goedmoedige ziel wie iedere afgunst vreemd was.

De schoolmeester bleef zijn rivaal. Toch schreef hij me dat hij bereid was de man op zijn knieën te gaan vragen met Maria in het huwelijk te treden. 'Hij is me nu dierbaarder dan mijn eigen broer, het is geen schande om het hem te vragen, hij is het waard...'

Dan weer sloeg de vertwijfeling toe, wilde hij naar Koeznetsk om onder vier ogen met Maria te praten, zodat hij zijn eigen verlangens kon toelichten. Maar hoe moest hij in Koeznetsk komen?

'In godsnaam,' schreef hij me, 'doet u toch iets, bedenkt u toch iets en wees als was u mijn bloedeigen broer.'

Arme Fjodor. Hij was in de war en ik was niet bij machte hem te helpen.

BARNAOEL

Ondertussen bleef ik onvermoeibaar proberen een oplossing voor ons beiden te bewerkstelligen. We waren op een glibberig pad terechtgekomen dat ons steeds verder afbracht van wat we werkelijk wilden met ons leven; we moesten terug naar de hoofdweg.

In de herfst reisde ik voor de derde maal naar Barnaoel om me te oriënteren op een nieuwe baan en een nieuw onderkomen. Fjodor Michajlovitsj moedigde me daarin sterk aan. Hij van zijn kant zou proberen Maria te overtuigen van het afgelegen, achterlijke Koeznetsk naar Barnaoel te verhuizen. Maria kon zich dan in alle rust op een nieuw leven voorbereiden, met hem, of met de schoolmeester. Ik zou voor het geld en de woning zorgen.

De plannen maakten we in volstrekte harmonie. Knelpunt bleef of Dostojevski eerherstel zou krijgen, en wanneer. Zonder gratie mocht hij onder geen beding Semipalatinsk verlaten. Bij overtreding van dat gebod riskeerde hij opnieuw de gevangenis. Gelaten afwachten was niets voor hem; hij had verschillende initiatieven genomen om een verhuizing mogelijk te maken. Zijn superieuren had hij aan zijn kant gekregen – de commandant, de ondercommandant en alle officieren; wat hen betrof kon hij per direct en op eervolle wijze de dienst verlaten. Bij de gouverneur en de raadgevers van de gouverneur stond hij goed aangeschreven. Zij zouden zich niet tegen zijn terugkeer naar de burgermaatschappij verzetten.

Belangrijker nog was dat hij in Barnaoel de commandant van de mijnen, generaal Gerngross, voor zich had gewonnen. Fjodor had de genieschool doorlopen en was na zijn bevordering tot officier en na het eindexamen aangesteld bij de staf van de genie in

Sint-Petersburg. Die genieschool was geen grap om militairen bezig te houden; de opleiding duurde vijf jaar en deed niet onder voor de opleiding tot ingenieur. Gerngross liet hem weten dat hij best een genie-ingenieur kon gebruiken bij de mijnen. Zolang het publiceren hem verboden was, was dat een oplossing. Beter goedbetaald werk in Siberië dan op een houtje bijten in Moskou of Petersburg. De man van Katja werd een van zijn belangrijkste pleitbezorgers.

Ik maakte mijn opwachting bij de magistraten van Barnaoel. Van het ministerie van Justitie hadden ze al vernomen dat ik op zoek was naar een andere baan. Ze hadden begrip voor mijn ambities. Barnaoel telde tien keer zoveel inwoners als Semipalatinsk: zo'n dorp op de steppen was goed voor een beginnend officier van justitie, niet voor een jurist die zich verder wilde ontwikkelen. Ik was het kruimelwerk ontgroeid. Tot mijn verbazing kon ik direct aan de slag in Barnaoel, als ik dat wenste. Ik kreeg een bijzonder goede post aangeboden, inclusief een ruime dienstwoning.

Het aanbod was me nog maar net gedaan toen ik een missive van de gouverneur-generaal ontving. Gasfort wilde me aan zijn staf in Omsk toevoegen als zijn persoonlijke adviseur. Dat had meer met mijn herkomst te maken dan met mijn persoon. In alle oprechtheid schreef Gasfort me dat hij het op prijs stelde dat Petersburgse jongeren onder hem dienden: die waren meer westers georiënteerd en misten de Moskouse dorst naar conspiratie.

Om mijn keuze nog een graadje moeilijker te maken kwam uit Irkoetsk het bericht dat ik kans maakte door Moeravjov in dienst te worden genomen, als ik tenminste zou solliciteren. Moeravjov was op dat moment in een strijd verwikkeld met de Engelsen en de Fransen en had het Russisch vaandel op de kusten van de Grote Oceaan geplant. Voor het Russische Rijk was hij bezig een wereldomvattende waterweg te creëren en een begin te maken met de Russische kolonisatie.

De laatste post interesseerde me het meest: in mij sluimerde nog altijd de pionier. Aan de andere kant van Siberië zou ik echter weinig voor Fjodor Michajlovitsj kunnen doen: ik was daar dichter bij Japan dan bij onze hoofdstad. Ik had ook de indruk dat ik altijd nog in dienst van Moeravjov kon treden. Veel van mijn kameraden van het lyceum werkten voor hem, ik was er te allen tijde welkom.

Ik dacht een paar dagen over de verschillende voorstellen na en koos ten slotte voor Barnaoel. Maar Katja gooide roet in het eten.

Direct na aankomst had ik een afspraak met haar gemaakt. Naar haar gewoonte verscheen ze twee uur te laat. Het lukte haar altijd weer om mij in het geheim te ontmoeten, waar we ook waren, alleen moest ik een paar uur op haar wachten. Ik vroeg me wel eens af of ze dat met opzet deed om mij in een bepaalde, verwachtingsvolle stemming te brengen. Als dat zo was, dan werkte haar tactiek uitstekend. Mijn ergernis verdween tijdens het wachten en het enige wat ik nog tegen mijzelf zei was: laat haar in godsnaam komen, laat niets ons weerzien in de weg staan. Als ze dan eindelijk verscheen, kon ik mijn tranen nauwelijks bedwingen en omhelsde haar alsof we elkaar in geen jaren hadden bemind. Zo ging het ook op die middag in Barnaoel.

Aan haar houding zag ik onmiddellijk dat er iets veranderd was in haar geestesgesteldheid. Ze was niet vrolijk en uitdagend als meestentijds, ze was evenmin hijgerig en opgewonden, brandde niet van verlangen en had na onze begroeting meteen al genoeg van mij. Voor het eerst in mijn leven zag ik een terneergeslagen Katja.

Het zat zelfs in haar kledij. Het decolleté was als vanouds, volgens de mode van toen liet zelfs een weduwe het wit van haar borsten zien. Naar beneden toe was het een vormloze japon, bruin met wat gele stippen, geen kleuren voor een vrouw als Katja. Bij haar moest het donker zijn, nachtzwart als haar haren, of van een flamboyante felheid.

Bruin, dat ik altijd associeer met vergankelijkheid, was een slecht voorteken. Het bleek uit te komen: haar zoon had tyfus opgelopen. De drie oudste van haar zes kinderen zaten op het lyceum in de hoofdstad en woonden bij familie in; Katja had bericht gekregen dat haar tweede zoon zwaar ziek was geworden en wilde onmiddellijk naar Petersburg terugkeren.

'O nee,' kreunde ik. 'Ik heb net een baan aangenomen om u iedere dag te kunnen zien.'

Het was beslist niet kies om dat zo te zeggen, ik had vooreerst de zorgen om haar kind met haar moeten delen. Ze antwoordde niettemin rustig en beheerst, als een *grande dame*.

'Waar, Alexander?'

'Hier in Barnaoel. Omwille van u.'

Ze dacht een tijdje na. Op haar gezicht verscheen een gloed aan tederheid.

'Heb je er begrip voor dat ik naar Petersburg moet?'

'Uw kinderen gaan voor mij, daar heb ik nooit een punt van gemaakt.'

'Kun je naar Petersburg komen?'

'Dan moet ik ontslag nemen en onbetaald verlof... voor een paar maanden... Maar dan laat ik wel Fjodor Michajlovitsj in de steek. Hij hoopte juist naar Barnaoel te verhuizen om dichter bij Maria te zijn.'

'Je kunt niet je hele toekomst opofferen aan Fjodor Michajlovitsj. Als je naar Petersburg komt, zal ik bezien wat de mogelijkheden zijn voor ons beiden.'

'Een huwelijk bedoelt u?'

Zo waren de verhoudingen: ik sprak haar met 'u' aan, zij mij met 'je'.

'Ik bedoel wat ik zeg. Maar kus me nu eerst; we hebben lang genoeg gepraat. Kus me ten afscheid; ik neem morgen het rijtuig naar Piter.'

Ze vertrok halsoverkop, liet me voor maanden alleen achter, en gaf me hoop. Haar gedrag was even paradoxaal als dat van Maria. Of begreep ik nog te weinig van de vrouwelijke logica?

Ik wist niet of ik blij of bedroefd naar Semipalatinsk moest terugkeren. Aan Fjodor schreef ik een eenregelig bericht: 'Ben even verward als u.'

Hij gaf er geen antwoord op.

In het najaar kregen we onverwacht nog een paar mooie warme dagen. Ik stelde Fjodor voor een laatste keer onze intrek te nemen in de Kozakkentuin. Hij voelde zich al weken niet goed en het leek hem daarom een uitstekend idee: hij zou wat tot rust kunnen komen. Ik stuurde Adam vooruit om het huis op orde te brengen, de binnenplaats aan te vegen en de tuin aan te harken.

Ik had Fjodor de reden verteld van het overhaaste vertrek van Katja, niet dat ik een baan in Barnaoel aangeboden had gekregen. Ik stond nog steeds in dubio en misschien konden de dagen in de Kozakkentuin me raad geven.

Van de bloemenpriëlen was tot Fjodors verdriet niets meer over, maar op de binnenplaats scheen een prachtig zacht licht. We rookten een paar pijpen – ik had uitmuntende tabak meegenomen – en Adam bracht ons thee.

'Weet u nog dat ik nauwelijks een gesprek kon voeren toen ik hier voor het eerst kwam?' zei hij me opeens.

'U was achterdochtig. Begrijpelijk in uw situatie.'

'Nee, dat was het niet. Het was de *katorga*. Je was in het kamp voortdurend met jezelf bezig, met aan eten komen, je kleren droog te houden, met overleven; je voerde geen gesprekken, en zeker niet over persoonlijke dingen. Ik heb twee of drie misdadigers gesproken die me hun leven vertelden, maar dat waren geen gesprekken, dat waren bekentenissen: ik nam de biecht af en zij spraken. Toen ze het me allemaal verteld hadden, zwegen ze; ze waren er absoluut niet in geïnteresseerd wat ik van het gezegde vond. Het kon hun zelfs niet schelen of ik hen geloofde of niet. Meningen waren uit den boze in het dodenhuis. Niemand had een mening in de *katorga*, je deed wat je werd opgedragen en je hield je mond. Ik had in geen vijf jaar meer een gesprek gevoerd toen ik in de Kozakkentuin kwam, zeker geen gesprek over koetjes en kalfjes, over de aardige dingen van het leven, of de planten water nodig hebben, dat soort dingen. Ik was het verleerd, ik was als een doofstomme. Maar jij stelde me op m'n gemak, Alexander Jegorovitsj, door jou kreeg ik weer zin in praten, over het weer, de meisjes die ons kwamen vergezellen, over Kant en Hegel en de grappen van onze Adam, het maakte allemaal niet uit, over de Krimoorlog en de laatste nieuwtjes uit *l'Indépendance Belge*, over misdaad en je weerzin tegen omkoperij, en laatstelijk, over de liefde of alles wat liefde in de weg zit. Je hebt weer een mens van me gemaakt, Alexander. Toen ik hier kwam was ik in mijn hoofd nog een gevangene, maar jij hebt me bevrijd, je hebt weer een gewoon mens van me gemaakt, of beter nog, een gewone burger. Ik houd van dat woord, burger, in het Frans klinkt het nog beter, *citoyen*, vind je ook niet dat het in het Frans beter klinkt?'

'Een gewone burger zul je nooit worden, Fjodor Michajlovitsj, en een *citoyen* evenmin. Je bent hier weer de romanschrijver geworden die je was. Je hebt je pen weer gegrepen en haar tot instrument van je denken en voelen gemaakt. Als ik ergens trots op ben is het dat ik de omstandigheden gecreëerd heb waardoor je dat kon doen. Toen je begon te schrijven, besefte je dat je gevoel niet voorgoed verlamd was geraakt door de ketenen die je in het bagno droeg, dat je ziel niet vermorzeld was door al die misdadigers om je heen en het gechicaneer met de bewakers. Door het schrijven is je gemoed weer gaan spreken en ik kan het ontwaken van je liefde voor Maria daar niet los van zien.'

'Ik was gewend geraakt aan de broodmeisjes bij de poort van het gevangenkamp, aan de hoeren en hoertjes, bij wie geen liefde is en zelfs geen zachtmoedigheid of troost. Door het schrijven raakte ik die gevoelsmatige verdoving inderdaad kwijt. Maar het schrijven lukte me vooral hier in de Kozakkentuin, niet in de stad. Is je dat opgevallen?'

'Toch heb je de stad nodig. Je bent geen mens voor buiten.'

'Ik snak inderdaad naar Piter. Als ik twee, drie dagen daar mocht zijn, zou ik het hier weer twee jaar verdragen. Ik heb het vanmorgen nageteld: ik begin aan mijn zevende jaar buiten Petersburg. Mijn zevende jaar! De beste jaren van mijn leven heb ik buiten Petersburg doorgebracht, de jaren dat ik het krachtigst was, het fitst. En hoe lang gaat het nog duren?'

Een paar dagen na dat gesprek viel de winter plotseling in. Zelfs overdag kwam het kwik niet meer boven nul. Ik zigzagde met moeite naar een besluit. Het gaf me geen vreugde, het was meer een uitstel voor een definitieve beslissing en een halfslachtige tussenoplossing. Ik nam vier maanden onbetaald verlof op om naar Petersburg terug te keren en na die vier maanden zou ik weer aan de slag gaan in Siberië, ongetwijfeld in Barnaoel.

Het nieuws van mijn vertrek bracht ik voorzichtig. Ik vreesde dat Fjodor zou ontploffen. Ik had hem bij mij thuis uitgenodigd zodat Adam hem een stevig maal kon voorzetten. Na een mals stuk vlees en een paar glazen wijn zou hij de tegenvaller makkelijker wegslikken.

De voorzorgsmaatregelen waren overbodig. Hij somde direct de voordelen op van mijn vertrek naar Petersburg. Hij zou een brief aan generaal Totleben schrijven, een goede kennis van mijn vader en de broer van een officier met wie hij op de genieschool had gezeten. Ik zou die brief meenemen naar de hoofdstad en er zorg voor dragen dat hij door mijzelf of door een bediende bij de generaal zou worden bezorgd. Generaal Totleben zou de procedure voor eerherstel in werking kunnen zetten. Beter nog, hij zou generaal Totleben vragen om hem van dwangsergeant tot gewoon officier te bevorderen. Door zo'n bevordering vervielen alle restricties en in feite stond het gelijk aan gratie. Ik zou mijn vader ertoe moeten bewegen zoveel mogelijk hooggeplaatsten aan zijn kant te krijgen. Hij zou nog een lovend gedicht over de tsaar schrijven. Via Henselt, de kamervirtuoos, zou ik het bij de tsarina kunnen laten bezorgen. Ook zou ik contact moeten opnemen met zijn broer Michaïl.

Hij flapte het er allemaal uit als na een koortsaanval. Hij vond het geweldig dat ik naar Petersburg vertrok. Vanuit hier hadden we alles geprobeerd en konden we niets meer doen.

'Het is echt goed nieuws dat je me brengt,' verzekerde hij me. 'Je komt over vier maanden terug, het is geen definitief afscheid. In die vier maanden kun je veel voor me doen. Als je terugkomt ben ik misschien een vrij man en kan ik de hand van Maria vragen. Het is werkelijk goed nieuws dat je me brengt. Ook al zal ik vanaf de dag dat je vertrekt een wees zijn, een eenzame en diepbedroefde wees.'

Ik haalde opgelucht adem, ook al moest ik hem erop wijzen dat hij een berisping of een disciplinaire straf riskeerde als hij zijn brief regelrecht aan generaal Totleben zou richten. Soldaten en onderofficieren was het ten strengste verboden om zich op directe wijze in woord of geschrift tot een generaal te wenden. Voor dwangsoldaten was het zelfs uiterst gevaarlijk om zoiets te doen: ze konden zo weer opgesloten worden.

Generaal Graaf Eduard Ivanovitsj von Totleben was niet de eerste de beste, hij was de held van Sebastopol. Mijn vader kende hem goed, ze hadden samen in de Kaukasus gevochten, beiden in de rang van kapitein. Net als mijn familie was hij van Baltische afkomst. Totleben kwam uit Koerland en had de Cadettenschool in Riga doorlopen. Hij zag eruit als een echte Duitser; toen ik hem in zijn levensavond nogmaals ontmoette vond ik hem iets van Bismarck hebben. Maar hij was wel een beminnelijke brompot. Totleben gold wereldwijd als een genie in de vestingbouw. In Sebastopol had hij de stelling zo vernuftig opgesteld dat de geallieerden de stad niet konden innemen. Hij bracht een ommekeer in de Krimoorlog teweeg en heette sindsdien de Verdediger van Sebastopol. In 1855 werd hij op de Krim in zijn voet geschoten; de tsaar riep hem naar Petersburg terug en bevorderde hem tot luitenant-generaal en generaal-adjudant des keizers.

Zo iemand benaderde je niet met een kattebelletje. Maar Dostojevski zei: 'Ik heb niets meer te verliezen, Alexander, ik probeer het. En het gaat me lukken dankzij jou.'

HET AFSCHEID

De terugslag kwam toen ik de voorbereidingen op mijn vertrek trof. Fjodor Michajlovitsj vermagerde in een paar weken tijd. Hij kreeg een ingevallen gezicht, in zijn ogen lag onveranderlijk een droefgeestige blik, zijn schouders hingen. Het kwam door Maria, zei hij; zolang ik er nog was, kon hem niets overkomen. Deze reactie was typerend voor F.M.: bij anderen nam hij graag het gevoel van schuld weg.

Ik was bang dat zijn ziekte aan het terugkomen was, dat hij ieder moment een aanval kon krijgen. Hij ontkende dat, zei dat ik me geen zorgen hoefde te maken: een aanval voelde hij dagen van tevoren aankomen. Het was onmiskenbaar mijn vertrek dat hem aangreep. Hij had de indruk er nu werkelijk alleen voor te staan en vroeg zich af of hij dat aankon.

'Ik heb je nodig zoals ik lucht nodig heb om in te ademen.'

Het duurde nog tot eind december voor ik klaar was. Ik moest lopende zaken afhandelen en de processen voeren die ik als openbaar aanklager aanhangig had gemaakt.

De laatste dag liet Fjodor Michajlovitsj me geen moment alleen. Hij hielp me bij het inpakken, klopte me steeds weer op de schouder. Allebei waren we in een labiele gemoedsstemming, het ene moment weemoedig, het andere bezorgd. Ongewild overviel ons de gedachte dat er van alles kon gebeuren – ziekte, een ongeluk – en dat we elkaar nooit meer zouden terugzien.

We hadden nauw samengeleefd. We waren aan elkaar gehecht geraakt, we waren van elkaar gaan houden. Het lief en leed van het Siberische leven hadden we gedeeld. We hadden onze zielen voor elkaar geopenbaard, we hadden elkaar begrepen omdat we beiden onze familie, onze vrienden, ons Petersburg en alles wat ons dierbaar was hadden moeten achterlaten. Het geïsoleerde bestaan was alleen draaglijk geworden omdat we steun bij elkaar hadden gevonden.

'Je was alles voor mij hier in dit oord,' zei hij. 'Een vriend, een broer. Met jou kon ik praten, met jou kon ik mijn zielenroerselen delen...'

Voor mijn gevoel had het iets van desertie. Ik was jong, gezond, vol plannen die ik onbelemmerd ten uitvoer kon brengen, als ik dat wilde. En hij? Hij bleef hier achter, in de wildernis, als soldaat zonder termijn, aan zijn lot overgelaten door Maria, verlaten door mij, ziek, eenzaam, zonder ondersteuning, zonder woorden van meeleven. In mij raakte hij zijn laatste vriend kwijt en in Adam de enige bediende die hij in zijn leven had gehad. Ik had meelij met hem. Je zult zo'n groots, door God aangewezen talent zijn en geen kant op kunnen!

Het uur van vertrek brak aan. Het schemerde al. Adam snoerde de koffers vast in de huifkar, Fjodor liep met me mee naar buiten. We omhelsden elkaar, overlaadden elkaar met zoenen, gaven ons woord dat we elkaar nooit en te nimmer zouden vergeten. Voor een laatste maal probeerde ik hem, zo goed als ik kon, op te monteren. Ja, ik zou alles voor hem in het werk stellen in Petersburg; ja, ik zou de brief hoogstpersoonlijk bij generaal Totleben bezorgen. Zoals bij onze eerste ontmoeting waren we beiden in tranen.

Ik ging in de huifkar zitten en omarmde hem voor de laatste keer. De koetsier trok aan de teugels, de trojka kwam met een ruk in beweging en we galoppeerden ervandoor. Ik keek nog één keer om. In het duister van de avond was nog net zijn sombere gestalte te zien.

De koetsier zette er meteen de vaart in. Plotseling jakkerde ik voort. Waarheen? Waarvoor? Ik joeg voort over de onafzienbare steppe.

In etappes reisde ik naar Petersburg terug. Oud en nieuw vierde ik in Barnaoel. Ik regelde nog wat zaken in de stad, bleef er vier, vijf dagen, ook al vond ik Barnaoel beklemmend leeg zonder Katja. Ik maakte van haar afwezigheid gebruik om meer te weten te komen over Bob. De naam was een vondst van Dostojevski: in de Kozakkentuin kweekte hij tuin- en sperziebonen en als hij een tuinboon uit de peul haalde, riep hij: 'Hier Alexander, weer een *bob*.' Het betekende gewoon 'boon', maar met die bonen bedoelde hij de mannen die rond Madame X zwermden.

Een van die Bobs had een bovenmatige aandacht voor Katja aan de dag gelegd. Het scheen zelfs dat hij overwoog om Katja achterna te reizen naar Petersburg. Onnodig te zeggen dat me dat allerminst beviel: ik wilde weten wie hij was en of ik hem werkelijk als rivaal moest beschouwen.

Tijdens het nieuwjaarsbal zag ik dat hij nog in Barnaoel rondhing en zich vermaakte met de eerste de beste floddermadam. Hij was door het dolle heen. Katja hield kennelijk van jongemannen die van de ene vrouw naar de andere walsten met een gelukzalige glimlach op het gezicht, maar hoezeer ik ook van dansen hield, ik was geen *bob*. Ik nam me op die eerste januari van 1856 voor om Katja te vragen of ze eigenlijk wel van één man kon houden.

Van Barnaoel reisde ik naar het noorden. Ik stopte niet in Omsk, bang dat de gouverneur-generaal me zou proberen over te halen in zijn dienst te treden. Gasfort was daar erg boos over, schreef Fjodor Michajlovitsj me drie maanden later. Hij had het een en ander opgevangen in Semipalatinsk en was op zijn beurt ontstemd omdat hij op de hulp van Gasfort rekende bij zijn rehabilitatie. Ik maakte F.M. duidelijk dat ik nooit nee kon zeggen op een vriendelijk verzoek, en toen was het weer goed.

In Jaloetorovsk, vijfhonderd werst voorbij Omsk, kwam ik op verhaal. Ik kon zien dat ik dichter bij het hart van Rusland kwam, ik telde zes kerken met groene, blauwe of gouden koepels, maar ik was nog altijd in Siberië.

Ik had besloten in Jaloetorovsk halt te houden om de vroegere dekabristenkameraden van mijn vader te bezoeken. Niet alleen de voorgaande generatie, ook wij jongeren waren idolaat van de dekabristen. Ik wilde laten merken dat zij niet vergeten waren tijdens de dertig jaren die hun verbanning inmiddels had geduurd.

De volgende halteplaats was Kazan. Ik bleef er een dag of tien steken nadat ik een kameraad van het lyceum had ontmoet en enkele kennissen uit Petersburg. De bals om het nieuwe jaar in te luiden hielden aan en de *beau monde* was zich aan het vermaken alsof dit het jaar zou zijn waarop de aarde ophield te draaien. Iedereen was in de wolken. Het scheen er altijd zo aan toe te gaan rond de jaarwisseling; in de winter kwamen alle landheren uit de omgeving naar de stad, die dan bruiste als champagne uit een te heftig geschudde fles. Ik ging op in de algehele vrolijkheid en danste tot ik erbij neerviel. Het was alsof ik in Siberië de verloren tijd wilde inhalen.

In Moskou bleef ik korter, een dag of drie. Ik kende er te weinig mensen en bij volslagen vreemden vind je zelden vertier. Half februari stapte ik op de trein naar Sint-Petersburg.

Ofschoon de spoorlijn een paar jaar eerder was voltooid, was het regelmatige treinverkeer tussen Moskou en Sint-Petersburg pas tijdens mijn verblijf in Siberië op gang gekomen. Ik kon mijn ogen niet bijhouden, zo snel flitsten de besneeuwde bossen voorbij. Ik had niet kunnen vermoeden dat het treinreizen zo'n hallucinerende sensatie was. Het was alsof ik van de ene naar de andere stad werd geslingerd.

Op het Nikolajevski Station stonden mijn vader, mijn drie broers en twee van mijn zussen me op te wachten. Het was de eerste keer in mijn leven dat ik door mijn familie afgehaald werd op een treinstation. Als ik eraan terugdenk zie ik eerst een winderig perron voor me en vervolgens een paleis in Italiaanse renaissancestijl – het eigenlijke stationsgebouw – en tril ik opnieuw van emotie. De moderne tijd bracht veel goeds: ik was in één keer verenigd met mijn familie.

Mijn vader zei bij de begroeting: 'Dat ik je nog in levenden lijve terugzie.' Dat had hij niet verwacht. Hij was in twee jaar tijd in een oude, broze man veranderd. De voormalige kolonel kon ik alleen nog aan zijn rechte rug herkennen. Hij was een grijsaard geworden, even innemend als de dekabristen over wie ik hem onmiddellijk vertelde.

Van mijn broers maakte de bijna twintigjarige Michaïl op het eerste gezicht de meeste indruk: hij was tot officier van het garderegiment bevorderd en verscheen in groot uniform. Maar toen Georgi, inmiddels bijna veertien, me zei dat hij voortaan op zijn Engels George genoemd wilde worden, moest ik erg lachen: hij leek me een geweldige dondersteen die ieders aandacht wist te trekken. Nikolaj was gewoon nog een lieve jongen van negen.

Vera ontbrak: ze verpleegde nog altijd gewonden op het slagveld van de Krim. Anastasia, die even lang als gedistingeerd was, kreeg met haar achttien jaren de elegante trekken van een vrouw die moeilijk kiezen kon uit de schare huwelijkskandidaten. De kleine Dasja huppelde op me af en vloog me om de hals. Ze was bijna twaalf jaar en schrok alleen even toen ze mijn baard tegen haar wang voelde.

Het laatste stuk naar Terpilitsy legden we per koets af, in twee rijtuigen. Zowel mijn broers als mijn zussen vochten wie bij mij in de koets mocht zitten. Ze waren allemaal bang iets van mijn verhalen te missen.

Het was maar zeventig werst naar Terpilitsy en toch had ik de indruk terug te stappen in de tijd die nog niet kennis had gemaakt met sissende stoomlocomotieven en uurwerken op de perrons, een tijd die weliswaar trager voortkroop maar mensen beter de gelegenheid gaf nader tot elkaar te komen.

In de hal van het landhuis schoof George achter de piano en speelde een vrolijk stuk dat hij speciaal voor mijn thuiskomst had ingestudeerd. Anastasia vertelde me dat hij een groot muzikaal talent had, misschien wel even groot als dat van Michaïl, maar dat zijn muzieklessen vaak in een schandaal eindigden. Henselt, de virtuoos die ons allen had lesgegeven en ook George onder zijn hoede had genomen, greep hem meer dan eens bij de kraag en riep: 'Schaam je je niet, vlegel? Met jouw talent zou je de sterren van de hemel moeten spelen, terwijl je als een schoenmaker op de toetsen slaat.'

Ik luisterde naar George en klapte geestdriftig. Ach, als ik eraan terugdenk: de jongen die daar piano zat te spelen zou op de Rechtenfaculteit een goede vriend van Tsjaikovski worden... En Tsjaikovski zou over George hetzelfde zeggen als zijn pianoleraar: 'Als je naar hem luistert, weet je niet of je hem moet omhelzen of vermoorden.' Omhelzen vanwege zijn talent, vermoorden omdat hij er zo slordig mee omging. In George zag ik veel van mijzelf terug.

Pas toen we aan tafel gingen, verscheen Njanja. Ze omhelsde me alsof ze mijn eigen moeder was.

Tijdens de maaltijd kreeg zij de plaats naast de mijne toegewezen door mijn vader, die zelf aan mijn linkerzijde plaatsnam. Met korte, nauwelijks merkbare knikjes gaf ze aanwijzingen aan de bedienden. Het was duidelijk dat mijn oude gouvernante het huishouden bestierde en de stille kracht van het gezin was geworden. Ik voelde me op mijn gemak bij haar, ik voelde me thuis in Terpilitsy.

Alle vloeren en alle trappen kraakten in het houten huis en als ik dat gekraak hoorde, dacht ik dat mijn moeder eraan kwam en opeens voor me zou staan. Van alle familieleden in het huis was zij in al haar afwezigheid de meest aanwezige; bij iedere stap die ik in de kamers zette, welde een herinnering op of hoorde ik haar iets vertellen.

'Je bent terug in Rusland,' zei mijn vader, toen hij een toost op me uitbracht. Ik was terug, kende iedere rietkraag in de meren rond het landhuis en iedere linde van de oprijlaan, maar in gedachten bleef ik nog vaak in Siberië vertoeven. Thuiskomen gaat minder snel dan een treinreis doet vermoeden; ik kon er moeilijk aan wennen dat ik weer terug was in de positie van 'de oudste zoon' en niet zelfstandig kon beslissen. Mijn vader nam algauw het heft weer in handen.

TOTLEBEN

Eenmaal in Petersburg begreep ik dat de terugkeer van Dostojevski in de burgermaatschappij nog heel wat voeten in de aarde zou hebben. In het voorjaar van 1856 was er nog geen enkele duidelijkheid over zijn lotsbestemming. De kans was groot dat hij de volle termijn van zijn veroordeling in Siberië zou moeten uitzitten. Ik kende Fjodor inmiddels goed genoeg om te weten dat hij dat niet zou volhouden. Hij zou bezwijken onder de onzekerheid van zijn situatie.

Het lag in de lijn der verwachting dat tsaar Alexander II gratie zou verlenen bij zijn kroning. De vraag was alleen welke zijn genade zou zijn voor de leden van de Petrasjevski-kring. De kroning stond aangekondigd voor 26 augustus, wat iedereen in het land opmerkelijk laat vond: anderhalf jaar nadat de vorst zijn vader was opgevolgd. De plechtigheid zou ongetwijfeld somptueus worden; de plaats zou de Kathedraal van de Ontslapenis van de Moeder Gods in het Kremlin zijn – alle tsaren waren in deze Oespenski Kathedraal gekroond. Een dag later zou de tsaar uit Moskou naar Petersburg terugkeren en de manifesten bekrachtigen die bij de kroning hoorden. Over de inhoud van die besluiten wisten de minister van Justitie Doebelt en zijn staatssecretaris Sjachtinski in maart, april, mei en juni nog niets. Die onzekerheid maakte Dostojevski nog weer veel onrustiger, tot op het panische af.

Hij fixeerde zich op zijn gratie als een terdoodveroordeelde op de dag van zijn executie. Zijn ongeduld groeide niet met de dag maar met het uur. Hij schreef me de ene na de andere brief. Ik gaf meestal geen antwoord en dat was beslist geen onwil, alleen een manier om hem voor teleurstellingen te behoeden. Tussen een berichtje van mij en een antwoord van hem zat minstens twee maanden. In twee maanden kon van alles veranderen; ik wilde hem geen nieuws sturen dat goeddeels achterhaald zou zijn als hij het las.

De inhoud van zijn brieven, vaak vier, vijf, zes dicht beschreven vellen, liet zich in één zin samenvatten: 'Sneller Alexander, in godsnaam sneller, ik houd het niet meer uit.'

Op de een of andere manier ontging het hem dat ik, een melkmuil en een onbeduidend Siberisch ambtenaartje, zijn penibele situatie niet in een handomdraai kon doen keren, ook al schakelde ik veel familieleden in die wél de hoogste posten bezetten en die de minister van Justitie en zijn staatssecretaris bijna wekelijks onder vier ogen spraken. Maar ook zij konden de zaak nauwelijks bespoedigen. Ik drong daar herhaaldelijk op aan, tot ik de grens van het onbetamelijke naderde.

Graaf Eduard von Totleben kende ik al toen hij nog op het lyceum zat. Ik ontmoette hem vaak bij een oom van mijn vader. Weliswaar was ik toen nog een ukkie, maar mijn naam moest toch iets bij de graaf oproepen.

Fjodor was in zijn kindertijd met de jongste broer van Eduard bevriend geweest, met Adolf von Totleben. Dik bevriend, beweerde hij. Op de genieschool had hij ook Eduard leren kennen. Via hen beiden, of in ieder geval via één van hen, moest een opening te forceren zijn. De zaken stonden er niet slecht voor, het probleem was alleen de tijd. 'Haast' was een woord dat niemand kende in het tsarenrijk.

De brief van Dostojevski aan generaal Totleben heeft als datum 24 maart 1856. In werkelijkheid was hij maanden eerder geschreven. We hadden hem samen in Semipalatinsk opgesteld, zodat ik hem kon meenemen naar Petersburg. Dagen achtereen hadden we ieder woord, iedere zinswending en iedere gedachte tegen het licht gehouden.

Dostojevski begon nederig: 'Uwe Excellentie, wilt u me vergeven dat ik het aandurf u lastig te vallen met een brief. Als u een blik op de handtekening werpt, vrees ik dat u mijn naam ongetwijfeld bent vergeten, hoewel ik ooit (behoorlijk lang geleden) de eer had u te kennen.'

Ik vind het nog steeds een mooi begin en ik herinner me dat Fjodor trots op deze regels was. Hij moest er ook wel een beetje bij lachen toen hij ze me voorlas, want hij kon verbluffend goed *nederigheid spelen*. In alles wat hij deed of schreef zit een element van spel. Als hij sprak sloeg hij binnen het kwartier vijf keer een andere toon aan; in zijn romans wisselt hij constant van register. Het gaat nog verder: wat hij het ene moment serieus meende, verloochende hij het andere moment als de grootst denkbare onzin.

'Beschuldigt u me er niet van het onmetelijke verschil tussen uw en mijn positie niet te begrijpen,' vervolgde hij. 'Maar ik ben zo ongelukkig dat ik, bijna ondanks mezelf, de hoop koester dat u uw hart niet zult sluiten voor een arme banneling en dat u hem, al is het maar voor een kort moment, uw welwillende oor wilt lenen.'

Hij moest diep door het stof. En hoe lang duurde dat al niet? Vragen, smeken, buigen, knielen. Na vermelding dat ik hem de brief persoonlijk zou overhandigen, vraagt hij Totleben een goed woordje voor hem te doen bij de tsaar. Hij wil uit militaire dienst, in civiele dienst of liever nog: toestemming om te publiceren en vrijheid van vestiging. De redenen dat hij zo vermetel durft te zijn, vat hij in enkele zinnen samen: de vriendschap met de broer van Totleben, zijn bewondering voor de Verdediger van Sebastopol, de genadigheid van de nieuwe tsaar, de wens nuttig te zijn voor het vaderland.

Het laatste had ik hem sterk aangeraden te vermelden, hoewel het meer mijn eigen wens was dan de zijne – Dostojevski wilde eigenlijk alleen maar schrijven, zonder zich af te vragen of het nut had voor het vaderland. Hij begon zich wel steeds meer af te vragen wat typisch Russisch was en zou daar vele boeken mee vullen, maar dat is iets anders dan je land een dienst bewijzen.

In de brief kijkt hij terug op zijn proces. Hij heeft zich voor het gerecht eerlijk gedragen en heeft geen kameraden verraden. Dan komt de passage die zijn critici later scherp afwezen: dat hij terecht is veroordeeld, dat zijn opvattingen nu veranderd zijn, en dat het niet te pas komt te lijden voor overtuigingen die men niet meer heeft.

'Ik was schuldig,' schrijft hij letterlijk, 'ik geef het volmondig toe. Ik ben betrapt op het voornemen (maar meer niet) om tegen de Regering te ageren; ik ben wettig en rechtvaardig veroordeeld.'

Hij benadert het vooral filosofisch: 'Gedachten en overtuigingen veranderen, de hele mens verandert ook, en wat heeft het voor zin te lijden voor wat niet meer bestaat, wat in mij veranderd is naar de andere kant – lijden voor vroegere dwalingen, waarvan ik de ongegrondheid zelf ook wel inzie...'

Al deze zinnen heb ik woord voor woord met hem doorgenomen. Hoe ver moest hij gaan? Hoe ver kón hij gaan zonder zijn geloofwaardigheid te verliezen?

Op juristen maakt het altijd indruk schuld te bekennen, en degene die het gratieverzoek aan de tsaar moest voorleggen was de minister van Justitie. Dostojevski gaf toe dat hij wettig en op rechtvaardige wijze was veroordeeld. Inmiddels was hij als mens veranderd en was hij een andere overtuiging toegedaan. 'Ik was blind, ik geloofde in theorieën en utopieën.' Tijdens het proces had hij niet alles bekend en was daarom zwaarder gestraft: het plan voor een clandestiene drukkerij had hij tijdens de rechtszaak ontkend om zijn toenmalige vrienden niet in verlegenheid te brengen.

De drukpers noemt hij niet expliciet in zijn brief, wel het feit dat hij dingen verzwegen heeft ten bate van zijn kameraden. Hij aarzelde of hij dit moest onthullen. Toen we de brief voor de zoveelste keer doornamen, heb ik tegen hem gezegd dat het doel de middelen heiligt: hij moest vrijkomen. Maar het liefst was hij noch op zijn proces noch op zijn ziekte teruggekomen.

Voor het eerst voerde hij die ziekte aan ter verontschuldiging van zijn daden. Niet de epilepsie – die uitte zich pas ná zijn proces – maar de 'vreemde geestesziekte' waaraan hij in 1848 en 1849 leed. Hij had toen zo intensief geschreven aan *Witte nachten* en een serie andere novellen dat hij overspannen was geraakt.[50] De ziekte had twee jaar aangehouden en had hem, zoals hij schreef, 'tot een hypochonder gemaakt'. Er was zelfs een periode dat 'ik mijn verstand had verloren'.

'Ik was prikkelbaar, overdreven gevoelig, ziekelijk, in staat de gewoonste feiten te verdraaien door ze een ander aspect en andere proporties te geven.' Tijdens het proces had hij daar niets over verteld, ofschoon die ziekte een krachtig negatief effect op zijn handelen had gehad. 'Ik voelde dat het een erg slecht en zelfs vernederend excuus was. Overigens was ik me er toen niet volledig van bewust.'

Tijdens het proces was hij een en al grootmoedigheid geweest, waardoor de rechters hem voor een van de leidende figuren van de revolutionaire beweging hadden gehouden. Hij wilde dat beeld bijstellen. Zoals hij ook het misverstand uit de wereld wilde helpen dat het uiteindelijk toch wel meeviel met zijn straf. *Aantekeningen uit het dodenhuis* was nog niet verschenen (dat zou nog vijf jaar duren); niemand in de hoofdstad had er een concreet idee van wat de ballingen in Siberië moesten doorstaan.

Over het bagno schreef hij aan Totleben: 'Vier jaren van triestheid, een afschuwelijke periode. Ik leefde met bandieten, mensen zonder enige menselijke gevoelens die slechts nastreefden anderen op het slechte pad te brengen; ik heb gedurende die vier jaar niets anders gezien en niets anders kunnen zien dan de zwartste en stompzinnigste realiteit. Ik had geen enkel wezen in mijn buurt met wie ik ook maar één hartelijk woord kon wisselen, ik moest honger verduren, kou, ziektes, werk dat mijn krachten te boven ging en de afgunst van de boeven die mijn medegevangenen waren en die zich wreekten op het feit dat ik van adel was en officier.

En toch, gelooft u me op mijn woord, was er geen grotere kwelling voor me dan het moment waarop ik, mij bewust van mijn dwalingen, begreep dat ik van de maatschappij was afgesneden, dat ik verbannen was, en dat ik niet nuttig meer kon zijn overeenkomstig mijn krachten, mijn verlangens en mijn capaciteiten.'

Die capaciteiten lichtte hij nader toe. 'Schrijver zijn heeft me altijd het nobelste en nuttigste bestaan geleken dat er is.' Hij laat er dan direct op volgen dat hij slechts over een klein literair talent beschikt. Fjodor meende dat oprecht, een klein talent, maar hij was ook vast van plan er grote dingen mee te doen, anders had hij die brief aan Totleben nooit geschreven.

Op de dag van mijn vertrek uit Semipalatinsk bedacht hij zich. Hij wilde nog wat schaven aan de inhoud en de formulering van de brief. Weliswaar kende hij Totleben van de genieschool en was hij hem aan de vooravond van zijn arrestatie toevallig nog tegen het lijf gelopen in Petersburg, met een hartelijk gesprek als gevolg, maar dat was lang voor de Krimoorlog. Tussen de Totleben uit zijn jonge jaren en de held van Sebastopol zat een verschil dat groter was dan veertien rangen, en hij vroeg zich af of hij de man niet te familiair benaderde. Hij zou de brief nog een keer schrijven en hem in een open envelop naar me toe sturen, zodat ik een woord kon schrappen als dat nodig was.

Voor iemand die sneller schreef dan de duivel vuur blies, deed hij opmerkelijk lang over de definitieve versie. Hij verstuurde de brief op de kop af drie maanden na mijn vertrek.

Ik zag nauwelijks verschil met het epistel dat hij me had willen meegeven, met uitzondering van de vijfde alinea, waarin hij zich nogmaals afvraagt of hij zich wel tot iemand mag richten die de wereld op glorieuze wijze versteld heeft doen staan. Volgens mij was dat te veel, buigen moet je één keer doen, niet twee keer, maar ik durfde geen letter aan de brief te veranderen, ging bij graaf Totleben langs en overhandigde hem de vier vellen.

Roem en eerbetoon hadden Totleben niet in het minst veranderd; de graaf was een aimabele persoonlijkheid gebleven. Hij was dezelfde beleefde, goedhartige en humane man die ik voor de slag om Sebastopol had leren kennen. Voor een held was hij jong – nog geen achtendertig. Hij scheelde maar drie jaar met Dostojevski.

Totleben ontving me bij de thee maar liet me niet gaan voor hij een borrel had geschonken. Het was niet nodig zijn geheugen op te frissen: hij herinnerde zich Dostojevski nog levendig. Ik vertelde hem over de uiterst moeilijke situatie waarin hij verkeerde en vroeg hem al het mogelijke voor hem te doen.

De graaf vertrouwde me toe dat hij zich direct na Dostojevski's verbanning naar Siberië al ingespannen had om zijn lot te verlichten. Hij had er bij vorst Orlov en bij andere machtigen in Petersburg op aangedrongen 'de voormalige genieofficier' zo veel mogelijk te ontzien. 'Het leek me beter voor de voormalige genieofficier te pleiten dan voor de schrijver,' glimlachte hij.

Ook na zijn verbanning boezemde de schrijver nog angst in; de schrijver had karakter, en zoals Dostojevski meermalen schreef, is een negentiende-eeuwer het de maatschappij verschuldigd en moreel verplicht om een karakterloze kerel te zijn.[51]

Een week later bezocht ik de broer van de generaal.

Adolf von Totleben was ernstig ziek geweest en zag eruit alsof het herstel lang op zich zou laten wachten. Dostojevski had in zijn brief aan de generaal zijn verontrusting daarover kenbaar gemaakt en dat was Adolf kennelijk ter ore gekomen: hij bedankte zijn vroegere vriend voor het medeleven en liet zich over Dostojevski uit alsof hij hem een paar weken eerder nog had gesproken. Net als zijn broer betuigde hij zijn warme betrokkenheid bij Fjodor Michajlovitsj en hij beloofde alles te doen wat in zijn macht lag.

Per brief bracht ik verslag uit aan Fjodor. In zijn antwoord schreef hij over Totleben: 'Deze ridderlijke ziel, verheven en grootmoedig.' En: 'U kunt u niet voorstellen met welk een verrukking ik het gedrag observeer van zulke zielen tegenover mij. Zielen zoals u en zij beiden.'

Maar we waren er nog lang niet.

Siberië had in zoverre mijn ogen geopend dat ik het gapende gat was gaan zien tussen belofte en daad. Hoe dierbaar de beide graven von Totleben me ook waren, het leek me lichtzinnig om louter op hun hulp en steun te vertrouwen en voor alle zekerheid schakelde ik Zijne Hoogheid prins Oldenburgski weer in, de prins die het eerste gedicht van Dostojevski bij de tsarina had bezorgd. Oldenburgski was rector en beschermheer van het Keizerlijk Lyceum. Hij had een goed geheugen en kon me zelfs vertellen in welk jaar ik het lyceum had verlaten. Oud-leerlingen hadden een bijzondere plaats in zijn hart en omwille van mij spande hij zich bijzonder in voor Dostojevski. Dat bleek van groot nut te zijn. Prins Pjotr Georgijevitsj Oldenburgski was een volle neef van de nieuwe tsaar Alexander II en veel meer nog dan generaal Totleben had hij direct toegang tot het hof.

In zijn volgende brief vroeg Fjodor Michajlovitsj me: 'Kunnen de gedichten niet in gang worden gezet?' Twee maanden later kwam een tweede directief: 'Ben opnieuw begonnen met dichten... Leest u het door, kopieert u het en doe uw best, opdat het de Monarch bereikt.'

Via onze ouwe trouwe pianoleraar Adolf von Henselt gaf ik de prins het nieuwe vers dat Dostojevski geschreven had. Hij overhandigde het aan vorstin Maria Alexandrovna, met het verzoek het onder ogen van de tsaar te brengen.

In de brief die het gedicht begeleidde, deelde Dostojevski me mee dat hij me binnenkort een artikel zou sturen, 'Brieven over kunst', dat hij aan de directeur van de Academie voor Kunsten en Wetenschappen wilde opdragen, aan grootvorstin Maria Nikolajevna, waarvoor ik haar toestemming moest vragen.

'Mijn artikel is de vrucht van decennialang overdenken. Ik

heb het in Omsk tot het laatste woord helemaal doordacht. Het zal veel origineels en opmerkelijks bevatten. Ik sta in voor de uitwerking. Met veel van wat ik schrijf zullen velen het misschien niet eens zijn. Maar ik geloof in mijn eigen ideeën en dat is genoeg.'

Het artikel handelde over de feitelijke betekenis van het christendom in de kunst. Voor ik er iets mee deed, moest ik de inhoud voorleggen aan de dichter Apollon Majkov, met wie hij deelgenomen had aan de bijeenkomsten van de Petrasjevski-groep. Ook Majkov was destijds gearresteerd, maar na een lang verhoor weer vrijgelaten. Sindsdien stond hij onder politietoezicht – de twee brieven die hij naar Dostojevski in Semipalatinsk had gestuurd, waren duidelijk geopend. Het leek me daarom geen goed idee om in dit stadium van de rehabilitatie iets met dat artikel te doen.

Het lot dacht er kennelijk ook zo over, want de tekst heeft me nooit bereikt. Ook een ander artikel waarover F.M. me schreef, heb ik nooit ontvangen. Hij was er al aan begonnen in de Kozakkentuin en het droeg als titel *Over Rusland*. 'Ik sprak er met u over,' schreef hij me, 'het was bedoeld als een zuiver politiek pamflet. Ik zou geen woord in dat artikel willen schrappen. Maar het ligt niet voor de hand dat ze me zouden toestaan te beginnen met het publiceren van een pamflet, ongeacht de zeer patriottische ideeën. Ze weigeren het toch te drukken! Daarbij komt dat mijn werk nutteloos is.'

Hij wilde te veel, hij was radeloos. Uit de brieven blijkt dat zijn voornaamste zorg was het recht terug te krijgen om zijn werk te publiceren. Ook de materiële noodzaak noopte hem zijn stem te laten horen en belangstelling te wekken in de hogere kringen. Hij moest verdienen aan zijn boeken, anders zou hij nooit kunnen trouwen.

Alles wat hij voor zijn gratie deed, riep naderhand strenge kritiek op. Hoe laatdunkend lieten de critici zich over zijn handelwijze uit! Hij zou laf zijn geweest, hij had schuld bekend. Ik breng nog één keer naar voren – ik kan het niet laten – dat hij eindeloos veel uitgaven had en letterlijk geen stuiver bezat. Schulden, schulden en nog eens schulden, en slechts één hoop in het vooruitzicht: geld verdienen met verhalen en romans, die onophoudelijk in zijn hoofd ontstonden. Meermalen overwoog hij om 'onder pseudoniem' of 'incognito' te publiceren of 'anoniem te schrijven, al is het voor eeuwig'. Ook schriftelijk vroeg hij me – wat hij al eerder mondeling had gedaan in de Kozakkentuin – om zijn werk onder mijn naam te drukken.

Hij zat aan alle kanten knel, maar gaf het vechten niet op.

Toen kwam het verlossende besluit. Bij het Allerhoogste Manifest ter voorbereiding op de Kroningsdag werd Dostojevski in de derde week van augustus 1856 pardon verleend. Ik zag hierin de hand van prins Oldenburgski. Het is ook pertinent zeker dat Fjodor Michajlovitsj op voorspraak van generaal Eduard von Totleben bij keizerlijk besluit werd bevorderd tot officier. Bij zijn persoonlijke rekest aan de minister van Oorlog had Totleben de brief van Dostojevski gevoegd die, volgens de generaal, 'getuigde van oprecht berouw'.

Het nieuws dat hij van dwangsergeant bevorderd was tot gewoon vaandrig bereikte Dostojevski op 30 oktober in Semipalatinsk. Hij werd bij de militaire gouverneur geroepen, die hem de promotie meedeelde. Hij reageerde met: 'God, sta de Soeverein, die mijn beschermengel is, een lange en gelukkige regeerperiode toe. Ik kom woorden tekort om uiting te geven aan mijn dankbaarheid jegens hem.'

Om het goede nieuws te vieren maakte ik vele flessen champagne soldaat. Ik dronk met Michaïl, de oudste broer van Fjodor, en met mijn vader, die me op de hoogte had gebracht van Dostojevski's bevordering – impliciet: de kwijtschelding van zijn straf – en die vertrouwelijk was ingelicht door Totleben.

'Je hebt er veel aan gedaan,' zei hij, 'maar blijf er bescheiden onder.'

Dat was nou typisch weer mijn vader, maar ik had te veel aan mijn hoofd om me ook maar één moment op de borst te kloppen. Tijdens al die maanden in Sint-Petersburg was er verschrikkelijk veel gebeurd en ik verkeerde in een staat van nervositeit die dicht in de buurt kwam van Fjodors overspannenheid. Ik stond op een paar passen afstand van een duel, omwille van haar.

VECHTEN OM KATJA

Behalve over zijn eigen lot maakte Fjodor zich zorgen over mij. Ik hoorde het van zijn broer Michaïl, die ik verscheidene malen bezocht en met wie ik het goed kon vinden.

Toen we elkaar beter leerden kennen, las Michaïl me enkele passages uit de brieven van Fjodor voor. Tot mijn schrik bleek hij werkelijk dodelijk ongerust te zijn over mijn verhouding met Katja. Een affaire die hij zo netelig vond dat hij er zijn broer in het Frans over schreef.

'*Il est amoureux fou d'une dame d'ici, d'une dame parfaitement comme il faut, très riche et d'une famille considérée. Elle sera à Pétersbourg presque au même moment.*'

'Gek van liefde', ik keek er wel even van op toen ik het hoorde. 'Op een dame van hier, een tot in de puntjes verzorgde dame, erg rijk en uit een aanzienlijke familie. Ze zal bijna op hetzelfde moment in Petersburg zijn.' Het klopte allemaal, alleen was het bizar om het uit de mond van een vreemde te vernemen.

Ik stelde het op prijs dat hij het consequent over Madame X had en in het Frans over haar schreef: al zijn post werd gecensureerd en een overijverige censor zou de man van Katja kunnen inlichten. Algemeen Directeur van de Mijnen was een overheidsbaan en menig ambtenaar wilde iets van zo'n hoge ome: of een wit voetje halen, of hem juist een hak zetten, of hem voor veel zwijggeld chanteren. F.M. bespaarde Gerngross – en mij – de grootste moeilijkheden.

Hij vroeg Michaïl als een broer over me te waken, zoals hij dat zelf ook twee jaar lang had gedaan. *Dans cette affaire*, schreef hij, was ik tot de ergste stommiteiten in staat. Als ik niet oppaste zou het in een tragedie eindigen. Hij hield me voor iemand met een zwak, teder en zelfs ziekelijk karakter. Eerder had hij me een moeilijk karakter verweten: liever moeilijk dan zwak. Ik nam het hem niet kwalijk, hij meende er alles aan te moeten doen om me te beschermen, in zijn ogen liep ik reëel gevaar. Hij vroeg Michaïl in te grijpen, als dat nodig was.

Natuurlijk raadde hij zijn broer aan er niet met mij over te praten, ook niet in een opwelling van oprechtheid. Maar, zoals hij schreef, hij hield zoveel van me en was zo verschrikkelijk bezorgd dat hij ook de op één na oudste van *mijn* broers wilde inlichten.

Dat ging Michaïl te ver. Fjodor, zei hij, was in staat om een smeulend vuurtje aan te blazen tot een bosbrand die hele steden verzwolg. Puur uit goeiigheid.

Hij zou zijn broer schrijven niemand in te lichten. Voor het geval F.M. zich daar niet aan zou houden, was ik gewaarschuwd.

Ik had Katja direct na mijn aankomst in Petersburg teruggezien. Met de ernst van de ziekte van haar zoon was het meegevallen, en ze had zich inmiddels in een andere affaire gestort. Een affaire met een markies die ik maar al te goed kende omdat ik met hem op het lyceum had gezeten. Ik was hem in Barnaoel tegen het lijf gelopen en ik had me aan zijn verwaandheid geërgerd. Vroeger had hij al naast zijn schoenen gelopen en met de jaren was dat een onverbeterlijke hebbelijkheid van hem geworden. Hij was weliswaar vijf jaar ouder dan ik, niet erg aantrekkelijk en evenmin intelligent, maar hij had zijn naam en zijn titel mee.

Nikolaj de Traverse was de kleinzoon van Jean-Baptiste Prévost de Sansac, markies de Traversay, een creoolse zeeman van de hoogste adel die op het eiland Martinique was geboren en rijk was geworden van de rietsuikerplantages die zijn familie bezat. Drie zeeslagen in de Amerikaanse Onafhankelijkheidsoorlog had hij op zijn naam staan, en een zeeslag van de Fransen tegen de Engelsen. De Franse Revolutie was hij ontvlucht door dienst te nemen bij de Russische Keizerlijke Marine. Hij bracht het tot admiraal, organiseerde de Russische vloot in de Baltische Zee en werd tot minister van Marine en tot Staatsraad benoemd. Zijn zoon schopte het ook tot admiraal, zijn kleinzoon was een lanterfanter. Hij zou nog geen veertig jaar worden, na een leven lang nietsdoen. Maar in 1856 was hij helaas nog in leven.

Katja had me met klem gevraagd naar Petersburg te komen, zodat we voor lange tijd herenigd zouden zijn. Ik was nog niet in de hoofdstad of markies de Traverse cirkelde als een bromvlieg om haar heen. Ik vroeg of ze hem weg wilde meppen. Ze moest erom lachen en beloofde het. Toch voerde ze steeds weer een reden aan waarom hij bij haar in de buurt was.

In plaats van haar man zat me ditmaal een rivaal in de weg. Ik zei haar nog een keer dat vliegen hinderlijk zijn en dat ze telkens blijven terugkomen als ze niet tot een vlekje op het behang zijn gereduceerd. Opnieuw een schaterlach. Het hielp allemaal niets; ze deed geen enkele poging om van hem af te komen, onder voorwendsel dat hij binnen een week opgehoepeld zou zijn naar Barnaoel. De week werd een maand, de maand een hele zomer.

Sterker dan in Siberië verontrustte ze me. Katja kwam me steeds vaker als een vreemde, ongrijpbare vrouw voor. Ik was ervan overtuigd dat ze van me hield, alleen leek ze dat niet te willen erkennen. Ik was ongetwijfeld te jong om te begrijpen waarom of waardoor. Vond ze me te naïef? Te trouwhartig? Te bleu? Ze bezwoer me dat ze niets voor de markies voelde maar nam niettemin honderden presentjes van hem aan en maakte van De Traverse haar factotum. Ze vond het heerlijk om zo'n manusje-van-alles in de buurt te hebben en genoot van de overdreven vleierij waarmee hij haar aanbad.

Als ik er wat van zei, deed ze iets aparts waaruit moest blijken hoezeer ze me hoogschatte. In een studio aan de Nevski Prospekt liet ze een daguerreotype van me maken, zocht er een zilveren kader bij om het portret in te lijsten en gaf het aan een koopman mee die over Kazan op weg ging naar Semipalatinsk, om het bij Dostojevski te bezorgen. Anders zou hij me vergeten.

Het was in die tijd een gewoonte een goede vriend een portret te schenken, Fjodor Michajlovitsj had me er per brief om gevraagd. De afstanden waren zo onafzienbaar groot in Rusland dat je iemand voor jaren uit het oog kon verliezen. Het was attent van Katja dat ze me een studio binnenduwde en aanwijzingen gaf. Ik moest gedecideerd kijken en tegelijk niet te ernstig. De mond iets open, zodat de lippen weken.

'Je hebt zo'n mooie mond, Alexander.'

In haar stem klonk een verliefdheid door die me nu, terwijl ik eraan terugdenk, opnieuw een rilling bezorgt. Ik ben er zeker van dat ze niet deed alsof; ze was alleen wispelturig. Voor zichzelf liet ze ook een portret van me maken, om het in een medaillon te bewaren. Ik twijfel er niet aan dat ze dat medaillon heel vaak heeft opengeklapt. Toch moest en zou ze die markies als een page in haar nabijheid hebben.

In april reisde ze naar Barnaoel; eind mei was ze alweer in de hoofdstad terug. Ze kon niet zonder me, gaf ze als reden voor haar snelle terugkeer op. Haar overhaaste vertrek moet daarginds iedereen zijn opgevallen, want nog voor ze arriveerde kondigde Dostojevski me per brief aan dat ze in aantocht was.

Voor de duur van de zomer koos ik domicilie in Peterhof. Het leek me beter voor Katja om niet al te vaak met me gezien te worden op de mondaine plekken in de stad. In het paleizen- en parkencomplex dat Peter de Grote een eeuw eerder had aangelegd waren we toch een beetje in den vreemde. Ik was in mijn hele jeugd slechts één keer in het luisterrijke oord aan de Finse Golf geweest en ofschoon Katja het beter kende, had ze er nooit langer dan een paar dagen gelogeerd.

Zo dicht bij zee waait het meestal, maar niet op de dag dat ik met haar afgesproken had op het terras van het Monplaisir Paleis: toen zag ik geen hand voor ogen. 'Ik vind je zelfs in de dichtste mist,' waren de woorden waarmee ze me begroette. Ze zou me het later die zomer nog vele malen zeggen, ook al hadden we toen meer last van de zwermen muggen dan van de nevel.

Alle dagen bracht ik met haar in Peterhof door, van de ochtend tot de avond. We wandelden door de tuinen en parken, waarvan de vegetatie ons veel te weelderig voorkwam en veel te groen. Je kijkt met andere ogen als je maanden over de steppen hebt gezworven. In Peterhof kwam het goud van de fonteinen ons overdadig voor; na Siberië ervoeren we al die pracht en praal als een ontkenning van de armoe en schaarste die we ginds hadden gezien. Niet dat we ons er echt aan ergerden, maar de overgang was groot.

We aten zoetigheid bij het Mergelpaleis. In de Alexander Nevski-kapel knielden we neer voor een icoon, wat Katja de illusie gaf dat we in het huwelijk traden. Aan het eind van de middag dronken we champagne op het terras van Monplaisir en we keerden terug naar het appartement, dat dicht in de buurt lag en dat ik van een neef had geleend.

We beminden elkaar de ene dag vurig, de andere koel. Als het buiten erg warm was, vond Katja het *très amusant* om samen een koud bad te nemen. Ze was dwaas, maar van een dwaasheid die mannen licht in het hoofd maakt en energiek in de leden. Bij haar vergat ik dat er nog zoiets als rede is. Of plicht. Of verstand.

Ik vroeg me wel eens af hoe mijn vader gereageerd zou hebben als hij vernomen had van mijn verhouding met Madame Gerngross. Hij zou me vrees ik stante pede onterfd hebben. Nu kon me dat weinig schelen, ik wilde sowieso geen geld van hem. Nooit zou ik een erfenis aanvaarden, hoe rijk hij ook was, en hoe arm ik ook zou worden. Het was een kwestie van eer. Niettemin leek het me een vernedering als ik mijn vaders respect zou verliezen.

Langzaam maar zeker had ik de indruk dat iedereen in Piter van mijn liaison met Katja op de hoogte was. Na de witte nachten kon je anderhalve maand lang een kanon afschieten in Peterhof. Naast het klimaat, dat zo dicht aan de Finse Golf minder drukkend aanvoelde, was dat een van de redenen waarom we naar de uitgestrekte parken van de paleisstad waren uitgeweken. Maar toen de kroning naderde, werd het opeens druk en zag je bij iedere stap mensen, van wie ik altijd dacht dat ze ons aangaapten.

Ik vroeg Katja of we niet vaker binnenshuis moesten blijven. Ze voelde daar weinig voor, wandelde graag (waarbij ze voortdurend haar parasol boven haar hoofd liet draaien, wat me van een duizelende lichtheid vervulde) en vond het grappig om de reacties te peilen als ze bekenden tegenkwam. Het stoorde haar allerminst als er over haar geroddeld werd, ik geloof zelfs dat ze daarin een teken zag dat ze er werkelijk toe deed.

Naar de intocht van de tsaar in Sint-Petersburg, twee dagen na de kroning in Moskou, gingen we samen kijken. Van Peterhof naar de stad was niet ver, met het rijtuig was het nog geen vijfentwintig werst, maar we namen ook geregeld de boot, die er bij gunstige wind een uur over deed en die bij de Petrus-en-Paulusvesting afmeerde, recht tegenover het Winterpaleis. Het was een mooie overgang: van het zachtgele Zomerpaleis in Peterhof naar het steenrode Winterpaleis aan de Neva. Tijdens de intocht verscheen nog niet het kleinste wolkje aan de hemel. We stonden verbaasd te kijken naar de oogverblindende rijkdom aan equipages, opgetuigde paarden en uniformen. Katja waande zich in een sprookje, ik in een verhaal uit *Duizend-en-één-nacht*. Het weer was echt schitterend, honderdduizenden mensen waren op de been.

Drie dagen hielden de kroningsfeesten aan, drie dagen bleef de feestverlichting branden. De adel gaf een banket dat de lieve som van tweeëndertigduizend roebel kostte. Ik was van de partij, Katja ook, ofschoon we niet samen naar binnen waren geschreden. Pas bij het bal, na afloop, kon ik haar bij de arm nemen en naar de dansvloer leiden. We dansten een onstuimige mazurka en lachten ons gek om de fatten die gekleed gingen in zijden kousen en een pruik ophadden. Dat was Frans, en opeens weer in de mode.

Dronk ik die nacht te veel? Had ik last van een kater? De volgende middag keerde de markies op het toneel terug alsof hij nooit weg was geweest. Hij schroomde niet Katja aan te spreken toen we, weer in Peterhof, in een van de keizerlijke tuinen de lunch gebruikten. De Traverse liep op haar af, knielde naast de tafel neer en gaf haar een kushand. Ik vond dat even brutaal als schaamteloos, stond op, duwde hem weg en beledigde hem.

'Op het lyceum was je al een mispunt en een stiekemerd,' zei ik zonder mijn stem te verheffen, waardoor het nog agressiever klonk dan bedoeld. 'Ik verzoek je voor eens en voor altijd op te lazeren.' Hij maakte een korte buiging, klakte met de hakken en zei dat ik binnen een week nadere informatie over plaats, tijd en wapen kon verwachten.

'Doe niet zo mal,' riep Katja.

Ze begreep onmiddellijk dat het om een duel ging.

Bij mij duurde het even voor het tot me doordrong. Toen herinnerde ik me wat Fjodor aan zijn broer had geschreven over de markies en mij: 'Zij tweeën zijn in staat dwaasheid op dwaasheid te stapelen.' Hij had het allemaal voorzien.

Het belachelijkste van mijn tijd vond ik de duels. Ze kwamen alleen in de hoogste adellijke kringen voor, of onder dichters, zoals de achterneef van mijn moeder, die er het leven bij liet.

Fjodor Michajlovitsj had me een keer in de Kozakkentuin gezegd: 'Arme mensen duelleren niet, ze gaan gewoon dood van verdriet.' Hij had me ook een keer gezegd: 'Het enige slechte vers dat Poesjkin heeft geschreven, is de laatste strofe van zijn leven.'

Ik nam me voor nergens op te reageren. Zo werkte het echter niet in en rond Petersburg. Een stad moet het van de schandalen hebben, als een kerk van de zonden. Waar ik me de daaropvolgende dagen ook vertoonde, kennissen of volslagen onbekenden informeerden wanneer 'het' zou plaatsvinden. Het was alsof ze me er allemaal van wilden overtuigen dat ik niet meer terug kon krabbelen en dat de teerling was geworpen. Ik geloof zelfs dat ze dat erg grappig vonden. Zo van: eigen schuld, dikke bult.

Het leek me het moment om Katja in te lichten over de nieuwe baan die ik had aangenomen. Ik was benoemd tot secretaris van een eskader dat de wereld rond zou gaan. Een Russische expeditie naar de kusten van Oost-China, Japan en de monding van de Amoer. Ik zou secretaris van de expeditieleider worden en de diplomatieke correspondentie voeren. De gage zou 2100 roebel bedragen.

Ik had om twee redenen besloten deze post te aanvaarden en niet terug te keren naar Siberië. Gasfort had me overgeplaatst naar Omsk om me tot zijn persoonlijk adviseur te benoemen. Het was een handige zet van de gouverneur-generaal om me de betrekking van rechter te weigeren. Ik had geen zin om dat leeghoofd te dienen en had mijn ontslag ingediend.

De andere reden was Katja. Ik had te veel geleden onder haar grillen. Op een dag, toen mijn gal overliep, had ik me aangemeld bij het eskader.

Het laatste vertelde ik haar niet.

Haar reactie deed me twijfelen of ik de juiste beslissing had genomen.

'Wanneer vertrek je?' Ze zag lijkbleek. Het was alsof ik ter plekke wegzakte in een gapend diep gat en de aarde zich boven me sloot. Ik moest een paar maal slikken voor ik weer kon praten.

'Het eskader is al vertrokken naar de Middellandse Zee. Ik zou aanvankelijk mee zijn gegaan aan boord van de korvet van de leider van de expeditie. Tot aan de Middellandse Zee hoeft echter geen verslag gemaakt te worden, behoudens het gewone logboek van de kapitein. Evenmin hoeft diplomatieke correspondentie gevoerd te worden. Ik kan na de winter over land naar Marseille reizen en zal me dan bij het eskader voegen.'

'Dat wil zeggen: wanneer?'

'Februari, maart. Tot die tijd zal ik wisselend in Petersburg en op het landgoed van mijn vader bivakkeren.'

'Als ik het goed begrijp, vertrek je in het voorjaar van 1857. Hoe lang ben ik je dan kwijt?'

'Anderhalf jaar.'

'O hemellief, dan ben ik grijs als je terugkomt. Afgeleefd. Oud. Niet meer tot liefde in staat.'

'Ik heb meermalen om uw hand gevraagd. U vond dat romantisch gedaas van een knaap die ondanks zijn baard nog niet volwassen was geworden. Ik ben u gevolgd naar Petersburg omdat hier alles anders zou worden. Anders is het inderdaad: u heeft hier nog meer minnaars dan in Barnaoel. Ik heb u gevraagd te breken met de man die mijn vriend Dostojevski gekscherend Bob noemt. Hij schijnt hier binnenkort te arriveren. Ik heb u gevraagd te breken met de markies. Hij knielt naast u neer en kust u de hand. Gelooft u me, ik heb ernstig behoefte aan wat gezonde, zilte wind.'

'In bed praat je anders, Sasja. In bed zeg je dat geen vrouw je in een heel leven kan schenken wat ik je in een paar maanden geef.'

'Ik meende dat oprecht. U heeft me de liefde geleerd. Nadien heeft u me afgewezen. Ik ben niet goed genoeg om uw echtgenoot te zijn.'

'Hou toch op, Alexander. Je bent geweldig, weergaloos. Wil je nog meer complimenten? Geen vrouw kan zich beter wensen. Alleen ben je niet de vader van mijn zes kinderen. We leven nog steeds in een achterlijk land, dat weet je toch, verdomme. Zelfs de lijfeigenschap is nog niet opgeheven door de nieuwe tsaar! Een scheiding zou catastrofaal zijn. Trouwens, in welk land is dat niet zo? Het leven bestaat uit schijn en de grootste schijnvertoning is het huwelijk. Waag het echter niet eraan te tornen, dan krijg je de hele goegemeente over je heen. Zou je graag willen dat ze mijn kinderen nawijzen? Hun moeder een gescheiden vrouw! Ging ervandoor met een vijftien jaar jongere man! O god, jij en ik zouden de risee van Petersburg worden. Ik wil je geliefde blijven, Sasja. Meer kan ik je niet geven, meer kunnen we samen niet bereiken in dit leven. Denk erover na. Ga naar China, naar Japan, de monding van de Amoer, bevaar de oceanen. Als je terugkomt, zul je je wilde haren verloren hebben. Ik zal op je wachten, hoe lang het ook duurt.'

'In de armen van een andere minnaar...'

'Voorbij, Sasja. Misschien een enkele bewonderaar – dat heeft niets om het lijf. In mijn bed wil ik niemand anders meer zien, voelen en ruiken dan jou. Geloof je me?'

'Ik zou het willen.'

'Doe het maar, dat is beter voor je gemoedsrust.'

Natuurlijk kan ik me na zoveel jaren het gesprek niet woordelijk meer voor de geest halen. In ieder geval bespraken we in een half uur wat we in een jaar hadden verzwegen.

Het duel bracht ons nader tot elkaar.

Ik bleef geloven dat de markies me een poets had gebakken of aan grootspraak leed, tot zich op een morgen een secondant meldde. Ik werd op 3 september verwacht, in alle vroegte.

Het is niet makkelijk toegeven dat ik 'm begon te knijpen. Zoals Katja had gezegd: 'Jij bent ontzettend groot en hij is zo'n klein Frans opdondertje. De kans dat hij raak schiet is drie keer zo groot.'

Op de tweede september zoende ik Katja voor het laatst. Bij het afscheid schonk ze me haar portret. Ik vroeg haar om haar sjaal, zodat ik haar geur kon opsnuiven, mogelijk voor een laatste maal. Resoluut scheurde ze een stuk van haar onderjurk af.

Nog voor het dag was geworden liet ik me de volgende morgen in een rijtuig naar de afgesproken plaats rijden. Ik had geweigerd een secondant aan te wijzen, ik wilde niet meedoen aan al die poespas rond een duel. De markies zou wel een secondant meenemen, een vriend van het lyceum, die ik goed kende en die ik vertrouwde.

Stipt om half zeven stapte ik uit de koets. In de ochtendnevel kwam een kleine gestalte op me af. Hij liep met rustige passen, zonder wapen. Hij droeg een uniform.

Het was generaal Gerngross.

'Schaamt u zich niet, baron von Wrangel?' Hij legde veel nadruk op mijn naam en sprak die op zijn Duits uit. 'Kom ik onvoorzien in Petersburg terug en verneem ik dat zich een operavoorstelling dreigt voor te doen! Met als inzet mijn vrouw. *Mijn vrouw!* Hoe ver hebt u het laten komen, Von Wrangel... Ik heb de markies weggestuurd. De nietsnut verdient nog geen milligram kruit. Aan u vraag ik nooit meer in de buurt van mijn vrouw te komen. Heeft u dat gehoord?

Ik knikte.

'Hoe zei u? Ik wil uw stem horen, baron von Wrangel. Luid. Duidelijk.'

'Ik heb het begrepen, excellentie.'

'Harder graag, u fluistert als een kind.'

'Ik heb het begrepen, excellentie.'

'Nóóit meer. Kun u dat met de hand op het hart beloven? Nooit en te nimmer meer.'

'Jawel excellentie. Nooit meer, nooit.'

'Afgesproken, baron von Wrangel. Kleine idioot...'

Hij draaide zich om, spuwde op de grond, liep naar zijn paard en draafde weg.

Een dag later keerde Katja met haar echtgenoot naar Barnaoel terug.

In geen drie jaar zou ik haar meer zien.

DE ENGEL EN DE SCHOOLMEESTER

1856 moet voor Fjodor Michajlovitsj een van de eenzaamste jaren uit zijn leven zijn geweest. Hij kwam niet nader tot Maria, moest mij missen en had niets meer te lezen. Brief na brief beklaagde hij zich erover dat hij een heel jaar lang geen enkel boek te pakken had kunnen krijgen. Hij vond dat bijna even erg als doodgaan, hij voelde zich afgesneden van de wereld.

In een brief had ik hem de boeken aangeboden die ik van Gerngross had geleend. Het verzameld werk van E.T.A. Hoffmann en enkele Franse romans zaten in de hutkoffer die ik in Semipalatinsk had achtergelaten. Ik kon de boeken moeilijk zelf bij de generaal gaan terugbrengen nadat ik hem had beloofd nooit meer in de buurt van zijn vrouw te komen.

Als ik aan de scène terugdenk, stijgt het schaamrood me naar de kaken. Ik mocht van geluk spreken dat de man van Katja over een niet al te groot ego beschikte: iedere andere echtgenoot zou me vermorzeld hebben.

Van Dostojevski begreep ik – zij het indirect – dat niemand in Barnaoel er het fijne van te weten was gekomen. Niet dat ik hem iets had opgebiecht, dat kwam pas veel later, maar gezien zijn ongerustheid zou hij me beslist geschreven hebben als hij echo's van een schandaal had opgevangen.

Hoffmann heeft hij zich zeker niet laten ontgaan, al was de uitgave in het Duits. Hij herinnerde me er later aan, prees de jachtige stijl. Eenzelfde snelheid wilde hij in zijn boeken nastreven. Ik had hem geschreven dat hij ook mijn *Russische fauna* kon houden, maar dat was meer een grap: dat soort boeken interesseerde hem net zoveel als het *Handboek voor Apothekers*.

In dezelfde brief had ik hem mijn overhemden nagelaten,

mijn lange onderbroeken, sokken, foulards, al het tafellinnen, alle lakens en alle kleding die hem van pas zou komen. Bij vertrek had ik alleen het hoogstnoodzakelijke meegenomen, ervan uitgaand dat ik binnen vier maanden in Siberië terug zou zijn. Dat het anders zou lopen, schreef ik hem pas in oktober. Ik vreesde dat het hem te sterk zou aangrijpen en dat hij weer toevallen zou krijgen. Zijn gezondheid was dat hele jaar zwak.

Naar ik begreep kwam van schrijven niet veel. Het vooruitzicht dat het werk misschien niet gepubliceerd zou worden, blokkeerde hem. Moeilijker nog was het vroegere schrijfritme terug te vinden en zijn gedachten op zijn romans te concentreren in plaats van op alles wat hem dwars- en tegenzat. Hij begon te beseffen dat zijn literaire rentree een krachttoer zou worden; zijn debuut was inmiddels tien jaar eerder verschenen en riep alleen bij de literaire garde nog iets op. Niet alleen moest hij opnieuw naam maken, hij moest zich ook opnieuw bewijzen als schrijver.

Het plan om onze jaren in Semipalatinsk in een verhaal te vervatten, liet hij na een paar schetsen varen. Ik zou in die novelle 'het mooie prinsje' heten en hij 'de literator'. Het moest een spottend, bitterzoet, burlesk boek worden en de titel zou 'Voorjaarsliefde' zijn, waarbij hij allereerst aan mijn verhouding met Madame X dacht en voorts aan zijn eigen fascinatie voor Vanka-Tanka. Zijn liefde voor Maria wilde hij buiten beschouwing laten, dat was hem 'te serieus' en deed hem te veel aan zijn falen denken – de schoolmeester was nog altijd in beeld.

Fjodor Michajlovitsj schreef in dat jaar van het lange wachten alleen brieven, ofschoon die de lengte hadden van verhalen; brieven aan Maria,[52] aan zijn oudste broer, aan zijn oude trouwe vriend de dichter Apollon Majkov. Ik weet dat zo precies omdat hij dikwijls uit de brieven aan Maria citeerde, en omdat hij me vroeg de andere brieven bij Michaïl en de dichter te bezorgen.

Voor Majkov had hij groot respect, als mens, als dichter en vooral als denker. Zijn slavofiele ideeën toetste hij voortdurend aan de zijne.[53] Ik was een beetje bang voor Majkov. Telkens wanneer ik een brief van Fjodor bij hem bracht, nodigde hij me op de thee en hoorde hij me uit over Siberië, de strafkampen, de grensoorlogen. Hij was zoals ik me een geleerde voorstelde, een lange magere man met een uitgestreken gelaat, een lorgnet en een sikje. Eerst dacht ik: Zo'n vriend had Dostojevski in Semipalatinsk moeten hebben, een vriend van niveau, met intellectuele diepgang en scherpomlijnde ideeën, maar allengs kwam ik tot de slotsom dat een man als Majkov hem te veel gedomineerd zou hebben in zijn wijze van denken en schrijven. In mij had hij een beter klankbord: ik was jong, nam nog wel eens iets van hem aan en kon hem vertellen over de rauwe werkelijkheid van bandieten en ander gespuis. Van de verbluffend erudiete en klassiek geschoolde Majkov had hij kant-en-klare ideeën aangereikt gekregen. Het zou een deel van zijn originaliteit hebben weggenomen. Wat Fjodor bijzonder maakte was dat hij langer in cellen, strafkampen en verbanningsoorden had gezeten dan in studeerkamers, bibliotheken en collegezalen.

In zijn brieven aan mij vertelde hij over zijn verdriet, zijn moedeloosheid, zijn 'bijna-wanhoop' – want ook aan zijn vertwijfeling wist hij af en toe een licht ironische toets te geven. En in de allereerste plaats vertelde hij over Maria. Ze treurde, trok zich de haren uit het hoofd, was telkens ziek, ze smachtte naar liefde, verloor het vertrouwen in zijn hoopvolle verwachtingen en geloofde niet langer dat hun beider levens op een dag ineen zouden passen. In maart, mei, augustus en oktober was ze nog altijd in Koeznetsk, omringd door roddelaarsters die zich in alle bochten wrongen om haar ertoe te bewegen te trouwen met iemand op wie ze kon steunen en rekenen, in financieel opzicht vooral. Onderwijl bespioneerden ze haar, hielden haar post in de gaten en trachtten uit te vinden van wie ze brieven ontving. Zij op haar beurt wachtte op nieuws van haar ouders die, terwijl ze aan de andere kant van de wereld woonden, over haar lot moesten beslissen, te weten: naar Rusland terugkeren of verhuizen naar Barnaoel.

Geloofde Fjodor dat werkelijk?

In vergelijking met hem was ik van alle inzicht in het menselijk handelen gespeend, en in de liefde had ik alleen ervaring met Katja, maar ik begon me toch langzamerhand zorgen te maken over zijn onderscheidingsvermogen. Bij voortduring liet hij zich zand in de ogen strooien, en hij merkte het niet eens.

Wachten op ouderlijke toestemming? Leefden haar ouders dan nog? Had Maria me niet in hoogst eigen persoon verteld dat haar moeder al lang geleden overleden was en dat haar vader in de havenstad Astrakan aan de Kaspische Zee zijn laatste dagen sleet, vergetend dat hij nog een dochter had, ergens in het noorden? Een dochter van tegen de dertig, met een zoontje van acht? Moest die totaal vergeten dochter voor een tweede huwelijk op de toestemming van haar vader wachten? Of ging het niet eens om die vader zelf maar om familie van de vader? Ik vond het allemaal nogal middeleeuws, en geloofde er geen snars van. Ze wekte bij mij de indruk F.M. aan het lijntje te houden, in afwachting van een betere huwelijkskandidaat.

Onder de morbide invloed van haar ziekte schreef Maria hem steeds treuriger brieven. Hij vermoedde dat ze iets voor hem verborg. Toen kwam opeens een brief waarin ze doodleuk aankondigde dat ze haar woord aan een ander had gegeven en dat ze met hem ging trouwen. Nou ja, een ander, het ging nog steeds om de schoolmeester, om Nikolaj Vergoenov.

Een paar dagen later kreeg hij een volgende brief van haar. Een brief die als gewoonlijk hartelijk en lief was maar minder intiem, alsof ze ervoor waakte lucht te geven aan haar gevoelens. Geen woord over hun toekomstplannen; volslagen scepsis over de mogelijkheid van een verbetering van zijn lot op korte termijn, en tot slot de mokerslag waarvan ik me kon voorstellen dat Fjodor er sterretjes van zag: ze had besloten haar terughoudendheid te laten varen en vroeg hem: 'Wat als er nu eens een oudere heer was met een goed karakter, met een vaste betrekking als ambtenaar, en als die heer haar een aanzoek deed, wat moest zij dan antwoorden?'

Ik verkrampte toen ik het las. Wilde hem toeroepen: 'Ze houdt je voor haar vader, of voor haar biechtvader, of voor welke instantie dan ook, maar niet voor de man die zielsveel van haar houdt en die staat te trappelen om zijn hele verdere leven met haar te delen.'

Als ze één ding goed kon, dan was het meelij wekken. Ze schreef hem dat het haar onpasselijk maakte als ze bedacht dat ze alleen was, weggestopt in een uithoek van de wereld, met een kind, terwijl haar stokoude vader ieder moment kon sterven. Wat moest ze? Ze vroeg hem de kwestie koelbloedig te bekijken, zeg maar als een vriend.

Koelbloedig? Hij stond letterlijk op zijn benen te tollen, hij viel in zwijm en huilde de hele nacht. Hij besefte nauwelijks dat hij leefde en wat men tegen hem zei; aan het eind van de middag dook hij weer in bed. 'Groot is de vreugde van de liefde,' schreef hij me, 'maar de kwellingen zijn zo verschrikkelijk dat je beter nooit zou kunnen liefhebben.'

Zoals eerder beproefd wisselde hij van tactiek. Hij begreep dat hij iets ongewoons moest doen en stuurde haar een grimmige brief. Hij zou sterven als ze hem in de steek zou laten, en liet er tal van dreigementen op volgen.

Dreigementen? Misschien sloeg hij alleen een wat kordater toon aan. Het hielp in ieder geval; haar antwoord liet niet lang op zich wachten, en nee, ze had nog geen enkele beslissing genomen, en nee, ze had zich nog aan niemand verplicht; ze aarzelde alleen.

Hij stond meteen weer in vuur en vlam, *mais – elle m'aime, elle m'aime*. Hij merkte het aan alles: aan haar droefheid, aan haar melancholie, aan de vele blijken van geestdrift in haar brieven en aan tal van andere tekenen waarover hij me niet per post kon vertellen.

Wat moest hij doen? Een dodelijke treurigheid vrat nacht na nacht aan zijn hart. Dromen, kreten, spasmes, benamen hem de adem. De tranen weigerden de ene keer te komen en stroomden hem de andere keer over de wangen. Hij was een man van eer, hij wist dat ze van hem hield, maar kon hij zich verzetten tegen haar geluk?

Niet dat hij geloofde in die verloofde in Koeznetsk. Zij kon zich, ziekelijk, prikkelbaar, gevoelig, ontwikkeld en intelligent als ze was, toch niet geven aan God weet wat voor iemand; een schoolmeester, een ambtenaar of een man die misschien denkt dat het wettig geoorloofd is zijn vrouw te slaan. Goed en goedgelovig als ze was, moest hij haar beschermen. Hij kende haar door en door, men kon haar van alles wijsmaken. Hij vroeg me wat hij moest doen en voegde er direct aan toe: 'Waarom vraag ik u eigenlijk om raad? Ik kan onmogelijk afstand van haar nemen.' Liefde was op zijn leeftijd geen bevlieging, die liefde duurde al twee jaar en was tot in het absurde gegroeid. Hij zou te gronde gaan als hij zijn engel verloor: of hij zou gek worden of hij zou in de Irtysj springen.

Ik las het allemaal, volgde het op de voet en vroeg me af: moet het zo? Is dit wat je liefde noemt? En zo ja, wat is het dan verwarrend en ingewikkeld.

Al zijn hoop had hij op mij gevestigd, schreef hij. Ik was van onschatbare waarde voor hem, ik was zijn enige vriend, zuiver en eerlijk van inborst, en, belangrijker, ik was in Petersburg en hoorde tal van dingen die hem ontgingen.

Hij stuurde me op onderzoek uit. Tot in de details wilde hij horen hoe ik zijn oudste broer aangetroffen had en of Michaïl Michajlovitsj nog welwillend tegenover hem stond.

In zijn jonge jaren had Michaïl een vurige genegenheid voor zijn beide broers aan de dag gelegd. Zonder de geringste autoritaire neiging had hij de rol van de vader overgenomen: hij was er om zijn twee broers en zijn twee zussen te helpen. Toen Fjodor voor tien jaar verbannen werd, had hij vele tranen geplengd. Nadien liet hij weinig meer van zich horen. Fjodor vroeg zich af of zijn broer van karakter was veranderd of dat hij zich alleen nog bezighield met geld verdienen.

Michaïl had een gezin met vier kinderen te onderhouden. Het sigarettenfabriekje dat hij voor een prikje had overgenomen begon aardig te renderen. Michaïls commerciële talent was zijn broer niet ontgaan. F.M. vroeg hem brief na brief om geldelijke ondersteuning. Het kon een van de redenen zijn waarom Michaïl acht of negen maanden of soms nog langer wachtte voor hij terugschreef. In zijn antwoorden hield hij zich van den domme en ging voorbij aan alle verzoeken die Fjodor hem had gedaan.

Van een wederzijdse kennis had F.M. vernomen dat Michaïl zich had laten ontvallen dat zijn broer *beter in Siberië kon blijven*. Michaïl ontkende dat later geenszins, hij had er alleen aan toegevoegd: *in plaats van naar de Kaukasus te worden gezonden*. Dit speelde toen de gouverneur-generaal troepen naar de Kaukasus wilde sturen en F.M. in een grensoorlog terecht dreigde te komen. Het zat Fjodor toch niet lekker. Michaïl hield zich in zijn brieven op de vlakte ('vanwege de censuur', voerde Michaïl ter verdediging aan) en F.M. dacht dat zijn broer het eigenlijk best vond dat hij de rest van zijn straf in Siberië zou uitzitten – dan hadden ze bij de familie Dostojevski in Petersburg een zorg minder.

Wat F.M. het meest ergerde was dat Michaïl niet erg ingenomen was met Maria en met de mogelijkheid van een huwelijk, waarvan hij voelde aankomen dat het hem veel geld zou gaan kosten. Of, zoals Fjodor me schreef: *Il s'irrite de mon amour pour elle*. Maar, liet hij er dapper op volgen: ik heb een broer nodig, geen geld. Voor de driehonderd roebel die hij nodig had om te trouwen en een geschikt huis voor Maria en haar zoontje te vinden, had hij snel een oplossing gevonden: die zou zijn enige trouwe vriend hem wel voor kunnen schieten. Dat was ik.

F.M. wist iedere bittere pil te vergulden. Hij deed een belofte:

als ik ooit een man nodig had die voor mij in het vuur moest springen, dan was hij die man. Een man een man, een woord een woord. Nooit liet hij iemand op wie hij gesteld was aan zijn lot over, in voor- noch tegenspoed. Hij had dan wel een slecht karakter en tegenover mij gedroeg hij zich *als een schurk* (hij was me 'al zo'n massa schuldig') maar als het erop aankwam, stond hij achter zijn vrienden.

Toen kwam een volgend verzoek. Van 'vriend' en 'broeder' was ik tot 'engel' gepromoveerd en hij vroeg zijn 'engel' zonder tijd te verliezen Maria te schrijven om haar te overtuigen met hem te trouwen en naar Barnaoel te verhuizen. Ik moest haar over zijn toekomstige situatie geruststellen, na de gratie zouden een vaste baan en een vast inkomen in het verschiet liggen. *De waarheid en niets dan de waarheid* moest ik haar vertellen, zo *gedetailleerd* mogelijk. Om mijn taak te vergemakkelijken had hij alvast een kladje voor mijn brief gemaakt.

Ik schreef die brief niet. Maria was niet gek, ze zou direct begrijpen dat het doorgestoken kaart was. Hij deed de raarste dingen om haar te overtuigen.

Zonder enig overleg regelde hij de opleiding van haar zoon. Pavel, die inmiddels acht jaar was, wilde hij inschrijven aan het Cadettencorps van Pavlovsk, waarvan zijn zwager – de echtgenoot van zijn zuster Alexandra – directeur was. De jongen zou daar een uitstekende opleiding krijgen. Aan zijn broer Michaïl vroeg hij alvast of Pavel de zondagen dan bij hem thuis kon doorbrengen, misschien niet alle zondagen, maar af en toe. De afstand tussen Pavlovsk en Petersburg was niet groot en tussen beide steden was de eerste spoorlijn aangelegd.

Ook voor zijn broer had hij al een brief opgesteld die hij naar Maria moest sturen. Hij smeekte zijn broer die brief te schrijven. Voor de liefde van Christus. Op zijn knieën. Even nederig vroeg hij hem om geld. Om honderd roebel, tweehonderd als het kon, driehonderd zou helemaal geweldig zijn. Hij herinnerde Michaïl aan de periode dat hijzelf in het huwelijk trad. Toen had hij zijn laatste cent met hem gedeeld – waar of niet?

Ach, je kunt erom glimlachen, als je zelf niets tekortkomt en je nooit je hand hebt hoeven ophouden. Ik wist dat hij bedelen een van de ergste dingen in het leven vond, bijna even erg als zijn epileptische aanvallen. Misschien was hij er daarom zo bedreven in. Je hoorde hem snikken als je zijn bedelbrieven las. De nood was de ene keer hoger dan de andere, zijn wanhoop was dan navenant oprechter.

Opmerkelijk genoeg schreef hij me in diezelfde periode dat er belangrijker dingen in het leven waren dan geld. Ik had hem toevertrouwd dat mijn vader na mijn terugkeer in Petersburg direct weer was gaan zeuren dat het tijd voor me werd te trouwen en dat hij een financieel interessante partij op het oog had. Per ommegaande kreeg ik de vermaning van F.M. dat een huwelijk zoals mijn vader dat wenste ongetwijfeld zijn voordelen had, maar dat geld niet alles in het leven was. Een man die die naam verdiende, ging alleen op zijn geweten af.

Voor anderen legde hij hogere maatstaven aan dan voor zichzelf, maar misschien doen we dat allemaal van tijd tot tijd. Voor anderen gelden de excuses niet die we onszelf openlijk of tersluiks toestaan.

Hij zocht het in een ander register. Halverwege de vastentijd, de lange vastentijd van veertig dagen plus een week voor Pasen, was hij een paar keer uitgenodigd voor een blini-avond. Ook in Siberië hield hij zich aan de vasten: geen vlees, geen vis, geen melkproducten, geen alcohol, en alleen groenten, fruit en bliní's. Rond de schaars gevulde tafels, met alleen een schotel met pannenkoekjes, moesten de mensen zich op een andere manier vermaken dan met eten. De paar amateurs die een instrument bespeelden werden uitgenodigd, de stoelen gingen aan de kant. Dostojevski had de uitnodigingen nu eens niet afgeslagen, was gegaan en had gedanst.

Zeker op de avonden bij rechter Pesjechonov, een aardige vent die ons regelmatig was komen opzoeken in de Kozakkentuin, had hij zich bovenmatig geamuseerd met *bepaalde dames* uit de stad. Ik vermoedde dat hij op Vanka-Tanka doelde of op Marina O. Hoe dan ook, hij had Maria Dmitrijevna geschreven dat hij zich aan het dansen had gewaagd met enkele plaatselijke schonen.

Nog nooit had ze hem zo snel teruggeschreven. Ze beklaagde zich dat hij haar al aan het vergeten was en belangstelling kreeg voor andere vrouwen. Het was een kwellende gedachte voor haar dat hij, haar laatste vriend, haar zo snel had opgegeven. Haar eigen schuld, gaf ze toe. Tegen haar wil had ze zich in haar laatste brieven koeler voorgedaan dan voorheen, bijna vergetend dat ze aan de man schreef die nog niet zo lang geleden zoveel van haar hield, en alleen van haar.

In de volgende brief vroeg ze hem wat ze moest antwoorden als een man, begiftigd met enige kwaliteiten, haar de hand zou vragen. Dat begon haar manier van bang maken te worden. Hij over zijn toeren, zij idem dito, een paar brieven over en weer waarin de tranen rijkelijk vloeiden, en dan haar bekentenis dat ze verteerd was door jaloezie en verdriet omdat ze in hem haar enige vriend had verloren. Ze wilde alleen weten of die vriend, omringd door schooiers en ander gespuis, ziek en overgevoelig, ver van de zijnen en van iedere hulp verstoken, werkelijk om haar gaf zoals hij in de voorgaande maanden had gedaan. Of was hij zoetjesaan veranderd en was hij haar aan het vergeten?

Ik stond meer dan eens op het punt in een rijtuig te springen en over de steppen naar Semipalatinsk te snellen om hem te hulp te schieten. Iedere nieuwe wanhoopsbrief bracht me in die stemming. 'O, mijn vriend!' schreef hij me. 'Moet ik dan afstand van haar doen en haar aan een ander geven? Ik heb immers *recht* op haar, hoort U, *recht*! Zal het lang duren voor ik overstap naar de civiele dienst en een rang krijg? Wat denkt U? Is dit het einde van mijn carrière?'

De zomer duurde hem te lang. Af en toe keerde hij naar de Kozakkentuin terug, maar zonder mij was het er slecht toeven – het weer was er ook niet naar. Hij miste me zoals je een broer mist, hoopte dat ik snel zou terugkeren en keek naar me uit als naar de zon.

In de Kozakkentuin nam hij op de houten bank plaats en stopte zijn pijp. Eén keer slechts had hij een kort moment met Maria in de tuin doorgebracht, en terwijl hij eraan terugdacht leek het meer droom dan werkelijkheid te zijn geweest. Kijkend naar de bloemperken, waarin hij geen nieuwe bloemen had geplant, kwam hij tot de slotsom dat maar één daad zijn verhouding met Maria kon redden. Als hij naar Koeznetsk zou reizen en een uur de tijd kreeg om met haar te praten, dan kon hij haar beslist overtuigen. Het was natuurlijk verboden en hij riskeerde er straf mee. De meeste van zijn superieuren had hij echter voor zich weten te winnen. Voor de huur van het rijtuig en de paarden zou hij de eerste honderd roebel aanspreken die ik hem geleend had. 'Beschuldig me er niet van dat ik het geld over de balk smijt,' schreef hij me. 'Om haar terug te zien ben ik bereid voor de rechtbank te verschijnen. Mijn situatie is uitzichtloos. Ik moet met haar praten en alles in één keer oplossen.'

Twee maanden later ontving ik de brief die hij op 14 juli had verstuurd. Van zijn superieuren had hij slechts toestemming gekregen voor een kort verblijf in Barnaoel maar hij had het erop gewaagd en was naar Koeznetsk doorgereisd. Wat moest hij erover schrijven? Wat kon hij op een stuk papier uitdrukken? Hij had haar gezien, de nobele ziel, de engel. Ze huilde, ze kuste zijn handen, maar ze hield van een ander. Nog steeds dezelfde, Nikolaj Borisovitsj Vergoenov, de schoolmeester...

Hij bleef twee dagen bij haar. De herinneringen kwamen bij haar terug en haar hart ging opnieuw voor hem open. Hij schreef het in het Frans (*elle a retrouvé le passé*) en voegde er 'ja' aan toe, waar hij vervolgens een streep door had gehaald. Hoe dan ook, zij had hem gezegd: 'Huil niet, wees niet treurig, alles is nog niet beslist; jij en ik, niemand anders!'

Vol goede hoop keerde hij naar Semipalatinsk terug. Hij was echter nog wel zo lucide om vast te stellen dat de afwezigen altijd ongelijk hebben. Zijn vermoeden kwam al snel uit. Brief na brief zag hij haar weer wegzakken in de zwaarmoedigheid, drupten de tranen uit het papier, en ja, uiteindelijk kon ze het niet meer voor zich houden en bekende ze dat ze toch net ietsje meer van de schoolmeester hield dan van hem.

Hij had verloren. Zij echter ook.

'Maria,' schreef hij me, 'is ontwikkeld, intelligent, ze heeft iets van de wereld gezien, weet hoe mannen zijn, ze heeft heel wat te lijden gehad, heeft zich afgetobd, ze is van die laatste jaren in Siberië ziek geworden, ze verlangt naar geluk, ze is onafhankelijk, sterk, en kijk eens aan, nu staat ze klaar om een joch van 24 te trouwen, een Siberiër, die niets van het leven heeft gezien, nergens wat van weet, een joch dat vagelijk iets opgestoken heeft, een joch dat zich nog nauwelijks een idee van het leven heeft gevormd, terwijl zij het hare aan het afronden is; een joch zonder enig belang, zonder een echt beroep, zonder wat dan ook, een onderwijzer op een districtsschooltje die binnenkort misschien, misschien mag rekenen op 900 roebel bij toewijzing van traktement. Zeg me, Alex Jegorov, is ze niet bezig zich voor de tweede keer te verliezen door dit alles? Hoe kun je zulke sterke verschillen in karakters, in gezichtspunten over het bestaan, in behoeften, met elkaar in overeenstemming brengen? En laat hij haar over een paar jaar niet in de steek... veroorzaakt hij haar dood niet?'

In de laatste zin waren zeven, acht, negen woorden doorgehaald en onleesbaar. Ik vermoed dat hij voorspelde dat ze nog verschillende keren zwanger zou raken; hij vervolgde met: 'Wat zal er van haar worden, in armoe, met een hoop kinderen, vastgenageld in Koeznetsk? Wie weet waartoe hun ruzies zullen leiden die ik in de toekomst onvermijdelijk zie komen? Want hij mag dan de ideale jongeman zijn, het is evengoed waar dat hij nog lang geen man is op wie je kunt bouwen.'

Hij schreef me andermaal dat hij meer op haar geluk uit was dan op het zijne. Ik begon aan die vorm van onbaatzuchtigheid te wennen, hoe bovenmenselijk ik haar ook vond. Overigens, ik was een jaar jonger dan de schoolmeester. Nog méér joch dus.

Van alles wat hij me over Vergoenov schreef, had hij grofweg een tiende met Maria besproken tijdens de twee dagen in Koeznetsk. Ze had naar hem geluisterd. Algauw was ze tot zichzelf gekomen: bij vrouwen winnen de gevoelens het altijd van het gezonde verstand. Zijn beste argumenten moesten het afleggen tegen haar indruk dat hij de schoolmeester aan het afkatten was en dat hij ruzie met hem zocht. Maar hij had toch twijfel bij haar gezaaid. Ze huilde. Toen kreeg hij meelij met haar en gaf zij zich weer aan hem over omdat zij meelij met hém had gekregen. 'Als u eens wist, mijn vriend,' schreef hij, 'wat voor een engel ze is. U kent haar niet, keer op keer een rake opmerking, een originele, terechte, gevatte opmerking, paradoxaal ook. Oneindig voornaam is ze, werkelijk edel: ze heeft een ridderlijk hart.' De laatste woorden schreef hij boven de doorhaling *ze is een ridder in vrouwenkleren.*

Tijdens dat bezoek aan Koeznetsk deed hij nog iets wat *ik* op mijn beurt van ridderlijkheid vond getuigen: hij zocht de schoolmeester op en zei hem dat hij nog eens goed moest overdenken of hij de man was bij wie Maria en haar zoontje zich veilig zouden voelen. 'Ik heb hem ontmoet,' schreef hij me, 'hij huilde aan mijn borst, want dat is het enige wat hij kan, huilen!' Maria was erbij.

Open en eerlijk was hij hun tegemoet getreden. Maar terug in Semipalatinsk schreef hij een lange brief aan zowel de schoolmeester als aan haar, waarin hij een inktzwart beeld schetste van alles wat een ongelijk huwelijk kan voortbrengen.

Haar antwoord was onstuimig, ze verdedigde de schoolmeester alsof hij op een vreselijke manier was aangevallen. De schoolmeester zelf vatte de brief op als een persoonlijke aanval, wat F.M. nogal stom en provinciaals vond. In zijn antwoord stapelde Vergoenov belediging op belediging. F.M. was er toen zeker van met een slecht mens te maken te hebben. Maria stuurde na haar eerste verbolgen reactie op een verzoening aan en betoonde zich algauw weer lief, aardig en toegenegen.

Dit was overigens het moment dat de markies me ernstig op de zenuwen begon te werken en ik met Katja overhooplag over deze *Dritte im Bunde*. Per brief had ik Fjodor om raad gevraagd.

'Wat zal ik zeggen,' schreef hij me terug. 'U schrijft dat Madame X de Markies haat: slecht teken! Het zou beter zijn als hij haar onverschillig liet!'

Opnieuw: bij anderen zag hij het scherp. Voor hemzelf was de liefde een donker woud waarin hij en Maria aan het verdwalen waren.

Het ging ver. *Zij* mocht niet lijden. Als de schoolmeester haar ooit zou huwen, dan hoopte Fjodor dat het echtpaar op z'n minst op wat geld kon rekenen. De schoolmeester zou een betere baan moeten krijgen of naar een grotere stad overgeplaatst moeten worden. Onze stakker verdiende inmiddels 400 roebel en had de nodige stappen ondernomen om een examen af te leggen dat hem onderwijsbevoegdheid op een hoger niveau zou geven, zij het nog wel in Koeznetsk. Hij zou dan 900 roebel opstrijken. Fjodor wist nog niet wat we voor hem konden doen, hij zou me daar snel over schrijven.

Hij schreef er inderdaad binnen enkele dagen over. De gouverneur van West-Siberië zou naar Petersburg komen om kennis te maken met de nieuwe tsaar. Ik moest Gasfort een beleefdheidsbezoek brengen en van de gelegenheid gebruikmaken om de schoolmeester aan te prijzen als een voortreffelijke jongeman met uitstekende capaciteiten, ik moest zeggen dat ik hem kende, en dat het geen slecht idee zou zijn om hem een betere baan aan te bieden. Ik zou dat verzoek trouwens ook aan Gerngross kunnen doen, door hem twee regeltjes te schrijven.

Hij vergat dat ik ongeveer de laatste was die de man van Katja een briefje kon schrijven, ook als het uit één regel zou bestaan. Hij vergat eveneens dat ik me de woede van Gasfort op de hals had gehaald door beleefd te bedanken voor de baan die hij me had aangeboden. Dat ik niet zijn persoonlijk adviseur had willen worden had hem, naar het schijnt, zo kwaad gemaakt dat hij zich telkens in zijn eten verslikte als hij mijn naam hoorde.

Ten slotte vroeg Fjodor me geen geld aan Madame X te lenen; dat zou een te groot offer voor hém zijn. Geld moest ik aan hém lenen, en, om Christus wil, aan hém alleen.

Het idee! Je leende niet aan een dame als Jekaterina Osipovna, je betaalde een reis, een heimelijk onderkomen of een geschenk voor haar. Toen Fjodor me dit schreef, had ik even het wrange gevoel dat we in twee volslagen verschillende werelden leefden, maar ik vergaf het hem meteen. Hij zat klem, en iemand die zich wil bevrijden, let niet altijd op of hij een scherp mes of een botte bijl gebruikt.

Voor de schoolmeester deed ik geen enkele moeite. Het leek me sterk dat de door Fjodor uitgestippelde strategie zou werken. Hij ging ervan uit dat Maria hem zo intens dankbaar zou zijn voor zijn inspanningen dat ze de onderwijzer de deur zou wijzen, ook al zou hij binnenkort negenhonderd roebel verdienen. Ik achtte de kans groter dat Maria de lucht zou zien opklaren door zijn betere baan en zijn hogere inkomen, dat ze zich in de handen zou wrijven en geen moment meer zou aarzelen om met de man te trouwen.

Fjodor dacht dat hij mensen kon leiden en sturen als de karakters van zijn romans. Soms lukte hem dat; op andere momenten ging hij te ver en riep hij irritatie op of heftige weerstand. Hij stond dan versteld, omdat hij het goed bedoelde en op instemming of dankbaarheid had gerekend. Ik had het gevoel dat ik hem tegen zichzelf in bescherming moest nemen als hij doordraafde.

Tegenover Maria gedroeg hij zich weinig doortastend. Dat viel niet te rijmen met zijn jaren in het kamp. Je moet een man van ijzer zijn om de *katorga* te overleven. De hang naar het leven en de wil om te schrijven geven je dan wellicht een vastomlijnd doel voor ogen, je hebt meer nodig om zo'n beproeving te doorstaan. Alleen een oersterk karakter laat zich niet van de wijs brengen door een ketting aan zijn voeten. Hij hád dat karakter maar gaf er geen blijk van tegenover Maria.

Wat ongetwijfeld meespeelde waren zijn leeftijd en het isolement waarin hij verkeerde. Hij begon bang te worden dat hij nooit meer een vrouw voor zich zou kunnen winnen en klampte zich aan Maria vast. Ik weet trouwens niet of dat alles verklaart.

Waarom liet hij haar niet los? Waarom bleef hij maar aandringen, waarom bleef hij maar doorgaan, doorgaan? Waarom was geen vernedering hem er één te veel? Ik heb duizend antwoorden bedacht op die vragen en niet één is het doorslaggevende. Fjodor mocht dan een nerveuze en snel geïrriteerde man zijn, afstotelijk was hij allerminst. Lichtzinnige vrouwen waren dol op hem omdat hij flink feest kon vieren, fatale vrouwen vonden hem heerlijk dwars, meisjes van zeventien of achttien vielen voor zijn geestdrift en zijn dwingende manier van spreken. Maar, en dat is waar, niet eerder had een ontwikkelde vrouw hem de mogelijkheid van liefde geboden. Hij nam de uitdaging aan en probeerde Maria voor zich te winnen, met de nadruk op het laatste woord. Hij nam daar niet maanden maar jaren de tijd voor, want ook dat had hij in het kamp geleerd: geduld. Of: de les nooit op te geven.

Het hele jaar lang veranderde er weinig in zijn situatie. Maria was nog steeds alles voor hem in het leven, hij dacht alleen nog aan haar en de rest kon hem geen lor schelen, ook niet dat hij inmiddels vaandrig was geworden. Als de bevordering tot officier hem plezier deed, dan was dat alleen omdat hij Maria daardoor misschien sneller zou kunnen terugzien. De bataljonscommandant had hem twee vrije weken in het vooruitzicht gesteld; hij was nog niet vertrokken omdat hij geen geld had; de zending van zijn broer liet op zich wachten. Misschien zou het over een week komen, dan zou hij direct op weg gaan. Dicht bij haar zijn was zijn enige redding; goddank had hij haar in juli teruggezien, anders zou hij zelfmoord hebben gepleegd.

'Ga nu niet direct met je hoofd zitten schudden en veroordeel me niet,' schreef hij. 'Ik weet dat ik me op vele manieren onverstandig heb betoond wat haar betreft, en ik verwacht bijna niets meer, maar hoop of niet, dat veeg ik aan mijn broek. Ik denk alleen dááraan. Haar te zien, haar te horen, niets anders! Ik ben een arme zot! Liefde is op deze manier een ziekte!'

Sommige woorden waren onleesbaar, andere waren met dikke krassen doorgestreept. Het werd me niet duidelijk of hij haar recentelijk had teruggezien. Hij maakte melding van een poging: hij was een keer naar Zmeïnogorsk gereisd. Had ze weer beloofd te komen? Was er op het allerlaatste moment weer iets tussen gekomen? Dan had hij voor de derde keer tevergeefs op haar zitten wachten.

Het bloed begon irritant snel door mijn aderen te stromen toen ik de plaatsnaam las. Zmeïnogorsk riep de herinnering bij me op van een bijna tot waanzin gedreven Fjodor en een afgrijselijk lange rit terug. Als ze hem die streek nogmaals had geleverd, was ze geen knip voor de neus waard.

'O wens me toch niet toe dat ik deze vrouw en deze liefde opgeef,' schreef hij, alsof hij mijn gedachten raadde. 'Zij is het licht in mijn leven. Zij is aan mij verschenen op het treurigste moment in mijn bestaan en heeft mijn ziel nieuw leven ingeblazen. Zij heeft mij doen herrijzen, door die ontmoeting met haar ben ik uit den dode opgestaan.'

Hij probeerde haar zoon nu in te schrijven aan de Cadettenschool van Omsk. Van zijn broer, zijn zus en zijn zwager had hij geen hulp gekregen om de jongen tot het Cadettencorps van Pavlovsk toe te laten, een blijk te meer dat zijn familie niet erg meewerkte aan de totstandkoming van zijn huwelijk en in Maria een hopeloos geval uit de armenzorg zag. Omsk lag dichterbij en de school kostte beduidend minder dan de Keizerlijke in Pavlovsk.

Als in een eerdere brief vroeg hij me of ik er niet voor kon zorgen dat Maria eindelijk haar weduwepensioen zou ontvangen. Dat had ik al gedaan: er bleek sprake van een misverstand, de jaarwedde van 285 roebel was door het ministerie van Binnenlandse Zaken naar Koeznetsk in het district Saratov gestuurd in plaats van Koeznetsk in het district Tomsk.

Hij informeerde of het mogelijk was ontslag te nemen uit militaire dienst om gezondheidsredenen. Een van de redenen dat hij naar Rusland wilde terugkeren was dat hij deskundige dokters wilde raadplegen over zijn ziekte. Hij wist dat het epilepsie was (ik geloof dat hij dat woord voor het eerst tegenover mij gebruikte) maar wat hield dat precies in? En waar kwamen die toevallen vandaan die zijn verstandelijke en lichamelijke vermogens in één klap uitschakelden?

Nog iets, vervolgde hij bozig, ik had hem geen antwoord gegeven op de vraag of hij kon *publier*.

Nee, hij kon nog niet publiceren, maar dat hield ik voorlopig voor me. Ik meldde hem alleen wat ik voor hem bereikt had; de afwijzingen en mislukkingen bespaarde ik hem. Alsof ik het niet goed begreep herhaalde hij dat publiceren wezenlijk voor hem was. Hij zou roem en faam verwerven en een solide reputatie opbouwen. Schrijven was zijn lotsbestemming.

Hij besloot zijn brief met: 'Maria Dmitrijevna heeft duizend keer naar u gevraagd. Op grond van mijn brieven maakt ze zich veel zorgen om u. Ze houdt ontzettend veel van u en praat in quasi aanbidding over u. Ze heeft oneindig veel respect voor u.'

Van wie waren deze woorden? Van hem? Of inderdaad van haar? In het laatste geval hield ze niet op me te verbazen. Ik was aangenaam getroffen door haar beleefdheid. Of had ze inderdaad dat immens grote hart waarover Fjodor Michajlovitsj niet ophield de loftrompet te steken?

Het begon erop te lijken dat ik me vergiste in plaats van dat hij dat deed. Waarmee ik maar wil zeggen: wat een paar wellevende zinnen al niet vermogen!

Vlak voor het jaar ten einde liep berichtte hij me dat hij uiteindelijk vorderingen had gemaakt. Hij zou gaan trouwen. Pertinent zeker. Eind november had hij zich op weg begeven naar Koeznetsk via Barnaoel. Hij was op 24 november in Barnaoel aangekomen, op de... ik voelde een steek in mijn borst toen ik het las... op de verjaardag van Katja...

Nauwelijks in de stad was hij door Gerngross uitgenodigd om naar het bal te komen dat ter gelegenheid van Katja's verjaardag werd gegeven. Natuurlijk was hij gegaan, al was het maar om mij op de hoogte te houden. Hij had de man van Katja 'anders' gevonden en een beetje raar. Uiteraard was hij nog even sympathiek als voorheen, maar ten aanzien van mij wist Fjodor niet goed *pourquoi il est à présent, tout soudain, quelque peu prévenu contre vous.*

Weer in het Frans om geen slapende honden wakker te maken. De boodschap was evenwel duidelijk: Gerngross was 'opeens' gekant tegen mij. Hij had 'zonder omwegen' tegen Fjodor Michajlovitsj gezegd dat hij mijn gedrag 'verdacht' vond.

Fjodor was weg van Katja. Ze had hem 'in alle opzichten behaagd'. Wat hij wel vreemd had gevonden was dat ze hem zo openlijk uit de weg was gegaan. O, ze had beleefd en aardig tegen hem gedaan, schijnbaar was alles in orde, maar hij kon zien dat ze hem niet vertrouwde. Ze deed zichtbaar haar best om zo koeltjes mogelijk over mij te praten, ja zelfs met een lichte ironie. Hij wist niet waardoor, het was hem in ieder geval enorm bevallen, niet de ironie, *mais la tactique*.

Ik begreep niet goed wat hij met die tactiek bedoelde – hij dacht misschien dat het een manier was om haar gevoelens voor mij te verbergen. Vier keer hadden ze elkaar getroffen tijdens het bal en telkens hadden ze gepraat. Hij had met opzet niet gedanst om zo veel mogelijk gesprekjes met haar te kunnen aanknopen.

De volgende morgen was hij naar Koeznetsk doorgereisd. Hij was er vijf dagen gebleven. Op de terugweg had hij opnieuw een etmaal in Barnaoel doorgebracht. De lunch had hij bij Gerngross thuis gebruikt en hij was er tot het vallen van de avond gebleven. Hij was uitstekend onthaald door de heer des huizes. Een en al gastvrijheid. Aan tafel was hij een tikkeltje tactloos geweest: de jongste zoon van Katja, een kind van een jaar of acht, had hij een leuk ventje gevonden en hij had gezegd dat hij als twee druppels water op zijn moeder leek. Zij had geantwoord dat hij niets met haar gemeen had. 'O, u vergist zich deerlijk,' had hij tegengeworpen, en hij had alle overeenkomsten tussen het knaapje en Katja opgesomd. Naderhand had hij vernomen dat het joch in de familie voor een misbaksel en een klein monster werd gehouden. Fijn compliment had hij de moeder gemaakt!

Na de maaltijd had hij nog even onder vier ogen met Katja kunnen praten. Ze had hem toegefluisterd dat ik haar al zijn brieven had laten lezen. Na enkele veelbetekenende blikken had ze hem mijn portret gegeven.

Misschien wist hij nog niet van het duel en van de tussenkomst van Gerngross, maar hij had wel in de gaten dat ik me de woede van Katja's man op de hals had gehaald. Vier maanden waren inmiddels voorbijgegaan sinds die nevelige morgen waarop ik mijn leven won en Katja verloor. Het deed me pijn om over haar te moeten lezen in een brief die over veel andere dingen ging en waarin ze een soort annex was. Ik miste haar van de vroege morgen tot de late avond. De nacht hadden we zelden samen doorgebracht; ik miste haar als ik in het eerste zonlicht keek of als ik door een van de parken van de stad liep, alleen. En dan te moeten lezen dat ze zich alweer kostelijk vermaakte op haar verjaardagsbal...

Wat me het meest verbaasde in Fjodors brief was de montere, bijna kluchtige toon. Zijn huwelijk? Ach, dat was nog een kwestie van weken, er waren nog een paar dingetjes te regelen en hij miste nog duizend roebel voor de uitzet, maar die zou hij wel aan een rijke oom in Moskou vragen of aan Kovrigin. Herinnerde ik me hem nog? Luitenant-kolonel Kovrigin, de mijningenieur?

Geen greintje wanhoop meer, geen glimp van vertwijfeling. Over mijn liefdesperikelen stapte hij luchtigjes heen, alsof het bij hem menens was en bij mij een grap. Die zeshonderd roebel kreeg hij algauw van zijn rijke oom in Moskou, plus nog eens tweehonderd roebel van zijn zuster Varvara. Ook Kovrigin schoot hem te hulp: hij had maar twee woorden hoeven zeggen en de kolonel had hem zeshonderd roebel geleend.

Zijn broer Michaïl was nog niet over de brug gekomen, maar hij had een waslijst aan cadeaus aan hem doorgegeven die allemaal bestemd waren voor Maria: een voorjaarshoedje voor Pasen, zijdeachtige stof voor een jurk (maakte niet uit welke stof, een kleur die in de mode was en die bij haar blonde haren paste),[54] een korte mantel, een half dozijn Hollandse dameszakdoekjes, twee kappen met blauwe linten, leuke linten graag, een halsdoek van ajour breisel, als dat niet te duur was. Michaïl nam vast aan dat de aanstaande van zijn broer deze lijst had opgesteld, maar het zou me niet verbazen als Fjodor zelf in een notitieboekje had bijgehouden wat ze aan moois verlangde.

Met 1400 roebel op zak en vele geschenken in het vooruitzicht was het nog slechts een koud kunstje om Maria aan zijn kant te krijgen. Financieel had hij de zaken op orde. In de brieven aan zijn broer en aan Majkov rekende hij uit dat hij minimaal duizend roebel kon innen voor wat hij de afgelopen jaren geschreven had, op voorwaarde natuurlijk dat hij het gepubliceerd zou krijgen. Met die duizend roebel kon hij de leningen terugbetalen. Geen vuiltje meer aan de lucht.

Toch deed hij nog een laatste poging om de schoolmeester aan een betere baan te helpen. Vergoenov was hem inmiddels 'even lief als zijn eigen broer'. Een examen dat hij in Tomsk zou moeten afleggen kon hem recht geven op een rang en een baan met een inkomen van duizend roebel. Als een invloedrijk persoon naar de directeur van het lyceum in Tomsk zou schrijven, dan zou dat fors helpen. Hij vroeg me het koehandeltje op touw te zetten. De *jongeman verdiende het*. Mijn vader of een van mijn Petersburgse kennissen kon het ministerie van Onderwijs vragen Vergoenov aan te bevelen bij de directeur van het lyceum. Beter was het nog als ik Apollon Majkov inschakelde. De dichter kende de minister van onderwijs Vjazemski, en dan kon Vjazemski aan de directeur van het lyceum schrijven. Hij vroeg me

– 'in hemelsnaam, toe, wees als een broer voor mij' – dit balletje zo snel mogelijk aan het rollen te brengen.

Hij beschouwde onderhand iedereen als zijn broer.

Ik begon te vermoeden waarom Fjodor Michajlovitsj zijn rivaal de helpende hand toestak. Tijdens de vier dagen die hij in november in Koeznetsk had doorgebracht, had hij Maria ervan weten te overtuigen met hem te trouwen. Maria had het de schoolmeester zelf verteld, in aanwezigheid van Fjodor Michajlovitsj. Hij had geen stampij gemaakt en was Fjodor niet naar de keel gevlogen. Waardig en met een rustig knikje had hij zijn nederlaag geïncasseerd. Fjodor kennende zal hij gedacht hebben dat zulk nobel gedrag een compensatie verdient. Vandaar dat hij me in het Frans over de onderwijzer schreef: *il le mérite*.

Op zondag 27 januari vertrok Fjodor Michajlovitsj voor vijftien dagen naar Koeznetsk met het heilige voornemen met Maria Dmitrijevna voor de priester te verschijnen. Volstrekt zeker of het huwelijk zou doorgaan was hij nog niet. Maria kon zich bijvoorbeeld niet lekker voelen, schreef hij me vlak voor vertrek. Of ze kon nog niet klaar zijn voor de plechtigheid. Of ze kon de geestelijke er niet van overtuigen op zo'n korte termijn een huwelijk in te zegenen; het was immers vlak voor de eerste korte vastentijd van het kerkelijk jaar. Maar hij vertrok toch maar.

Ik veronderstel, in zijn nieuwe uniform. Direct na zijn bevordering tot officier had hij geld van me geleend voor twee uniformen en had hij me gevraagd wat bijbehorende spullen te sturen die hij in Semipalatinsk niet kon krijgen, zoals een sjako, zo'n stijve hoge pet in de vorm van een afgeknotte kegel. Officieren werden geacht hun uniformen zelf aan te schaffen en op maat te laten maken. Hij had een uniform voor alledag nodig en een gala-uniform, plus een officierspluim voor de sjako, epauletten en genummerde koperen knopen.

Over die sjako en die epauletten schreef hij me twee weken voor het huwelijk nog, maar over de redenen waarom Maria ten langen leste voor hem gekozen had zweeg hij in alle talen. Later bazuinde hij overal rond dat hij twee dagen achtereen met Maria had gesproken, dat er vele tranen waren gevloeid en dat ze elkaar uiteindelijk in de armen waren gevallen. Misschien stelde hij het graag zo aan de buitenwereld voor, maar in de drie brieven die hij me na die ontmoeting met Maria stuurde, rept hij met geen woord over zo'n dramatische scène, die eerder in een toneelstuk past.

Wat had uiteindelijk de doorslag gegeven?

Maria was ervan onder de indruk geraakt dat hij *twee jaar lang* naar haar hand was blijven dingen terwijl ze elkaar gedurende lange periodes niet hadden gezien. De langste periode had tien maanden geduurd; in die zomer en herfst van 1856 had hij haar vrijwel iedere dag geschreven. Een beter bewijs dat hij om haar gaf had hij niet kunnen leveren.

Trouw had Maria hoog in het vaandel staan, en niet alleen omdat ze jaloers van karakter was. Ze had een zwakke gezondheid, hoestte vaak en was bang in de steek te worden gelaten als ze ernstig ziek zou worden. Vanwege haar tere gestel bezocht ze bijna iedere dag de Kerk van de Moeder Gods om een kaarsje te branden. Haar vroomheid stelde hij op prijs, hij grinnikte nooit over die kaarsjes en vond het geen weggegooid geld.

Met zijn nieuwsgierige, onderzoekende aard was hij sowieso een interessante man, interessanter althans dan de schoolmeester. Over het geloof en over Rusland had hij zoveel ideeën dat ze wel duizend avonden met hem dacht te kunnen praten (dat had ze mis, als hij over één onderwerp wenste te zwijgen dan was het religie) en aan conversatie op niveau was zij evenzeer verknocht als aan het hardop voorlezen van gedichten.

Daar stond zijn armoe tegenover. Echt uitzichtloos was die niet. Het had haar verbaasd hoe snel hij 1400 roebel bij elkaar had weten te krijgen, iets wat ze de schoolmeester niet een-tweedrie zag doen. Het enige initiatief dat *hij* in die richting had genomen was zich inschrijven voor een examen. De schoolmeester was weliswaar jong, knap en gezond maar in zijn familie of vriendenkring kende hij helaas niemand die hem ook maar een stuiver wilde voorschieten.

Zo zal ze gedacht hebben. Maar één ding had toch de meeste indruk gemaakt.

Het was zo goed als zeker dat F.M. een plaats voor Pavel had weten te bemachtigen aan de Cadettenschool in Omsk. Dat hij zich dermate had ingespannen om haar zoon de best mogelijke opleiding te geven, had haar ontroerd. Hij had zich als een vader over Pasja ontfermd. Ze was er vast van overtuigd dat hij dat in de toekomst zou blijven doen.

In dat laatste vergiste ze zich niet: Dostojevski zou zich altijd om Pavel blijven bekommeren als was het zijn eigen kind. Hij voelde een grote genegenheid voor de jongen, en vraag mij niet waarom. Toen ik Pavel op zijn zevende jaar leerde kennen, was hij al een zelfingenomen knulletje met een irritant arrogante blik in de ogen en een uiterst pedante houding. Een kwarteeuw later kwam ik hem nog eens tegen. Hij was toen geen spat veranderd en ik vond hem nog even onuitstaanbaar. Dostojevski zou zich daarentegen altijd lovend over Pasja blijven uitlaten, ook tegenover mij.

Ik vermoed dat Maria praktisch heeft gedacht en haar moederhart heeft laten spreken: Fjodor zou haar kind een goede opleiding kunnen bieden. Dat hij garant stond voor de toekomst van haar zoon heeft uiteindelijk de doorslag gegeven.

Op 6 februari 1857 trad F.M. in het huwelijk met Maria Dmitrijevna in de Odigitria Kerk in Koeznetsk.[55] Een van de vier getuigen was de schoolmeester. Hij was de getuige van de bruidegom. Vergoenov zette zijn handtekening onder die van Dostojevski in het trouwregister. Ik had het graag met eigen ogen gezien: hoe eerst de kersverse echtgenoot zijn handtekening zette en toen zijn rivaal. En hoe de ziekelijke dame toekeek, terwijl ze een hoest onderdrukte.

Een echte bruiloft werd het niet. In de avond gebruikten Fjodor en Maria met de getuigen en de priester een eenvoudig maal en dronken champagne. Aan de zijde van Maria zaten de hoofdcommissaris van politie en een boer die een huisje verderop in de straat bewoonde. Deze twee getuigen van Maria waren in het gezelschap van hun vrouw. Voor Fjodor was een ambtenaar van de burgerlijke stand tweede getuige geweest. Hij was niet getrouwd, wat een couvert scheelde. Ook de priester was alleen gekomen, hij babbelde met de kleine Pavel, die voor het eerst van zijn leven een kostuum droeg. Ter rechterzijde van Dostojevski zat Maria, ter linkerzijde Vergoenov. Het was een symbolische tafelschikking.

Gemoedelijk kan de sfeer niet geweest zijn. Fjodor had de schoolmeester uitgeschakeld na een lang gevecht dat hij voornamelijk met zijn pen had gevoerd en op twee ontmoetingen na vanaf een grote afstand. Wat zal hij gedacht hebben? Inkt overwint? Of was hem niets te binnen geschoten en had hij alleen flauwtjes naar Pavel geglimlacht?

Gedurende de volgende dagen bereidde het jonge echtpaar de verhuizing naar Semipalatinsk voor, waar een houten huis met vijf hoge ramen aan de voorkant en vijf hoge ramen aan de achterkant en met groene luiken tegen zon en kou op hen stond te wachten. Zowel voor Fjodor als voor Maria was dat huis een enorme vooruitgang: het telde een eetkamer, een salon en vier slaapkamers. Het was groter dan het huis dat ik in Semipalatinsk had gehuurd maar er lag geen grond omheen en ik raadde Fjodor in een briefje aan de Kozakkentuin aan te houden voor de zomer.

Op 14 februari gingen de jonggetrouwden in alle vroegte op weg in een door vier paarden getrokken rijtuig. De schoolmeester bleef in Koeznetsk achter.[56] Hij paste op Pavel en zette hem een paar weken later op de postkoets zodat hij zich bij zijn moeder en zijn stiefvader kon voegen. In zijn nieuwe huis zou hij algauw het bericht krijgen dat hij tot de Cadettenschool in Omsk was toegelaten. Fjodor had het inderdaad goed geregeld voor de jongen.

De tocht naar Semipalatinsk was lang en uitputtend. Het sneeuwde de hele dag. Af en toe stak een ijzige wind op. Tot tweemaal toe gleed het rijtuig van de weg en dreigde te kantelen.

Laat in de avond bereikten Fjodor en Maria Barnaoel, waar ze te gast waren bij graaf Semjonov, een oude vriend van Dostojevski. Bij hem thuis brachten ze hun wittebroodsdagen door.

Een imposant huis aan de voet van het Altajgebergte. Geheel van hout. Lage plafonds om de warmte vast te houden, kleine vensters, ruime vertrekken en brede trappen. Ik kende het, ik had er gelogeerd. Een gastenvertrek met een open haard waarin de houtskool gloeide. Het was daar dat zich op de heldere winternacht van de 15de februari bij vollemaan de ommekeer voltrok.

EEN VREEMDE IN HUIS

Of het tijdens of kort na de liefdesdaad gebeurde, vertrouwde hij me niet toe. Erover praten zou hij nooit. Hij schreef me er alleen over met een half woord en vertrouwde erop dat ik de rest kon invullen. Het gebeurde in ieder geval in de slaapkamer.

Eerder op de avond had hij met Maria en graaf Semjonov een lichte maaltijd gebruikt en een paar glazen champagne gedronken. Hij kende Semjonov uit Petersburg, waar ze samen hadden deelgenomen aan de bijeenkomsten bij Petrasjevski. De graaf was over het hoofd gezien bij de arrestaties en voelde zich daar nog altijd een beetje schuldig over ten opzichte van zijn vroegere kameraden die de dans niet ontsprongen waren. Het zal de reden zijn geweest dat hij Dostojevski met zijn jonge bruid vorstelijk onthaalde: terwijl Fjodor zijn jaren in het strafkamp sleet, had de graaf in alle rust en vrijheid in Berlijn gestudeerd. In 1856 was hij naar Barnaoel gestuurd voor geologisch onderzoek.

Maria maakte indruk op de graaf. Uit de conversatie bleek dat ze onderlegd was en niet schroomde haar mening naar voren te brengen. Het deed hem plezier dat Dostojevski een vrouw had gevonden die haar opleiding had genoten aan een van de eerste middelbare meisjesscholen van het land. Een lot uit de loterij, want een onderlegde vrouw was een zeldzaamheid in Siberië. Hij vond haar levendig, gevat.[58]

De graaf was een echte charmeur. Een geparfumeerde ellendeling, als ik het mag zeggen, zo stiekem als alleen een snob uit Petersburg dat kon zijn. Maar laat ik niet op de gebeurtenissen vooruitlopen.

Fjodor noch Maria was de vermoeienissen van de reis te boven gekomen. Halverwege de avond verontschuldigden ze zich en trokken zich in de slaapkamer terug. Het kan ook diplomatieke vermoeidheid zijn geweest. Fjodor had me eens toevertrouwd dat het hem een hemelse ervaring leek om zich iedere nacht tegen zijn vrouw aan te vlijen. De zinnelijke liefde was voor hem te lang gepaard gegaan met haast en heimelijkheid.

Ze beleefden hun eerste ogenblikken van echtelijk geluk. Toen kreeg hij zijn ergste aanval ooit.

Uit zijn borst kwam een schreeuw. Een nergens op gelijkende schreeuw, dierlijk noch menselijk. Een schreeuw die uit de borst van een ander leek te komen. Hij gleed uit het bed, kronkelde over de vloer, stootte schuimvlokken uit. De stuiptrekkingen benamen hem de adem, vervormden zijn mond, knepen zijn keel dicht. Hij kreeg het verschrikkelijk benauwd, de urine liep langs zijn bovenbenen.

Dodelijk verschrikt vroeg Maria wat er aan de hand was. Hij kon geen woord meer uitbrengen, zijn gezicht werd volkomen misvormd, met name de blik. Nog even probeerde hij zich op te richten; toen verloor hij het bewustzijn.

Maria was er zeker van dat hij dood zou gaan. Ieder moment dreigde hij te stikken. Verstard van angst durfde ze niet eens zijn hand beet te pakken. Ze gilde het uit en schreeuwde om een dokter.

Graaf Semjonov rende de trap op en stoof de logeerkamer binnen. Hij had direct een vermoeden van wat er aan de hand was, schoof een kussen onder Dostojevski's hoofd, trok zijn armen en benen recht en droeg Maria op bij hem te blijven. 'Hij gaat niet dood,' zei hij, 'hij zal het redden. Probeer kalm te blijven.'

Weer beneden greep hij naar zijn mantel, liep naar de stallen, maakte de koetsier wakker en stapte in het rijtuig om een dokter te halen. Ondanks het late uur was die binnen een half uur ter plekke. Dostojevski was toen net aan het bijkomen.

Met de dokter had hij geluk. Een kundige en in de hoofdstad afgestudeerde arts die door de directie van de zilvermijnen naar

Siberië was gehaald. Geen dorpse kwakzalver. In tegenstelling tot alle voorgaande diagnoses stelde hij vast dat F.M. aan epilepsie leed, aan *le grand mal*, of *le mal caduc*, zoals dat destijds heette, en dat hij er rekening mee moest houden dat hij tijdens een volgende aanval kon stikken door een spastische kramp in de keel.

Maria zal het met afschuw hebben aangehoord. Niet alleen had Fjodor haar nooit iets over zijn ziekte verteld, zij had ook geen enkel idee van het chronische karakter van epilepsie. Hij rook naar urine, zijn haren waren nat van het zweet; hij stonk. Het meest hadden zijn ogen haar afgeschrikt: groot als knikkers met afgrijselijk opengesperde pupillen. Ook de spasmes in de wangen en de mond hadden haar bang gemaakt, de op elkaar geklemde kaken die leken te breken, de knarsende tanden, de schuimvlokken. Ze had de waanzin in zijn gezicht gezien.

Ze vroeg zich ongetwijfeld af of ze deze man ooit nog kon beminnen, koesteren, kussen. Of ze hem ooit nog in de armen kon nemen zonder te denken dat het wéér zou gebeuren.

Van het ene op het andere moment moest hij een vreemde voor haar zijn geworden. Ze vreesde dat ze hem niet eens haar medelijden kon bieden. De walging die ze direct na de aanval had voelen opkomen wilde niet zakken laat staan veranderen in berusting.

Hij ontweek haar blik. Hij had liever dood willen zijn. Het niet meer onder controle hebben van zijn lichaam gaf hem dat alles verpestende gevoel van schaamte. De geur van rotte eieren die uit zijn mond kwam maakte hem bijna misselijk, dus hoe erg moest het voor haar zijn?

Nog voor ze goed en wel samenleefden, was de vertrouwdheid verdwenen. Zowel voor hem als voor haar zou de angst voor herhaling altijd aanwezig blijven. De aanval dreef een wig tussen hen. Hun samenzijn zou niet de gedroomde eenheid inluiden maar de terugval naar de eenzaamheid.

Ze moet hem onderzoekend hebben aangekeken toen hij rustiger ademde. Met zijn grijze ogen, die weer normaal waren geworden, probeerde hij te glimlachen, maar het idee moet onherroepelijk bij haar zijn opgekomen dat ze de verkeerde man had gekozen. Altijd zou ze bang zijn dat het opnieuw zou gebeuren, altijd zou ze vrezen dat hij er ditmaal in bleef. De waanzin op zijn gezicht. De schreeuw die uit een ander lichaam leek te komen, uit het lichaam van een krankzinnige. Nooit had ze op zijn avances in moeten gaan. Waarom had hij het haar niet eerlijk verteld? Vallende ziekte... Waarom had hij haar niet op de verschijnselen voorbereid? Het was een horreur om aan te zien.

Ze had de verkeerde man getrouwd. Toen ze het voor de zoveelste maal tegen zichzelf zei, voelde ze zichzelf ziek worden. Ze hoestte en proefde achter op haar tong bloed.

Zo zal het gegaan zijn, in die duistere winternacht.

Hij moest vier dagen het bed houden. De aanval had hem lichamelijk en moreel uitgeput. De dokter was teruggekomen. 'Omwille van de liefde van Christus,' had Fjodor Michajlovitsj gevraagd, 'wees eerlijk tegen me.' De beste man had er geen doekjes om gewonden. Hij bleef bij zijn diagnose dat Dostojevski aan de zwaarste vorm van epilepsie leed en voorspelde dat hij de verstikkingsdood riskeerde als hij zich niet adequaat liet behandelen en de nodige voorzorgsmaatregelen nam. Vooral in de dagen vlak voor vollemaan moest hij zich niet vermoeien.

Hij hoorde het als een veroordeling aan. Voor hij trouwde had hij nog geloof gehecht aan de artsen die hem verzekerden dat hij slechts aan zenuwaanvallen leed en dat die over zouden gaan als hij zijn manier van leven aanpaste. Het bekende devies: goed slapen, gezond eten, weinig drinken, weinig roken. Als hij geweten had dat hij aan *le mal caduc* leed, zou hij niet in het huwelijk zijn getreden.

Natuurlijk wist hij al heel lang dat hij aan de vallende ziekte leed. Hij had me erover verteld en geschreven. Hij wist het, ja, maar er zijn verschillende vormen van weten. Hij wist het op grond van een vermoeden. Nu had hij de zekerheid dat hij als een getekende door het leven zou gaan. Vermoeden is een dal, zeker weten een ravijn waar je nooit meer uit komt.

Om *echte* dokters te consulteren, schreef hij me, en om de juiste maatregelen te treffen, zou hij ontslag uit militaire dienst moeten nemen en naar Rusland moeten terugkeren – maar hoe kreeg hij dat voor elkaar?

Hij was weer even somber als toen ik in Semipalatinsk afscheid van hem nam; hij had alle hoop verloren. In de ogen van zijn vrouw had hij afgrijzen gezien; dat was het ergste van alles. Ze was er ziek van geworden, een ziekte die ongetwijfeld nooit meer zou overgaan.

Hij schreef het me allemaal drie weken na het gebeurde, toen hij inmiddels samen met Maria doorgereisd was naar Semipalatinsk en zijn intrek had genomen in hun nieuwe huis. Als ik zijn brief van 9 maart naast zijn voorgaande brieven leg, lijkt een andere man aan het woord te zijn. Verdwenen is de Fjodor Michajlovitsj die gek van liefde tot alles in staat is. Verdwenen is de jonge bevlogen hemelbestormer die over zijn woorden struikelt en een leeftijdsgenoot van mij had kunnen zijn. Door de gebeurtenissen in Barnaoel was hij in één nacht tijd een half mensenleven ouder geworden. Opeens lagen weer elf jaren tussen ons in, jaren die voor hem drie keer zo zwaar waren geweest als voor mij. Hij schreef me op rustige toon in lange kalme zinnen die verstandig klonken en tegelijkertijd een verlammende vermoeidheid verraadden. Hij had geen enkel animo meer, leefde met de smartelijkste desillusie van een pasgetrouwde man maar wilde die nog amper benoemen.

Het zou lang duren voor hij over de tegenslag heen was. Nadat hij alles gewonnen dacht te hebben was hij alles kwijtgeraakt: zijn vrouw, zijn kracht, zijn levensvreugde en zijn geloof in de toekomst. Het duurde tot hij *De idioot* schreef voor hij een innerlijk evenwicht hervond omdat hij in die roman zijn epilepsie een zeker aura wist mee te geven.

Geen roman van Dostojevski is persoonlijker dan *De idioot*, of het moeten de *Aantekeningen uit het dodenhuis* zijn, maar dat is niet echt een roman. *De idioot* is zijn apologie. Als ik over de hoofdpersoon vorst Mysjkin lees, die als de Messias wil zijn maar geen redding brengt, hoor ik Fjodor Michajlovitsj praten. Voor vorst Mysjkin is epilepsie een mystieke pijnervaring die hem boven gewone mensen uittilt. Het begin van de aanval ervaart hij als magisch. Het is alsof er vlak voor hem iets opensplijt: zijn ziel wordt verlicht door een ongewoon *innerlijk* licht. Het duurt misschien maar een halve seconde, maar in die halve seconde is het zo helder dat hij het zich blijft herinneren als een hemelse stralenkrans. Daarna dooft zijn bewustzijn en treedt het volledige duister in.

In Semipalatinsk betrokken Fjodor en Maria ieder een slaapkamer. *Chambre à part* is voor de meeste echtparen de eindfase na dertig jaar huwelijk. Zij begonnen zo.

In de slaapkamer van Maria kwam het portret van mij op de commode te staan, het portret dat ik Dostojevski had doen toekomen. Ik weet niet of ik daar Maria's genegenheid voor mij in moest zien of haar teleurstelling in Fjodor. Ik vond het in ieder geval pijnlijk om te lezen.

Ze waren vreemden van elkaar geworden. Vreemden in één huis.

KATJA DE VERSCHRIKKELIJKE

Hij kwam als een gebroken man uit zijn wittebroodsweken. De arts in Barnaoel had hem duidelijk gemaakt dat hij nooit genezen zou van de chronische ziekte waaraan hij leed en de kans op herhaling even voorspelbaar was als de seizoenen. Op de 9de maart 1857 schreef hij me geen brief maar een halve novelle. Hij had een gewillig oor nodig, ook al bevond zich dat vijfduizend werst westelijker. Ik zag dat als de beste illustratie van onze vriendschap en van het grote vertrouwen dat we in elkaar hadden. Wat ik minder goed begreep was waarom hij in één moeite door mijn vader moest aanwijzen als de bron van al mijn zorgen, en het beeld dat ik van Katja had aan gruzelementen moest slaan. Het was alsof het hem opluchtte dat hij niet over *zijn* maar over *mijn* verdriet kon uitweiden.

Ik had hem bericht dat mijn vader me wilde uithuwelijken aan de piepjonge mejuffrouw K., die ik weliswaar charmant, lief, intelligent en hoogst ontwikkeld vond, maar die bij mijn vader vooral in de smaak was gevallen omdat ze van adel was en uit een familie kwam die tal van landgoederen bezat. Aangezien mijn vader grond als de belangrijkste basis van succes zag, wilde hij haast achter het huwelijk zetten.[57] Ik stond echter op punt van vertrek: de expeditie waaraan ik zou deelnemen zou aan het begin van de lente uitvaren.

De ruzie met mijn vader was een verschrikkelijke geweest. F.M. probeerde me te troosten. Uit eigen ervaring wist hij hoe moeilijk dergelijke conflicten te verdragen waren, temeer daar duidelijk was dat mijn vader en ik van elkaar hielden. Wat zich tussen ons had afgespeeld was een cumulatie van misverstanden geweest. Het zou dan ook veel voeten in de aarde hebben voor er een uitweg was gevonden. Alles nog eens uitpraten zou de eendracht niet terugbrengen, een vergelijk zou niet langer dan een enkel ogenblik duren. Er was in Fjodors ogen maar één redding mogelijk: op reis gaan. Vertrekken zou de afdoende remedie zijn. Een paar dagen na het afscheid zou ik het hart van mijn vader alweer teruggewonnen hebben en dan zou hij als eerste de schuld op zich nemen van al het onverkwikkelijke dat was voorgevallen.

Het viel me opnieuw op hoe sterk hij zijn eigen vader terugzag in de mijne. Ondanks de grote verschillen: belangrijke beslissingen als huwelijk of loopbaan had Fjodor Michajlovitsj in zijn eentje kunnen nemen. Hij was nog geen achttien jaar oud geweest toen zijn vader stierf; sindsdien had hij alleen advies van zijn oudste broer ingewonnen. Maar de moeilijkheden die ik met mijn vader had zag hij als de problemen die hij met zijn vader *gehad zou hebben* als de man langer was blijven leven. Dat de verhouding met zijn vader erg slecht was geweest, bleek wel uit wat hij me schreef: dat hij uit eigen ervaring wist hoe moeilijk dit soort conflicten te verdragen waren. De gevolgen zag hij in mij terug: hypochondrie en een ziekelijke gevoeligheid. Precies dezelfde kwalen waaraan hijzelf leed! Ik mocht van geluk spreken dat ik jong was en dat de achterdocht en de argwaan zich bij mij nog niet gemanifesteerd hadden. Lange reizen zouden me behoeden voor zwartgalligheid.

De mogelijkheid van een huwelijk moest ik echter niet uit de weg gaan. Zoals hij het bekeek zou het me de beste kans bieden om alle problemen in één klap op te lossen en mijn leven een beslissende wending te geven. Hij beperkte zich tot een meer algemene mening. Die kwam erop neer dat ik beter af zou zijn als ik gehoor zou geven aan de wens van mijn vader.

Het nuchtere advies verbaasde me. Hij was verliefd geworden op een getrouwde vrouw en had hemel en aarde bewogen om haar te krijgen, zonder zich te storen aan de zienswijze van zijn broer, zijn zusters en zijn vrienden. Zowel de morele als de praktische, financiële en materiële bezwaren had hij weggewuifd als een stupide uiting van ouderwetse bekrompenheid. Maar *ik* moest omwille van wat landgoederen maar snel de baronesse trouwen en terstond gaan werken aan het nageslacht, waarna mijn trotse vader over de brug zou komen met een jaarwedde en wat dies meer zij.

De rebel was *hij*. Ik moest me als de baron in pofbroek gedragen die alle conventies in acht nam. Zijn conclusie? Een huwelijk met een goede partij bood zoveel voordelen dat daar wel wat chagrijn tegenover mocht staan. Ietwat koddig hield hij me voor dat ik ook weer niet een vrouw moest nemen die érg veel rijker was dan ik, dat zou de verhoudingen scheeftrekken. Door het jawoord te geven, kon ik mijn vader echter tevredenstellen, en in één moeite door een punt zetten achter mijn verhouding met Katja.

Hoe hij over Katja dacht had hij lang voor zich gehouden. Hij wilde een poging wagen een reëel beeld van haar te schetsen, ook al besefte hij dat hij zich op glad ijs begaf. In zijn oordeel zou hij voorzichtig zijn; hij wilde me niet diep in het hart treffen en evenmin als een roddelaar of lasteraar overkomen. Katja – daar kwam het dan – was de liefde die ik haar toedroeg niet waard. Zij stond verre onder me. Ik had me vergist in haar.

Vergist? Ik was verliefd geworden op de vrouw van de directeur-generaal van de zilvermijnen en op de moeder van zes kinderen. Ik wilde niet alleen met haar samenleven, ik wilde haar huwen, waarvoor zij voor de wet en voor de Kerk een echtscheiding zou moeten aanvragen. Ik was niet gek, als ze ja had gezegd, zou ze niet een rotje in de salon van de aristocratie hebben geworpen maar een morele bom tot ontploffing hebben gebracht. Ikzelf had de verachting van alle hoge ambtenaren in Siberië en Sint-Petersburg geriskeerd en van mijn godganse familie, broers en zusters incluis. Omwille van haar had ik bijna het leven verloren in een duel en desondanks kon ik haar niet opgeven. Waarom niet? Omdat ik me niet vergist had in de liefde die ik in haar ogen had gezien. Ik bewonderde haar durf, die zowel uitdagend als nobel was. Zij verenigde voor mij de beste eigenschappen van een onafhankelijke vrouw.

Hij geloofde daarentegen dat ik me verkeken had op haar. Tegen beter weten in was ik blijven hopen dat ze me standvastigheid en trouw zou bieden en alles wat uit een zuivere en intense liefde voortkomt. Zij was daartoe niet in staat, zij kon alleen een kort moment van geluk en genot schenken – één moment slechts; meer kon ze niet beloven, en als ze dat wel deed, zou ze zich in de vingers snijden. Van dat ene moment kon ik genieten, daarvoor mocht ik haar oneindig dankbaar zijn, maar alle andere illusies moest ik uit mijn hoofd zetten. Ik zou haar pas echt gelukkig maken als ik haar voortaan met rust liet.

Met dat ene moment doelde hij op het moment in bed. Ik had haar minnaar mogen zijn en moest nu ophoepelen. Met mijn praatjes over liefde en huwelijk was ik aan het verkeerde adres.

Ik wilde daar nog niet aan. Een waarheid moet je zelf ontdekken, anders is het geen waarheid maar het inzicht van een ander.

Katja hield boven alles van het genot, diagnosticeerde hij. Ze lééfde voor dat ene moment en, wie weet, schatte ze van tevoren in waar de grenzen lagen. Het viel natuurlijk te betreuren dat ze met de gevoelens van een ander speelde. Zij geloofde ongetwijfeld dat ze niets laakbaars tegenover mij deed en redeneerde in de trant van: 'Ik heb hem geluk gegeven; laat hij daar tevreden mee zijn; zo vaak komt dat niet voor, en wat voorgevallen is, was zo slecht toch niet? Waarom is hij dan niet in zijn sas?'

Een dergelijk schepsel was in staat me innige vriendschap *ad vitam aeternam* te beloven, of de liefde nog eens te herhalen in het geval van een nieuwe ontmoeting. Maar vanaf zijn eerste reis naar Barnaoel, in november, was het hem opgevallen dat ze een punt achter haar affaire met mij wilde zetten.

Tegelijkertijd was ze stiknieuwsgierig naar mij geweest. Het ene moment had ze aardig en beleefd tegen hem gedaan, het andere was ze vol argwaan en achterdocht geweest. Haar man ontving hem met een buitengewone hartelijkheid en hij vond dat best prettig. Het had hem verwonderd dat Gerngross zo sterk tegen mij gekant was en dat Katja in zijn aanwezigheid en in de nabijheid van vele anderen met dedain en spot over me had gesproken.

Ze had de draak gestoken met het portret van mij. Het gaf precies mijn verwaandheid, behaagzucht en zelfingenomenheid weer. Hij was ervan geschrokken toen ze dat zei, hij had haar gevraagd of ze werkelijk zo over me dacht. Het antwoord was zonder omwegen 'ja' geweest.

Ik las het met pijn in de borst. Wie had om dat portret gevraagd? Fjodor. Wie had me aangemoedigd het te laten maken? Katja. Wie was hier nu verwaand of koket? Ik snapte werkelijk niet hoe ze dat in het openbaar durfde te zeggen. Of bedoelde ze dat ik op het portret als een arrogante en zelfingenomen man was afgebeeld? In dat geval was haar liefde voor mij een farce geweest.

Beledigd worden is tot daaraan toe, maar als dat gebeurt door iemand die je duizendmaal haar liefde heeft betuigd, is dat iets waaraan je, als je even niet in staat bent tot relativeren, dood kunt gaan. Ik zat echt te sidderen toen ik het las.

De volgende elf regels had F.M. weggestreept, met zulke dikke strepen dat ze wel bijzonder onaangenaam voor me moeten zijn geweest. Katja had hem iets toevertrouwd, maar wat? Het duel? De sommatie van haar echtgenoot? Hij ging maar snel verder over haar man.

Le mari had hem in een tête-à-tête toevertrouwd dat hij eertijds op me gesteld was geweest maar dat ik me ontpopt had als een ellendeling van de ergste soort. Het speet hem dat hij me had leren kennen. F.M. vermoedde dat Gerngross boos op me was geworden omdat ik loslippig was geweest. Dat ik een verhouding had (of had gehad) met zijn vrouw was tot daaraan toe, op voorwaarde dat niemand het zou weten. Hij wist echter dat ik een vriendschappelijke correspondentie met F.M. onderhield en veronderstelde dat ik hem op de hoogte had gehouden van het wel en wee in mijn liefdesleven. Fjodor was er zo goed als zeker van dat Katja alvast haar maatregelen had genomen en haar man tegen mij had opgezet, door hem te vertellen dat ik prat ging op mijn veroveringen. Natuurlijk was dat allemaal uit voorzorg gebeurd, maar ik moest toch weten dat Katja mij er kennelijk van verdacht weinig discreet te zijn.

Waarom had hij dat niet tegengesproken? Hij wist dat ik vertrouwelijk was met hem en verder met niemand. Waarom had hij me niet verdedigd toen Katja me zelfingenomen en behaagziek had genoemd? Waarom wilde hij me dit allemaal zo graag vertellen?

Het werd hoog tijd voor me, schreef hij, om me af te vragen of een liefhebbende ziel zomaar haar geliefde zwart en belachelijk kon maken, zonder daarvoor dringende redenen te hebben. En of dat dan nette manieren waren.

'Net' was het allerminst, en het ergste moest nog komen. In Barnaoel schreven alle roddels Katja een nieuwe minnaar toe. F.M. had er een echo van opgevangen. Iedereen had een stellig vermoeden om wie het ging. Omdat Fjodor met deze figuur op vriendschappelijke voet stond, was het voor hem makkelijker dan voor anderen om aan de weet te komen of er iets van waar was.

Het was waar. De naam wilde F.M. niet noemen. Hij beperkte zich tot een enkele hint. Niet een van de mijningenieurs. Was slechts voor kortere tijd uit Petersburg overgekomen. Het ging beslist niet om de markies, ook niet om Bob, wel om een man met kwaliteiten: excellent van afkomst, intelligent, gevoelig, zachtmoedig, met enkele eigenaardigheden die op zichzelf tamelijk komisch waren.

Ik wist onmiddellijk op wie hij doelde: de graaf. De graaf bij wie hij op zijn huwelijksreis te gast was geweest. De graaf die de loftrompet over zijn bruid had gestoken. De aansteller uit Petersburg die ik twee of drie keer had ontmoet voor ik naar Siberië vertrok en die me twee of drie keer met een meewarig lachje had gevraagd: 'Naar Siberië? En niet eens voor straf?' Een geparfumeerde kwal met allerlei maniertjes waarmee hij zelfs een oprechte zoeker als Dostojevski voor zich ingenomen had.

Jaloezie is als jeuk: je kunt wel zeggen dat je er geen last van hebt maar het blijft kriebelen. Graaf Peter Petrovitsj Semjonov had in Berlijn geologie gestudeerd bij de grootste geleerden van die tijd, bij Alexander von Humboldt en Carl Ritter, iets wat ik zelf erg graag had gewild. Hij was als natuurvorser naar het Tian Shangebergte gegaan, iets wat ik ook graag had gedaan. Het komische aan hem was dat hij het geluid van honderden insecten kon nadoen, iets waarom ik hem niet benijdde. Hij was gewoon een beetje getikt, wat vaker voorkomt in de hoogste kringen. Verder viel er weinig op hem aan te merken. Graaf Peter Petrovitsj Semjonov gold als een liberaal, vooruitstrevend grootgrondbezitter met hoogstaande politieke en morele idealen, iets wat we allemaal willen zijn: links en rijk. Hij scheen de voornaamste adviseur van de nieuwe tsaar te worden en zou inderdaad anderhalf jaar later in de commissie zitten die de opheffing van de lijfeigenschap voorbereidde. Hij was ook nog eens een verfijnde kunstverzamelaar met een enorme collectie Hollandse meesters.

En nu vertroetelde hij de vrouw die ik jaren had bemind en die ik tot de mijne had willen maken. Ik had hem de keel willen doorsnijden zodat ik zijn bloed over mijn handen had kunnen voelen stromen. Zeker door wat ik in de brief van Dostojevski las: dat hij veel en lovend over me had gesproken. Rivalen die veel en lovend over je spreken, zijn lafaards die geen waardig einde verdienen. Ik walgde natuurlijk vooral van Katja, maar dat was moeilijker toe te geven.

Ik schreef Fjodor Michajlovitsj niet terug. Niet direct althans en niet in de daaropvolgende maanden en jaren. Ik was niet boos, niet verdrietig, niet teleurgesteld. Ik kan ook niet zeggen dat ik iets anders, beters, warmers, opbeurenders van hem had verwacht. Ofschoon de toon van zijn brief rellerig was, begreep ik maar al te goed dat hij een afschuwelijke tegenvaller te verwerken had gekregen en dat hij me, misschien mede door het beroerde begin van zijn eigen huwelijk, in alle ernst voor Katja wilde waarschuwen. Ze was mijn liefde niet waard, schreef hij aan het einde van zijn zes vellen tellende brief; ik moest haar vergeten zonder haar al te zwaar te beschuldigen. Hij raadde me aan een baan op een ambassade te nemen en een flinke periode in het buitenland door te brengen. Dat was zijn advies, het advies van een vriend.

'Ontvlucht me niet,' schreef hij me ten slotte, alsof hij vermoedde dat hij niet de juiste woorden had gekozen om een vriendschap te bestendigen, 'ontneem me uw vertrouwen niet en in hemelsnaam, schrijf me vaker.'

Het laatste kon ik niet.

Ik dacht aan de Kozakkentuin. De vanzelfsprekendheid van de Kozakkentuin was verdwenen. De spontane en vertrouwenwekkende omgang tussen ons. Het echte en het hechte van een vriendschap.

Ik haalde diep adem, bestelde een rieten hutkoffer en maakte me gereed om scheep te gaan.

REIS OM DE WERELD

Het vertrek van de expeditie werd steeds uitgesteld, alsof niemand het nut van de onderneming inzag. Diplomatie is de som van getreuzel. Oorspronkelijk zou ik in februari naar Marseille reizen om me in te schepen aan boord van de Askold of de Vladimir, maar in juni was ik nog steeds in Sint-Petersburg.

De schepen lagen al in een zuidelijke haven omdat de kans groot was dat de Oostzee tot de lente dichtgevroren bleef. In juni voer het eskader naar de havens van Cherbourg en Brest, na de zomer zeilden de drie korvetten, drie klippers, het fregat en het transportschip voor onderhoud naar Kopenhagen.

Ik zou, zoals gezegd, de secretaris van de leider van de expeditie worden en de diplomatieke correspondentie voeren in de havens en landen die de schepen aandeden. In die functie volgde ik de schrijver Gontsjarov op. Hij had aan een eerdere diplomatieke missie naar China en Japan deelgenomen en de twee jaar durende reis aan boord van het fregat Pallas gemaakt. Delen uit zijn reisverslag waren in verschillende literaire tijdschriften verschenen; ik had ervan gesmuld.[59] Nooit zou ik zo indringend, beeldend en kundig verslag kunnen doen als hij. Alleen God kon me de kracht geven om mijn taak naar behoren uit te voeren en niet met mijn gezicht in de modder te vallen. Nou ja, op zee viel je niet in de modder, maar in China en Japan natuurlijk wel.

Om de instructies in ontvangst te nemen, bracht ik Gontsjarov in de zomer van 1856 een bezoek. Zijn reis had van september 1852 tot juni 1854 geduurd; hij was de secretaris van admiraal Poetjatin geweest. De admiraal had zich goed van zijn taak gekweten maar had de Japanners niet kunnen bewegen om hun havens voor buitenlandse schepen open te stellen. Evenmin was hij erin geslaagd diplomatieke betrekkingen tussen Rusland en Japan aan te knopen en de onenigheid over de grens bij het eiland Sachalin te beslechten. Er moest dus een nieuwe expeditie uitvaren, ditmaal onder commando van kapitein eerste rang Pavel Alexandrovitsj Perelesjin.

Gontsjarov ontving me allerhartelijkst, maar hoe ik hem ook zat aan te gapen, ik zag geen schrijver in deze man. Ik was Dostojevski gewend, die hartstocht aan de dag legde, of boosheid, of een slecht humeur, maar die in ieder geval blijk gaf van emotionele betrokkenheid. Voor Gontsjarov was alles als de as van zijn sigaar die hij voortdurend van zijn broek, zijn vest, zijn kamerjas en de leuning van de fauteuil klopte. In zijn reisverslag meldde hij droogjes dat hij twee remedies tegen storm op zee kende: je schrap zetten en een verse sigaar opsteken. Zo'n man was het.

Wat had Dostojevski ook alweer over hem opgemerkt? 'Een gentleman met de ziel van een ambtenaar, zonder ideeën en met de ogen van een gekookte vis – door God als voor de grap begiftigd met een schitterend talent.'

Rake typering. Let wel, toen hij me dat schreef, moest *Oblomov* nog verschijnen.[60]

Mijn kennis van de Duitse en Franse taal zou me van pas komen, verzekerde Gontsjarov me in een vriendelijke poging me gerust te stellen. Zeker in Japan. Ze hadden de onderhandelingen daar in het Nederlands moeten voeren, de enige vreemde taal die de Japanners enigszins beheersten en die de twee Russen die Duits spraken enigszins konden verstaan. Hun Duits was trouwens zo'n ratjetoe dat het op iedere willekeurige taal kon lijken. Als Barón vón Wrángel – hij zei het met nadruk – had ik beslist een streepje voor.

Met de Japanners was het oppassen geblazen. Slimme kereltjes. Tijdens de onderhandelingen vroegen ze wat de Russen kwamen doen. Een brief bezorgen van de Russische regering aan de Japanse regering. Daarop zeiden de Japanners: waarom zijn jullie dan voor één brief met vier schepen gekomen?

Gontsjarov moest de handen op de buik drukken om beheerst te lachen. Ik kreeg zin in de reis.

Ons vlooteskader zou Kaap de Goede Hoop ronden en afstevenen op de kusten van Oost-China en Japan. Na een hernieuwde poging om banden met Japan aan te knopen, zouden de schepen de mondingen van de Amoer verkennen.

We zouden misschien ook nog wat moeten bliktanden als de Chinezen het traktaat niet wilden naleven dat ze met graaf Moeravjov-Amoerski hadden gesloten. In dat geval moest het eskader zich laten zien in de baai van de rivier de Peiho, die de Chinezen de rivier de Hai noemen. We zouden daar niet de enigen zijn, alle mogendheden hadden een gretig oog op oostelijk Azië laten vallen en de kans was groot dat we in de baai eskaders uit Engeland, Frankrijk of de Noord-Amerikaanse staten zouden tegenkomen.

In juni 1856 was ik aangesteld, in juni 1857 was ik nog altijd niet vertrokken. Of het waren reparaties die het uitvaren vertraagden, of het waren de chaotische voorbereidingen van de expeditie. Bijna alles moest uit Rusland komen terwijl de schepen in Kopenhagen lagen te wachten. Ook het schema van de reis wisselde voortdurend. Als ik voor de zoveelste keer op het ministerie van Buitenlandse Zaken informeerde hoe de zaken ervoor stonden, kreeg ik te horen dat je zo'n reis nooit door Russen moest laten organiseren: Russische ambtenaren deden niets of spraken elkaar tegen.

Een van mijn taken tijdens de expeditie zou het aanleggen van een natuurhistorische verzameling zijn. Om advies in te winnen zocht ik in Tegel de stokoude, half verlamde maar nog altijd nieuwsgierige Alexander von Humboldt op. Van zijn legendarische *flux de bouche* was weinig meer over, door een beroerte had hij grote moeite met praten. Toch zei hij: 'Ik was graag met u meegevaren naar Japan.'

Grote mannen moet je niet oud zien, ze veranderen dan in een schim van zichzelf. Von Humboldt had zijn waardigheid behouden maar kon me geen enkel advies meer geven. Bij een wereldreiziger stel je je geen invalide voor, geen hulpbehoevende. Hij was achtentachtig jaar toen ik hem opzocht en hij zou een kleine twee jaar later sterven. Bij het afscheid zei hij: 'Maakt u zich niet al te veel zorgen in het leven; u wordt ook heel oud.'

De rest van de zomer bracht ik in Duitsland en Italië door.

Met mademoiselle K. was het niets geworden. Ik zag mezelf niet aan de zijde van dit meisje, ik kon niet met haar overweg. Voortdurend hing de schaduw van Katja over haar heen. In vergelijking met de vrouw die ik als mijn grote liefde bleef beschouwen, was ze een kind dat van toeten noch blazen wist. Ik schreef een brief aan mijn vader dat ik het werkelijk niet over mijn hart kon verkrijgen om dit tere schepsel aan mijn nukken te onderwerpen en ik schreef een brief aan de jonge baronesse waarin ik een inktzwart portret van mezelf schetste, om aan te geven dat haar geen enkele blaam trof. De brief was nog niet bezorgd of haar familie had een andere kandidaat op het oog. Het huwelijk was een bizarre koehandel in die dagen. Mademoiselle K. was ook nog eens mijn achternicht, waardoor mijn weigering met haar te trouwen veel deining veroorzaakte binnen de familie. Mijn broer Michaïl maakte het uiteindelijk goed door een meisje K. te trouwen en haar mee te nemen naar Finland, waar hij tot gouverneur was benoemd. Mevrouw de gouverneur van Finland was een halve koningin.

Om te bekomen van alle serieuze zaken wierp ik me opnieuw in een verhouding. Misschien hoopte ik dat Katja erover zou vernemen. Van haar emoties was jaloezie de heftigste en als het dan niet uit liefde was dan zou een dosis ijverzucht haar wellicht weer in mijn richting drijven. Ik bleef mijn kansen berekenen, tegen beter weten in.

Madame Z. wist niet wat aarzeling was, laat staan schroom.

Met haar belandde ik van extase in trance. In Baden-Baden kwam het dan ook onmiddellijk tot een schandaal. Terwijl ik me naar haar toe boog om haar in de hals te kussen liepen we in de grote hal van het kuuroord stijf gearmd haar man tegen het lijf. Eerst sprak heel Baden-Baden er schande van, de week daarop heel Petersburg.

Mijn vader razend, mijn broers en zussen waren ongerust en verdrietig over mijn stuurse gedrag. Siberië had me geen goed gedaan, luidde de *communis opinio* in de familie. Een misvatting: de geforceerde breuk met Katja was er debet aan.

In de herfst van 1857 vertrok het eskader dan toch. Ik begon aan mijn zeemansleven. Nooit eerder had ik een voet op een schip gezet, nooit eerder had ik het klapperen van de zeilen gehoord, maar ik vertrouwde me toe aan de deinende schoot van de zee en na een paar dagen wist ik niet beter dan dat ik er altijd thuis had gehoord. Mijn opstandigheid taande, mijn onrust verdween en mijn tranen hadden geen andere oorzaak dan de zilte wind.

In de binnenzak van mijn uniformjas droeg ik een kleine twee jaar de brief van F.M. met me mee die hij op 9 maart 1857 had verzonden, na zijn dramatisch verlopen huwelijksreis. Als het even tegenzat, las ik deze passage: 'Hevige wendingen in het leven helpen altijd. Ik was een extreme hypochonder, maar ben volkomen genezen door een abrupte ommekeer in mijn lotsbestemming. Een reis is uitstekend.'

Ik voelde me volslagen rustig worden door die regels. Fjodor waakte toch nog een beetje over me, als een oudere broer, ook al lagen langzamerhand hele continenten tussen ons.

De vaart rond de wereld verdreef de laatste restjes gewichtigheid uit mijn geest en leerde me het relativeren waartoe Russen zo moeilijk in staat zijn. Aan Siberië had ik weliswaar mijn eerste levenservaring overgehouden, maar die kon ik in Azië voortdurend aanvullen met nieuwe indrukken en verrassende ontmoetingen. Van alle leerscholen is reizen misschien niet de beste – dat zal de liefde wel zijn – maar beslist de veelzijdigste.

Meer dan bij de vorige expeditie lag het accent op Japan en de Aziatische kust van Siberië. Ik zal hier verder niet over uitweiden; mijn ervaringen zal ik beschrijven in mijn toekomstige *Siberische Herinneringen*, die ik, als God mij leidt, van plan ben te publiceren.[61]

In de eerste maanden van 1859 begon ik aan de terugreis over land. Over de dichtgevroren Amoer trok ik op in de richting van Irkoetsk. Het was een andere route dan de koeriers in die tijd namen. Zij reisden naar de haven Ajan aan de oever van de Zee van Ochotsk en gingen dan met rendieren of te paard verder tot Jakoetsk en Irkoetsk. Ik had me aangemeld om als vrijwilliger de nieuwe, nog niet verkende route over de rivier te beproeven. Die bleek 's winters een moeilijke, kronkelige, gevaarlijke en betoverend mooie te zijn. Voorafgegaan door een gids en gevolgd door een jager legde ik de zesduizend werst af in een door zes honden getrokken slee, in op de kop af zevenentwintig dagen.

Vanuit Irkoetsk stuurde gouverneur-generaal Moeravjov-Amoerski me direct door naar Sint-Petersburg om tsaar Alexander II op de hoogte te brengen van de laatste diplomatieke ontwikkelingen in het oosten van Siberië en aan de grens met China en Japan. Eind maart bereikte ik de hoofdstad te paard.

Ik kleedde me haastig om en begaf me naar het Winterpaleis om de depêche persoonlijk te overhandigen. Wachtend op mijn beurt voor ontvangst door de tsaar viel ik van vermoeidheid in slaap. De minister van Buitenlandse Zaken, vorst Gortsjakov, schudde me wakker. Als dank voor de moeite die ik gedaan had om Petersburg zo snel mogelijk te bereiken kreeg ik een strenge uitbrander van de vorst. Zo van straat had ik niet met bontmuts, bontjas en bontlaarzen voor de tsaar mogen verschijnen. Ik bracht nog uit dat ik niets anders bij me had dan die bontlaarzen, bontjas en mijn *dacha*, zo'n hoge kegelvormige astrakanmuts. Toen was het helemaal mis.

'Dank God dat tsaar Alexander regeert,' zei de minister tegen me. 'Als het imperator Nicolaas Pavlovitsj was geweest, zou u vijf dagen schavot hebben gekregen of een week op wacht, zoals veel ambtenaren is overkomen die nalatigheid betoonden of niet naar vastgesteld decorum verschenen.'

Ik was terug in de beschaafde wereld.

De hele zomer hield ik me schuil, voor zover dat mogelijk is in Sint-Petersburg.

Dostojevski schreef me als eerste, op 22 september. Hij had van zijn broer vernomen dat ik terug was van mijn wereldreis en dat ik direct in de armen van Katja was gelopen.

Dat klopte.

Ik had de hele wereld rondgereisd om haar te vergeten. De eerste die op me afstapte toen ik over de Nevski Prospekt liep, was zij.

Mijn hart stond stil. Ze was mooier dan ooit. Ik omhelsde haar, snoof haar geur op, werd gek van verrukking, en zei tegen mezelf: Alexander, pas op.

'Lieveling,' fluisterde ze me in het oor.

En ik zei zonder enige aarzeling, alsof ik het tientallen malen had gerepeteerd: 'Mijn eeuwige vriendin, wat fijn u in goede gezondheid terug te zien.'

Ik voelde dat ze schrok, maar als het om acteren ging was zij nauwelijks te verslaan. Ze maakte zich uit mijn armen los, keek me aan, veinsde bewondering en glimlachte. Ik kon het niet laten haar te kussen.

In de periode dat ik te paard van Irkoetsk naar Petersburg draafde, had Dostojevski ontslag genomen uit militaire dienst. Als reden had hij zijn wankele gezondheid opgegeven. Een jaar na zijn huwelijk was hij opnieuw door een zware epilepsie-aanval getroffen en daaroverheen waren nog enkele kleinere aanvallen gekomen. Ook schreef hij me dat hij veel last had van pijnlijke uitbarstingen van aambeien.

Op 30 juni 1859 verliet hij samen met zijn vrouw Semipalatinsk. Over de terugreis naar Rusland deden ze anderhalve maand. De eerste halteplaats was Omsk, waar ze Pavel ophaalden. Hij had twee jaar achtereen op de Cadettenschool gezeten maar voelde er niets voor om als enige van het gezin in Siberië achter te blijven. Dat zijn stiefvader hem op de militaire school had geplaatst, had hij als een doelbewuste verwijdering van zijn moeder opgevat. Hij stond erop mee te reizen naar Rusland. Pasja was inmiddels twaalf jaar en als ik zijn stiefvader mocht geloven had hij evenveel praatjes als een adolescent.

De reis van Omsk naar Rusland legden de Dostojevski's in een tarantas af, begeleid door een gids en een voerman. De weg was, zoals ik zelf ervaren heb, erg slecht. Tussen Tjoemen en Perm kreeg Fjodor Michajlovitsj twee aanvallen; het rijtuig hield zich goed.

Ze staken de bergen van de Oeral over en passeerden rond vijf uur in de middag de grens tussen Azië en Europa. Een marmeren paal midden in een bos gaf aan dat ze het oude continent binnenreden; naast de paal zat een invalide in een *izba*.

Ik heb diezelfde man in die kleine hut zien zitten maar hield niet halt. Dostojevski deed dat wel, knielde neer, maakte een kruisteken en dankte de Here God dat Hij hem na een lange tocht door de woestenij naar het beloofde land had teruggeleid. De zon scheen, het was een warme zomermiddag, en Fjodor dacht aan de winternacht van tien jaar geleden, toen hij dit traject geketend en in een gierende sneeuwstorm had afgelegd. Met de invalide man, de gids en de voerman dronk hij sinaasappellikeur, tot ze alle vier dronken waren.

In Kazan raakten de Dostojevski's platzak en moesten ze tien dagen wachten tot broer Michaïl geld had gestuurd. Toen de cheque eindelijk was gekomen, reisde het gezelschap via Nizjni Novgorod en Vladimir naar Sergijev Posad.

Tot zijn tiende jaar had Fjodor ieder jaar met zijn moeder een pelgrimstocht naar het klooster van Sergijev Posad gemaakt. Het lag op een tachtig werst van hun toenmalige woonplaats Moskou.[62] In de Kathedraal van de Heilige Drie-eenheid, de Hemelvaarts Kathedraal en de Sint-Sergej Kathedraal had hij de kaarsjes gebrand die zijn moeder hem had aangereikt. Achtentwintig jaren waren voorbijgegaan; hij was terug. Toch bleef de ontroering uit.

Ik kan dat begrijpen. Mijn moeder overleed toen ik achttien was, zijn moeder toen hij vijftien was. We probeerden beiden zo weinig mogelijk terug te denken aan onze jeugd.

Fjodor was naar Sergijev Posad gegaan omdat het hem verboden was Moskou te betreden. Hij moest met een boog om zijn geboortestad heen; toen was hij maar in Sergijev Posad gestopt.

Ik ben terug in het Heilige Rusland, zei hij tegen zichzelf. Hij vergaapte zich aan de kledij van de tsaren die in een van de kloostergebouwen werd tentoongesteld. Het was de beste manier om de beelden van zijn moeder te verdrijven – ik zou hetzelfde gedaan hebben. Herinneringen zijn nooit welkom als ze over verlies gaan.

Het gezelschap reisde ten slotte door naar Tver.

Natuurlijk wilde Dostojevski zijn oude leven in Sint-Petersburg weer opvatten, maar zover waren de autoriteiten nog niet. Hij had Tver als verblijfplaats toegewezen gekregen – Tver, dat dichter bij Moskou lag dan bij Petersburg.

Half augustus betrok hij er met Maria en Pavel een gemeubileerde woning. In het stadje aan de spoorlijn van Moskou naar Petersburg kwam hij onder toezicht van de politie te staan. Voor zowel Moskou als Petersburg bleef voor hem een inreisverbod van kracht.

Tver haatte hij binnen enkele dagen. Te klein, te benauwd, en zo ver nog van de grootse, weidse hoofdstad.

'Mijn beste vriend Alexander Jegorovitsj,' begon hij zijn brief, 'ik wilde u niet schrijven maar ik kon de verleiding niet weerstaan. Afijn, wat kan iemand schrijven na een scheiding van vier jaar? Eerst moeten we elkaar terugzien, en hoe gelukkig was ik te vernemen dat u (zoals ik van mijn broer hoorde) overweegt om even over te wippen naar hier, al is het, mijn onschatbare vriend, maar voor een dag. We hebben elkaar zoveel te vertellen! En voor een meneer die de hele wereld is overgetrokken, moet een reisje per trein van Petersburg naar Tver een kleinigheid zijn.'

De tranen sprongen me in de ogen toen ik het las.

Wat me ontroerde was niet het feit dat hij me als eerste schreef, het was de toon. Hij sprak me weer toe als in de Kozakkentuin.

'Alexander Jegorovitsj, we moeten elkaar snel zien. Aan mooie herinneringen zal het ons niet ontbreken. Hoewel het natuurlijk anders zal zijn dan in de tijd dat ik u om negen uur 's avonds vergezelde als we terugliepen van de Kozakkentuin naar uw woning. Zouden we elkaar nog even goed begrijpen als toen? We waren zó sterk aan elkaar verwant!'

Als hij eraan terugdacht, kreeg hij al bijna heimwee naar Siberië.

Maar ik moest wel oppassen voor Katja. Het zou catastrofaal zijn als ik haar opnieuw tegen het lijf zou lopen in Petersburg. Hij citeerde uit *Russisch lied* van de dichter A.V. Koltsov:

Geen bloem bloeit na de herfst

Het was: *Geen gras groeit na de herfst / Geen bloem bloeit in de winter, onder de sneeuw*, maar ach, het deed er niet toe; ik begreep wat hij bedoelde. Na een erg lange reis waren we beiden teruggekeerd in het ons vertrouwde Rusland. Alles was herkenbaar en desondanks was veel niet hetzelfde.

Over Maria Dmitrijevna schreef hij me nagenoeg niets. Ja, ze hadden de afgelopen drie jaar vaak over me gesproken. Maria wilde me graag terugzien. Ze was constant ziek. Meer niet. Alleen dat ze constant ziek was.

Ik nam niet onmiddellijk de trein naar Tver. Het duurde zeven dagen voor ik hem schreef. Een combinatie van rancune en lichtgeraaktheid ongetwijfeld. Het stuitte me tegen de borst dat hij me direct weer voor Katja waarschuwde. Ook leek het me moeilijk om normaal tegen Maria te doen na alles wat ik over haar per brief had vernomen. Het gevoel bekroop me dat alles weer van voren af aan begon, dat hij weer tekeer kon gaan tegen Katja en dat ik braaf mijn mond moest houden over zijn engel Marja.

Het kwam slecht uit dat Fjodor juist in die septembermaand het contact herstelde. Tijdens mijn wereldreis had mijn vader een nieuwe baan aangenomen. Hij vond zichzelf nog te jong om als een zielige weduwnaar bij de pakken neer te zitten en had de benoeming tot directeur onderwijs van het district Vilnius aanvaard. Het grootste deel van het jaar woonde hij met mijn jongste zusters in Litouwen.

Maar juist in september keerde mijn vader samen met Anastasia en Dasja naar Terpilitsy terug. Ik graaide daarom haastig mijn boeltje bijeen en nam mijn intrek bij een kennis in Petersburg. Om de lieve vrede te bewaren leek het me beter zo min mogelijk onder één dak te vertoeven.

Nauwelijks terug wilde mijn vader me meenemen op visitatie van de landgoederen. De wet op de afschaffing van de lijfeigenschap was in voorbereiding; ter compensatie zouden de landeigenaren een kleine schadevergoeding ontvangen, wat veel administratieve rompslomp gaf. De horigen moesten met naam en leeftijd in een register worden opgenomen en de landerijen moesten nauwkeurig beschreven worden omdat zoiets als een kadaster ontbrak. Naast Terpilitsy bezat de familie landgoederen in Torosovo en Lopets.

Het waren uitvluchten. Ik vond het moeilijk de draad van onze vriendschap weer op te pakken.

Vlak voor ik samen met mijn vader op weg ging, doopte ik de pen in de inkt en stuurde Fjodor Michajlovitsj een korte, vriendelijke maar weinig toeschietelijke brief.

Het deed me goed te horen dat hij in Tver was, begon ik. Sinds het moment van uiteengaan had ik niet meer zo'n vriend gehad als hij, een vriend bij wie ik mijn hart kon luchten. Ik had een prachtige vrouw ontmoet. Werkelijk een engel. Haar man was jaloers en kwelde haar en mij. Het was ons zelfs niet gegeven om op bals rustig met elkaar te praten. Met Madame Z was het overigens weinig anders dan met Madame X: ik was tot de zotste dingen in staat. Madame X – Katja dus – was ik een paar keer tegengekomen in de stad. We waren vrienden geworden. Een koele vriendschap, van mijn kant. Zij leek er wel zin in te hebben het verleden weer op te pakken, maar het kon zijn dat ik me vergiste.

Tussen mijn vader en mij gingen de zaken beter. Ik had in mijn eentje vijftienhonderd zilveren roebels verdiend, ik had hem geld bespaard. Hij kon dat overal rondvertellen: dat ik hem geld had bespaard. Zulke dingen telden voor mijn vader.

Ik informeerde naar F.M.'s gezondheid, ik vroeg wat Maria D. en Vanja deden. De brief was al verzonden toen ik me realiseerde dat de jongen niet Vanja maar Pasja heette. Ik was er werkelijk niet met mijn hoofd bij.

Quant à moi, ging ik in het Frans verder, *je suis resté le même*, het ene moment droevig, terneergeslagen, zwijgzaam, het andere goedlachs en vrolijk als een tweejarig boefje. Bij mij hing het van bijna niets af, van een grauwe hemel, een brommende vlieg, een woord dat me achteloos naar het hoofd werd geslingerd – zo nerveus was ik nu eenmaal. Ik voelde me ziek, verbitterd en oud, of eerder nog blasé, wat erger is...

Allemaal in het Frans, zoals ook hij deed als hij over zijn diepste gevoelens schreef.[63]

Ik waarschuwde hem dat ik hem niet bij me thuis kon ontvangen als hij naar Petersburg kwam. Mijn bed was zelfs voor één lijf te klein. Ik was steeds op bivak bij aardige mensen, ooit zou ik me nestelen en tot rust komen, maar zover was het nog niet.

Terwijl ik met mijn vader van het ene naar het andere landgoed reisde, zochten ambtenaren van het ministerie van Buitenlandse Zaken naar me. Een week lang stroopten ze alle wijken van Petersburg af. Ze wilden me met opdrachten naar Peking en Japan sturen. Toen ik terugkwam in de hoofdstad was al een ander in mijn plaats gegaan. God weet of dat beter voor me was; ik warmde me aan het idee dat ik nog een paar maanden in Petersburg kon blijven.

Nog steeds was ik in diplomatieke dienst. Eerst lag het in de bedoeling dat ik een tweede reis om de wereld zou maken, maar uiteindelijk kozen ze een nieuweling voor de expeditie. Wachtend op een volgende bestemming moest ik een paar klusjes opknappen. Geen grote verantwoordelijkheden, zaakjes van niets. Ik begon te geloven dat er geen glansrijke carrière voor mij in het verschiet lag: het is niet iedereen gegeven om minister of ambassadeur te worden.

Naast het werk moest ik zaken voor mijn vader opknappen. Door zijn baan in Vilnius had hij tal van verantwoordelijkheden in handen van vreemden gelegd en tegelijk wilde hij zich met van alles en nog wat bemoeien. Hij handelde lukraak. In mij had hij geen greintje vertrouwen, alles wat ik deed had hij zelf veel beter kunnen doen. Nooit eens vroeg hij hoe het met me ging. Als hij me aan het ontbijt trof, vroeg hij: 'Alles uitstekend?' Het antwoord wachtte hij niet af. Het enige wat hem interesseerde was met wie ik zou trouwen. Mijn huwelijk werd een obsessie voor hem. Ik mocht dan de oudste zoon zijn, over de toekomst van mijn broers was hij even bezorgd, en hij sprong een gat in de lucht toen mijn zus Anastasia met een Mandersjern thuiskwam. Een heel goeie familie – ze trouwden in 1859.

Ik kwam Katja in een van de parken van Peterhof tegen. Ze vroeg of ze een stukje met me op mocht lopen. Het was koud, de eerste sneeuw was gevallen. Ze droeg een bontmantel, een bontmuts en met bont afgezette laarzen. De kou gaf haar gezicht een marmeren tint.

Als vanzelf bood ik haar mijn arm aan, als vanzelf schoof ze haar hand onder mijn elleboog door. Haar handschoen reikte tot halverwege haar onderarm en desondanks voelde ik de warmte van haar vingers, dwars door de mouw van mijn mantel heen.

We liepen met rustige stappen, het dunne laagje sneeuw knerpte onder onze zolen. Ik wachtte tot ze de eerste vraag zou stellen omdat ik wist welke die zou zijn.

'Houd je nog van me, Alexander?'

Veertig, vijftig stappen lang gaf ik geen antwoord. Ik haalde diep adem en blies de warme lucht uit, zij blies haar dampende adem recht in mijn walm. Het was een leuk spelletje – alle spelletjes met Katja waren grappig geweest.

Hield ik nog van haar?

'Ongetwijfeld,' zei ik. 'We kunnen een hotel binnengaan en een kamer betrekken. Ik zal de hele nacht van u houden en de hele volgende dag. Maar na twee dagen zal het over zijn. Op. Verdwenen. In dat opzicht is mijn hart veranderd volgens een of andere natuurkundige wet: hoe meer spanning, hoe sneller de krachten afnemen.'

Ze glimlachte superieur alsof het haar eerder amuseerde dan raakte.

'Zo was je niet, Alexander. In Barnaoel, noch tijdens die heerlijke zomer in Peterhof. Het was nooit voldoende, het was nooit genoeg. Het heilige vuur moest hoger laaien, de innigheid was nog lang niet innig genoeg. Wat is er veranderd?'

Ik haalde diep adem. Snoof.

'Een duel. Uw echtgenoot die u meenam naar Barnaoel.'

'Ach nee. Futiliteiten.' Ze lachte hard. 'Je ging op wereldreis en je zou binnen anderhalf jaar terug zijn in Barnaoel. Zo was het toch? Ik heb op je gewacht.'

Ja, in het bed van de graaf. Kwaadsprekend over mij.

Maar dat zei ik niet.

De hele tijd hamerden de opmerkingen in mijn hoofd die Fjodor Michajlovitsj aan me had doorgebriefd: dat ze me verwaand vond, zelfingenomen, behaagziek. Ik had haar die woorden willen toeschreeuwen maar kreeg ze niet over mijn lippen.

Toen won de ironie het van de emotie.

'Ik ben naar de andere zijde van de aardbol gevaren om u te vergeten. Het is me niet gelukt. Ik vond uiteindelijk maar één manier om een punt achter onze liefde te zetten. U weet uit ervaring welke die manier is.'

'Je maakt me nieuwsgierig.'

Ze lachte nog half.

'Ik zocht en vond de liefde van een andere vrouw.'

'Je bedoelt dat je gaat trouwen met een keurig meisje dat je vader voor je gevonden heeft. Maar dat maakt toch geen snars uit!'

'Ik zocht en vond een evenbeeld van u. Een getrouwde vrouw uit de hoogste klasse. Een vrouw die veel ouder is dan ik. Een vrouw met de hartstocht van drie courtisanes.'

'Hoe heet ze?'

'Wilt u dat werkelijk weten?'

'Je hebt gelijk: beter van niet. Mag ik grof zijn?'

En zonder mijn antwoord af te wachten: 'Je blijft een snotaap, Alexander. Op jouw leeftijd is dat verontrustend. Hoe oud ben je inmiddels? Zesentwintig? Zevenentwintig? Je had vader van vier kinderen kunnen zijn. Je begrijpt niet dat er façades zijn waarachter welopgevoede mensen zich kunnen verschuilen en waarachter ze gelukkig kunnen zijn. In plaats daarvan geloof je in eerlijkheid. Kijk je dan niet om je heen? Was je niet officier van justitie? Dan moet je weten dat eerlijkheid een kracht is die alles kapotmaakt. Als ik naar je geluisterd had, zou heel Barnaoel en heel Petersburg ons met de nek aankijken. O nee, ik wilde niets voor je opgeven, en tegelijkertijd alles. Je snapte er niets van. Ik heb mijn man ingelicht over het duel, ik heb hem op de markies afgestuurd om je het leven te redden. Ik ben tot het uiterste gegaan en heb mijn huwelijk voor je op het spel gezet. Maar het was niet genoeg voor je. Als je ooit nog eens volwassen wordt, kom dan nog maar eens bij me. Tot die tijd wil ik je niet meer zien.'

Ze keek me aan alsof ik naar rotte vis stonk en duwde me weg.

Diezelfde avond haastte ik me Fjodor te schrijven dat hij er gerust op kon zijn dat mijn verhouding met Madame X definitief tot het verleden behoorde.

'Ik heb haar ontmoet,' schreef ik, 'zoals oude vrienden elkaar plegen te ontmoeten. Wat geweest is komt niet terug. Mijn ziel is te leeg en bij haar is het heilig vuur naar het lijkt voor altijd gedoofd. Tot het voelen van serieuze genegenheid ben ik helaas niet meer in staat.'

Het was hem een pak van het hart, liet hij me weten.

Fjodor Michajlovitsj zal zich zijn terugkeer naar Rusland glorieuzer hebben voorgesteld. Maria bleef ziek, Pavel bleef dwars. Hij vroeg zijn oudste broer naar Tver te komen; Michaïl stelde het bezoek vier, vijf, zes keer uit en zei tegen iedereen in Petersburg dat het niet nodig was om naar Tver te reizen omdat Fjodor binnenkort in de hoofdstad zou zijn. Zijn jongste broer liet niets van zich horen, zijn zusters meden Tver, vermoedelijk om niet met Maria kennis te hoeven maken.

Om de banden met de literaire kring te hernieuwen nodigde Fjodor zijn oude vriend Apollon Majkov uit. De dichter zegde zijn treinreis op het laatste moment af. Ik beloofde hem in Tver op te zoeken zodra ik kon; telkens kwam er iets tussen.

Hij hield zich groot. 'Vanwege het voortdurende bezoek,' schreef hij me, 'kom ik in Tver nauwelijks aan werken toe.'

Toen kreeg ik meelij met hem en vond ik mezelf een waardeloze vriend. Ik liet F.M. de keus: of ik zou naar Tver komen of ik zou al mijn vrije tijd besteden om zijn terugkeer naar Petersburg te bespoedigen. Hij koos voor het laatste en stuurde me onmiddellijk een lijst met boodschappen.

Ik moest bij zijn broer langsgaan om hem op te porren. Michaïl had hij tot zijn literaire agent en belangenbehartiger gebombardeerd: hij moest met het geld dat hij met zijn sigarettenfabriek had verdiend een uitgeverij en een literair tijdschrift oprichten. Voor het zover was zou hij een paar verhalen in andere literaire tijdschriften geplaatst moeten krijgen. Het beste leek hem om met het verhaal te beginnen dat hij de titel 'Kindersprookje' had gegeven, mede om de censor mild te stemmen. Nog steeds gold een publicatieverbod voor zijn werken, maar met een grappig sprookje, waaraan hij al tijdens zijn gevangenschap in de Petrus-en-Paulusvesting was begonnen, dacht hij zich geen buil te zullen vallen. Het verhaal zou uiteindelijk de titel 'Een kleine held' krijgen. Vervolgens zouden de romans *Oompjes droom* en *Het dorp Stepantsjikovo en zijn bewoners* in afleveringen moeten worden gepubliceerd. Humoristische verhalen zonder de geringste politieke implicaties. Pas als hij al zijn rechten terug had, zou hij *Aantekeningen uit het dodenhuis* door de censuur proberen te krijgen.

Het hele plan had hij puntsgewijs aan Michaïl voorgelegd, maar zijn broer zette er geen vaart achter. Misschien voorvoelde hij al dat literaire tijdschriften en uitgeverijen hachelijke zaken waren en dat je maar even moeilijkheden met de censor hoefde te krijgen of je publicaties werden verboden. Zo goed ging het niet met zijn sigaretten- en sigarenfabriek, hij vreesde een financieel debacle – wat hem een paar jaar later inderdaad zou treffen.

Michaïl was me dierbaar. Ik jutte hem niet al te zeer op, maar zei wel dat ik grote stukken uit *Aantekeningen uit het dodenhuis* kende en dat het boek geen lezer onberoerd zou laten. Dat maakte hem geloof ik nog huiveriger. Ik deed toen het voorstel dat ik, als de censuur te veel zou schrappen in *Aantekeningen*, het manuscript via prins Oldenburgski ter lezing zou doorspelen aan tsarina Maria Alexandrovna. Ik had goede hoop dat het dan wel zou lukken. Daarmee trok ik Michaïl over de streep: *Aantekeningen uit het dodenhuis* zou een jaar later in de eerste nummers van het door Michaïl opgerichte tijdschrift *De tijd* verschijnen.

Fjodor wilde ook dat ik bij Nekrasov langsging, aan wie hij *Het dorp Stepantsjikovo* had gestuurd om in zijn tijdschrift *Tijdgenoot* af te drukken. Verloren moeite, waarschuwde Michaïl me, Nekrasov had meer aandacht voor het kaartspel dan voor verhalen en gedichten, hij was een verstokt pokeraar. Naderhand bleek dat Nekrasov niets in het manuscript had gezien en dat hij Dostojevski passé vond: de schrijver van *Arme mensen* zou er naar zijn stellige overtuiging nooit meer in slagen een grote roman te schrijven.

Dit soort na-ijver was niets voor mij, ik moest concrete zaken aanpakken. Ik besloot me te focussen op de administratieve en justitiële stappen die de terugkeer van Dostojevski naar de hoofdstad mogelijk zouden maken

Fjodor stelde me voor opnieuw Totleben in te schakelen. Hij schreef hem een brief en vroeg mij die persoonlijk bij Totleben af te leveren. Dat ging minder makkelijk dan het lijkt; Totleben was zwaar ziek en bracht het merendeel van zijn tijd in zijn geboortehuis in Riga door. Toen ik hoorde dat hij voor even terug was in Petersburg, lag ik zelf met griep op bed. Maar ik stuurde een van mijn ooms naar zijn huis.

Natuurlijk wilde hij helpen! Het verbaasde hem dat Dostojevski nog geen toestemming had gekregen zich in de hoofdstad te vestigen. Hij zou direct het hoofd van de gendarmerie benaderen en het hoofd van de Derde Afdeling. Het zou binnen een vloek en een zucht geregeld zijn.

Dat zou het inderdaad, als Dostojevski niet op eigen houtje een ander initiatief had genomen. Zonder tussenkomst van welke minister dan ook had hij een brief aan de tsaar gestuurd. Die kwam de imperator onder ogen, maar toen raakte de bureaucratie in grote verwarring: wie moest welke maatregel nemen op wiens verantwoordelijkheid? De verschillende diensten speelden nog twee maanden kat en muis. Als F.M. zich koest had gehouden, zou het sneller zijn gegaan.

Uiteindelijk gaf de interventie van Totleben de doorslag.

Fjodor blij; ik was opnieuw zijn 'magnifieke' vriend voor wie hij 'immense sympathie' voelde.

In december 1859 kreeg Dostojevski zijn adellijke titel en zijn rechten terug en kon hij zich in Sint-Petersburg vestigen, precies tien jaar na de schijnexecutie. Met zijn vrouw en zijn stiefzoon betrok hij een appartement dat hij met weinig meubelen naar eigen smaak inrichtte. Maria nam een kok in dienst omdat ze bang was om alleen met Dostojevski onder één dak te vertoeven. Een eigen kok stond bovendien chic.

Met een overvloedige maaltijd werd het nieuwe onderkomen ingewijd. Aanwezig waren de dichter Apollon Majkov, Michaïl Dostojevski met vrouw en kinderen en Nikolaj Spesjnev.

Ja, Spesjnev. De kwade geest uit de Petrasjevski-groep, de terrorist in spe die er ongetwijfeld toe had bijgedragen dat Fjodor Michajlovitsj zo'n zware straf had gekregen. 'Mijn Mephistofeles,' had Fjodor hem ooit eens genoemd. Spesjnev was diezelfde dag in Petersburg teruggekeerd.

Wonderbaarlijk toeval; de mannen van de Derde Afdeling die de beide voormalige revolutionairen dag en nacht moesten volgen, zullen aan een nieuw complot hebben gedacht. 's Morgens aangekomen, 's avonds aan tafel bij Dostojevski, alsof er geen verbanning, strafkamp en dwangarbeid waren geweest. Ze aten van hetzelfde voedsel, dronken uit dezelfde fles en wisselden hun Siberische ervaringen uit.

Dostojevski was wel zo verstandig me er niets over te schrijven, zijn post werd nog regel voor regel gecontroleerd. Hij vertelde me later alleen: 'De eerste die ik in Petersburg terugzag, was Spesjnev. Kunt u zich dat voorstellen?'

Ik vermoed dat hij zijn kwade genius nog eens goed aangekeken heeft. Voor alle zekerheid. Om na te gaan of hij zich niet vergiste. Ikzelf zou Spesjnev nooit meer tegenkomen, maar ik herkende hem vele jaren later zonder moeite in Stavrogin: hij was het die de hoofdfiguur uit *Duivels* voedde met zijn ijdele trekken en zijn giftige ideeën.

Op die avond vlak voor kerst was ik in Terpilitsy om een conflict met mijn vader bij te leggen. Het zoveelste. Terug in Petersburg nam ik mijn intrek bij mijn broer Michaïl. Hij had de Militaire Academie voltooid en was aangetreden bij de Garde Cavalerie. Ruim had hij het niet, maar ik kon een van de kamers nemen in de tweekamerwoning die hij bewoonde.

In januari 1860 zag ik Fjodor Michajlovitsj terug. Hij woonde in de Gorochovajastraat, niet ver bij me vandaan. Een rotnaam om op je visitekaartje te schrijven, de Erwtenstraat, maar voor een schrijver die iedere dag een lange wandeling maakte om inspiratie op te doen, was het de ideale plek: de Gorochovaja lag pal in het centrum van de stad en vormde de scheidslijn tussen de volkswijken en de betere buurten.

Maria Dmitrijevna was naar Moskou vertrokken. Met haar zwakke longen hield ze het niet uit in het vochtige klimaat van Petersburg.

'Ze kwakkelde met haar gezondheid, met haar jaloezie en met haar grillige natuur,' gromde F.M. 'Ze was in alles *capricieuse*.'

Hij gaf nu ronduit toe dat hij de verkeerde vrouw had getrouwd. Ik hield wijselijk mijn mond. Nooit had ik in dit huwelijk enig geluk voor Fjodor Michajlovitsj voorzien en trouwens evenmin voor Maria Dmitrijevna. Voor hem was het een grote last die hem gedurende jaren van zijn gemoedsrust beroofde.

Hoe vaak heb ik hem in Semipalatinsk niet proberen te wekken uit zijn liefdeswanen. Hij wilde niet luisteren; in zijn verbeelding droeg Maria een stralend aureool. Daar was weinig meer van over.

Maria had zich evenzeer vergist. In Petersburg was het haar bitter tegengevallen hoe weinig mensen haar man kenden. Als hij over straat liep, groette niemand hem en kwam niemand op hem af. Ze dacht dat ze met een beroemdheid was getrouwd, maar ze liep naast een schim.

'Ik weet niet wat ze in Moskou zoekt,' zei Dostojevski me, en het leek hem ook niet erg te interesseren. 'Ik kon haar niet tegenhouden.'

Voor zijn stiefzoon Pavel had hij een goede oplossing gevonden, ook al had hem dat veel moeite gekost.

'Die jongen drijft me tot wanhoop en maakt me neerslachtig.'

Verzoek na verzoek had hij gedaan voor Pavel. Uiteindelijk had hij de tsaar geschreven om de Allergenadigste Heerser te vragen hem op staatskosten op een van de Petersburgse gymnasia te plaatsen of in een van de Petersburgse Cadettencorpsen. 'U, mijn Heerser, U bent als de zon die schijnt over rechtvaardigen en onrechtvaardigen, U hebt al miljoenen van Uw volk gelukkig gemaakt; maakt U dan ook een arme wees gelukkig.'

Het had geholpen. Tot ergernis van Pavel, die liever dicht bij zijn moeder was gebleven. Hij zat nu als kostleerling op een gymnasium.

Fjodor Michajlovitsj schreef aan een grote roman die in een niet nader genoemd stadje speelde waarvoor Semipalatinsk min of meer model stond. Ik vermoedde dat het om *Voorjaarsliefde* ging, het boek dat hij meerdere malen had aangekondigd en dat ons leven op de steppen zou beschrijven. Hij liet het oorspronkelijke idee algauw los en maakte van het verhaal *De vernederden en de gekrenkten*. Hij werkte er hard aan. We zagen elkaar niettemin vaak. Hij schreef 's nachts, stond om twee uur op en schreef dan weer de hele middag en hele avond. Als ik laat in de middag bij hem langsging, zei hij meestal: 'Ah, u verlost me uit mijn lijden. Laten we naar buiten gaan.' We liepen een stuk, dronken een paar koppen in een koffiehuis – geen thee, hij was verslaafd geraakt aan koffie – en gingen ieder ons weegs.

Het waren altijd korte ontmoetingen. Beiden tolden we rond in het Petersburgse tumult. Hij was erg druk met een actrice, met Alexandra Ivanovna Schubert. Ik kon dat wel begrijpen, na al die jaren in verre oorden wilde hij niet nog eens het gezelschap van een droef vogeltje in een kooi. Hij was vervuld van de stralende ster die triomfen vierde in de theaters van Moskou en Petersburg, ook al geloofde ik niet dat hij een verhouding met haar had.[64]

Ik deed nog een laatste poging Madame Z voor me te winnen, een poging die strandde.

'En als je er nu geen punt achter zet, wil ik geen koffie meer met je drinken,' grinnikte Fjodor.

Onze vriendschap bloeide weer op toen ik de sterke behoefte voelde een toespraak te houden over de vrijheden en rechten die Catharina de Tweede aan de adel had geschonken. Gretig maakte Fjodor de opzet voor de speech, hij kwam opeens alle middagen bij me langs, het zou een schitterende toespraak worden. Toen vroeg hij me op een middag: 'Alexander Jegorovitsj, kunt u eigenlijk wel in het openbaar praten?'

Natuurlijk heb ik die toespraak nooit gehouden.

Dostojevski gaf wel een lezing, aan het begin van het voorjaar, in het Roeadze Huis. Het meesterschap van zijn voordrachten was me bekend. Toch zag hij ertegen op. Hij dacht dat de lezers hem vergeten waren of dat zijn eerste boeken verre herinneringen waren geworden. Hij vreesde een vrijwel lege zaal en lauwe reacties van het handjevol aanwezigen. Om het publiek niet al te zeer teleur te stellen wilde hij met Gogol beginnen. Een stuk uit *Dode zielen*. Of een scène uit *De revisor*. Hij durfde niet meteen uit zijn Siberische romans voor te lezen.

Ik had in het midden gelaten of ik zou komen, was rijkelijk

aan de late kant en moest me naar binnen dringen. Eenmaal in de zaal moest ik mijn ellebogen gebruiken om een plaats te bemachtigen waar ik een goed zicht had op het podium.

Dostojevski kwam aarzelend op, ging achter het spreekgestoelte staan, boog het hoofd en begon op fluistertoon te spreken. Allengs werd zijn stem luider, algauw sprak hij snel. Na de eerste voordracht barstte een donderend applaus los. Gek genoeg bracht dat hem van zijn stuk. Ik hoorde niet meer wat hij voordroeg, ik geloof dat het een van zijn eigen werken was, ik zag alleen dat hij niet op zijn best was. Hij begon hevig te transpireren, ik vreesde een aanval, een aanval zoals hij me beschreven had, een aanval zoals in Barnaoel.

De meeste mensen stonden. Ik drong me naar het midden van de zaal. Zijn stem klonk matter en matter, werd zo stil dat hij bijna niet meer te verstaan was. De honderden mannen en vrouwen keken in vervoering toe, maar ik zag dat hij in verwarring was en dicht bij een flauwte.

Zijn stem stokte. Geen woord kwam meer uit zijn keel. In zijn ogen zag ik de blik van iemand die moedwillig in de Neva is gesprongen en verdrinkt. Hij hapte naar adem. Zijn ogen werden groter en grijzer. Met een verschrikkelijke radeloosheid in zijn blik zocht hij de zaal af, zijn hoofd bewoog langzaam van links naar rechts. Ik rekte me uit, ging op mijn tenen staan zodat ik met mijn volle één meter negentig boven de hoofden uit rees. Eindelijk werd hij mij gewaar.

Ik sperde mijn ogen wijd open en knikte langzaam. Hij begon voorzichtig weer te spreken. Ik knikte sneller, hij sprak de woorden duidelijker uit. Ik knikte nog sneller, glimlachte hem toe, tilde mijn rechterarm iets op, maakte mijn hand tot een vuist. Opeens sprak hij snel, luid, begeesterd. Het publiek moedigde hem aan, riep: 'Ja!', 'Nee!', 'Ach!', 'Toe nou!', het publiek lachte, schreeuwde, joelde.

Na de voordracht kwam hij direct op me af. Hij greep me bij de arm, zei: 'Kom mee, Sasja.' Het publiek wilde hem aanraken, zijn hand beetpakken, zijn hand kussen; ik duwde de mannen en vrouwen weg. Het ging snel en toch leek het eeuwen te duren voor we bij de uitgang waren.

Buitengekomen leek hij weg te vluchten. Hij liep met zulke grote passen dat ik hem bijna niet kon bijhouden, terwijl ik toch tweemaal langere benen had dan hij.

'Ik had het niet moeten doen,' hijgde hij. 'Ik was mezelf niet. Toen ze me het vroegen, heb ik nee gezegd. Natuurlijk was ik bang voor een aanval. Ze bleven aandringen, zeiden dat mijn lezers me zo graag wilden zien en horen na die lange tijd van ballingschap, ik kon niet weigeren... Ik kan nooit nee zeggen, nooit, nooit, ik kan mensen niets weigeren. De eerste voordracht na mijn terugkeer... Mijn god, als u er niet was geweest, was het misgegaan. U trok me erdoorheen, u, jij, u, jij... ouwe vriend uit de Kozakkentuin...'

Hij sloeg me op de schouder. 'Kom op, feesten.' We lachten, gingen een café binnen, we rookten de sigaretten die hij voor ons draaide, dronken bier, wijn, champagne, alles door elkaar, we warmden ons aan de gloed van Petersburg. We waren terug, eindelijk terug, terug bij waar onze vriendschap begonnen was.

ANNA EN DE DOOD

In het najaar van 1860 verloofde ik me. Ook voor mezelf had het iets van een donderslag bij heldere hemel. Mijn vader had er niet de hand in; hij kende de familie slechts oppervlakkig.

Ik ontmoette Anna op een bal. Iemand stelde me aan haar voor maar door de muziek, het geroezemoes en het lompe gestommel van de dansers verstond ik niet goed hoe ze heette. We wisselden een paar beleefdheden uit, liepen verder en draaiden ons een paar passen later op precies hetzelfde moment om.

Op een volgend bal dansten we met elkaar; ze was lang en van een vederlichte gratie. Ik vroeg haar naam.

'Anna Schaffhausen.' Na een lichte aarzeling voegde ze eraan toe: 'Nou, niet helemaal.'

'Hoezo niet helemaal?'

Ze kreeg een kleur, haalde diep adem en zei: 'Anna Schaffhausen-Schönberg-Eck von Schaufuss.'

Ik schoot in de lach; het was een mondvol.

'En als we de naam nog iets langer maken?'

Ze trok haar rechterwenkbrauw op.

'Zodat u Von Wrangel zu Ludenhof-Schaffhausen-Schönberg-Eck von Schaufuss gaat heten?'

'Nee, dat is te mal, daar breekt een normaal mens zijn tong over.'

We trouwden op 1 mei 1861.

Fjodor Michajlovitsj woonde de kerkelijke inzegening niet bij en kwam evenmin naar de feestelijkheden. Hij had in maart een middelzware aanval gehad en in april een zware, die hem drie dagen aan bed had gekluisterd. Weer hersteld was hij direct aan het werk gegaan. Hij schreef in die tijd als een bezetene om alle verloren jaren in te halen; hij schreef de hele nacht, sliep van zes uur in de morgen tot rond het middaguur en schreef vervolgens weer de hele middag, avond en nacht. De laatste keren dat ik bij hem op bezoek was geweest, had hij zelfs niet meer mee gewild naar buiten om een wandelingetje te maken of een kop koffie te drinken.

De bruiloft was een sobere; enkele weken later vertrokken Anna en ik naar Boekarest, waar ik tot secretaris van de Russische consul-generaal was benoemd. Het zou het begin worden van mijn diplomatieke loopbaan.

Anna zag noch tegen reizen, noch tegen een langdurig verblijf in het buitenland op. Als ze al bang voor heimwee was, dan in ieder geval niet voor heimwee naar Petersburg. Ze verzekerde me dat ze zich overal thuis zou voelen waar ik in de buurt was. Ik dacht in haar de ideale vrouw te hebben gevonden. Algauw ontdekte ik dat het ingewikkelder lag. Anna vergeleek Rusland met een moerassige vlakte waarin je langzaam wegzakte als je er te lang vertoefde. De sneeuw werd op den duur blubber, de lucht rook naar brandhout. Het noorden wekte haar ergernis op; zelfs het leven op Terpilitsy vond ze primitief, terwijl het landgoed op nog geen dag gaans van de hoofdstad lag.

Anna was in de marinestad Taganrog geboren, dicht bij de Krim, aan de Zee van Azov. Haar grootvader had het daar tot gouverneur gebracht, haar vader zwaaide er de scepter over het Regiment Grenadiers dat het fort tegen aanvallen van de Turken verdedigde.

Het leek haar heerlijk naar het zuiden terug te keren. Het klimaat aan de Zee van Azov, die in verbinding staat met de Zwarte Zee, was vriendelijk, mild, zoel. Verhuizen naar de Balkan betekende voor Anna terugkeren naar de warmte van haar meisjesjaren. Rusland betekende iets anders voor haar, Rusland bestond uit zuipschuiten die langs de kant van de weg stonden te kotsen of patjakkers die bij toerbeurt onder de rokken van een stadse juffer grepen.

Ik keek ervan op hoe sterk haar beeld van de doorsnee-Rus was vertekend. Een deel van de adel leefde volkomen langs de werkelijkheid heen en praatte zichzelf de vreselijkste angsten aan. Het brute begon voor Anna bij Kiev en strekte zich uit tot Petersburg.

Het wonderlijke was dat ze zich tegelijkertijd als een Russische prinses gedroeg. Als een verwende Russische prinses, ofschoon dat een pleonasme is. Ze moest personeel in haar nabijheid hebben, eerder uit vrees voor eigen verantwoordelijkheid en zelfstandig handelen dan uit aandrift de lakens uit te delen. Ik denk dat ze slecht tegen het alleen-zijn kon. Toen ik met haar trouwde was ze net tweeëntwintig jaar en maakte ze al een eenzame indruk. Een keur aan personeel wenste ze, te beginnen met een kamermeisje dat haar Frans kon verstaan maar voor alle duidelijkheid in het Russisch antwoordde, gevolgd door een dienster die als een rekruut schoenen en laarzen kon poetsen en een kok die een maaltijd op tafel kon zetten waarvoor een minister zijn neus niet hoefde op te trekken.

Ik had altijd alleen de oude Adam om me heen gehad, die een aardig potje kon koken en uit een paar vodden een keurige jas kon naaien. Graag had ik hem meegenomen naar de Balkan, ware het niet dat de Eenogige langzamerhand blind was geworden. Met spijt in het hart liet ik hem in Terpilitsy achter.

Anna nam twee jongedames uit Petersburg mee (een van hen beschouwde ze als kindermeisje in spe) en nam in Boekarest nog twee jongemannen in dienst. Zeker gezien mijn inkomen was dat lichtelijk overdreven.

De zon van de Balkan bracht haar terug in haar vroegste jeugd. Geen fijne jeugd overigens, Taganrog was tijdens de Krimoorlog in de vuurzone komen te liggen. Bij een bombardement was haar familie alle bezittingen kwijtgeraakt.

Boekarest was ook roerig maar niet provinciaals. Met zijn sterk Franse inslag en Parijse bouwstijl schonk de stad Anna een mondaine en extravagante omgeving; het was in haar woorden een 'warme' en 'beschaafde' stad. Om de paradox compleet te maken begon ze haar Roemeense leven met een bezoek aan de Russisch-orthodoxe kerk: we waren immers niet toevallig voor een orthodoxe priester getrouwd.

Ik zag haar in Boekarest van een levendige jonge vrouw veranderen in *madame la baronne* die zich louter in het Frans uitdrukte, met een sterk Slavisch accent. Ze werd buitensporig adellijk, wat me het ene moment licht irriteerde en het andere tegenstond als iedere vorm van aanstellerij. Ik heb nooit een sterke verwantschap gevoeld met het milieu waaruit ik voortkwam, en die eigenschap mocht dan niet al te slecht zijn, handig was ze allerminst. Of zoals Fjodor Michajlovitsj het me een paar jaar later zou zeggen: 'Noch baron, noch Duits, noch diplomaat, en toch zijn dat uw drie hoedanigheden. U bent niet wie u behoort te zijn.' Bij Anna was dat andersom: zij ging gaandeweg meer lijken op degene die ze dacht te moeten zijn. Ze deed dat trouwens zowel uit aangeboren trots als uit loyaliteit ten opzichte van mij. Over haar steun heb ik nooit mogen klagen: degene die mij een strobreed in de weg legde, kon op een barricade van haar kant rekenen.

De werkelijke oorzaak van haar Rusland-haat was een drama in de familiekring. Anna had net haar negende verjaardag gevierd toen haar vader naar de hoofdstad werd teruggeroepen. Met haar ouders en haar beide broers verhuisde ze naar Sint-Petersburg. Kort na aankomst vatte haar moeder kou en liep een zware longontsteking op. Ze overleed op zevenentwintigjarige leeftijd.

Voor Anna lag de schuld van haar moeders dood bij de tochtige, smerige, vochtige, kille stad aan de monding van de Neva. Of meer nog: Rusland had haar haar moeder ontnomen.

Haar jukbeenderen waren nogal geprononceerd. Op de Balkan zeiden ze dat de baronesse 'Russische konen' had. Ik geloof niet dat ze dat als een compliment opvatte maar mij deed het goed. Ik heb altijd alleen maar Rus willen zijn.

Roemenië was als land precies zo nieuw als mijn huwelijk. De Verenigde Prinsdommen van Roemenië smeedden zich in 1861 aaneen tot een natie. Mijn baas in Boekarest was een geboren diplomaat die net als ik van Duits-Zweeds-Baltisch-Russische afkomst was en het tot minister van Buitenlandse Zaken zou schoppen, een post die hij dertien jaar zou bekleden. Met Nikolaj von Giers kon ik het even goed vinden als met mijn ooms in Petersburg en mijn hele verdere loopbaan zou ik aan hem danken. Hij zou de geschiedenis in gaan als de grondlegger van de Triple Entente en wist zowel Berlijn en Wenen als Rome en Parijs te vriend te houden, iets wat in die dagen welhaast onmogelijk had geleken. De man had een afschuwelijke hekel aan oorlog en bloedvergieten, en leerde me een manier om zulke verschrikkingen te voorkomen: door nooit te dreigen. Het kwam me goed van pas want als ik ergens op mijn woorden moest letten dan was het in Boekarest. Roemenië stond nog niet op eigen benen; vijf grootmachten hielden het in de gaten en behandelden het land als een protectoraat. De grootmachten intrigeerden met en tegen elkaar. Het schreeuwde van de tegenstellingen op de Balkan; ieder moment kon een gewapend conflict uitbreken. Ik deed er zoveel ervaring op dat ik later opnieuw door tsaar Alexander II naar de Balkan werd gezonden voor een humanitaire missie in Montenegro. Door de oorlog met de Turken waren daar 72 000 vluchtelingen uit Bosnië en Herzegovina heen getrokken die ik drie jaar lang van brood moest voorzien.

In Boekarest schonk Anna me een prachtige dochter, Olga, en dertien maanden later een zoon, die ik, om nu toch echt vrede met thuis te sluiten, naar mijn vader vernoemde: Jegor. Mijn andere zoon kreeg de naam van mijn jongste broer Nikolaj, die ik pas na mijn Siberische tijd goed had leren kennen. Ik werd in alles een echte familieman.

Onze tweede dochter, Jekaterina, die naar de moeder van Anna werd vernoemd, zou in Kopenhagen het levenslicht zien. Ik werd daar in 1863 tot secretaris van de ambassadeur benoemd met slechts één missie: het huwelijk voor te bereiden van de troonopvolger tsarevitsj Nikolaj met prinses Dagmar van Denemarken.

Het huwelijk had heel wat diplomatieke voeten in de aarde. De prinses en de tsarevitsj verloofden zich in 1864, maar in 1865 werd Nikolaj ernstig ziek. Hij overleed nog in datzelfde jaar. De moeder van Dagmar en de tsarina waren snel over de schok heen en besloten dat de prinses met de nieuwe tsarevitsj moest trouwen, met Alexander, de jongere broer van Nikolaj. Ook dat vergde weer de nodige voorbereidingen. Dagmar bekeerde zich tot het orthodoxe geloof en nam de naam Maria Fjodorovna aan. Ze leerde Russisch en wende zich de Russische gewoontes aan – iets waar ik streng op moest toezien.

Ook politiek werd dit huwelijk als een schaakspel uitgespeeld. Wie won wat door welke toezegging? Ministers waren daar maanden en jaren mee bezig. Als ik het cru mag zeggen: het was een ordinaire koehandel: hoeveel leverde de Deense prinses de Deense staat op?

Liefde leek op dit niveau een lachertje, en toch slaagde Dagmar erin op Alexander verliefd te worden. Ze trouwde op 28 oktober 1866 in Sint-Petersburg met de tsarevitsj.

Ik was er jaren zoet mee geweest. Zoals ik Dostojevski schreef: 'Ik ben hier tot koppelaar benoemd van een koninklijk-keizerlijk huwelijk. De werkzaamheden zijn niet bijzonder verheffend; wat gezeur hier, wat gezeur daar. Ik vorder traag, maar de natuur heeft mij beloond met een grote dosis geduld. Boze Petersburgse tongen beweren dat dat mijn Duitse kant is.'

Eenmaal in Kopenhagen had ik het contact met hem hernieuwd. Vanuit Boekarest was het onmogelijk geweest te corresponderen, ik mocht aan de diplomatieke koeriers alleen brieven voor mijn naaste familieleden meegeven. Vanuit de Balkan had ik drie keer geprobeerd Berlijn te bereiken; Dostojevski vertoefde herhaaldelijk in Duitsland en ik had gehoopt mijn onvergetelijke vriend te kunnen omhelzen, maar iedere keer was me dat door onvoorziene omstandigheden niet gelukt.

Op 22 november 1864 schreef ik hem. Ik had dat beter nog wat kunnen uitstellen, ik wist werkelijk niet hoe ik moest reageren op de nieuwe tragedies in zijn leven. Ik babbelde er lustig op los, vertelde dat ik het naar mijn zin had in de kringen van de ontwikkelde maar saaie Denen en dat ik prettig dicht bij het vaderland was: slechts drie dagen varen naar Piter. Ik was voornemens er de aanstaande zomer met mijn vrouw en kinderen heen te gaan. Ja, ik was een pater familias geworden. De huwelijkse staat had me erg veranderd. Ik was niet meer de losbol die doelloos over de wijde wereld zwalkte, ik was positiever geworden en joeg niet langer dromen na. Ik had de allerbeste vrouw die een man zich wensen kon, een goede moeder voor het gezin; ik had de liefste kindertjes, van wie ik de portretten voor hem bijvoegde. Mijn dienstbetrekking ging crescendo, voor mijn taak waren ruim voldoende middelen; in één woord: ik was tevreden. Het enige wat me droevig stemde was het eeuwige rondhangen in vreemde kringen, zonder vrienden, zonder familie en ver weg van het vaderland dat met al zijn moeilijkheden toch mijn geliefde vaderland was.

Ik schreef dit allemaal ter inleiding, ik was onmachtig hem te troosten met het vreselijke verlies dat hem getroffen had. De dood van zijn broer Michaïl had ik uit de kranten vernomen. 'Nog afgezien van het verlies dat zijn gezin moet dragen,' schreef ik, 'gaat met hem veel verloren voor de literaire gemeenschap. Maar het meest van al gaat verloren voor U, Fjodor Michajlovitsj: hij was immers Uw trouwe vriend en broer.'

Het was als stamelen: meer kon ik niet uit de pen krijgen.[65]

Hij antwoordde me vier maanden later. Zijn brief had hij in drie etappes geschreven, op 31 maart, 9 april en 14 april. Het had hem de grootste moeite gekost. Hij kon geen brieven meer schrijven, hij kon niet meer met enige terughoudendheid over zichzelf vertellen. Hij was kapot. Alleen ik zou begrijpen welke tragedie hem getroffen had. Ik, die met hem meegereisd was om haar een eind te vergezellen toen ze naar Koeznetsk verhuisde. Ik, die erbij geweest was, toen, die nacht, in de bossen... Hij had Maria Dmitrijevna ten grave gedragen. Na een maandenlange doodsstrijd was ze in Moskou aan de tering overleden.

Alle voorgaande weken en maanden was hij bij haar geweest, de hele winter lang, terwijl ze aan één stuk door hoestte, en bloed spuwde en wegkwijnde. Een paar uur voor haar overlijden had ze gezegd: 'Vergeet niet Alexander Jegorovitsj mijn laatste groet over te brengen. Hij was daarginds zo aardig voor ons.'

Haar laatste woorden waren voor hem en haar zoon Pavel geweest: 'Ik zegen jullie en wens jullie een lang en gelukkig leven toe.' Ze was heengegaan als een heilige.

Hadden we ons niet allemaal vergist in Maria Dmitrijevna? Of had zij vlak voor haar dood de sereniteit gekregen die ze haar hele leven lang tevergeefs had gezocht?

Ze hield met een grenzeloze liefde van hem, schreef hij me. Hij hield onvoorwaardelijk van haar, maar ze hadden samen geen geluk gekend. Hoewel ze allebei beslist ongelukkig waren geweest door haar vreemde, opvliegende, chronisch grillige karakter, konden ze niet ophouden van elkaar te houden; en zelfs, hoe ongelukkiger ze waren, des te meer raakten ze aan elkaar gehecht. Het mocht vreemd lijken, zo was het nu eenmaal. Ze was de eerlijkste, nobelste, grootmoedigste vrouw die hij in zijn leven had gekend.

Ja, hij had gelijk, alleen ik kon dat begrijpen. Terwijl ik zijn woorden langzaam op me liet inwerken, zag ik Maria de Kozakkentuin binnen komen lopen, zag ik hoe ze zich vooroverboog naar de bloemen en de geur opsnoof. En vanuit mijn ooghoeken zag ik tegelijkertijd hoe verrukt hij toekeek.

Zij was zowel de vrijheid als de vrouwelijkheid voor hem geweest, na al die jaren die hij in de stinkende mannenwereld van het strafkamp had doorgebracht. Zij had hem zijn gevoel teruggegeven, zij had hem weer tot leven gewekt.

Het geluk had kort geduurd. Toen kwam de herinnering aan het geluk, de herinnering die een definitieve breuk onmogelijk maakte.

Na de begrafenis was hij samen met een ontroostbare Pavel naar Petersburg teruggekeerd.

Het noodlot had hem vermorzeld. Drie maanden na Maria[66] was zijn broer overleden. Hij had de zorg voor Michaïls vrouw en hun vier kinderen op zich genomen en de erfenis van zijn broer aanvaard. Dat wil zeggen: hij had alle schulden van Misja overgenomen.

Hij legde me uit hoe hij tot deze beslissing was gekomen. Op zijn aandringen had Michaïl een literair tijdschrift opgericht, *Vremja* (De tijd). Zelf mocht hij geen leiding geven aan een tijdschrift, dat was hem bij terugkeer in Petersburg nadrukkelijk verboden. In feite was hij de oprichter en hoofdredacteur, maar in naam was Michaïl het. *De tijd* liep fantastisch. Zijn *Aantekeningen uit het dodenhuis*, in afleveringen gepubliceerd, ontketende een ware rage en hernieuwde zijn literaire reputatie. Van Toergenjev tot Tolstoj, iedereen was diep onder de indruk. Ook *De vernederden en gekrenkten* verscheen in afleveringen. Om het tijdschrift actueel te houden, publiceerde hij het verslag van zijn eerste buitenlandse reis, naar vijftien Europese steden, onder de titel *Winterse opmerkingen over zomerse indrukken.*

Bij de start van het tijdschrift had Michaïl forse schulden gemaakt, maar na dik een jaar kon hij een begin maken met de aflossing. De Poolse opstand gooide roet in het eten. Het tijdschrift werd in mei 1863 verboden vanwege één artikel van een medewerker over de Poolse kwestie.

Na veel gebakkelei kon zijn broer het tijdschrift voortzetten onder een andere naam, *Epocha* (Het tijdperk). De toestemming kwam eind februari, het eerste nummer kon pas in maart 1864 verschijnen. Het wierf weinig nieuwe abonnees terwijl aan de oude abonnees van *De tijd* nog zeven nummers verschuldigd waren – zij hadden zich voor een jaar geabonneerd.

Michaïl zuchtte onder de problemen, werd ziek. Fjodor was niet bij hem en kon niet tijdig ingrijpen, hij was in Moskou bij Maria. Zij overleed op 15 april, hij bleef nog tot half mei in Moskou, en toen hij in Petersburg terugkwam, trof hij een uitgeputte Michaïl aan en was het te laat. Een galblaasontsteking werd hem fataal, hij overleed op 10 juli.

Aan de dood van Michaïl voelde hij zich schuldig. Hij besloot het tijdschrift voort te zetten en alle geldelijke verplichtingen van zijn broer over te nemen. Het was een flink bedrag, een rampzalig hoog bedrag. Hij noemde een paar cijfers: 25 000 roebel, 33 000 roebel. Monsterlijke bedragen, voor een privépersoon onmogelijk af te lossen.

Hij dacht het wel te kunnen. Niet alleen door bij voorbaat de rechten te verkopen van de roman waaraan hij werkte: *Misdaad en straf*. In zijn hoofd was waarschijnlijk toen al een ander en veel riskanter plan gerijpt. Een wanhoopsplan.

Op zijn buitenlandse reis had hij de casino's van Wiesbaden en Baden-Baden aangedaan. Hij dacht het bedrag aan de speeltafels terug te kunnen verdienen. Eén keer winnen, en hij zou uit de brand zijn.

Ik had nooit kunnen denken dat hij in de vier jaar van onze scheiding zoveel ellende had doorstaan. Ik begon werkelijk een fatalist te worden en te geloven dat er mensen zijn wier lot het is eeuwig verdriet te hebben.

Ik was hem dankbaar voor de laatste groet van Maria. Alles wat hij over zijn relatie met haar vertelde kwam in zekere mate overeen met mijn relatie tot mijn vrouw. Ook Anna en ik hielden van elkaar, begrepen dat we niet zonder elkaar konden leven maar voelden dat onze naturen, onze visies op het leven, onze ideeën en gewoontes zo verschillend waren dat het werkelijk verbazingwekkend was dat we onder één dak konden leven, en nog wel in vrede.

Fjodor Michajlovitsj was niet alleen een feilloos observator van de ziel, hij wist met zijn beschrijvingen iets los te woelen in je eigen ziel en een verontrustende mate van herkenning op te roepen. Direct na het lezen van zijn brief greep ik mijn pen en schreef hem over mijn Anja, die ik de koosnaam Anjoeta had gegeven. Het portret dat ik van haar schetste was afgrijselijk.

Mijn Anjoeta, schreef ik, was een ziekelijk nerveuze vrouw, opgevoed als een Russische prinses, zonder enige kennis van het leven of ontberingen. Zij dacht dat het leven ons gegeven is voor genoegens en geluk; de strijd met het noodlot was voor haar onbegrijpelijk, de kleinste inspanning daartoe schrikte haar af en ondertussen was mijn materiële situatie weinig benijdenswaardig. Ik werkte, ontzegde mij veel en probeerde alle donkere gedachten te vergeten, of liever gezegd, te doen verstommen. Mijn Anjoeta haatte Rusland, kon het klimaat van Petersburg niet verdragen, was constant ziek, holde constant naar dokters.

Toen ik de regels overlas, realiseerde ik me dat ik met een vrouw was getrouwd die sterk op Maria Dmitrijevna leek. Fjodors voortdurende problemen met haar waren me niet tot les geweest, haar grillen en nukken hadden me niet afgeschrikt: mijn Anna was het portret van Maria.

Een ongrijpbare en onbegrijpelijke vrouw. Maar net als Fjodor zou ik zo goed en kwaad als het ging met haar door het leven gaan, me troostend met de gedachte dat ze een goede moeder was en dat het ware geluk op deze wereld nooit erg lang duurt.

DE SPELER

Na vier jaar afwezigheid keerde ik in 1865 naar Sint-Petersburg terug om er de zomervakantie door te brengen. Het was er vuil en smerig, ik kwam veel dronkenlappen tegen, hoorde veel kabaal, geschreeuw. Maar in vergelijking tot Kopenhagen was het er heerlijk levendig. Iedereen was tegen alles: zo kende ik mijn stad.

De zomer duurde te kort, ik moest weer naar Kopenhagen, voor nog een jaar, zeiden ze op het ministerie van Buitenlandse Zaken.

Terug aan de Sont trof ik een wanhopige brief van Dostojevski aan. Geschreven in Wiesbaden. Het bleek dat hij zich daar volkomen blut had gespeeld.

Zijn situatie was uitzichtloos, hij had geen rooie cent. In Petersburg had hij nog altijd de tienduizenden roebels schulden van zijn broer uitstaan. Van alle kanten werd er druk op hem uitgeoefend, van alle kanten werden dreigementen geuit en eisen gesteld. Hij was in staat zich op te knopen.

De passie van Dostojevski voor het spel was nieuw voor mij en kwam als een complete verrassing. In Siberië, waar het kaartspel de voor de hand liggende bezigheid was om de verveling te verdrijven, had hij nooit een kaart aangeraakt. In Petersburg, waar ik tientallen koffiehuizen met hem bezocht, had ik hem nooit naar dobbelaars zien kijken. Het zal later begonnen zijn. Door zijn hartstochtelijke aard en zijn geschokte zenuwen verlangde hij toen waarschijnlijk naar de allersterkste gewaarwordingen en vond hij die in het gokken aan de roulettetafel.

Er was niets aan te doen. Een oude vriend moest hulp worden geboden. Ik hielp hem, ofschoon ik zelf ook niet erg goed bij kas zat. Bovenal gaf ik hem de raad die hij me jaren eerder had gegeven: te vertrekken. Naar het buitenland, de zorgen vergeten, hoofd en lijf verfrissen. Ik raadde hem aan het tijdschrift te verkopen, een voorschot te nemen op de rechten van zijn literaire creaties, en de handen vrij te maken. Hij zou zich voor enkele jaren in het buitenland kunnen vestigen en te midden van de verkwikkende natuur van Italië of Zwitserland, in alle rust kunnen schrijven, niet onder dwang, maar zoals hij het zelf noemde, *con amore*, met liefde en inspiratie.

Maar om te beginnen moest hij eerst maar eens naar Kopenhagen komen.

Hij kwam op 1 oktober 1865. Hij woonde een week bij mij, viel zeer in de smaak bij mijn hoogzwangere vrouw en ravotte vaak met mijn kinderen.

We haalden samen het verleden op. Een interessant woord: *prosjloje*, verleden. In het Russisch is het veel dieper dan in het Duits, in het Russisch hoor je er 'het doorlopene' in.

Herinneringen aan de Kozakkentuin kwamen bovendrijven. We spraken langdurig over Maria Dmitrijevna en over de wonderschone Marina O., op wie Maria zo verschrikkelijk jaloers was geweest. We spraken over Katja. Ik stipte haar listigheid en lichtzinnigheid aan en Fjodor Michajlovitsj schudde het hoofd. Met een milde glimlach zei hij: 'We zullen de door ons beminde Siberische dames altijd diep dankbaar zijn voor die dagen en uren van geluk en voor alle liefkozingen die we in die tijd en op die plaats zo hard nodig hadden. U hoeft van Katja niet het eeuwige leven te verlangen, noch dat ze altijd aan u denkt, dat is onwaardig egoïsme en dat moet u weten te bestrijden.'

Met enige tegenzin gaf ik hem gelijk.

'Zo was het in het verleden ook: ik kwam in opstand tegen wat u me voorhield, ik kon uw wijze raad soms niet verdragen, tot ik tot de slotsom kwam dat er ten minste een bodempje waarheid zat in de wijn die u me liet drinken.'

'Wijn dronken we zelden. Ik herinner me wel een nacht met heel veel champagne.'

'Ik herinner me onze gesprekken over misdadigers, middagen, avonden lang. Ik heb *Aantekeningen uit het dodenhuis* in één adem uitgelezen, ik heb het verslonden. Het is een aangrijpend boek, Fjodor Michajlovitsj. Hoe goed hebt u het karakter van de Rus weten te vangen. Zoveel waarheden en zoveel nut heeft dit boek gebracht in relatie tot de arme *ongelukkigen* uit de kampen en gevangenissen.'

Het deed hem goed. Werkelijk goed.

Hij zag er niet best uit, ik vond hem vermagerd en oud geworden, maar hij glimlachte tevreden.

'In feite was ik in de jaren van het dodenhuis sterker dan nu.'

Zijn gestel kon het leven dat hij leidde nauwelijks volhouden. Hij was voortdurend behoeftig, droeg de zorgen voor zijn stiefzoon Pavel en bovendien voor het gezin van zijn broer.

'Altijd met onaflosbare schulden. Altijd met de angst voor die schulden gevangen te worden gezet. Overdag noch 's nachts ken ik rust; overdag ijsbeer ik op de redacties en 's nachts schrijf ik aan één stuk door. Op bestelling. Onder dwang van de tijd.'

Het vrat hem op.

'Het is niet alleen de epilepsie of de angst voor een aanval. Er brandt in mij een soort koorts die zowel koude rillingen als hitte veroorzaakt, iedere nacht opnieuw.'

Dat alles had niet alleen invloed op zijn gezondheid maar ook op zijn karakter. Hij bereikte soms een ongeoorloofde mate van nervositeit en geïrriteerdheid, ook voor hemzelf.

'Ik ben nerveus geworden en prikkelbaar. Nog veel nerveuzer dan in Semipalatinsk. Mijn karakter is bedorven. Ik weet niet wat er nog van komt...'

Hij vroeg me natuurlijk weer om geld voor zijn tijdschrift en om zijn zorgen voor even te verminderen. Ik leende het hem. Veel geld, voor mijn doen te veel.

Vijf dagen na mijn huwelijk had mijn vader 300 000 zilveren roebels verloren. Het geld had hij in handen van een koopman gegeven die ze goed voor hem zou beleggen. De koopman – een Rus – ging bankroet met drie miljoen. De rechter die het faillissement uitsprak, rekende voor dat het geld binnen tien jaar teruggegeven zou worden, maar ik achtte de kans daarop klein.

Het beheer van de landgoederen had ik aan twee van mijn broers overgedragen. Een deel van het geld dat ze eraan overhielden ging naar mijn zusters. De oudste, Vera, was nooit getrouwd. Mijn vader bleef eisen dat ik naar Rusland zou terugkeren om hem uit de financiële zorgen te halen.

Met mijn baan als secretaris van de ambassade verdiende ik niet veel. De diplomatieke dienst nam juist mannen uit adellijke families met geld en bezittingen in dienst om niet al te veel geld kwijt te zijn aan salarissen en huispersoneel. Het was de gewoonte dat je als diplomaat je eigen huishouden en je eigen staat van dienst betaalde. Ik had het financieel moeilijk, heel erg moeilijk, maar ik wist dat Dostojevski het nog veel moeilijker had.

Enkele dagen na zijn vertrek baarde mijn vrouw een dochter, Jekaterina. Direct na de bevalling werd Anna ernstig ziek, eerst van een ontsteking die met moeite tot staan kon worden gebracht, en toen van pijnen in de borst die een operatie noodzakelijk maakten. Op de zestiende dag na de bevalling was ze opgestaan maar ze moest onmiddellijk weer in bed gaan liggen. Zeven weken later kon ze pas weer overeind komen. Ze bleef niettemin zwak.

'Wanneer uw financiën weer op orde zijn,' vroeg ik Dostojevski, 'stuurt u me dan een jas en een plaid, anders verkleumen we deze winter.'

Hij zond ons die jas en plaid onmiddellijk toe.

In het nieuwe jaar moest ik mijn vrouw naar een kuuroord in Wiesbaden laten vertrekken. Het duurde maanden voor ze weer enigszins aangesterkt was. Toen ze terug in Kopenhagen was, bleek ze veranderd in een prikkelbare, chronisch zwakke en eeuwig ontevreden vrouw.

Halverwege het jaar daalde de koers van de roebel met 44 procent. Alles wat ik in Deense kronen kocht werd dubbel zo duur. Om de laatste voorbereidingen voor het huwelijk van de tsarevitsj en de prinses te regelen, kwamen er vier weken lang grootvorsten bij ons op bezoek. Officieel waren ze te gast bij de Deense minister van Binnenlandse Zaken, maar die woonde op het platteland, weigerde de grootvorsten te ontvangen en gedroeg zich als een idioot en een varken. De man leed al langer aan hersenverweking, ik draaide voor alles op.

Tot overmaat van ramp brak in de stad een cholera-epidemie uit. Ik had de middelen niet om een kleine datsja te huren op een veilige afstand van Kopenhagen. De zomer werd een verschrikkelijk hete, waardoor de cholera sneller en sneller om zich heen greep.

Het water steeg me tot de lippen. Ik stuurde Dostojevski een noodsignaal.

'Ben in vreselijke nood. Kunt u mij geld sturen? Gelooft U mij dat ik U er nooit aan zou hebben herinnerd als ik alleen was geweest en in andere omstandigheden.'

Hij antwoordde me koeltjes en vroeg me een berekening van zijn schuld te sturen. Dat deed ik. De vroegere leningen vergat ik en ik somde alleen de recente op:

100 Pruisische daalders – omgerekend 133 roebel
Geleend voor de boot naar Petersburg – 50 roebel
Bijbetaald – 9 roebel
Voor de spullen – 4 roebel
228 Deense rijksdaalders – omgerekend 196 roebel

Niets kwam er. Niets. Ik las in Russische kranten dat *Misdaad en straf* was verschenen. Ik las over het succes dat de roman bijna onmiddellijk had.

Maanden gingen voorbij. Het nieuwe jaar brak aan.

Op 11 maart 1867 vroeg ik hem althans het geld dat hij van mijn vrouw had geleend terug te betalen: 192 Deense daalders, omgerekend 165 roebel. Niet alleen op mij maar ook op Anna had hij een beroep gedaan. Ze had het geld nu hard nodig, ze was voortdurend ziek; alleen al de doktoren en de medicijnen hadden die winter 450 roebel gekost.

Ik kende zijn omstandigheden. Het viel me moeilijk om hem lastig te vallen. Hij wist hoe ik in mijn vel zat, hij wist hoeveel moed ik moest verzamelen om hem te herinneren aan het bedrag dat hij mij verschuldigd was en aan zijn kleine schuld aan Anna, want wat was dat nou, 165 roebel... Ik had hem in de loop der jaren duizenden roebels geleend en ik had alleen de laatst gemaakte schulden opgevoerd.

Niets liet hij meer van zich horen. Nog niet het kortste berichtje, nog niet het zwakste excuus.

Zeven dagen later schreef ik hem opnieuw. Mijn vrouw was sterk verzwakt door de cholera. Mijn dochtertje van twee was op sterven na dood. Ik stuurde hem nogmaals een berekening mee, 160 roebel of 137 ½ Pruisische daalders.

Hij antwoordde met stilte.

Jekaterina overleed. Ik moest haar alleen ten grave dragen. Mijn vrouw was te ziek om erbij te zijn.

Naderhand vernam ik dat hij in die periode – februari, maart, april, mei 1867 – met zijn stenografe Anna Grigorjevna Snitkina was getrouwd en dat hij samen met haar naar het buitenland was gevlucht om te ontsnappen aan zijn schuldeisers en aan zijn stiefzoon Pavel, die minstens evenveel schulden had gemaakt als zijn stiefvader.

Ik ontmoette hem nog één keer vluchtig, in Sint-Petersburg, in het najaar van 1873.

We gaven elkaar een hand, informeerden naar elkaars gezondheid, wachtten het antwoord niet af, gaven elkaar nogmaals een hand, maakten een lichte buiging en gingen als vreemden uiteen.

VERANTWOORDING

Ik ben in de huid van Alexander Jegorovitsj von Wrangel zu Ludenhof gekropen om dichter bij de kern van dit waargebeurde verhaal te komen. Zijn gedachten kon ik voor veertig tot vijftig procent lezen in zijn herinneringen en brieven. Vaak zag Alexander zich genoodzaakt een half woord te gebruiken in plaats van een heel, of bepaalde gebeurtenissen slechts zijdelings aan te stippen, uit hoffelijkheid en discretie, een enkele keer vanwege zijn positie maar meestal vanwege de censuur. Alle vaagheden waarachter hij zich moest verschuilen heb ik weggewerkt, alle lacunes heb ik ingevuld. Toch heb ik Alexander, ook in mijn verbeelding, recht willen doen. Aan de feiten uit zijn leven heb ik niets veranderd, verfraaid of verdraaid. Hetzelfde geldt voor de andere hoofdpersonen uit dit boek, Fjodor Michajlovitsj Dostojevski, Maria Dmitrijevna Isajeva en Jekaterina Osipovna Gerngross, ofschoon ik hen alle drie door de bril van Alexander bezie.

Veel dank ben ik verschuldigd aan Karin Beernink, die me op het idee voor dit boek heeft gebracht en die me op alle mogelijke manieren heeft geholpen om *De Kozakkentuin* te schrijven. Over de familie van Karin vertelde ik eerder in *Baltische zielen*, in het hoofdstuk *Verdreven uit Mõisamaa. Het lot van Anna-Liselotte von Wrangel.* Karin, de achter-achterkleindochter van baron Alexander Jegorovitsj von Wrangel, verzamelde documenten, memoires, brieven, afbeeldingen van Alexander en spoorde biografische en bibliografische informatie over hem en zijn naaste verwanten op.

Evenzeer sta ik bij Suïntha Uiterwaal in het krijt. Suïntha vertaalde speciaal voor dit boek de in 1912 in Sint-Petersburg gedrukte en in eigen beheer uitgegeven memoires van baron A.J. Wrangel uit het Russisch, alsmede de brieven van Alexander aan Fjodor Michajlovitsj Dostojevski. Zonder haar levendige, sfeervolle vertalingen zou ik dit boek nooit hebben kunnen schrijven. Suïntha voelde precies aan waar Alexander Jegorovitsj in zijn brieven en herinneringen een steek onder water uitdeelt, minder zegt dan hij eigenlijk zou willen of met ironie gewichtigdoenerij onderuithaalt. Voorts heb ik veel baat gehad bij de aantekeningen die zij bij de vertalingen heeft gemaakt.

Vanaf het eerste idee is Dorothé van Overbeek nauw betrokken geweest bij de totstandkoming van dit boek. Ik kon bijna dagelijks op haar hulp, steun en adviezen rekenen en ben haar daar diep dankbaar voor. De sfeer van de Kozakkentuin zag Dorothé het beste terug in het schilderij *Huis in Abramtsevo* van Pjotr Petrovitsj Kontsjalovski. Het idee voor de omslag komt dus van haar. Bij de realisatie was haar zoon Paul Kolodziej behulpzaam.

Olga de Kort-Koulikova ontcijferde een aantal brieven van Alexander en typte ze uit. Olga legde ook de contacten met musea en instanties in Siberië. Karin Beernink en Suïntha Uiterwaal namen het manuscript kritisch door en controleerden de feiten, namen en schrijfwijzen op juistheid. Emile Brugman en Anita Roeland redigeerden de tekst en behoedden me voor grove fouten en kleine onjuistheden. Ik wil ook graag Theo Veenhof bedanken voor de correctie en het persklaar maken.

Waardevolle informatie ontving ik van Natalja Asjimbajeva, directeur van het Dostojevski Museum in Sint-Petersburg, Boris Tichomirov, adjunct-directeur voor wetenschappelijk onderzoek, en Maria Michnovets, wetenschappelijk medewerker.

Aleksej Rozinov was zo vriendelijk om me op de moeilijke tocht naar de landgoederen Terpilitsy, Torosovo en Raskoelitsy te vergezellen. Zonder hem zou ik in de sneeuw verdwaald zijn en de ruïnes niet gevonden hebben. In Raskoelitsy, het landgoed van de familie Von Korff, vonden we het graf van Alexanders vader. Hij ligt begraven naast baron von Korff, de oom Nikolaj uit het eerste hoofdstuk.

Aleksej zet het werk van zijn jonggestorven vrouw Svetlana Grisjkina voort. Met haar grote belangstelling voor de landhuizen in de omgeving van Sint-Petersburg legde Svetlana Grisjkina een uitgebreid Wrangel-archief aan.

Een andere Svetlana, Svetlana Kalinina, gidste me door het labyrint van Peterhof. Veel hulp kreeg ik ook van de medewerkers van het Dostojevski Museum in Moskou, het Dostojevski Museum in Semej (zoals Semipalatinsk tegenwoordig heet) en het Dostojevski Museum in Novokoeznetsk (de huidige naam voor Koeznetsk).

De eerste uitgebreide informatie over Alexander von Wrangel verstrekte Olga Grossmann uit Dresden me. Professor Grossmann doceerde Russische literatuur aan de universiteit van Dresden, publiceerde *Russen in Dresden im Kontext der Stadtgeschichte*, was een van de drijvende krachten achter het Deutsch-Russische Kulturinstitut en droeg bij aan de restauratie van het graf van Alexander en Darja.

Karin Beernink bracht me in contact met Aleksej Rozinov en Olga Grossmann.

Naast de memoires en de brieven van Alexander von Wrangel kon ik gebruikmaken van de herinneringen van zijn jongere broer Nikolaj, die in 1927 in New York gepubliceerd werden, *The Memoirs of Baron N. Wrangel, 1847-1920. From Serfdom to Bolshevism,* en die een goed beeld geven van het leven van de familie Von Wrangel in de tweede helft van de negentiende eeuw.

Voor feitelijke informatie over F.M. Dostojevski en M.D. Isajeva raadpleegde ik de vijfdelige Dostojevski-biografie van Joseph Frank. De titels van de afzonderlijke delen zijn:

Dostoevsky, The Seeds of Revolt, 1821-1849 (Princeton, 1976)
Dostoevsky, The Years of Ordeal, 1850-1859 (Princeton, 1990)
Dostoevsky, The Stir of Liberation, 1860-1865 (Princeton, 1993)
Dostoevsky, The Miraculous Years, 1865-1871 (Princeton, 1995)
Dostoevsky, The Mantle of the Prophet, 1871-1881 (Princeton, 2002)

Van het levenswerk van Joseph Frank bestaat ook een beknopte versie, *Dostoevsky, A Writer in His Time* (Princeton, 2010), die toch nog altijd 959 pagina's telt.

Van de brieven van Dostojevski verscheen bij uitgeverij Van Oorschot een selectie in het Nederlands, als elfde deel van de Verzamelde Werken van Dostojevski in De Russische Bibliotheek (1990). Theo Veenhof en Titia Bouma vertaalden de brieven, Karel van het Reve selecteerde en becommentarieerde ze. In de Van Oorschot-editie zijn vijf brieven van Dostojevski aan Alexander Jegorovitsj von Wrangel opgenomen.

In het Frans verschenen alle brieven van F.M. Dostojevski in drie delen bij uitgeverij Bartillat in Parijs: *Correspondance* (1998), vertaald door Anne Coldefy-Faucard en voorbeeldig en uitputtend van noten voorzien door Jacques Catteau. Dankzij het speurwerk van Catteau kwam ik achter de identiteit van Madame X, over wie Alexander Jegorovitsj en Fjodor Michajlovitsj elkaar voortdurend schreven zonder haar identiteit prijs te geven. In de Franse editie zijn ook alle doorhalingen en verbeteringen opgenomen. Voor de brieven van Dostojevski aan Von Wrangel heb ik van deze editie gebruikgemaakt. In de vertalingen heb ik me enige vrijheid veroorloofd omdat Dostojevski zeer lange maar haastig geschreven brieven verstuurde waarin hij niet altijd uitblinkt in precisie.

Veel informatie heb ik voorts gevonden in de verslagen uit de eerste hand die Peter Sekirin verzamelde in *The Dostoevsky Archive, Firsthand Accounts of the Novelist from Contempora-*

ries' Memoirs and Rare Periodicals (Jefferson, North Carolina, en Londen, 1997).

Ik heb lang geaarzeld of ik verklarende noten in dit boek zou opnemen. Mijn streven was dat *De Kozakkentuin* als een roman gelezen kan worden en noten onderbreken dat nogal. Toch behoefden sommige feiten uitleg of aanvulling. Telkens wanneer ik zelf een feit moest nazoeken of een bewering onbegrijpelijk vond, dacht ik dat een noot op zijn plaats was. Ook moest ik Alexander soms corrigeren als hij zich in zijn brieven of memoires in data, leeftijden, namen of feiten vergist. Voorts kwamen na zijn dood in 1915 nieuwe feiten aan het licht, vaak uit bronnen waarvan hij geen weet heeft gehad – ik heb daarvan in de noten gewag gemaakt om het beeld te complementeren.

Na zijn vertrek uit Kopenhagen in de herfst van 1867 vestigde Alexander zich met zijn gezin in Sint-Petersburg. Zijn vader overleed in 1868 en liet voornamelijk schulden na. Alexander regelde de nalatenschap en besefte dat de noodzaak om een inkomen te vergaren urgent werd en zelfs van levensbelang. Voor iemand die geen hoge dunk van zichzelf had, lukte hem dat wonderwel. Hij richtte in 1871 een handelsbank op in Minsk, investeerde de winst in een reusachtig landgoed en zette enkele agrarische bedrijven op. Toen het hem financieel voor de wind ging, begon hij aan een tweede diplomatieke loopbaan. Tsaar Alexander II stuurde hem voor een humanitaire missie naar Montenegro, tsaar Alexander III benoemde hem tot consul-generaal in Dantzig (het huidige Gdańsk) en tsaar Nicolaas II maakte hem tot zijn gezant in Dresden. Baron von Wrangel regelde een ontmoeting tussen de tsaar en de Duitse keizer Wilhelm maar kon niet voorkomen dat de verhouding tussen de beide grootmachten verslechterde. Hij woonde nog in de Russische kanselarij in Dresden toen de Eerste Wereldoorlog uitbrak. Alexander Jegorovitsj von Wrangel overleed in 1915 en werd op de Trinitatis Friedhof in Dresden begraven, naast zijn moeder Darja. Het familiegraf is nog steeds intact. Ook zijn vrouw Anna, die in 1921 overleed, ligt daar begraven.

Alexander overleefde Dostojevski vierendertig jaar. De schrijver stierf in 1881 op zestigjarige leeftijd aan een hersenbloeding, nadat hij op zijn knieën onder zijn bureau en onder een kast naar de dop van zijn pen had gezocht.

In 1882 gaf Alexander Jegorovitsj de brieven die hij van Fjodor Michajlovitsj had ontvangen aan een Dostojevski-specialist, in 1883 verschenen ze in een bundel van N.N. Strachov, maar drie belangrijke brieven ontbraken. Die kwamen later toch boven water en liggen thans in het Dostojevski Museum in Sint-Petersburg. Ook de brieven van Von Wrangel aan Dostojevski bevinden zich daar, op vier na, die in het Dostojevski Museum in Moskou zijn ondergebracht. Bij de vertaling baseerde Suïntha Uiterwaal zich op deze originelen.

Lang niet alle brieven van Von Wrangel aan Dostojevski en van Dostojevski aan Von Wrangel zijn bewaard gebleven; stafmedewerkers van het Dostojevski Museum in Sint-Petersburg schatten dat een derde tot een kwart van de correspondentie verloren is gegaan. Ik kon gebruikmaken van in totaal veertig brieven, drieëntwintig brieven van Dostojevski aan Von Wrangel en zeventien brieven van Von Wrangel aan Dostojevski. Voorts vond ik een brief die Alexander tijdens zijn wereldreis vanuit Brest naar Michaïl Dostojevski stuurde en die begint met: 'In godsnaam, wat doet uw broer Fjodor en waar is hij?'

Alexander gaf zijn memoires in 1912 in een kleine oplage en in eigen beheer in Sint-Petersburg uit. Enkele lukraak gekozen passages uit zijn herinneringen verschenen slordig vertaald in het Engels. Een integrale herdruk in het Russisch verscheen nooit; alleen biografen en wetenschappers namen kennis van de tekst.

NOTEN

1 De oom heet eigenlijk baron Nikolaj von Korff. Duits-Baltische baronnen die in Russische staatsdienst waren, gaven hun naam dikwijls een meer Russische aanblik. De Von Wrangels lieten 'von' weg en spelden hun naam soms als 'Vrangel'. Ook baron von Korff liet het 'von' vallen. Baron Nikolaj von Korff was met een zus van Alexanders vader getrouwd. De familie Von Korff bezat het landgoed Raskoelitsy, dat dicht bij het landgoed Terpilitsy van de familie Von Wrangel lag.

2 Alexander Jegorovitsj werd volgens de juliaanse kalender op 23 maart 1833 geboren en volgens de gregoriaanse kalender op 4 april 1833.

3 Dekabrist betekent 'decembrist', de mislukte opstand van leger- en gardeofficieren tegen de tsaar vond op 14 december 1825 plaats (op 26 december volgens de gregoriaanse kalender).

4 'Verhalen': het eerste telt tweehonderd pagina's, het tweede honderdzeventig. Van *Njetotsjka Njezvanova* kan Alexander alleen de eerste twee delen hebben gelezen; het derde deel verscheen toen Dostojevski al gearresteerd was. Dostojevski maakte de roman nooit af.

5 Tsaar Alexander II zou de bijnaam 'de Grote Hervormer' krijgen.

6 Dostojevski parodieerde de verhoortechniek van generaal Rostovtsev in *Misdaad en straf*. De verhoren die rechter-commissaris Pjotr Petrovitsj Porfiri de moordenaar Raskolnikov afnam, staan bol van de vleierijen. Maar Raskolnikov had zijn ondervrager door en begon hem listig te bespelen. Wat ook Dostojevski in de Petrus-en-Paulusvesting had gedaan. Uiteindelijk omschreef generaal Rostovtsev de jonge schrij-

ver als 'intelligent, onafhankelijk, sluw, koppig'.

7 Leerlingen van het Keizerlijk Alexander Lyceum droegen een militair ogend schooluniform.

8 In *De idioot* geeft Dostojevski een andere versie van de laatste vijf minuten. Prins Mysjkin hoorde van een terdoodveroordeelde, aan wie op het laatste moment gratie was verleend, dat hij de eerste twee minuten aan zijn dierbaren en familieleden dacht, de volgende twee minuten over zijn lot en leven mediteerde en de laatste minuut alleen oog had voor het zonlicht dat de vergulde koepel van een kerk deed blinken, een welhaast mystieke ervaring. Het hoeft natuurlijk niet zo te zijn dat Dostojevski hier van minuut tot minuut zijn eigen beleving beschrijft, ofschoon de meeste van zijn biografen dat wel voetstoots aannemen.

9 De *katorga* was een systeem van strafkampen in het Russische Rijk. Na de revolutie van 1917 veranderde de naam in goelag terwijl het systeem nagenoeg hetzelfde bleef.

10 Reval was de naam die de Duitse Balten aan Tallinn gaven, de hoofdstad van het huidige Estland. Alexanders vader, Georg Hermann von Wrangel (1803-1868), werd in Rusland Jegor Jermolajevitsj Wrangel genoemd. De in Rusland wonende Duits-Baltische baronnen werden in 1855 in de Russische adelstand verheven. Ze mochten zich toen ook in Rusland van hun adellijke titel bedienen.

11 Lang werd aangenomen dat Abram Petrovitsj Gannibal (±1696-1781) uit de streek Lagon in Ethiopië kwam. Recent onderzoek (1996) heeft echter uitgewezen dat Lagon waarschijnlijk Logone moet zijn geweest en dat het gewest aan de oever van de rivier de Logone in het noorden van Kameroen moet worden gesitueerd.

12 Vera zou een ondernemende tante worden. Na het uitbreken van de Krimoorlog meldde ze zich in 1854 als verpleegster aan. De toen tweeëntwintigjarige Vera zette een veldhospitaal op en gaf leiding aan vierentwintig verpleegsters. Vera Wrangel werd de Russische tegenhanger van Florence Nightingale, die aan

Britse zijde de gewonden van de Krimoorlog verpleegde.

13 Michaïl zou Torosovo, een van zijn vaders landgoederen, overnemen. Zijn zoon George (Jegor) Michajlovitsj werd daar in 1918 door de bolsjewieken vermoord. Het landhuis werd een school en later een postkantoor. Pas na de ineenstorting van de Sovjet-Unie, in de jaren 1991-1995, raakte het in verval. Het houten landhuis Terpilitsy werd enkele jaren na de Revolutie in brand gestoken en volledig verwoest. Alleen enkele bijgebouwen zijn bewaard gebleven.

14 Zestig jaar na de dood van Darja nam Alexander in zijn laatste wilsbeschikking op dat hij naast zijn moeder in Dresden begraven wilde worden. Drie dagen na zijn overlijden op 12 september 1915 werd hij in het familiegraf bijgezet op het Trinitatiskerkhof in Dresden.

15 Joseph Frank, de bijzonder accurate Amerikaanse biograaf van Dostojevski, hield het in het tweede deel van zijn vijfdelige biografie op *tien* roebel. Maar ook Ljoebov Dostojevskaja, de dochter van Dostojevski, herinnerde zich in haar memoires dat haar vader vertelde over de *vijfentwintig* roebel die hij in de bijbel had aangetroffen.

16 Het is duidelijk dat Alexander hier meer weet dan hij doet voorkomen. In 1928 kwam aan het licht wát: in het literaire tijdschrift *Sibirskije ogni* (Siberische lichten) beschreef de journalist Jevgeni Feoktistov de korte romance tussen de broodverkoopster Jelizaveta Nevorotova en Dostojevski in 1854 in Omsk. Per brief maakte Dostojevski afspraakjes met haar. Feoktistov mocht die brieven lezen toen hij in 1909 Jelizaveta in Semipalatinsk ontmoette, maar naderhand zijn de brieven verloren gegaan. Jelizaveta schijnt een erg mooie vrouw te zijn geweest, aardig, lief, maar zonder enige ontwikkeling. Ze kon met moeite lezen en nauwelijks schrijven.

17 Voor deze passage maakte ik gebruik van Lourens Reedijks vertaling van *Misdaad en straf* uit 2009.

18 Met *Tsjoechonets* werd de Finstalige bevolking rond Sint-

Petersburg aangeduid. Een Fin of een Est. Het woord had een negatieve bijklank: een sukkel, een pummel.

19 Van 1712 tot 1917 was Sint-Petersburg de hoofdstad van het Russische Rijk.

20 De in oktober 1853 uitgebroken Krimoorlog duurde tot februari 1856. Het was de eerste oorlog die op grote schaal door journalisten en fotografen werd verslagen. De belegering van Sebastopol was het belangrijkste wapenfeit uit de Krimoorlog.

21 In 1812 versloegen de Russische troepen het Franse leger en noopten Napoleon tot een terugtocht in galop.

22 Vanaf deze fase in hun vriendschap – dus eigenlijk nog in de beginfase – duidt Alexander Dostojevski aan met Fjodor Michajlovitsj, wat hij gemakshalve in zijn brieven en memoires dikwijls afkortte tot F.M. Russen zijn veel vormelijker dan Nederlanders. Dostojevski sprak Von Wrangel bij voor- en vadersnaam aan: Alexander Jegorovitsj. Het familiaire Sasja gebruikte hij bijna nooit (slechts één keer in een brief en één keer in een gesprek), net zomin als Alexander F.M. met Fedja aansprak. Ondanks hun hartelijke betrekkingen zouden Alexander Jegorovitsj en Fjodor Michajlovitsj elkaar altijd met u blijven aanspreken. Russen tutoyeren alleen God en hun familieleden – in de negentiende eeuw althans, en nu vaak ook nog. Slechts enkele malen worden F.M. en A.J. familiair en schakelen over op 'je'. Die momenten zijn steeds betekenisvol.

23 Over Maria Dmitrijevna Isajeva is opmerkelijk weinig bekend. De ene bron geeft als haar geboortejaar 1825 op, de andere 1826. Ze zou dan tijdens de eerste ontmoeting met Dostojevski dertig jaar zijn geweest, of negenentwintig. Kort na die ontmoeting schreef Dostojevski in een brief aan zijn broer Michaïl dat Maria achtentwintig jaar was.

24 Volgens de meeste andere bronnen – o.a. Joseph Frank – was de vader van Maria hoofd van de quarantaine in de haven van Astrakan.

25 Baron Alexander von Humboldt (1769-1859), natuurvorser en

ontdekkingsreiziger, in de woorden van Darwin 'de belangrijkste wetenschappelijke reiziger aller tijden'. Beroemd geworden door zijn reizen in Midden- en Zuid-Amerika. In 1829 leidde hij een wetenschappelijke expeditie naar Siberië.

26 Ook hier vergist Alexander zich weer in een leeftijd. Pavel, die Pasja werd genoemd, was toen zeven jaar. Alexander neemt het niet zo nauw met jaren: de ene keer beweert hij elf jaar met Dostojevski te schelen, de andere keer twaalf jaar. Ze schelen ruim elf jaar: Fjodor Michajlovitsj werd volgens de juliaanse kalender op 30 oktober 1821 geboren en volgens de gregoriaanse op 11 november 1821.

27 De vertaling is van Aleida Schot.

28 Weimarn, Doebelt, Orlov: diplomaten en adviseurs van de tsaar. Tsaar Nicolaas I overleed op 2 maart 1855.

29 Vooral de dochter van Dostojevski uit zijn tweede huwelijk met Anna Snitkina maakt het erg bont. Ljoebov Dostojevskaja schrijft in haar memoires: 'Zij [Maria] wist dat zij spoedig weduwe zou worden en dan geen andere bron van inkomsten zou hebben dan het magere pensioen dat het Russische gouvernement weduwen van officieren toekent en dat nauwelijks voldoende was om in het onderhoud van haarzelf en haar zoon, een kind van zeven, te voorzien. In haar bezorgdheid voor de toekomst zag zij maar vast uit naar een tweede man. Dostojevski scheen haar de beste partij van de stad toe: hij was een talentvol schrijver en had een rijke tante in Moskou die hem nu weer dikwijls geld zond.' De memoires van Ljoebov verschenen in 1920, vijf jaar na de dood van Alexander von Wrangel. Maar in de familie Dostojevski deden deze verhalen al langer de ronde en Alexander moet daar iets van opgevangen hebben. Het is overigens aannemelijk dat Dostojevski zelf op oude leeftijd een inktzwart beeld van Maria heeft geschetst tegenover zijn tweede vrouw Anna en tegenover zijn kinderen. Anna had een uitgesproken hekel aan Maria en vernietigde de meeste van haar brieven aan Dostojevski.

30 Ik parafraseer hier op mijn beurt Hans Bolands vertaling van *Duivels*. De eerste Nederlandse vertaling van de roman droeg de titel *Boze geesten*.

31 Het Preobrazjenski Regiment werd door tsaar Peter de Grote opgericht en nam deel aan tal van veldslagen, onder andere aan die van Austerlitz en Borodino. In 1917, na de Oktoberrevolutie, werd het regiment in 1917 ontbonden, maar president Poetin richtte het in 2013 opnieuw op. Beroemd is de mars van het regiment, die ook in de Sovjettijd vaak werd uitgevoerd tijdens parades op het Rode Plein.

32 De Christuskus geven: een gebruik bij de viering van Pasen.

33 In het midden van de negentiende eeuw hield men overal in Europa nog de temperatuurschaal van de Franse natuurkundige Réaumur aan. De temperatuur in Réaumur bedraagt 1,25 maal de temperatuur in Celsius: 32° Réaumur staat dus gelijk aan 40° graden Celsius.

34 Russisch rijtuig. Een tarantas heeft twee grote achterwielen en twee kleinere voorwielen.

35 *De eeuwige echtgenoot* verscheen in 1870 in het tijdschrift *Roesski Vestnik* (De Russische bode). Dostojevski schreef de korte roman in grote haast nadat zijn magnum opus *De idioot* door de kritiek was neergesabeld. Door de slechte ontvangst kwam hij weer in acute geldnood. Veel fiducie had hij niet in *De eeuwige echtgenoot*, hij beschouwde het boek als een tussendoortje dat hem voor even uit de financiële problemen zou helpen, maar het is zonder meer een van zijn beste korte werken.

36 In de proloog van *Aantekeningen uit het dodenhuis* introduceert Dostojevski een anonieme verteller die volgens Joseph Frank doet denken aan de immer opgewekte baron Wrangel, maar dat viel Alexander zelf niet op. Waarbij zij opgemerkt dat hij de allereerste versie van *Aantekeningen* hoorde: Dostojevski herzag het manuscript vele malen en werkte er nog jaren aan.

37 *Aantekeningen uit het dodenhuis* verscheen pas zes jaar later in afleveringen in het tijdschrift *Vremja* (De tijd), in 1861 en 1862.

Eind 1862 verscheen het in boekvorm. *Aantekeningen uit het dodenhuis* zou de geschiedenis in gaan als de eerste gevangenisroman en veroorzaakte een storm aan protesten tegen het hardvochtige strafregime. Het boek maakte de schrijver Dostojevski in één klap weer even bekend als hij voor zijn verbanning was geweest.

38 Het was Andrej, de jongste broer van Fjodor, die de gewelddadige dood van vader Dostojevski aan de grote klok hing, maar zijn herinneringen verschenen pas in 1930. Sindsdien staat in iedere beschouwing over Dostojevski dat zijn wrede vader door zijn lijfeigenen werd vermoord. Dr. Dostojevski overleed aan een hersenbloeding. De lijkschouwing van twee artsen bracht geen zichtbare verwondingen aan het licht. Na de dood van vader Dostojevski stelde de districtsrechtbank een onderzoek in. Verscheidene lijfeigenen werden verhoord maar geen van hen werd in staat van beschuldiging gesteld. Er vond geen rechtszaak plaats. Een buurman meldde grootmoeder Dostojevski dat haar zoon op zijn landgoed was vermoord en raadde de familie aan de zaak te laten rusten. Hij is de enige bron. Wel hebben de drie zonen Dostojevski altijd geloofd dat hun vader vermoord was. Tegenover Alexander mocht F.M. graag parallellen trekken tussen hun beider vaders, maar over de gewelddadige dood van zijn eigen vader zal hij inderdaad in zeer bedekte termen gesproken hebben.

39 Het meisje Liza uit *De eeuwige echtgenoot* doet aan deze Tataarse denken. Ook in *Duivels* komt een scène voor met een doodsbang meisje van veertien. Dostojevski was zo getroffen door het lot van seksueel misbruikte kinderen dat hij zich op een gegeven moment voorstelde dat hij zelf een meisje van veertien had verkracht. Hij beschreef dat in *Duivels* maar schrapte het vlak voor publicatie in boekvorm uit het manuscript.

40 Afgaand op Alexanders verslag begon Dostojevski in februari 1855 aan *Aantekeningen uit het dodenhuis* en was hij in juli bij het voorlaatste hoofdstuk van het plusminus driehonderd pa-

gina's tellende boek beland. *Aantekeningen uit het dodenhuis* verscheen pas zes jaar later – zie noot 37. Dostojevski heeft het manuscript nog verschillende malen grondig herzien. Vervolgens heeft hij het jaren laten liggen, bang dat het niet door de censuur zou komen. Opvallend genoeg verschenen de strafkampherinneringen in hetzelfde jaar dat Alexander II een einde maakte aan de lijfeigenschap. Dostojevski achtte het klimaat toen liberaal genoeg voor publicatie. *Aantekeningen uit het dodenhuis* veroorzaakte een schok onder de Russische intellectuelen die jarenlang aanhield. Tolstoj schreef in een brief dat geen Russisch boek meer indruk op hem had gemaakt dan dit.

41 1 wersjok is 4,44 centimeter.

42 *Faites le couper*: laat u hem korter maken.

43 Door zijn manier van pianospelen en de opbouw van zijn composities (met watervallen aan akkoorden) maakte Adolf von Henselt niettemin grote indruk op Sergej Rachmaninov en Alexander Skrjabin. Een van de toegiften die Rachmaninov tijdens zijn recitals graag gaf was de Etude opus 2 nr. 6 'Ware ik een vogel' van Henselt. De Etudes van Adolf van Henselt lijken voorstudies van de Etudes-Tableaux van Rachmaninov. De moeder van Alexander had groot gelijk toen ze in Henselt echo's van Liszt, Chopin en Mendelssohn hoorde. Het is onbegrijpelijk dat hij met componeren is gestopt. Op het door Anton Rubinstein opgerichte conservatorium van Sint-Petersburg gaf Henselt pianoles en legde hij de basis voor de Russische pianoschool. De Etude opus 2 nr. 6 *Si oiseau j'étais* heeft Henselt opgedragen aan *Le Baron Michel Wrangell*, de jongere broer van Alexander.

44 De afstand tussen Koeznetsk (tegenwoordig: Novokoeznetsk) en Zmeïnogorsk bedraagt toch nog altijd zeshonderd kilometer. Maar voor Alexander zal dat een kleinigheid zijn geweest.

45 Alexander von Humboldt leidde in 1829 een wetenschappelijke expeditie naar Siberië.

46 De letterlijke betekenis van Zmeïnogorsk is 'Slangenberg'. De

legende wil dat er dagelijks duizenden slangen uit de berg kropen, reptielen van enorme afmetingen die door de dorpelingen werden doodgeknuppeld om hun kostbare huid te kunnen verkopen.

47 De letterlijke betekenis van Malosapozjkov is 'Kleinlaarsje'.

48 In het tsaristische Rusland werden ambtenaren net als militairen in rangen onderverdeeld. Een titulair raadsman was een ambtenaar van de 9de klasse, voor een drieëntwintigjarige geen slecht begin.

49 Traditioneel christelijke groepering die los is komen te staan van de Russisch-orthodoxe staatskerk uit protest tegen de hervormingen van 1666-1667. Vandaar hun spotnaam *raskolniki* ('scheurmakers', 'schismatici'). Oudgelovigen neigen naar een patriarchale, traditionele manier van leven.

50 Na *Witte nachten* schreef Dostojevski in 1848 en 1849 *Een schuchter hart*, *Een eerlijke dief*, *De vrouw van een ander en de man onder het bed*, *Het kerstfeest en de bruiloft*, *Polzoenkov* en *Njetotsjka Njezvanova*. Hij woonde in een fraai appartement met uitzicht op de Sint-Izaäk Kathedraal en schreef als een bezetene. In deze woning werd hij op 23 april 1849 gearresteerd.

51 Dostojevski schreef dit onder meer in *Aantekeningen uit het ondergrondse.*

52 Op één na zijn alle brieven van Dostojevski aan Maria Dmitrijevna verloren gegaan. De brieven van Maria aan Fjodor Michajlovitsj zijn door zijn tweede vrouw Anna vernietigd.

53 In veel opzichten was Apollon Majkov, een klassiek geschoolde en bijzonder erudiete geleerde, de geestelijk leidsman van Dostojevski. Veel van zijn ideeën legde Dostojevski ter toetsing aan Majkov voor. Veertig brieven van Dostojevski aan Majkov zijn bewaard gebleven, vierenveertig brieven van Majkov aan Dostojevski.

54 Van Maria Dmitrijevna zijn twee portretten bekend. Op het eerste heeft ze donker, licht kroezend haar; op het tweede is het grijs, maar blond is haar haar nooit geweest. Toen Alexander

met haar kennismaakte, omschreef hij haar als 'een brunette' – zie het begin van het hoofdstuk 'Een onheilspellende glans'.

55 In zijn uitputtende en doorgaans hoogst betrouwbare biografie van Dostojevski geeft Joseph Frank als huwelijksdatum 7 februari 1857 op. In zijn brieven aan Alexander en in de brieven aan zijn oudste broer en zijn oudste zuster noemt Dostojevski viermaal de datum: 6 februari. Ook het Dostojevski Museum in Novokoeznetsk, zoals Koeznetsk tegenwoordig heet, vermeldt als huwelijksdatum 6 februari 1857. Het museum is gevestigd in het houten boerenhuisje dat Maria met haar eerste echtgenoot Isajev in 1855 betrokken had en dat ze na haar huwelijk met Dostojevski in februari 1857 verliet. De Odigitria Kerk is in de Sovjettijd met de grond gelijkgemaakt. Sindsdien is vaak beweerd dat Dostojevski in de kathedraal van Novokoeznetsk in het huwelijk trad.

56 Ljoebov, de dochter van Dostojevski uit zijn tweede huwelijk, met Anna Snitkina, schreef in de levensbeschrijving van haar vader, die in 1920 werd gepubliceerd en binnen enkele maanden in het Nederlands werd vertaald onder de titel *F.M. Dostoiewsky door zijn dochter*, dat de schoolmeester, wiens naam zij niet kende, Maria naar Semipalatinsk was gevolgd. 'In de schemering' zou Maria maanden-, jarenlang iedere avond naar haar minnaar zijn gegaan, met wie zij 'zich kostelijk amuseerde'. De nacht voor haar huwelijk met Dostojevski zou Maria nog bij haar minnaar hebben doorgebracht. Ook naar Tver, waarheen het echtpaar Dostojevski in 1859 verhuisde, zou de onderwijzer Maria achterna zijn gereisd. Ze zou haar minnaar 'als een hondje' met zich mee hebben genomen. Van dit alles is niets uit andere bronnen bekend. Dostojevski overleed toen zijn dochter elf jaar was, Ljoebov heeft alles dus uit de tweede hand. Anna, de tweede vrouw van Dostojevski, liet zich altijd laatdunkend over Maria uit (ook in haar memoires) en had een gloeiende hekel aan haar zoon Pavel, voor wie Dostojevski zich bleef inspannen. In huize Dostojevski zullen sterke verhalen de ronde

hebben gedaan over de lichtekooi Maria. Maar de herinneringen van Ljoebov gelden als hoogst onbetrouwbaar. Het lijkt er toch vooral op dat Ljoebov een soort driehoeksverhouding heeft willen weergeven, gemodelleerd naar *De idioot*. Haar vader bleef, zoals ze schreef, 'nog altijd vorst Mysjkin die, niettegenstaande zijn liefde voor Nastasja Filippovna, haar laat weggaan met Rogozjin, en met zijn mededinger vriendschappelijke betrekkingen onderhoudt'. Ofschoon Dostojevski bij het schrijven van zijn romans volop uit zijn eigen leven putte, deed hij dat zelden één op één. Zijn eigen ervaringen waren het vertrekpunt van zijn fantasie. Betreffende Maria was Alexander Jegorovitsj dé vertrouwenspersoon van Dostojevski. Als de schoolmeester Maria naar Semipalatinsk en later naar Tver was gevolgd, zou Dostojevski dat zeker uitvoerig en hoogst verbolgen aan zijn vriend hebben geschreven. De vraag is of alle brieven van Fjodor Michajlovitsj aan Alexander Jegorovitsj bewaard zijn gebleven. Vaststaat dat drie brieven van Alexander aan F.M. verloren zijn gegaan, het kunnen er veel meer zijn. Pijnlijk is dat Sigmund Freud zich in zijn analyse van Dostojevski vrijwel uitsluitend op de herinneringen van diens dochter baseert. Dat Dostojevski accepteerde dat Maria zowel voor als na hun huwelijk een verhouding had met de schoolmeester duidde voor Freud op latente homoseksualiteit.

57 De brief is verloren gegaan. 'Een goede, aimabele, wonderbaarlijke brief die ik, mijn onvergetelijke vriend, zo snel mogelijk wens te beantwoorden,' schreef Dostojevski in zijn antwoord. Dat antwoord riep bij Alexander echter wrevel op, ook al noemde Dostojevski hem in die brief ook nog eens 'een magnifieke vriend'.

58 Alexander citeert hier niet alleen uit de brief van Dostojevski maar voegt er informatie aan toe die graaf Peter Petrovitsj Semjonov later in Sint-Petersburg heeft rondverteld en die hij in verschillende tijdschriftartikelen heeft vermeld. Het maakte indruk op de graaf dat Maria op het Meisjescollege van Astra-

kan had gezeten. De meeste meisjes uit de betere kringen kregen in die tijd alleen huisonderwijs.

59 De afzonderlijke hoofdstukken van *Het fregat Pallas* verschenen tussen 1855 en 1857 in verschillende Russische literaire tijdschriften. *Het fregat Pallas* kwam in 1858 voor het eerst in boekvorm uit. In 2014 verscheen de integrale vertaling van G.W. van der Meiden in het Nederlands.

60 Voor hij naar Siberië werd verbannen, moet Dostojevski de jongste literatuur scherp in de gaten hebben gehouden. Van Gontsjarov was alleen *Een alledaagse geschiedenis* verschenen in het tijdschrift *Sovremennik* (Tijdgenoot). Van de boekeditie werden 200 exemplaren verkocht. Gontsjarovs bekendste werk, *Oblomov*, zag pas in 1859 het licht, het jaar waarin Dostojevski werd gerehabiliteerd. In zijn brief aan Alexander noemt hij Gontsjarov 'een gentleman van Sociëteit De Unie, waarvan hij lid is'. In die mondaine club in Sint-Petersburg dineerden de heren, speelden kaart, luisterden naar operasterren als Giovanni Battista Rubini en Pauline Viardot-García of naar fameuze pianisten als Anton Rubinstein en Franz Liszt.

61 De Siberische herinneringen zouden nooit verschijnen. Alexander bleef waarschijnlijk bevreesd dat zijn herinneringen het niet zouden halen bij het meesterlijke reisverslag van Ivan Alexandrovitsj Gontsjarov. Ook zat er een sterk element van herhaling in; Alexander legde vrijwel hetzelfde traject af als het fregat Pallas. Zelfs de notities voor het boek, de eerste aanzetten en de dagboekaantekeningen zijn niet in zijn nalatenschap aangetroffen. Op 29 februari 1860 stuurde Alexander een artikel over Kaap de Goede Hoop naar Michaïl Dostojevski om het in diens tijdschrift *Vremja* te publiceren en op dezelfde dag vroeg hij in een kattebelletje aan F.M. of die het wilde bekijken en corrigeren. Mogelijk hebben beide broers het geen blik waardig gekeurd, mogelijk hebben ze het aan Alexander geretourneerd. Het artikel is in ieder geval nooit gepubliceerd.

62 Sergijev Posad heette van 1930 tot 1991 Zagorsk.

63 Letterlijk (en inclusief de fouten in het Frans): 'Quant à moi, je suis resté le même, tantôt triste à battu, silencieux, tantôt rieure et gaie comme un polisson de deux ans. Chez moi tant dépend d'un rien, d'un ciel gris, d'une mouche qui bourdonne, d'une parole lancée au hazard – tellement je suis nerveux. Je me sents malade, aigrie et vieux ou plutôt blaizé ce qui est pire.'

64 Alexander vergiste zich; Dostojevski had wel degelijk een verhouding met Alexandra Ivanovna Schubert, een verhouding die twee à drie maanden na het vertrek van Maria naar Moskou was begonnen.

65 De brief van 22 november 1864 is verreweg de onhandigste die Alexander aan Fjodor Michajlovitsj schreef. Van de dood van Michaïl Dostojevski springt hij naar de omstandigheid dat hij 'helemaal achterop is geraakt met onze literatuur' en vraagt hij Dostojevski hem *Aantekeningen uit het dodenhuis* toe te zenden. Niet echt wat je een condoleancebrief noemt, maar misschien kreeg hij toch meer uit zijn pen: van het tweede blad is de helft afgescheurd en verloren gegaan. Dostojevski stuurde hem *Aantekeningen uit het dodenhuis* niet. Voor het boek had hij uit zijn eigen ervaringen geput maar ook uit die van Alexander. Zo kreeg het verhaal over de moordenaar Orlov dat Alexander hem vertelde (zie hoofdstuk 'Misdaad en koorts') een plaats in de gevangenisherinneringen van Fjodor. Dat deerde Alexander allerminst, hij zwaaide Dostojevski later, in Kopenhagen, de grootste lof toe over het boek, dat hij uiteindelijk zelf maar had gekocht.

66 In zijn brieven en herinneringen gebruikt Alexander voor Maria Dmitrijevna de koosnaam Marja, in navolging van Fjodor Michajlovitsj. Maar na haar dood gebruikt hij het wat plechtiger Maria. Om verwarring te voorkomen heb ik dit onderscheid slechts sporadisch in de tekst aangebracht.

Bij de productie van dit boek is gebruikgemaakt van papier dat het keurmerk Forest Stewardship Council® (FSC®) draagt. Bij dit papier is het zeker dat de productie niet tot bosvernietiging heeft geleid. Ook is het papier 100% chloor- en zwavelvrij gebleekt.

FSC www.fsc.org MIX Papier van verantwoorde herkomst FSC® C110751

Tobolsk
Siberië
Omsk
Irtysj
B
Lokot
Zmeïno
Semipalatinsk
Oest-K
Kazachstan
Ajagoez
Balchasjmeer
Tasjkent
Kirgizië
Kokand
0